献给我疯狂的又天才的妹妹，帕梅拉·理查德·斯克斯，由于她源源不断的鼓励、支持和协助，我得以有了全世界。

《纽约时报》电子书畅销榜冠军《超脑Ⅰ：连接》大结局

超脑Ⅱ 强化
AMPED

【美】道格拉斯·E.理查兹（Douglas E. Richards）著
刘 红 等 译

重庆出版集团 重庆出版社

版贸核渝字(2014)第113号

图书在版编目(CIP)数据

超脑II: 强化 / (美)道格拉斯·理查兹著;刘红等译. —重庆: 重庆出版社, 2016.7
书名原文: Amped
ISBN 978-7-229-11755-9
Ⅰ.①超… Ⅱ.①道… ②刘… Ⅲ.①科学幻想小说—美国—现代 Ⅳ.①I712.45

中国版本图书馆CIP数据核字(2016)第273162号

超脑Ⅱ:强化
CHAONAO Ⅱ:QIANGHUA
〔美〕道格拉斯·E.理查兹 著 刘 红 汤梦琳 译

责任编辑:张立武
责任校对:刘小燕
装帧设计:程 晨

重庆出版集团
重 庆 出 版 社 出版

重庆市南岸区南滨路162号1幢 邮政编码:400061 http://www.cqph.com
重庆出版社艺术设计有限公司制版
重庆市国丰印务有限责任公司印刷
重庆出版集团图书发行有限公司发行
邮购电话:023-61520646
全国新华书店经销

开本:889mm×1 194mm 1/32 印张:10.75 字数:250千
2017年2月第1版 2017年2月第1次印刷
ISBN 978-7-229-11755-9
定价:32.00元

如有印装质量问题,请向本集团图书发行有限公司调换:023-61520678

前言

在核物理合成实验室里，琪拉·米勒走近中间那台略显笨重的装置，忍不住笑了起来。它只有一台小型汽车大小，外表看起来像是一台出自水管工之手的粗糙的鲁布·哥德堡机械，又像一件现代艺术博物馆里失窃的抽象派雕塑作品。

但它其实两者都不是。

事实上，这是一个可以产生能源的圣杯——冷聚变反应堆。这台发动机仅靠水能就可以产生清洁能源，而其成本只是当前正常成本的一小部分。如果它能得到进一步完善，世界一定能因此而发生变革。但前提是，如果世人愿意的话。

戴维·德什站在琪拉身旁，他伸出右手抚摸着设备，他的手掠过了设备的几个零部件的表面。德什实际上已经是琪拉的丈夫了。他们举办了一个小型婚礼，只有三五好友出席，没有申请领取结婚证书。按照美国法律，他们还不是真正的夫妻。另一方面，同样在美国人眼中，他们早已是死人了，被埋在不同的墓地里已有很长时间，甚至开始腐烂。所以他们不领结婚证，也没什么奇怪的。

几小时后，琪拉、德什和他们共同的朋友兼亲密同事，罗斯·梅茨格三人单独待在这间空旷的实验室里。这里配有国家最先进的安保技术设备，以确保他们可以像现在这样独处。这间名为国际先锋物理的公司，一年前由一个经纪人从创始人手中买下。而他背后那些财力雄厚的金融家们则一直不为人所知。罗斯·梅茨格在被任命为首席执行官后，立即聘请了一位董事长来处理公司的日常事务，这样他就能专注于自己的科研项目。

梅茨格走过去，站在反应器旁边，这实际上是他自己建立的私人实验室。这个实验室的安全锁定设计得比进入诺克斯堡时扫描他的指纹还要严密。

“当前的版本产出的能量比我投入的要多百分之二，”梅茨格解释道，“虽然这本身，没什么值得我们激动的。但这印证了我们的想法。而我更聪明的另一半也相信他可以将这个结果改进到一百倍。”

德什吹起了口哨。

“恭喜你，”琪拉高兴地说，俯身过去给了梅茨格一个拥抱，并在他的脸颊上轻轻一吻。

“谢谢，”梅茨格说，“多亏了你的基因疗法。”他不好意思地咧嘴一笑。“但现在的问题是，我不知道它是怎么样运作的，也不知道怎样才能改进。”

琪拉·米勒是个遗传工程学家，她创造了一种基因疗法，可以在短时间内显著提高人类的智商。梅茨格能够这么快就取得那点成绩，正是得益于这个疗法。

同琪拉和戴维一样，在十八个月前，罗斯·梅茨格还过着与现在完全不同的生活。他曾经是一名陆军特种作战部队的少校，同时也是一名飞行员，却对机械有着狂热的爱好，并且在航空学和航空电子学领域受过良好教育。就像别人享受国际象棋一样，梅茨格沉浸在数学和电子工程的世界里无法自拔。除此之外，他把学习异国数学和电子学，乃至是尖端的机器人技术作为个人的一种爱好。

如今，他已经完全从人们的视野中消失，在一个有史以来最为有能力和野心的团队里成为核心成员之一。但是，这个团队现在急缺物理学家。

因此，当琪拉知道梅茨格的爱好后，她极力说动他为团队服务。于是梅茨格耗费数月时间阅读所有他所能搜集到的有关核物理学、量子力学和化学的相关资料。梅茨格曾经花了无数个小时的时间阅读那些对他而言难以理解的文字。他知道，在他自己得到提升之后的短暂时间里，他那飞速运转的思维，可以在这上千页的复杂阅读记忆中找到痕迹并将它理解，而这一切仅发生在几分钟之间。没有谁能够取代得到提升之后相当于一位用尽毕生精力掌握该领域知识的世界级物理学家的地位。琪拉相信，对于像冷聚变这样专业的问题，以梅茨格的资质、学术背景，还有各种补习的结合，他是可以胜任的。而在他们眼前的这台不甚美观的硬件组合物就足以证明她是对的。

梅茨格提议三人移步到旁边的会议室去，这样德什可以了解新建设备快要完工的进展情况。在跟上两人的步伐前，琪拉又看了一眼反应器，并像她丈夫之前做的那样，用手抚摸它凹凸不平的表面。若不是德什的话，琪拉以前绝不会做出类似的举动，但正是或许他那孩子般的冲动，才能让他更好地领会设备的精髓所在。如果梅茨格能够按照他自己想的，应该是他得到提升后智商高到平流层所设想的方式，对设备进行成功改造的话，这将会具有历史性的意义。

不过也说不定。琪拉不由自主地提醒自己。这台设备到底能不能公诸于世目前还不清楚。

琪拉·米勒已经写了一本关于科学的意外后果的专著。她研究出一种方法可以将人类寿命延长一倍，但随着研究的深入，她发现如果将这项研究公布于众，只会给世界带来灾难。将人类寿命如此大幅度地延长，将会带来毁灭性的人口过剩，经济崩溃以及不可避免的人类自身的毁灭。现在，哪怕是最激动人心的发现，她也坚持在将它们公诸于世前对其可能带来的后果进行反复的分析。

这种廉价而又丰富的能源对人们的家庭生活，商业，汽车行业和制造业都将产生巨大的影响。它将推动世界经济发生一次前所未有的爆炸式的增长，在一夜之间将人类的文明改头换面。这场改革会不会太过头了呢？这种结构性的转变会不会太过剧烈以至于造成破坏性呢？那些以石油为基础的经济体——往往是在世界上最动荡的地区，且被最残酷无情的统治者所统治着。倘若这些国家统治者脚下的地毯被掀起，他们源源不断的金钱来源就要枯竭，他们会怎么办呢？会发起战争，还是释放大规模杀伤性武器呢？

假设这个设备最终得到完善，最后的分析评估也会在核心委员会成员在提升思维之后完成，即使如此，刚刚这些问题还是难以回答。

琪拉快步赶上她的丈夫和梅茨格的步伐，后者把他们从自己的实验室带领出来，通过了门外嵌入式指纹扫描仪，进入到一个小厅。小厅的另一端是另一间实验室，大概有半个足球场那么宽，天花板非常高。实验室里摆满了监控器，激光仪和各种各样外来的物理设备。东西虽多而杂，但由于摆放整齐有序，实验室里显得井然有条完全不觉得拥挤。

走过这间实验室，他们三人来到公司四间会议室的其中一间。黑色的高背转椅沿着长长的会议桌围成一圈，樱桃木的桌面光可鉴人。他们各自坐下之后，开始热烈的讨论。

20 分钟后，他们的讨论被一个刺耳的声音打断，声音来自罗斯·梅茨格的口袋里。梅茨格瞥了一眼，然后略带迟疑地掏出振动的手机。“不好意思，”他说道，“没想到这时候会有信息。”他的食指在屏幕上点击了几次，并皱起了眉头。

德什挑起眉毛问道，“有什么问题么?”

“我不确定是不是没事，”梅茨格回答说。“但我还是得确认一下。你们在这里稍等，我五分钟后就回来。”说完他朝门外走去，走到门口，他转身回来，“只要五分钟，”他又露出一个坏坏的笑容说道，“你们两个，可别做什么过度奔放的事情让我回来抓个正着。”

德什回了他一个微笑，“好了，少校，对我们有点信任吧。我们可不是荷尔蒙过剩的高中小屁孩。”他假装生气地说，“我想我们能做到把手从对方身上挪开大概五分钟。”他色眯眯地看着琪拉，挑了挑眉毛，“不过，既然你提到了，那我们不妨……”

梅茨格摇了摇头，走了出去，故意将会议室的门半开着。

德什把琪拉从椅子上拉过来，抱在怀里。“我一直很喜欢罗斯的那个主意，”他说着将他的嘴唇轻轻地掠过她的。琪拉则是朝他靠得更近，用她温柔而又从容的吻来回应他。三十秒后他们分开彼此的唇，睁开双眼。

可他们什么也看不见。

他们的脸挨得如此的近，可他们却看不到对方。

整个实验室黑得像个不见天日的洞穴。

德什小心翼翼地挣脱怀抱，而这时，屋内的备用发电机开始工作，砰的一声灯光突然打开，然后又断开，他们再一次陷入深深的黑暗之中。

琪拉瞬间进入了高度警惕。电源突然中断有可能是意外，但紧接着后备电源的再次中断，则说明是有意为之。

“我们有麻烦了，”德什低声说道。他有些笨拙地伸手去摸索，摸到琪拉的手后，紧紧握住。

琪拉用另一只手在口袋里摸索着，摸到了钥匙环上的那个金属 LED 小手电。这个红色圆柱体只有一个 AA 电池大小。体积虽小，但能量非凡。她把手电从钥匙环上取下来，点亮后塞到德什的手中。德什用手掌遮挡光线，保持足够光亮让他们能找到门口，并小心谨慎地注视着外面的大厅。

空气里传来一阵枪声，琪拉惊得跳了起来。枪声是从梅茨格的实验室方向发出的。无边的黑暗放大了她对突发事件的反应程度，她的心脏疯狂地加速跳动。

德什在特种部队时曾经经历过大量行动，那些枪炮声可以瞬间使他的思维和身体都进入到高度警觉的状态。他手握小手电在实验室扫射，看到了一台庞大的高能激光设备。没有电源，它就变成一个超大的镇纸——但还是能当做一个不错的藏身之所。他将琪拉挡在身后快速跑到它的后面，“在这儿等着，”低声说道，“我很快就回来。”

“我要跟你一起去，”琪拉低声回答，“你知道我能保护好自己。”

“我知道你可以，但不管怎样还是在这等我，”德什坚定地回答，说着拿着手电朝着枪声的方向冲了出去，将琪拉再次留在无边的黑暗里，无路可循。

琪拉在高大的激光设备后面蜷缩着身子，她全神贯注于她的听力极限。她很想打开手机获取一点光源，但知道这样会令她暴露自己的位置。

倒霉！她气恼地想。他们太过自信了，他们以为已经完全地逃过追捕，而他们的黑客技术也高超到不会被发现。他们还相信自己在电子学和光学上所取得的突破性的成就，用来向街边摄像头传输虚假影像从而掩盖他们的行踪，这些都是万无一失的呢。

经过几分钟漫长而又痛苦的安静之后，琪拉听到有人进入到实验室的另一端。会是戴维么？如果不是他，那琪拉唯一的机会就是尽可能保持安静，希望不要被发现。

血液冲击着她的耳膜。眼前黑得伸手不见五指，唤起她最本能原始的紧张。她曾经无数次置身于绝处逢生的境地，但从未感受到过像现在这样的无助和恐惧。

一束微弱的光芒随着那个人进入了实验室——是被部分遮掩的手电光。琪拉随即放松下来，是戴维回来了。

人影朝着她的方向快速走过来，中途由于一些小的障碍物而走得跌跌撞撞。随着人影靠近，琪拉模糊看到一个庞大的身躯，那不可能是戴维，甚至看起来都不像是一个人。

琪拉最终看清来人之后，惊得张大了嘴。没错，确实是戴维，但他以标准的消防员救人姿势肩头还扛了一个人。

片刻之后她才反应过来，戴维肩上扛着的这个看起来有两百磅重的人，是罗斯·梅茨格。

此时梅茨格毫无知觉，甚至有可能已经死了。

* * *

德什来到琪拉所在的位置后，立马把手电筒塞到她手里。“带我们去办公室，”他低声说，梅茨格整个人的重量都压在了他的肩颈上，他的步伐仍然很稳健。“要快。”

琪拉开始在实验室的器材之间找寻出路，德什跟在她后面。

“罗斯怎么了？”她简单地问道。

“腹部中弹。我找到了临时绷带，但估计他撑不了多久。”

不到一分钟他们来到了一排办公室前。琪拉选择了第四间，然后打开房门。德什小心翼翼地将梅茨格放在门口的地上。他在这位朋友的口袋里摸索着，希望能找到火柴或者打火机，但结果只找到一部手机。他把手机递给琪拉，跟着她进了办公室。

“一大队突击部队攻进了实验室，”德什小声说，“有几个人把冷核聚变反应堆拆开了。罗斯把其他人引到他自己的实验室，他被击中，但他设法爬了出来，扫描了指纹，把他们关在实验室里。”

德什到达的时候，实验室靠电池供电的钢化外墙刚好合上，被关在里面的人只能瞠目结舌和措手不及。

“罗斯失去意识之前告诉我，他们至少有六个人，全部黑衣装扮，”德什严肃地说，“而且全部都有夜视装备，罗斯说他从这些人的装备和武器上看出他们既不属于美国军方也不属于黑色行动部队，他们应该是重金雇佣的雇佣兵，而且还都是精英。”

“雇佣兵？谁雇的？”琪拉轻声问。

德什无助地摇了摇头，他不知道。他同样不知道这些人是如何做到的。他们现在做到的事情是根本不可能发生的。没有任何一个团队能有他们优秀。他们刚刚攻破了世上首屈一指的电子安保设施系统，而没有触发任何警报。他们破坏掉主电源和后备电源所花费的时间精准到连瑞士手表都自叹不如。

德什猜测他们可能只犯了一个错误。当他们拆解反应器时，一定是有人触碰到了罗斯实验室里的传感器，才让罗斯得到了提醒。但由于这伙人进入公司好几个小时都没有触发一个警报，这几乎是不可能的事情，梅茨格当时一定以为是传感器发生了故障。

琪拉无瑕的脸上出现一个深受困扰的表情。她轻声问道：“那么他们花了多久进入罗斯的实验室的？”

“大概五分钟，最多十分钟。”

“五到十分钟？我见过一些特种部队，即使是最好的也得花上好几个小时才能做到。你确定这伙人有这么厉害吗?”

“他们更厉害,”德什简洁地说，“但他们在解救他们的胡迪尼（魔术逃脱大师）的时候必须得谨慎，为了确保我没有在他们离开的地方等候狙击他们，所以他们可能需要十到十五分钟。”

德什陷入沉默思考着他们眼前的选择。这些人肯定是严格按照时间在行动，这意味着至少还有一人在出口处放风，还有一人在监视停车场，而且每个人都各自配有夜视装备。一个盲人跟一个有视觉优势的对手对抗，就如同让一个人赤膊上阵去对付一辆坦克一样，毫无胜算。

德什知道他只有一个希望，他必须使这场游戏变得公平。

如果他们带了胶囊，在最后紧要关头能起到保护作用，一切就会不一样了。但他们开始相信自己已经脱离了追捕视线。他们决定，在安全的设施以外提高他们的智能，唤醒那了不起但又常常反社会的另一个自我，是不值得的冒险。

琪拉打开手里的两部手机，同时把手电筒递给德什。他就着灯光开始在抽屉里翻找起来。然后找到一包口袋大小的面巾纸。他小心地取出剩下的纸巾，试探着打开了门，拿着手电朝大厅两头扫射一遍。外面没有异常。

“站在门边,”德什指挥着琪拉。“我要把这里点着，这样可以使他们的夜视装备失去作用，还能触发警报。”

实验室里定期进行过超高温的实验，由于每个实验室里都配有高压水管，因此并没有安装自动喷水的防火系统。

“好主意!”琪拉说。

“如果我们足够幸运的话，他们也许会带走反应器就此收手。”

德什看了看琪拉焦虑但坚毅的脸庞，知道她正在飞速地思考中。“等一下，”琪拉说道。她在罗斯的手机上点击了三下，然后放到耳边。

电话很快接通了，里面传来一个年轻女性的声音：“这里是911，你有什么紧急情况吗？”

“工业大路上的国际先锋物理公司发生大火了！”琪拉歇斯底里地脱口而出，“快派消防车来！还要一辆救护车！这儿还有个人腹部受了枪伤！快点！”她说完挂断了电话。

德什赞许地点了点头，“干得漂亮，”他说着，把那些纸巾松散地丢在桌子旁边的地面上。他此刻没有火柴，但他曾经受过训练可以利用手边的一切东西生火。他取下手机后壳，取出一块薄薄的、晶片大小的电池。他用小折刀将电池正负极上的塑料纸刮掉，然后飞快地用刀片刮着正负两极，摩擦蹦出来的小火花落到那纸巾堆上，立刻生出一些余火，几秒之后他终于把余火变成小的火焰。他小心翼翼地将纸巾添加到火焰里，不到一分钟，火焰升高开始舔舐木桌的桌面了。

最后，德什把手机电池扔进了刚刚升起的火焰里，后退到门口。电池的外壳很快就被融化，露出了里面的锂，这是一种很厉害的可燃物，火势迅速扩大至两倍。

如他们所愿，这间办公室里的火焰蓬勃升起，它带来的热量已变得非常热烈。尽管如此，德什需要在五分钟内整个办公室区域都能燃起熊熊烈火，形成达到天花板的一面火墙。

德什拿起手电确认大厅依旧安全之后，再次将梅茨格举起放回到他的肩颈位置上。

“我们得让火势蔓延开，”德什对琪拉说。随后，他卷起一些纸放到火焰的边缘。当纸被点着以后，他仿佛忘记了肩上梅茨格的重量，迅速拿着它来到隔了两扇门的另一间办公室，把这个临时的火把扔到桌上一堆订好的文件上。琪拉也学他的样子，如法炮制到反方向的隔壁办公室里。

他们等了大约有五分钟，直到火焰以惊人的速度沿着办公室一间间蔓延。

“我们走吧，”德什终于说话，朝着大楼的入口处走去。“我们得尽量靠近火焰，让它在我们背后。夜视装备现在也不起作用，我们也不用担心他们背后的偷袭。但是要对前方的一切保持警惕。”他提醒说道。

随着火势每分每秒不断增长，室内的温度也越来越高。火势越大，蔓延得越快。他们发现熊熊的火焰向外延伸，他们不得不加快速度离这堵无形的热浪之墙越来越远。更糟糕的是，空气迅速恶化，每一次呼吸的氧气越来越少，而浓烟和粉尘越来越多。他们开始咳嗽起来。

德什作出决定。此时火焰发出的光亮，足以使他们可以与火焰保持更远的距离。是时候冲出去了。他把想法告诉琪拉，然后小跑着完成到大厅剩下的35码距离。

此刻离他们开始点火已经过去十二分钟，他们躲避在一张超大的大理石接待桌后面，以防被人发现。德什把梅茨格放在地上，思考着下一步行动。

如果还有一两个雇佣兵守在入口的话，他们的夜视装备现在已经派不上用场，但并不代表不能用传统的方式看到德什和琪拉。现在的情况是双方都能看到彼此。虽然雇佣兵之前的优势已经消失，可他们还是拥有更好的武器装备和占据了更有利的战术位置。

德什的眼睛扫视了一下大厅的外围，盘算着各种方法的可能性。最后他仔细地凝视着接待桌，思考着是否会直接遇上迎头的枪声。

德什激动得睁大双眼，他看到消防员们正在冲进大楼，边跑边将氧气面罩戴在脸上，旁边没有看到雇佣兵的踪迹。即使他们刚才守在门口，现在也应该离开了。德什的身体立刻感到放松下来。

他给了琪拉一个欣慰的表情并示意她也看看。琪拉看了一眼，然后长舒一口气。此时，德什把两根手指放到梅茨格的颈动脉上。

他的脸上出现了恐怖的表情。

梅茨格没挺过来。再有几分钟他们就能把他送到救护车上了。可他们还是太迟了。

德什如此坚强之人，也因失去朋友而感到眩晕。有几秒钟，他感到不能呼吸，仿佛被人一记重拳打在肚子上。他的反应已经让琪拉明白了一切。一滴泪水从她眼眶流出，滑落脸庞。

德什强迫自己的思维从绝望的深处回到现实。他们还并未脱离险境。他们不得不在日后另找时间为他们的朋友默哀。此刻他和琪拉眼前还有一个漫长的夜晚。他们现在无法承受被询问，只有在旁人不注意的时候悄悄溜走。

德什把他的朋友举起来，以防大火把他的尸体烧毁了，然后和琪拉一起朝入口方向走去。虽然有可能那些袭击人员还被大火困在梅茨格自己的实验室里，但德什几乎确定他们已经逃脱了。

他们到底是什么人？他们是如何得知他们的消息的呢？他们的最终目的是什么？德什毫无头绪。

他唯一能确定的，就是琪拉和他们的团队不再是不为人知的了。他们被一个极具杀伤力且能力超强的对手盯上了，并且这个不知名的对手极有可能会再次袭击他们。

第一部分　伊卡洛斯

全球互联网服务器加起来可以填满一座小城市，而 K（全球最强大的超级电脑）的运转所需要的电力足够给一万个家庭提供用电。这个超级高效的大脑需要的电力比一个昏暗的灯泡还要少，但它却可以在我们的大脑里完美地运转。人类的基因组，在使我们身体生长，并且指导着我们年复一年的复杂生活的同时，它们所需的数据却比一台笔记本操作系统的数据要少。

——马克·费舍提，《电脑与大脑》，

2011 年 11 月《科学美国人》

1

赛斯·罗森布拉特在去停车场的路上小憩了一会儿。他观察着四周——无论他来到这个地方多少次，也无论他走在这片宁静的田园诗般的树林里多少次，他总是能在这里感到敬畏和荣幸。在这里，站在巨人肩上的巨人们，能够看到大自然先前最令人费解的秘密。这是一个与世隔绝之处，却欢迎并资助过像爱因斯坦、约翰·冯·诺依曼、库尔特·哥德尔、阿兰·图灵、J. 罗伯特·奥本海默和弗里曼·戴森这样的人物。对一个物理学家来说，再没有比它更神圣的地方了。

在走向他的租赁车之前，他最后一次享受这传说中的普林斯顿高等研究院的氛围，在他自己的控制范围内，他希望尽可能推迟离开这个地方的时间，尤其他将要直接去机场经历搭乘飞机到东京的残酷飞行。他讨厌坐飞机，讨厌排队，讨厌被搜身检查，讨厌狭窄的座位给他这种瘦高个的腿部只留那么狭小的空间。他讨厌机舱内不断循环的陈腐而干燥的空气。从东海岸到日本，中途在加利福尼亚停留一次，这个航线似乎长得看不到头。

他刚刚走进那个近乎废弃的停车场，一辆白色的小型货车不知从什么地方冒出来，朝他开了过来。罗森布拉特僵在原地，希望货车司机看到自己后能做出正确的动作。过了好几秒，他终于明白眼前令人费解的情形：这位司机并不是一时没有看到他——司机看到他了，他是有意撞过来想要制造一起交通杀人事件。

他全身肌肉绷紧准备行动，但是他本能地察觉到为时已晚：他已经不可能及时从货车的轨迹上逃开。他闭上双眼，双臂抱紧等待那粉身碎骨的撞击。

幸运的是，撞击没有发生。在最后一刻，货车来了个急转弯，车子在他面前戛然停下。车子的侧边门离他的脸只有两英尺距离。

罗森布拉特内心深处的恐惧立刻转化为极端的愤怒，他怒目直视到底是哪个混蛋竟敢这么吓唬他。“你他妈的在干什么！”他吼道，“你疯了吗！”

他大吼的时候，货车的侧门滑开了。他透过愤怒看到眼前的一幕，脑海里立刻响起警钟。他略有惊慌，大脑里飞速旋转，他猜测着到底现在面对的是什么情况。

他还没来得及转身，他的胳膊就被铁臂般强有力的手抓住了。罗森布拉特的直觉提醒他，有人神不知鬼不觉地来到了他的背后。那人把罗森布拉特的手臂痛苦地扭到背后，用手把他推到货车打开的门边。车里还有一个同伙，等着将他抓进去。

罗森布拉特挣扎着想弄明白发生了什么，这时他感到了一支注射器直接穿过他的裤子，扎入他的大腿里。他努力想要对大腿上的痛感保持清醒，但是他的思维已经开始模糊起来。等他弄明白自己被注射了什么的时候，他的身体已经完全无力了，眼前的一片黑暗将他完全笼罩。

“干得好！”司机一边对他的两个同伴说着，一边将车开出了停车场，从容地驶入了普林斯顿大街，仿佛一位老人只是在欣赏这路边的风景。

2

赛斯·罗森布拉特突然就恢复了意识，不过他还是感觉眼皮沉重，双眼只能半睁着。他的面前有一张小的金属桌子，对面坐的就是小型货车的司机，手里拿着一支空的注射器。毫无疑问，这是用来把他弄醒的。这个男人看起来十分有耐心，他很乐意给他的俘虏足够的时间慢慢恢复意识，观察周围和身处的境地。

罗森布拉特的双手被铐在一把钢椅上，椅子固定在地板上，此刻他身处在一间没有窗户的小钢棚里，就是那种从家得宝可以随意买到的放在院子里用来堆放耙子和剪草机的可移动式小屋。而这个棚子是个新的。尽管知道了这些，他还是被关在一个家得宝小屋里。

他发现自己的手表和衣服都不在了，身上穿了一件灰色的拉链连体服。他竭力克服药物引起的嗜睡反应，越来越感到恐慌和专注。他必须集中注意力。

大剂量的肾上腺素冲击着他的血管，消灭掉了中枢神经系统里的最后一点眩晕的感觉，但他仍维持着瘫坐的姿势，紧紧闭上双眼以获取更多的时间。

怎么回事？他应该是最不可能被绑架的人吧。除非这些人知道他的真实身份，可他们是如何得知的？这不可能啊。虽然罗森布拉特这样想着，他也找不到别的解释来说明他眼前的被绑，以及绑架他的人的手法：速度和精准。

他出来多久了？他无法确定具体时间，但他认为应该不会很长。从这个临时棚子能看出，抓他的人行事匆忙。考虑到他们有可能怀疑，甚至已经知道了植入他衣服里的用于发送求救信号的先进技术，他感到非常棘手。罗森布拉特还猜测，他们知道如果长时间联系不到他的话，就会有人担心他的行踪，这也进一步证实他的假设，过去的时间并不长，他距离研究院也不太远。这些人刚好在他出国之前抓住他，可以预见在接下来24小时他会中断联系。是巧合吗？他可不这么认为。

他感觉到两只耳朵里有奇怪的跳动，他产生一个可怕的想法，他每一个毛孔，每一寸肌肤，从头皮到脚趾，都被人仔细搜查过。是为了找什么，只有攻击他的人才知道。

罗森布拉特竭力平复自己依然过快的脉搏。他此刻的紧张害怕是前所未有的。他透过沉重的眼皮，从耷拉的眼角观察着棚里的另一个人，这个绑架他的人，仍然十分耐心地在等待他完全恢复意识。钢结构的棚内由两只安置其中的庭院灯照明。桌子对面的那个男人身上散发着冷静而紧张的气场，他有着一头黑色的短发，身材清瘦却很健壮。罗森布拉特估计他大概将近四十岁。

罗森布拉特觉得自己逃脱的机会微乎其微。这些人太过专业，而且还让他看到了他们的脸。

他深吸了一口气，终于还是第一次睁开了双眼。他摇摇头想让自己更清醒一些。“这到底是怎么回事?”他问道。

司机歪了歪头，没有回答。

“你看，”罗森布拉特焦虑地继续说道，心里想着他必须假装自己什么都不知道，“你想要什么都可以拿走。我把我的银行卡密码告诉你，你要做什么都可以，”他恳求着说，“求你放我一马吧，我保证会忘掉刚刚发生的事情。”

司机的脸上露出一抹浅笑，“你可真够大方的，罗森布拉特博士，”他说，“可惜我不能这么做。”

“你怎么知道我的名字?”罗森布拉特假装很惊讶地问道，“你是谁?”

司机平心静气地看着他，仿佛他是放大镜下的一只昆虫。“你可以叫我杰克。”他回答道，“我为政府工作，具体说是军方。”他耸了耸肩，“不过，更多是在政府以外。总统和议会也只是隐约知道我们的存在，他们也不想知道得更多，这样有利于应付记者的追问。我管理着一个黑色行动部门，主要负责保卫国家安全不受大规模杀伤性武器的破坏。由于所受的威胁如此之大，我有自由的权力做我想做的事情来阻止破坏发生。”

“大规模杀伤性武器?”罗森布拉特难以置信地重复道。“你疯了吗？你犯了一个天大的错误。不管你要找的人是谁，那都不是我!”

“你说得对。”杰克说，“但是你是我要寻找的关键。”这个自称杰克的人说，“你看，罗森布拉特博士，我是一个理智的人，而且我认为你只是被卷入这起麻烦的一个无辜的人。所以只要你对我诚实，我想我们会成为很好的朋友的。”他朝着罗森布拉特摊开双手。“但是如果你不够坦诚，事情就会变得我想你很难承受的棘手。我说得够清楚了吗?”

“是的。你在威胁会折磨我。”

杰克叹了口气，“也不完全。我并不想使用肉体折磨的方式。我想的更为糟糕，要残忍得多。相信我，如果你给不了我想要的信息，你身上的每一根纤维可能更宁愿我折磨你的肉体。”他摇了摇头，带着深受困扰的表情。“请不要再让我详细说明了，这个世界上不愉快的事情已经够多了呢。”

“这太疯狂了。法律存在的意义就是为了阻止这类事情的发生。为了保护无辜的人不受自己政府的威胁恐吓。你们这样的人不对任何组织负责，必然会不可避免滥用职权。”

“不要太相信电影里的那些说辞，罗森布拉特博士。像我们这样的军事部门虽然在好莱坞大片里成了反派，但我们跟其他的机构一样，也是有上级的。毕竟，还是会有人来监督我们。”

“比如说呢?”

“其他黑色行动部门会对我们的行动做常规基础性检查。在激烈的战斗中，士兵们不得不面临生死抉择。他们有权杀人，但不幸的是有些时候无辜的人会成为炮灰。但他们的行动会受到审查，如果他们超越了规定的原则，或者滥用权力，他们会被送上法庭的。对我们来说也是如此。如果我超出原则，或者杀害了不相干的无辜的人，我就会被判刑然后关进军事监狱，甚至会被神秘消灭。”

“那如果当——”

“够了，”这位黑色行动长官的特工低声说，虽然他压低嗓门，但声音中的强度和指挥语气却令人不容忽视。“我们在这儿可不是为了谈论我，也不是为了让我验明正身的。我告诉你的已经够多了。”

杰克把手伸到大腿处拿出一台平板电脑，他用它的外壳将平板支撑起来并面朝罗森布拉特。他的手指划过屏幕，打开了一个文件。每过几秒文件就会自动翻页。每一页上都充满了用电脑生成的异国的彩色几何图，和一些外行人看起来如同天书般的密集的方程式。

这个黑色行动长官边心不在焉地摩挲着后脑勺，边观察着他的俘虏，“认出这些了吗？”

罗森布拉特摇摇头。

“真的吗？”杰克扬起眉毛，怀疑地问道。“那好，让我来帮帮你。有人告诉我说卡拉比－丘流形在数学以及物理学上取得了惊人的进展。我不知道这是什么。但我的科学顾问告诉我，超弦理论的十维空间蜷缩起来会形成六维空间。我当然完全不懂这些，但我知道你懂。你确定你真的没有认出这些吗？”

“我确定。”

“那就有意思了。因为这些可是从你的电脑里找到的。”

罗森布拉特惊讶地睁大了眼睛，“什么？”

“你还是做物理学家比当演员好，”杰克摇着头略带失望地说。“就算有人咬了我的屁股，我也不知道卡拉比－丘流形是什么。但是当我把这个展示给世界上顶级的三位物理学家之后，他们对此表现出垂涎已久的模样，令我感到很惊讶的是，他们没有因此而脱水。他们都被它惊呆了。他们相信这个超越了数学和物理学领域的所有成就。它包含了大量的突破，至少超出了这些物理学家所能掌握的范围，他们拥有的知识只是冰山一角。他们说感觉自己像是原始人在学习掌握微积分知识。”他俯身靠近罗森布拉特，“我真正想知道的是，教授，你是怎么研究出这一先进技术的呢？”杰克的声音轻柔，但仍透露出一丝紧张和危险的意味。“我洗耳恭听。”

“你真的以为是我做的吗？”罗森布拉特说，脸上露出怀疑的表情。“听着，你说你是在我的电脑里发现了这个，我别无选择只能相信你说的。但不是我放进电脑里的。我确实在这个领域里有所涉猎，但也仅此而已。你刚刚自己也说了，这个超越了业内顶尖人物的能力范围，而我却甚至算不上其中一个。”

“好吧，我就先顺着你这么说吧。如果不是你把这个放在电脑里的，那你不如告诉我是谁做的呢？”

“我不知道，”罗森布拉特耸耸肩表示不知道。他眯缝起眼睛陷入思考，“我能想到的唯一可能，就是一个现代的拉马努詹干的。”

“拉马努詹？”

“斯里尼瓦瑟·拉马努詹。他是一个生长在印度的数学天才，他并未受过任何正式的专业训练。他出人意料地把他的一个作品寄给了一位闻名于世的剑桥大学的数学家，名叫哈代。哈代立刻就意识到他的才华。”他停顿了下，问杰克，“你看过《心灵捕手》这部电影吗？”

这位黑色行动的长官摇了摇头。

“好吧，这都不重要，我想说的是这位拉马努詹名不见经传，但他的能力却属世界一流。只有像他这样的人才能做这样的事情，不然还能有谁呢？我打赌他一定是设计了一种病毒并发送到成千上万的科学家的电脑里。我不知道他为什么要匿名做这种事，但只有这种可能。”

杰克的脸上慢慢浮现出一个微笑。“很有创意，博士。真令我印象深刻。但是恐怕这项工作并不是由自然人类的智慧做到的。”

“你知道你在说什么吗？什么叫做不是由自然人类的智慧能做到的？”

“你懂我的意思。就是说完成这项工作 IQ 值必须在四位数以上。”

“千以上的 IQ 值？”罗森布拉特重复一遍，转了转眼珠。“我猜这一定不是人类了，对吗？那么你认为这是不是外星人做的呢？”他略带戏谑地说。

杰克盯着这位物理学家看了好几秒钟，没回话。

“我想你过分高估了这件事情，”罗森布拉特继续说道，他脸上的笑容消失了。“爱因斯坦在努力创造那些多项物理学革命时也不过是个级别很低的专利局职员，而那些变革到今天也令伟大的物理学家们倍感震惊。爱因斯坦是外星人吗？”他摇摇头。“每年都有许多重大突破，看起来都是超越了人类的智力范围。”

杰克十指相扣，琢磨着面前的这个男人。“你应该很了解，这其中的区别，”他终于回应道，“即使这些重大突破看起来超越了人类的智力范围，但在它们被完成以后，其他人是可以理解的，至少有一部分可以。”杰克叹了口气，“不过，我不想再顺着你了。”他的口气既疲惫又失望。“我们彼此心知肚明我在说什么。”

这位黑色行动长官缓慢地挠了挠后脑勺，双眼凝望空中陷入了思考。他们沉默了几秒钟后，他最终说道：“我一会儿就回来。”

车门被打开，阳光照射进棚里，再次证明罗森布拉特并没有失去意识很长时间。几分钟后，这位黑色行动长官回来了，手里拿着两个塑料瓶的冰水。他给罗森布拉特的右手解开手铐，将其中一瓶水的瓶盖拧开，并递到这位高大结实的物理学家面前。

这个自称杰克的人再次坐到了他的俘虏对面，他从自己的瓶子里嘬了一口，然后仔细地看着罗森布拉特。“你一直在对我说谎，罗森布拉特博士，”他不以为然地说着。“我知道。但现在为了我们余下的友谊，我愿意忘记过去。不过相信我，有因必有果。如果你再说谎，你将会领略到鲜有人尝试过的痛苦。”

杰克停顿了下，希望他刚才的话能够被充分理解。

“为了表达我的善意，我准备给你讲个故事。我相信对这个故事你一定很熟悉，但我只想让你了解我所掌握的已经有这么多，你再继续试图回避已经毫无意义。下次你如果还想骗我的时候，请记住这些。”他稍作停顿，“好了。这个故事是关于一个非同寻常的女人，她叫琪拉·米勒。”

杰克仔细观察着罗森布拉特的表情，但物理学家在听到这个名字的时候并没有任何反应。

“琪拉是一个非常杰出的基因工程学家，她研制了一种方法可以改变大脑细胞联结的方式，每次能够持续大概一个小时。把经过基因改造的病毒放在胶囊里，或者之类的东西，吃下之后会有一系列连锁反应，她的大脑就进行了重新联结，于是可以拥有无法估量的智商。”

罗森布拉特难以置信地皱起眉头，“你说你要给我讲个故事，”他平静地说道，“我没想到你会讲个科幻故事。”

杰克的上嘴唇蜷缩起来，“我对你已经足够耐心了，博士，”他冷冷地说道，“但是我的耐心是有限的，不要再继续挑战我的好脾气了。”罗森布拉特闭口不再说话，杰克顿了顿，继续说着，“在琪拉成功研发了这种能力后，她杀了一些人，然后逃脱追捕，并且消失了。有人说她做了一些很糟糕的事情，比如企图和圣战者们一起消灭数百万人的生命，这一类的事情。有很多人都在寻找她，但没有人成功。后来有个名叫戴维·德什的前特种部队特工也被派去找她。他很坚强，聪明又爱国。最后他找到了她。但是像他那样爱国的人，最后居然被琪拉策反了。我们只能猜想，琪拉拥有无法估量的智商，她就能抓住别人的弱点。”

杰克停下来，拿着水瓶喝了一大口水。罗森布拉特这才想起他面前的水，他也拿起来喝了一口。

“有趣的是，美国军队的每一台机密电脑都获得了一份来源可靠的报告，显示我刚刚告诉你的这些全都是错误的。那些对她的指控和证据全都是假的，她不过是个被人误解的女童子军罢了。这一切都是她被人陷害的。德什也是。更糟糕的是，琪拉和德什在一切真相大白之前却被人谋杀了。”说到这，杰克停了下来，目不转睛而又有所期待地看着罗森布拉特，似乎不等罗森布拉特说点什么来让他作出判断的话，他就不会再讲下去。

“但是你不相信这些记录是真实的，”罗森布拉特这时说道。

杰克这次花了更长的时间静静地观察被束缚的俘虏，“不错。”他终于开口说道。“事实上，我知道这些记录不是真实的。琪拉·米勒和戴维·德什根本就还活着。就算没有琪拉那般超高智商，他们两个已经是难以对付的组合了。再加上他们具有可以给自己增加无限智商的能力，整个世界都任由他们摆布了。他们将整个国家和政府玩弄于股掌之间。我们还得知，他们经过挑选还招募了一些其他人员，原因不明。我们怀疑这些人中大部分被琪拉和德什所蒙骗，这些人并不清楚他们的最终目的。不管这个目的是什么，以常人的智力是很难预测的。”

杰克停下来，“尽管我们掌握了这些，但我们还是无法确认他们招募的人的身份。”他朝着物理学家示意说，“直到之前为止。”

“我吗？”罗森布拉特难以置信地问。“就是这个原因吗？你认为我和那两个人有关系？我以前从未听过他们中任何一个。也从未听过你说的那个神奇的灵药。”

杰克不理会他。“他们在掩盖自己踪迹上确实已经做得很好，”杰克几乎带着赞赏的口吻说道，“当你想到他们竟然做到让所有人没有理由相信他们还活着，你会感到更为惊奇。我们最终认识到，我们最大的希望，就是找到一直名不见经传，且没有琪拉·米勒的智商提升前提下也同样先进的技术。我们入侵了成千上万台电脑，其中包括数学家和科学家，他们都是各自领域的领尖人物，就像你一样，而且都受雇于以科学为基础的公司和研究机构。我们用最先进的超级计算机和专家系统对这些电脑里的内容进行了分析。”

杰克停下来，再次把塑料水瓶拿到嘴边，“我刚开始不能理解这些被分类筛选过后的技术，”他继续说道。“是否能代表真正具有超越性的先进意义。但我们还是成功了。”杰克稍作停顿。“当然，系统大多数时候都会误报，但是你的作品的报告是正确的，这是超越人类的突破。”

杰克挑起一边的眉毛说，“你一定很想知道电脑除了你以外，给我们指出的另一个人是谁。电脑只是负责一些比特和碎片数据，并没有真正指向何处，但却已经足够先进了。这个人是位于加利福尼亚州戴维斯市一家名为国际先锋物理公司的私人物理学研究所的CEO。”

杰克观察着罗森布拉特的反应，但他的俘虏还是面无表情。一瞬间，杰克的脸上掠过一丝难以察觉的失望之色。

“他是下一个你准备要绑架的无辜市民吗?”罗森布拉特问。

“我想我们彼此都知道答案，”杰克回答，不理会俘虏尖锐的问话。“我很想跟他好好聊聊天。不过他已经死了，他腹部中枪，表面看来一个纵火犯放火烧了他的实验室。事实上这已经是十一个月以前的事了。我确信你是清楚的。当我们进一步调查他的背景时，却碰了壁。这一点让我们更加确信，他同米勒和德什一定有关联。”杰克抬了抬眉毛。“不过没关系。我有信心，关于其他的事情，你可以告诉我们他的历史，帮我们弄清真相。”

罗森布拉特张大嘴想说点什么，但转念又决定保持沉默。

杰克俯身向前，他的眼睛直逼着俘虏的双眼。“现在就是说出真相的时刻了，罗森布拉特博士。我需要你告诉我所有的事情。这是你最后的机会。我不想啰嗦。从现在开始，你必须百分之一百五十的合作。”

“我一直在合作，”罗森布拉特一口咬定。“只是你抓错人了。我真的不知道这个为什么会出现在我的电脑里。我只知道那不是我放进去的。”

杰克的眉头皱得更深了。“说失望都不能表达我现在的情绪。”他咆哮起来。一把抓起桌上的平板电脑，手指划过屏幕。

当他把平板再次放下时，那些图形不见了。屏幕上播放的是即时影像，背景是罗森布拉特在内布拉斯加州奥马哈市的家中客厅。杰克的两个手下全副武装，坐在栗色的真皮沙发里，看起来面无表情却十分危险。

而躺在地板上的是罗森布拉特的妻子和他们那三个年幼的孩子。

3

罗森布拉特喘着气，脸色越来越白。“你对我家人做了什么?”他尖叫着，挣扎着想从椅子里挣脱出来，由于用力过猛，他那仍然被铐在椅子上的左手腕几乎都要被折断了，而他却毫不在意。

“我警告过你，这不是在玩游戏，”那个黑色行动长官轻声说道。“我告诉过你，相比之下你会更喜欢身体折磨。”他悲伤地摇了摇头，“好消息是他们没出什么事。”他停顿了几秒，又继续道，“到目前为止。”

杰克从自己口袋里掏出一个手机，将它放在面前的桌上，“至于他们的现状能持续多久，就取决于你了。”

摄像头开始在房间里扫描拍摄，图片传到了杰克的平板上。杰克的一名手下脚踩着罗森布拉特家里米黄色的地毯，站在红木书架和婴儿三角钢琴前面。摄像头定格在了一张罗森布拉特和家人的合照上。照片里的罗森布拉特又高又瘦，一头卷曲的棕色头发，衣服剪裁合身，两只胳膊分别搂着他五岁和七岁的女儿。他的妻子个子不高，微显丰满，站在他们八岁的儿子麦克斯的身后。他们脸上都露出幸福的笑容。

杰克把手机拿到嘴边，“让他确认一下他的家人暂时都很好。”他发出指令。

几秒钟后，罗森布拉特家人的脸庞又回到画面中，摄像头依次近距离地拍摄他们每一个人。每次停留的时间足够长，以便罗森布拉特可以看到他们每个人胸口有细微的起伏。

“他们只是失去了知觉，”杰克说，“在平静地睡觉。我们在今天早晨他们醒来之前进去的，给他们注射了昏迷的药物。我想尽可能以最人道和富有同情的方式进行。如果你合作的话，他们永远也不知道发生过什么，永远也不知道他们曾经遭遇危险，余生也不会有任何心灵创伤。”他的表情又变得严峻起来，“但是我警告过你，如果下次你再说谎，或者不合作的话，他们中的一个就会死。如果合作失败，那么第二个就会死，以此类推。就从最小的那个开始。”他停下来，靠得更近，“她叫杰西卡，对吗?”

“混蛋!”罗森布拉特歇斯底里地吼道。“你这个该死的混蛋！你敢碰他们一根手指！我会送你去地狱受死的。”

“你以为我愿意威胁你家人吗?”杰克轻声说道。“你认为通过伤害无助的孩子能让我得到某种扭曲的快感吗？这是我最不想做的事。但我必须这么做，而且不能有任何失误。是的，我知道我会在地狱里腐烂，但是我可不想成为一个畏首畏尾的人。琪拉·米勒现在代表了人类历史上前所未有过的最大威胁。”

“琪拉·米勒代表了人类最大的希望!”罗森布拉特吼道。

钢制的棚屋里出现了几秒钟的沉默。

“你终于决定承认自己跟他们有关联并且与我合作，我真是轻松了不少呢。”杰克说。

罗森布拉特苦涩地指了指电脑说，“看起来我没有别的选择。”

“你能认清这一点，也让我轻松不少。请理解，不管他们对你说过什么谎言，米勒和德什一定会被阻止。米勒的确取消了她的生化恐怖袭击计划，但是她正在酝酿更为严重的事情。”

“琪拉·米勒是我见过的最杰出、无私和有同情心的女性。”

“她的确杰出，这毋庸置疑。但她同时也是个骗子。明明是个连环杀手却总以圣人的形象示人，这确实也是一种非凡的才能。”

“我不知道你是从哪儿得到这些信息，但这些都不是真的。”

“是吗？琪拉·米勒从一开始就是一个反社会的人。你知道她的疗法有副作用吗？它甚至会把模范市民变成自大狂，变成你眼中的、像我这样疯狂追逐权力，肆无忌惮的怪物。”

“我当然知道！我自己也使用了。你知道这个方法，我才能完成你看到的卡拉比－丘流形成果。”罗森布拉特摇了摇头，“但是我再说一次，你所知道的有关她的一切都是错的。她提升自己——我们这样说——的次数比她可以允许的要少得多。为什么呢？因为她比我们当中的任何一人都更为清楚，那种提升之后会导致反社会倾向，同时她担心会释放出太多内心的邪气出来。你知道这个组织的规模为什么那么小吗？是因为核心成员设定了一个超乎你想象的门槛，新的会员加入之前必须要通过这些高标准。那些被认为能成为会员的人选的人格和道德都必须经过各种严格测试，而这些测试只有提升了智力的人才制定出来。只有那些经过测试有几乎可以百分之百的确信能够承受副作用而不会变成恶魔的人才会被招募，而不管这些人看起来多么的有前途。琪拉对这一点的认真近乎到了荒谬的程度。”罗森布拉特说。

这是真的。罗森布拉特拜访研究院的目的就是希望能够为团队至少再增加一名世界级的数学家或者物理学家，但是这一趟是无功而返。本来在研究员里确定的三人已经通过了第一轮测试，他此次来到普林斯顿，是在这三个人不知情的情况下对他们进行进一步的测试，结果失败了。至少三个人都没有达到琪拉的标准。他曾经以为来自斯坦福大学的梵·胡顿，可以在几周前通过测试的，但是琪拉却将他否决了。连续好几个月他们都没有招募新的成员了，他越来越确信，他们不会再招新人了。琪拉和德什变得越来越担忧。随着核心委员会成员被提升的次数越多，他们越来越意识到接近绝对权力的危险，以及他们面对的正面以及负面的赌注，于是他们变得越来越偏执，不能作出哪怕一个错误的决定。

他们曾经非常幸运地拥有五位创始成员：米勒、德什、格里芬、康奈利和梅茨格。由于梅茨格的惨死，核心委员会的成员数现在变为四人。他们每个人在提升智力前都是性情稳定，品行端正，且富有同情心的人。即使这样，他们也没一个达到了现在的标准。在这样的情形下，他们在提升的时候甚至连自己都不信任。他们坚持团队的所有人，尤其是他们自己，只有在从外面上锁的特殊定制的房间里时才能服用胶囊。

但杰克是对的。一台不受控制的大炮，或者一个简单的错误就可以威胁整个世界。琪拉的亲哥哥艾伦就是一个最好的例子。如果当时没人阻止他，很难说他会造成多大的破坏。

“你被她骗了，”杰克轻描淡写地说。“她是不是向你保证过可以延长你的寿命？所以你才这么忠诚？”

“我忠诚是因为我相信她所做的：相信他们所做的。你已经见识过了我在提升智力之后所能达到的成就。仅仅五个小时而已！那你想象一下我们能为人类现状作出什么样的改善！”

“你太天真了。首先，延长生命这事儿本来就是骗人的。

那注射根本也不起什么作用。这只是最后的诱饵好让那些容易上当的人最终上钩而已。你知道她和德什去年都做了什么吗？他们策划了全球几起主要的恐怖袭击。而且我还有确凿证据显示，他们正在谋划更糟糕的事情。”

“如果你真有确凿证据，为什么不给我看看呢？”罗森布拉特以怀疑的口气问。

“因为要让你相信这些事实需要花很长的时间。而且那样的话我也少了不少惊喜。”

“那还真是省事。”罗森布拉特说。

杰克的表情又变得阴沉了。“我们的聊天该结束了。”他咬着牙说。“我要你告诉我，我在哪儿能找到米勒和德什。然后，我还需要他们的小阴谋中每个人的名字。”

“我会把我知道的全部告诉你。”罗森布拉特说。他又瞥了一眼电脑，看到他无助的家人和旁边拿着武器的武装人员。“但是我无法告诉你怎么找到他们，”他补充说道，声音充满了恐惧。“他们和另外两位核心委员会成员比你们想象的更为谨慎。他们一直在更换地址，除非有必要，否则他们都不知道其他人的下落。而我只是一个初级会员。”

杰克的表情显得很可怕。“我警告你，博士，”他平静地说。然后他又朝着手机说了几句话，平板电脑里，杰克的一名手下拿出了一把大口径手枪，罗森布拉特那正在熟睡的五岁女儿的额头上出现了一个小红点。她穿着一件亮黄色的太阳裙，有着天使般安详的表情。

罗森布拉特极其惊恐地摇了摇头，眼睛都快要蹦出眼眶。他爱这个美丽可爱的小姑娘超过其他一切；小女孩的内在精神和对生活的热爱具有极强的感染性，在她身边有永无止境的欢乐。他强忍住内心的愤怒。

“你有30秒来告诉我怎么才能找到琪拉·米勒，罗森布拉特博士。不要用假的地址来拖延时间。如果米勒不在你说的地方，那死的就不只是你女儿了。你知道，我说到做到。”

罗森布拉特迫使自己的注意力从平板电脑上移开，开始思考。他们真的会如此冷血杀死一个五岁的孩子吗？他不愿意去相信。但是他又怎么能去冒这个险呢？

但是他怎么能出卖琪拉·米勒呢！他清楚地知道她和整个团队努力的目的是什么，他们会为整个人类的利益带来什么，包括为几十亿人延长他们的生命，以及有可能使这一代人能够永生。抓他的人告诉他，这是个谎言，但他自己亲眼看到了真相。他知道杰克对琪拉的其他指控也都是伪造的。德什、米勒和他们整个团队都被人诬陷了。他不知道是谁干的，但他知道事情已经发生了。

琪拉·米勒是人类社会取得难以想象的进步的关键，也是人类进化的下一阶段——定向进化的关键。她是星系和宇宙中终极跨越式智慧的先驱者。罗森布拉特曾经提升过自己的智力，他非常清楚其中的危险，同时他也深切地知道其中惊人的潜力。

他一旦背叛琪拉，一切都会变得岌岌可危。但是他必须要保护他的小女儿。如果需要，他愿意牺牲整个宇宙来拯救他的女儿。

但他真的要这么做吗？杰克一定是在虚张声势。他必须这么做。他不能确认罗森布拉特有没有说实话。这只不过是一个测试。如果罗森布拉特在一个不可能的威胁面前，也能坚持己见不动摇的话，杰克就会相信他。没有一个父亲在面对这样的威胁时，还会说谎的。

“我还在等。罗森布拉特博士，你还有10秒钟。”

泪水从物理学家的眼睛里夺眶而出。“我真的不知道，”他说，声音里只剩下恐慌。“真的。”他恳求道。“如果我知道我一定会告诉你的。哦天哪！我真的会告诉你们的。我会做任何事情。请别伤害我女儿。”

罗森布拉特几乎歇斯底里，他已经在崩溃的边缘。他用女儿的性命打赌他能够使得杰克相信他说的是真话。所以，对于永远失去女儿的可能性的担忧——或者更早，他可能预测失误而要为她的死负责——这种感觉到了无以复加的程度。“米勒和德什都是极端的偏执狂，”他喋喋不休。“我可以告诉你们想知道的一切。但是我不知道的事情我没办法告诉你们啊！”

尽管泪水模糊了他的视线，罗森布拉特还是在杰克的脸上看到了深感困惑的表情。这意味着什么呢？他是不是已经相信了罗森布拉特真的不知道琪拉的位置？他怎么会不相信呢？世上没有一个父亲在这种情况下还会隐瞒信息。这才是杰克相信的。他已经使用了这种终极威胁，也绝对相信他已经得到了所有能够得到的信息。现在，他可以确定了。

杰克对着手机低语了几句，在平板电脑屏幕上，那个持枪的男人扣动了扳机。

“不！”身材瘦长结实的物理学家尖叫道，几乎失去了意识——他的头脑无法应对给他心灵上这么沉重的打击。“不！”

“我们是应该接着处理你的二女儿呢？还是你努力去回忆我们在哪儿可以找到戴维·德什和琪拉·米勒？”

泪水继续倾泻到他的脸庞，罗森布拉特的脸被一种完全激愤的仇恨表情所包裹，但却只有那么一瞬间。他太过伤心，除了深深的悔恨和无底的悲伤，已经无力再维持其他的情绪。“我会告诉你你们想知道的，”他克制着啜泣和起伏的身体，说出这句话，但还是令人相当费解。

杰克点了点头。“很好，”他说着，似乎轻易就猜出了他的意思。“但你需要先冷静下来。我五分钟之后再回来。”

杰克离开了钢制的棚屋，再也没有回头看他身后那个被耗尽了心神只剩空壳的男人。罗森布拉特把脸埋在那只没有被铐的胳膊里继续抽泣。

* * *

就在棚子的门被关上的一刹那，杰克就靠在最近的一棵枫树上稳住自己。他颤抖着，努力不让集聚在眼角的水分滑落下脸庞。

他闭上眼睛，做了几次深呼吸，终于能够控制住自己的情绪。他走了大约20码，来到停靠在那里的白色小货车旁边。他的一名手下正监视着这片区域，以防有人入侵，但实际上这里可能是普林斯顿最隐蔽的场所了，他们想不到会有什么人需要被赶走。

他打开小货车的门，钻了进去。他的副手约翰·科尔克少校正在车里等他，他刚才一直通过视频监视器看着审讯室，和他一起的还有一个中尉。

杰克转向中尉，他的眼睛还是湿湿的。“抱歉，”他艰难地说。“我需要和科尔克少校单独待会儿。”

中尉离开的时候，少校注意到长官的眼睛。“你还好吗，长官?”他轻轻问道，脸上写满了关心。

杰克没有回答，但看起来像是生了一场大病。“到底是什么信仰使琪拉·米勒能拥有这样的人?”他低语道，双眼惊恐得睁得大大的。“他怎么会愿意以女儿的生命来冒险呢?”

科尔克严肃地摇了摇头，但并没有回答。

“我不能再这样做了，”杰克呢喃道，他的眼睛又湿润了。

“我曾经参加过许多对手强劲的战斗，我从未抱怨过。但是这一次不管是谁，都太难以承受了。”

“上校，我知道那个场景非常真实。我也知道你必须百分之一千的全心投入。但是你在体验式的表演里过分沉浸。快点把自己拉出来。你知道那只是一个特效。那个小女孩在我们说话这会儿说不定正在幼儿园涂图画书呢。”

杰克摇了摇头。“我知道。但是我对那人心灵的伤害并不是一种特效。我对他的折磨比拔下他的指甲还要残忍。这已经不能简单地说是残忍了。”他望向远方。“如果你看到他脸上的表情……”他颤抖着说，“我自己也有个女儿，我甚至不敢想象……”

杰克垂下眼睛，再次努力让自己镇定下来。

“你必须弄清楚他是否能将谎话坚持到底。”科尔克说，“现在你知道了，他确实做到了。更重要的是，我们将要在24小时内打败这个世界上最危险的人。你可以拯救数百万人的生命呢。”

杰克点了点头，但脸色并没有好转。

“上校，你刚刚再次证明了，你是做这项工作的最合适人选，”科尔克继续说道。“罗森布拉特并不是唯一一个被测试的人。如果为了拯救几百万人的生命要杀死一个无辜的小女孩——哪怕只是假装，也会让你心灵不安的话，你就是最合适的人选。如果你做这样的事情却无动于衷，那你就是最不适合拥有这份工作带来的权力的人。”

杰克看向远方，在长达一分钟的时间里都沉浸在自己的思维中。最后，他深吸了一口气，把手放在了科尔克的胳膊上说，“谢谢你，约翰。你的话很有帮助。”那些话在现实中并不能帮到太多，但是杰克知道那些已经足够了。他还有工作要做。

“既然你已经攻破了罗森布拉特的心理防线，”科尔克说，“还需要那四个人监视他的家人吗?”

“不用了。把佩雷斯和弗格森叫回来吧。告诉另外两个人我们不想惹麻烦，但是一定要小心谨慎，因为他们没有任何的后援力量。如果发生了任何可疑的事，一定毫不犹豫地使用卫星。”

“我会通知他们的。”

杰克点点头，目光转向那个小小的显示器。罗森布拉特眼泪都流干了。他把头还埋在桌子上轻声呜咽。“他都崩溃了，”杰克说。“但我想他终于已经明白了自己应该做什么。我最好回去，得到我们需要的信息。”

“得到信息之后你有什么计划吗?”

“他只是一个无辜的棋子。一旦我们杀了米勒、逮捕了德什和其他核心委员会成员，剩下的就只需要确认没有外围人员接触过她的治疗方案。她是唯一一个有能力从零开始的人。一旦她死了，危机就结束了。我们会把罗森布拉特一直关押着，直到我们找到米勒，之后可以让他和其他人回归到自己原本的生活。我们可以再监视他们几年，以防万一……”

他钻出面包车，但是离开前又转身面向约翰·科尔克。“我很想在他供出米勒之后，就把事情的真相告诉他。告诉他，他的小女儿好好的。那只是电脑做出来的假象。”他叹了口气。“但是当然，我不能告诉他。在我们真正抓到米勒之前都不能告诉他。只是为了预防我们可能还需要利用他。”痛苦的表情掠过他的脸庞。

“记住你即将拯救多少生命，”科尔克重复了一遍。“国家需要你。”

“是啊，”杰克厌恶地说道，“我他妈的成了一个英雄。”

他离开了小货车，车门悄无声息地在他身后关上了。来到钢棚前，他又深吸了一口气，整了整精神，脸上装出一副严肃的表情后，然后打开门。

琪拉·米勒，你在哪儿呢。

几秒钟以后，他——终于——能得到答案了。

4

安东·范·赫顿博士是斯坦福大学应用数学及理论物理系的正教授，他正轻轻踏上自动扶梯，移动到银色台阶的一侧，好让那些赶时间的人能够不受阻碍的通行。他长着一张娃娃脸，头发稀疏并且开始出现白发，戴着一副哈利波特式的黑框圆眼镜，刚好与他泛白的头发以及白色的肤色形成鲜明对比。几个男人和一个女人在距离扶梯的下面十五英尺的地方站成半圆，每个人手里都举着一个写有名字的牌子。他朝着其中一人径直走去，那人身穿棕色休闲裤和一件牛津针织衬衫，浑身上下散发出自信和能力的气质。

“是范·赫顿博士吗?”那人等他走近后问道，将手中写有范·赫顿博士名字的牌子放下。

教授点了点头。

“欢迎来到丹佛。你有托运的行李要拿吗?”

摇了摇头，“我想我只把自己带来了。”

司机点头示意他跟过来。范·赫顿知道他们将要坐车带他去附近一个很神秘叫做卓越研究中心的地方，简称CREX的智囊团。

两周前范·赫顿接到一个自称“德文”的女人的电话——她没说自己姓什么。她自我介绍说是供职于丹佛附近的一个名为CREX的智囊团，希望他可以作为顾问加入他们，并问他两周后可否抽一天空闲时间见面。

他告诉她自己还不能确定。她提议说的那天上午和中午他有几个重要的会议需要参加。

“德文”向他保证，他们很乐意从下午五点到晚上九点都热情款待他。通常情况他们会要求他坐商务舱，但这次他们会为他安排包机飞行，这样他在当晚就能回家。最后德文在说到报酬的时候，是每小时一千美金，范·赫顿立刻觉得她的工作邀请条件实在是很诱人。

每小时一千美金呢。

如果他愿意整个下午和晚上都待在他们机构里的话，他们承诺至少会支付一万美金。

一辆豪华轿车会到他家里来接他去机场搭乘飞往丹佛国际机场的航班。他们唯一的要求是他必须签署一份严格的保密协议，其中包括一项规定，他不得透露此次获得的报酬是多少。

他不知道他是否可以相信，但是第二天他就收到了一个快递包裹，里面装有五千美元的预付金。

对于范·赫顿而言，智力的回报远比经济的回报更吸引人，但这可是一天一万美金啊。而且，他很好奇。他们出这么高的价钱是想从他这里得到什么呢？他并没有对他的研究成果保密。如果他们想知道他的研究成果，他们可以直接去几家学术期刊上看他发表的学术论文。

他曾试图向这个女人询问咨询活动需要准备什么，但她只是向他保证他不需要作任何准备，而且他就是这份工作最合适的人选。当他问到中心地址时，对方告诉他不用为这些操心，会有司机在机场接他，并保证在余下的路程将他安全舒适地送达。

在网上快速地搜索就能找到一个非常专业的网页，上面谈及这个智囊团的使命是为了拓展人类知识的界限，还有他们从匿名捐赠者处获得了大额捐赠。除了这个网站，网上再也找不到有关这个 CREX 的任何信息。很难想象一个有着如此专业网站和如此大手笔的智囊团，在别处完全没有被提及。就连每天帮他采购生活用品的小孩儿的名字，在谷歌上搜索的话估计也能搜到几十个结果。除此之外，网页里没有“联系我们”这一栏，在任何地方都找不到一个地址。

范·赫顿越来越好奇了。

他曾考虑过拒绝，但觉得这样做有点反应过度。一个有匿名捐赠者资助的智囊团想要避人耳目，这也不足为过，而且他确信他们有无数正当的理由让他们这样做。

他的思绪回到了眼前，司机正带领他穿过一个繁忙的停车场，然后在一辆银色工业货车旁停了下来，车的侧面和后部都没有窗户，车身上也没有印任何的标签。范·赫顿还以为他们的机构名称会出现在车身上，哪怕就几个字，比如“卓越研究中心”，不过他们可能决定继续保持低调。至少他们一贯如此。

司机打开了车门，“需要为您搭把手吗，先生?”他问道。

范·赫顿有些迟疑。他原本希望能看到他们到底前往何处，但货车的后部是完全封闭的，坐里面就没法看到了。他张了张嘴想问他是否能坐到前排的副驾驶座，但他注意到有几台很大的计算机显示器小心地放在副驾驶座位和地板上，显然也不可能了。范·赫顿皱了皱眉。“不用，我自己能行，”他说，“我还没那么老呢。”他勉强挤出一丝笑容然后坐进了货车里。

货车里面布置得很漂亮，如同一部豪华轿车的内饰一样奢华典雅，只是没有那么宽敞。一路上车子行驶得很平稳安静。三十分钟后，车子来到了一个小型地下停车场，司机领着范·赫顿穿过一扇门，来到一栋新建成的现代化的办公楼里。

范·赫顿一走进去，就受到一个三人欢迎团的迎接，第一个人长得虎背熊腰，明显比另外两人要高大魁梧得多。他留着长长的卷发和浓密的棕色胡须，看上去有三百磅，但还不算肥胖。“我是马特·格里芬，”他说着，朝范·赫顿伸出他熊掌般的大手，那么有力，似乎要把范·赫顿的手捏碎，但实际上他们握手时却是非常温柔的。“这真是我的荣幸，先生，”这个身材魁梧的大汉说道，他的话语里带着一点博学而又古板的哈佛教授的味道。

“谢谢您，”范·赫顿回答道，这时，格里芬旁边的男人也朝他伸出了手。这个人是欢迎团中最为年长的。他的身材瘦削，头发和胡须都经过精心的修剪。他身上有一股军人的作风，跟那个司机一样。

“我是吉姆·康奈利，”两人握手时，这位年长的人自我介绍说。“欢迎你。”

“我也很荣幸。”范·赫顿回答。

范·赫顿这才注意到三人中唯一的一个女人，她被那个自称马特·格里芬的大个子挡在后面，范·赫顿屏住了呼吸。这个女人绝对称得上惊艳。她给了他一个明媚而真诚的微笑，使得她更为有吸引力。她只是站在那儿，什么都没做，就散发出一种个性的力量，一种光辉，就像是磁场一般。他把目光长时间落在她身上感到很愉快，久久地不愿离开。

“非常感谢您的到来，范·赫顿博士，”她握着他的手说，她的手和手腕纤细却有力。

“谢谢你们，叫我安东就可以了。”

“好的，安东，”她说着，“欢迎来到卓越研究中心。我想你应该还记得我的声音吧。”

“是的。你就是电话联系我的那个人，德文，对吧。”

她的脸上同时出现一个有点坏坏的又有点歉意的表情。“嗯，是的。但我必须得说我向你隐瞒了我的名字。万一你不感兴趣，所以最好用德文这个假名。很抱歉，不过现在已经不需要。我的名字叫琪拉。琪拉·米勒。”

范·赫顿一开始就怀疑这个机构了，现在的见面式让他更为疑心。他甚至想立刻逃回家去，可他直觉告诉他，他已经错过了退出的最佳时机了。而眼前的这个女人，毫不掩饰地大方承认之前给了他假名字，她的表情是如此的开朗和真诚，见到他又表现得如此热情，这让他意外地放松下来。

他的目光还是不愿从琪拉的脸庞上离开，这时他感到背后有人用手肘轻轻推了他一下。那个开车载他来这儿的人还在这里，并且也伸出了手，“我也是 CREX 的一员，”他说，“我想我还是等你见过其他人以后再作自我介绍比较好。”

范·赫顿握住对方的手。他觉得这个男人远不止表面看到的那么简单。

“我是戴维·德什。”对方说道。

“很高兴见到你，戴维。”

马特·格里芬控制不住地激动，“你肯定很想知道自己为什么会来这儿，对吗?”他说。

范·赫顿忍住脸上的笑容。不知道为什么他很想回答说，“当然啊，”但是他控制住这种冲动，只是说。“对此我没有疑问。”

“很好，你很快就会知道了。”格里芬说道，带着范·赫顿和其他人朝着大楼中心的一间会议室走去。

琪拉·米勒在这位物理学家身旁大步走着，对他说道，“只是先给你提个醒，等会儿我们要告诉你的内容可能会让人觉得有点荒谬。我们完全理解你在开始的时候会有怀疑的心理。

我们只希望你能保持开放的心态，能给我们一个说服你的机会。”

范·赫顿感觉胃里排山倒海似的翻滚着，“我会全神贯注的。”

他不知道自己将要面对的是什么，如果最糟糕的情况，发现他们是一群崇拜类科学的邪教组织，比如量子宇宙精神教堂或者其他一些类似疯狂理念的教会等，他准备还是先顺着他们，至少希望他可以从他们的公司全身而退。

“我越发好奇了，”他决定现在就开始迎合他们，为了以防万一。“听起来似乎今天会比我想象的要有趣得多。”

琪拉看了他一眼没作回答，但她身边那位步履沉重的大个子做出一个诙谐的动作，“你想不到，”他说着，挑了挑眉毛，“你绝对想不到的。”

5

莫里斯·雅各布森上校，也就是“杰克”，乘坐 F－14 雄猫战斗机迅速到达位于科罗拉多斯普林斯市的彼得森空军基地，他走出飞机上了旁边一辆等候已久的汽车，载着他去附近一架民用直升机。将一架民用直升机停靠在丹佛的街道或者田野上，可能会引起许多他不情愿的注意，可总好过军用直升机那么招摇。夜晚的星空如水晶般清澈，繁星点点，而杰克却无法去欣赏这一切。

“给我报告一下现在的情况，上尉，”他对着手机说道。

“我们根据你说的地址准确地找到了那栋玻璃建筑，上校，”回话的是特种部队上尉，他曾经执行过几次这样的任务。“仓库在东边方向八十码距离处。我们的队伍已经将方圆一百码包围。我们搭乘的民用车辆到达，整个部署过程中也已经使用了最大程度的自由裁判权。我们现在部署了24个人，包括四名狙击手。我们现在在一个工业区，光线不足，正好是下班时间，所以我们可以很确定没有被附近的人看到。”

“你能确定琪拉·米勒和戴维·德什就在这栋楼里吗？”

“是的，长官，我亲眼看见他们进去。和您提供的照片上完全吻合。也有可能他们中的一个或者两人同时会使用替身，或者乔装打扮，但是如果是这样，他们确实太精于此技了。”

杰克思考着。由于他们在使用替身或是乔装打扮两方面都十分精通，他相信在这种情况下那两个人不是他们要找的人的概率基本为零。他已经击溃了罗森布拉特，关于这点他很确定。这位物理学家在六小时前给了他这个地址，同时还泪流不止，向他哀求不要再伤害他剩下的孩子。

这令人感到十分的揪心，不过罗森布拉特已经不可能再说谎了。而且如果上尉只看到了他们中的一个，或许还有可能认错人，但德什和米勒两人一同走进那栋楼，罗森布拉特坚持说那是他们的总部，那就一定错不了了。

“你确定他们进去之后没人再离开吗？”

“我确定，他们还在这栋玻璃大楼的中心。从空间上看，那可能是个厨房，但我认为那是间会议室。几小时前我们就接收到了五个人的热量信号。”

杰克在脑海里搜寻着是不是遗漏了什么，但却没有一点头绪。

自己会抓住他们的，杰克不无得意地想着。但他天性中冷静的那部分立刻恢复，抑制住了他的狂热。据他所知，琪拉他们曾经也遇到过类似绝望的情形，最终还是顺利逃脱。他不能让自己太过自信了。

“谢谢，鲁伊斯上尉。我现在乘坐民用直升机，预计到达时间会在大约二十分钟后。我会让飞行员按照计划在距离三英里外降落，确保直升机的螺旋桨声音不会传到他们那里。”

“三英里吗，上校？民用直升机比军用的噪声小多了。”

鲁伊斯是对的，但他并不清楚他们面对的究竟是什么性质的对手。谁知道米勒和德什的袖子上会藏着什么样的高科技呢？谁知道他们发明出什么样的自动监听装备能察觉到闯进来的直升机呢？一想到这伙人有能力可以提升自己的智力水平，连目前最聪明的人类在他们面前都变成了又傻又笨的大猩猩一般，他就不自觉地紧张起来。

“你说的非常正确，上尉。我希望你把我的话告诉大家，这次的行动，我们的对手他们所拥有的能力和技术甚至在我们之上。千万不要低估了他们，这点尤为重要。”

“收到，长官。”

杰克深吸一口气。是时候了。他必须要作几个重要的决定，而且还得迅速作出。现在的战术形势非常理想，但如果米勒和其他人进入到通往他们仓库的隧道的话，情形就会变得复杂起来，不确定因素会使这次的任务变得困难。

他发誓，不论发生什么情况，他都不会再让米勒和德什逃掉了。

6

范·赫顿由四个人簇拥着来到会议室，这里既宽敞又明亮，充满了生活气息。琪拉爱好植物，她相信植物不仅可以净化室内空气，还对人类灵魂有好处。这栋建筑里的植物比很多室外花园里还要多。一走进会议室里就看到三株中国蒲葵，每一株都高到触碰了天花板，还有两棵阿姆斯特朗国王编织的无花果树，种在圆形的大概一百加仑容量的银色拉丝容器里，刚好跟会议室里现代简约风格十分符合。

他们围着一张高雅的玻璃会议桌坐下，桌子形似冲浪板正好面对着墙上一台五十英寸的显示器。

琪拉尽力掩饰着内心的热情悄悄地研究着范·赫顿。这位杰出物理学家经过了他们的重重筛选，对这个项目而言有着巨大的潜能。他们告诉赛斯·罗森布拉特说范·赫顿没通过测试，这是他们保密工作的一部分，其目的是为了将信息隔离，尤其是私人信息，不论何时他们都必须这么做。罗森布拉特不知道的事情就不会伤害到相关的人。

“安东，”琪拉开始说道，“我们感到万分荣幸你能加入到我们队伍中来。但我想直接进入正题。不过我想再说一次，希望你能保持耐心和乐观的心态。我向你保证我们所说的一切都是百分百真实的。我们会证明给你看的。”

范·赫顿的脸色凝重，看起来有些不安，但他只是点了点头什么也没说。

琪拉的风格向来是单刀直入。“我是个分子生物学家，”她说，“几年前我发明了一种基因疗法。这个疗法，每次大概一小时，能把人类的智商提升到，嗯，目前还没有一种其他更好的说法，提升到一个无法测量的高度。”

范·赫顿眨了眨眼睛，似乎不太明白这些话的意思。他的脸上露出一脸奇怪的表情。“无法测量的高度?”他重复念着，好像耳朵不太灵光了似的。

琪拉点点头，“嗯，没错。”

她看得出范·赫顿在尽力保持着面无异色，但他的脸上还是闪过一丝怀疑的冷笑。范·赫顿看了一眼桌上的其余三人，似乎希望从他们的表情中看出这是一个精心炮制的玩笑，而自己被他们愚弄了。琪拉甚至可以想象出他头脑里的想法。他肯定在猜想这是某种仪式吗？是不是在测试他会有什么样的反应？不过琪拉知道，更大的可能，他或许会以为自己被骗进了一个危险的具有妄想症的狂热主义分子的公司。

“人类的大脑具有无限的潜力。”琪拉继续说道。“但大脑的联结方式是为了生存而并非单纯的智力。自闭症者给我们提供了一个这种可能性的启示。有的自闭症天才可以看一次就背下电话簿上的所有号码，有的可以进行十位数乘法计算，比计算器的速度还要快。如果你能释放出比这些人还要强大的能力，可以跨越所有领域的思想和创造力，那会是怎么样呢？”

范·赫顿眯起眼睛思考这个问题。他歪着脑袋，脸上的表情开始少了些怀疑，多了些思索。“你继续，”他说。

琪拉继续说着，康奈利和德什欠身离开了房间。琪拉描述了自己是如何先对动物进行实验，然后把自己当作了人体试验品。她还描述了人类大脑巨大的可塑性，人类的智力可以达到十倍的变化，智商从25增加到200，就算没有得到优化，大脑本身就含有无数的神经元联结。她解释说她最终研制出一种含有基因病毒的混合物，装入到胶囊中，将遗传基因释放到大脑，几分钟内大脑就进行重新联结，将会产生有序的神经元连锁反应却从来不会进行随机的进化。她还向他解释，告诉他所有这一切是因为他们希望他能加入他们的事业，随后她会对此详细说明。

随着时间过去，范·赫顿开始不停提问和发表意见，看上去他已经不可避免地参与到这个智力讨论中来，虽然他还是有点不情愿。

最后，琪拉播放了早期在老鼠身上做的实验录像，与恐怖片里的那种令人厌恶的下水道老鼠不同，这些实验老鼠面白，还有米奇老鼠那样的粉色大耳朵，使它们看上去非常可爱。录像中这些啮齿类动物正在进行经典的水迷宫实验，水里掺了奶粉呈现出不透明状，它们在这个类似浴缸的热水容器里惊慌地游泳，直到它们找到水下平台所在的位置。虽然老鼠天生会游泳，但是它们总是快要淹死的样子。实验重复了很多次，这些被测试的老鼠一直花了大部分时间在找水下平台正确的方位。

录像随后显示了有一只老鼠刚刚进入到实验当中，并且从未经过训练。这只老鼠体内注入了琪拉的病毒混合物，二十分钟后把装着它的笼子俯视对着水迷宫，让它可以观察那只未接受注射的兄弟在水里扑腾，最后，还是很偶然地找到了平台。

一旦这只注射过的老鼠被放入水迷宫，它就箭一般地径直地朝水下平台的方向游了过去。

琪拉解释道在这种情形第一次发生时自己是多么的震惊。这只老鼠通过观察自己的同伴一次，就通过了这个实验。仅仅一次。这是前所未有的。

录像放映到一半，德什和康奈利回到会议室，还带来水，软饮料和一托盘的烤牛肉、鸡肉三明治和金枪鱼沙拉三明治，无疑是事先准备好了放在附近冰箱里的。录像播放完毕，琪拉也完成了她的解说，男士们也填饱了肚子。

琪拉用一个黑色的小遥控器关了屏幕，将注意力转回到范·赫顿。他陷入了沉思。琪拉从他的问题和反应中感觉到，他想去相信这些，但是她的说法实在是过于奇幻和大胆了，他无法立刻抛却最后一丝怀疑。琪拉对于这样的反应并不感到陌生。

“我们都知道，我刚才告诉你的一切有可能是事先精心布置的骗局，”琪拉说道。“而且老鼠的录像也有可能是伪造的。”她停顿了一下，“我还可以继续给你展示一些明显超越现有技术的发现和发明。我们以前也这样做过，结果各样。安东，有些人和你现在一样，后来放下防备相信了我们，而有的人还是保持怀疑。如果你曾经看过拉斯维加斯的魔术表演，你就会相信在那么近的距离任何事物都有可能是假的。不论是发明，录像，诸如此类。”

范·赫顿让自己露出了一个浅浅的微笑。“确实，但至少我相信你是一个分子生物学家。你的关于大脑和基因工程的知识令人印象深刻。我必须承认你的陈述令看似不可能的事情也变得合理。”说到这里，他停了下来。“但你说得对。我还是无法绝对相信，认为这些很有可能是魔术表演，是一个个逼真到令我眼花缭乱的魔术。”

有好几秒钟，房间陷入了完全沉默。琪拉从托盘上取了一块烤牛肉三明治，正好与格里芬的眼神相遇，对他做了一个旁人难以察觉的点头动作。她的展示部分就此结束了。一直以来德什坚持琪拉没必要参与这一部分讨论，因为常常会有不愉快。不是因为她是女人而他们是男人，而是因为她是团队中公认的知识领袖，他们一致认为她保持超然是很重要的。

大个子长舒了一口气，“唯一能让你完全相信我们的方法只有一个，”他说道，“就是你自己吃一颗基因胶囊，自己感受一下。”他稍作停顿好让范·赫顿消化他的提议。“我向你保证这药的效果没有什么危险性，而且只会持续一个小时。事后你会觉得非常饥饿，不过我们会为你准备高血糖的食物。”格里芬微笑着补充道，“这跟我们在大学里尝试过的大麻实验相比，只算得上是小菜一碟吧。”

德什正眼凝视着范·赫顿，问道，“你愿意尝试一下吗？”

物理学家取下了黑框眼镜，揉了揉眼睛，然后又将它重新戴上，说：“如果我不愿意呢？”

“我们会尊重你的决定。”德什说，“我自己在刚开始时也是不情愿的。这就好像是让你服用迷幻药。我们跟你说这对身体无害，是说在失去效果之后无害，但是你必须毫无保留地相信我们。这是关乎大脑的改变。我们没有人会因为你不愿意盲目介入这样的事情而责怪你。”

“那么我拒绝是可以的哦？”

德什扮了个鬼脸，“实际上是不行的。”他说：“恐怕我们还会坚持要你试一试。我们知道强迫你进行尝试有些不道德。只有想到结果可以证明手段，我们才能感觉稍稍好一些，我们也知道这种说法也是为我们不当行为开脱的最后说辞。但我知道，等这一切都结束以后，你会感谢我的。”

“感谢你强迫我做我不愿做的事吗？”

德什点点头，“和你不同的是，我们知道这个药丸没有副作用。”德什歪着头说，“假设你遇到一个原始人，因受细菌感染快要死了，而你有青霉素。这个人对此一无所知也不确定是否可以相信你，他认为他自己能好起来而拒绝接受你的药。但是你知道这个抗生素可以救他的命，不然他就会死。那么你会强迫他使用吗？”

“是的，”范·赫顿迟疑片刻，“我想有些人可能不会，但我会，”他摇了摇头，“但这真是我听过的最牵强的例子了。我不是受到细菌感染的原始人。现在的问题也无关乎生与死。你的这个类比真是漏洞百出。”

德什笑了，“真是一点都不拐弯抹角，教授，那么告诉我们你的真实想法吧。”

格里芬也笑了，“你还不明白吗，范·赫顿博士……哦不，安东，”他改口道，“招募聪明人的同时，问题在于，他们都太他妈的……聪明了。不容易被说服。”

“你看，”德什说，“我们希望你能自愿接受。但我们也做好准备，在必要的时候强制执行。尽管这么做我们没有任何道德立场可言，我们也不以此为荣。但我们不能让你离开，除非你达到我们称之为‘提升’的状态。”

“为什么呢？为什么会这么重要？”

“因为所有人，哪怕只接受过一次智力提升的，都加入了进来。”说话的是康奈利，在整个过程中他大部分时间都保持沉默。“如果你不亲身经历一次，不相信我们所说的一切都是真的，那么我们就有极大的安全危险。你对我们了解得太多了。”

“那么你会自愿吗？”德什追问道。

“我不确定我们对于‘自愿’一词有相同的定义，”范·赫顿回答，“基本上，我的自愿选择就是自己服下胶囊，或者被强制将胶囊吞下去。是这样吗？”

德什皱起眉头，“我真的感到很抱歉。你是个好人，也是个杰出的科学家。我们仔细地观察过你，而且我们都很佩服你。现在的关键是，我很确定，一旦你经历了我们所经历的事情之后，你一定会原谅我的。并且你会理解我们不得不作出的权衡。”

范·赫顿叹了口气，然后点点头说。“好吧，”他屈服道，“就来试试看吧。很明显，不论我说什么，我都要，嗯，自愿地服下一颗这样的药丸。我确实感到很好奇。如果你们是一群危险的狂热分子的话，那你们也是我见过的最顽强的也是最值得尊重的狂热分子。”

“谢谢，”德什露出一个狡猾的笑容，“我想说。”

琪拉和格里芬带着范·赫顿来到旁边一间全透明的、非常宽敞的房间，德什和康奈利继续留在了会议室。房间里只有一把被固定在地上的钢椅，椅子前有一只鼠标和一个激光虚拟键盘。四台显示器悬挂在房间外，从椅子那里可以通过厚厚的树脂玻璃墙轻易地看到电脑。

“这里就是我们的提升室。”琪拉介绍道。“一旦你进入这里就别想再逃出去。即使你即将会变得绝顶聪明，也无法逃脱。”

范·赫顿扫视着房间，琪拉在一旁等待。

“键盘和鼠标连接的是这间屋子外面的一台超级电脑，”琪拉继续说道，“电脑与网络连接。但只能通过这种方式，你可以访问网络以获取信息。另外有更强大的超级电脑在监控你的一举一动，一旦它检测到任何企图侵入某个网站，或影响到外部计算机的行为，它都会进行拦截和阻止，除非是事先经过批准的。你如此优秀，可以绕过一般程序员设置的防火墙，但马特设置的这个防火墙是在他提升智力后完成的。”

琪拉停下来缓了口气，“当你获得突破，你要尽快把这些输入电脑。有个好消息是，你可以以你正常速度的很多倍来进行输入，而且不会出错。”

琪拉在一个人脑与计算机接口上操作着，经历过一次服用胶囊之后的几个片段里，她相信自己可以创造出一个方法可以把人类的想法直接输入到电脑，这样可以省去打字环节，促进药丸作用引导大脑以一百倍效果产生突破。

“我们会对你进行监控，”琪拉告诉范·赫顿，“但我们不会试图和你交流。因为这是你的第一次提升，我们希望你可以完全不受干扰地去飞翔，不需要分出哪怕一小部分注意力来跟我们这样的笨蛋对话。”

“你想得很周到。”范·赫顿冷冷地说。

格里芬问道：“你准备好了吗？”

范·赫顿点点头。

琪拉递给他一颗胶囊和一瓶水，这位斯坦福大学物理学家深吸一口气，然后不讲条件地吞下了胶囊。

琪拉拿回水瓶，和她的同事一起退到厚厚的门外，他们待会儿会把这里锁得比地下室还要牢固。

“胶囊产生效果需要几分钟的时间，”琪拉说道，“当它开始……算了，我们这样说吧，你马上就能体会到了。”

7

杰克坐在向北飞行的直升机机舱内，心里盘算着各种可能性。他知道，最简洁明了的方法就是带上压倒性优势的人手直接冲进那栋楼，近距离制服他们将他们带出，这是典型的点杀本·拉登方式，也是最可行最直接的方法。

但是，如果是其他任何一个组织的话，在这种情形下风险要小得多。如果这些人中的一人能够避开他的手下，有足够的时间服下一颗胶囊并等它产生效果的话，那么情势就会马上发生逆转。他们的思维高速运转，反应速度也会变得非常快。杰克曾看过类似片段的录像，那真的令人印象深刻。

对他来说，任何一点点风险都太过冒险了。他必须万无一失。他把那个沉重的黑色头戴听筒的右侧抬起来，由于戴的时间过长一只耳机滑进他的耳朵里，由一根细绳跟他手机连接。绳索上绑着的一个小麦克风挂在他的嘴边。

“鲁伊斯上尉，”杰克对着麦克风呼叫，“他们在里面做什么?”

“仅凭热量信号不可能确定他们在做什么，但是他们大都是坐着的。每过几个小时，他们会起来走动一下，会短暂地分开，会有点坐立不安。根据我的经验，他们像是在进行长时间的会议，偶尔会去洗手间和喝水休息。”

杰克点点头，“他们现在是在一起的吗？”

“是的，长官。”

特殊时期采取特殊手段，杰克心里想。这就是他的部门当初存在的原因。当然，在事后由于他的行为，他始终会受到别人的质疑和批评。这次的威胁不是包装整齐漂亮的小型核弹。跟核弹不一样，有人可能会说米勒和她的同伙所带来的威胁被过分夸大了。但如果他不是对他们的活动情况和潜在的破坏能力有这么深入了解的话，他也有可能会这么想。现在已经无法回头了，他知道要做什么。

“这样吧，上尉，”杰克说道。“计划是这样的。我打算派一架轰炸机飞到他们无法监测的高度，然后投掷一枚五百磅的联合直接攻击弹药。”这样做会使那栋建筑里包括蟑螂在内的所有生物都蒸发掉。

“联合直接攻击弹药吗，长官？”上尉难以置信地问道。

杰克不会责备他的手下有这样的反应。在美国的本土上，对一栋民用建筑投放一颗智能炸弹，没有比这更不当的了。但以现在的局面，这是最好的办法。他们的目标和其他建筑相隔甚远，而且周围鲜有车辆往来。

“你没有听错，上尉，”杰克说。“我们事先设置好爆炸时间，等它进入到大楼里面之后再爆炸。米勒和德什无法得到预警，也不会让周围的人看到。”

这样的精度可以降低大楼坍塌时的连带伤亡，除非有人还在大楼方圆五十码的范围内活动。但是尽管如此，杰克还是想保证百分百的确认。“让你的人在接近目标大楼的主要入口处设置无人路障，确保没有人无意闯入到你现在的范围内。我要你为轰炸机的飞行员铺路，当时间到的时候，能够为他清场。”

“收到。那么你怎么解释这次爆炸呢，长官？”

“燃气泄漏？润滑油起火？我不知道。我想我们有一些极具创造力的新闻发言人能够妥善处理。我有信心我们可以过这一关。”

“长官，您确定这样做是必须的吗？即使他们比我们都厉害，但我们有人数优势和战术位置的优势，我们活捉他们，把他们带出来而不需要联合直接攻击弹药。我很确信。”

杰克的脑海中浮现出一个电影中的场景。几个警察冲进一栋大楼逮捕一个女人。警察们以为自己已经掌控了局面。当时负责指挥的陆军中尉说，我以为我们能搞定一个小姑娘。杰克想起片中一个角色那面无表情的声音，是一位名叫史密斯的特工，喃喃地低声说道：“不，中尉，你的人已经都死了。”

一个充满困惑的声音传到杰克的耳机里。“抱歉，上校，但我不明白您的意思。”

杰克清了清嗓子，“我说，按我说的做，上尉。执行我的命令。”

8

范·赫顿坐在房间里唯一一把椅子上，闭上双眼，等待着……他不知道会发生什么。这个药丸大概只能起到一点安慰剂的作用，但他怀疑有可能是强效迷幻药，也有可能是致命的药物。

现在不管发生什么情况，不管药丸的效果怎样，他都已经无能为力了。无论那颗胶囊里面是什么，现在正流淌在他的血管里，他没有能力也没有敏捷的手法可以将它去除了。

他把思绪转回到刚刚离开的那群人身上。他们看上去非常真诚，富有爱心。不是那种精神病，由于听到喳喳的鸟叫，就觉得是在告诉他，因为人性的美好不够真诚和美好，他应该杀死他的妻子。

但有一件事他可以确定：琪拉·米勒有一种自然的力量。她能够将身体和智力有效结合，是如此的有吸引力，是他从未见过的。她还有卓越非凡的极强的说服力、魅力和成功的个性。如果他还年轻的话，他肯定会迅速爱上她的。

他的脑子快要爆炸了。

他大脑内的数百万神经元进行重新联结，几乎同时伴随这一系列的连锁反应的发生。

他的呼吸变得急促起来。

他的思维之前一直以步行速度行驶，但突然间就变成了翘曲飞行，甚至可能还不止于此。他的大脑思维此刻正在相当于星际间冲刺，而他大脑中的这个星空变得越来越长，越来越模糊，最后完成了不可能的跳跃来到多维空间。

他们说的都是真的！全部都是真的！

他分出了一些思维来思考这个问题的影响，剩下的部分继续探索新发现的力量。

不知为何，他知道自从药物产生作用过去了1.37秒——仅仅只有1.37秒。他不知道自己是怎么知道的，但他的大脑现在如同秒表一般的精准。

一个小时——曾经以为是那么短暂的时间——此时突然变得长得不可估量了。

他把注意力转向了理论物理中曾被认为难以攻破的难题，就在他关注这些问题的同时，他几乎立刻就顿悟到问题的答案。

他的十指开始在键盘上飞舞，速度快到自己都难以置信。

一开始他以为这个神奇的胶囊不会产生什么作用。而此刻他却强烈地希望这个作用永远不会停下来。

* * *

斯坦福物理学家胡乱把又一个玻璃魔鬼蛋糕甜甜圈放进嘴里，并且喝下第二瓶450毫升的苹果汁。

“这真令人难以置信！简直卓越非凡！”他第三次对琪拉和格里芬这么说，完全没意识到自己是在不停地循环重复。

“就算我之前百分百相信你，我也没做好准备会到如此程度！我永远无法达到那种程度，甚至想都不敢想。”

“真抱歉我们强迫你这么做，”德什狡猾地笑道，说着和康奈利一起走进房间。

“不，你不用抱歉，”范·赫顿开心地说着，德什找了个座位坐下。“我也不想说抱歉。谢谢你们，我不知道怎么表达我的感激。或许那个青霉素的比喻没有那么糟。对于需要药的人来说青霉素就像是个符咒，如同这个胶囊对你们来说也是符咒一样。”

“我们的工作是不是做出了很多惊人的突破?”格里芬问道。

“那是肯定的，”范·赫顿回答说，刚才所经历的一切重新涌上脑海。“我能完整地回忆所有我看到的、听到的、读过的内容，以及我有过的每一个念头。而且我可以立即访问到这些记忆。太不可思议了。我对我耗尽毕生精力想要解决的难题进行了仔细的思考。我刚刚将注意力放在这些问题上，仅仅几秒钟，答案自己就出现了——”他停下来，想要找到最恰当的比喻。“就像是个偷窥秀上的暴露狂一样。”

“哇哦，”格里芬叫了一声。“说得好。把智力提升后的能力和现场色情联系起来，这确实让人耳目一新。”

“你不是想让我换个说法吧?”

“为什么要换呢?”格里芬说。

范·赫顿微笑着转向琪拉,“好了,现在把我当作一个真正的信徒吧。现在可以告诉我你们的最新进展吗?”

琪拉脸上露出一个明媚的笑容,“我以为你永远不会问呢。”

“你和德什是恋人,对吗?”范·赫顿出人意料地问。

“这也是你在那一个小时里的发现之一吗?”琪拉开玩笑说。

他点点头。“之前你们在我看来只是亲密的同事。不过对提升之后的我来说,你们就像是举着告示牌宣告你们在热恋当中。”

“这是智力提升之后的附加奖励,”琪拉解释道。“肢体语言和人类行为的细微线索变得如此清晰,就像会读心术了一样。”

“我想你应该也发现了,自己有能力可以控制身体里的每一个细胞和酶了?”马特·格里芬问,“还可以随着意志改变你的生命迹象。”

物理学家笑了起来,“哦,是的。”他笑着回答。“这确实是。总的来说,这是一场终身受益的体验。”

接下来的一个小时里,他们和范·赫顿一起分享了他们过去的经历。包括琪拉早期研制的首批胶囊被偷。她是怎么被诬陷成为生物恐怖分子以及被政府全球通缉。戴维被招募回部队来找她。而一直潜伏在暗处,操纵一切的竟然是琪拉的哥哥艾伦,最初她以为他早已死了。

他们向他解释这个疗法会以危险的方式改变人格——最好的情形是变成妄想自大狂,最坏的情形是变成反社会的人。

德什问他,“你有没有感觉到自己性格上有这样的变化?”

“还没有。我太享受解决难题的过程了。”

德什点点头，“这种副作用在开始会比较温和，但是会逐次累积。”

“对你的审查，比你想象的还要多得多。”格里芬咧嘴一笑，说，“用戴维喜欢的军中常说的话就是，我们把你查了个底朝天。”

“你会很高兴地知道，你的道德素质得分非常高。”琪拉说，“思维和人格的先天稳定性方面也是。”

“你是怎么样得到这些的呢？”

“使用的是在接受了琪拉的基因治疗之后所设计的方法。”德什回答，显然他不想把谈话引导到旁枝末节上。“鉴于你性格中的稳定性，事实上琪拉曾经提议，你第一次提升会感觉像是爱丽丝漫游仙境一样。这并不奇怪，你还没有达到这种效果。”

“只是为了记录，”格里芬说话了。“我从来没有经历过爱丽丝阶段。在所有人中，治疗效果给我带来的负面影响是最大的。加上其他的效果，我就变成了外表最傲慢的家伙。”

“我们大家想出了一个专有名词来形容那个得到提升之后可爱的马特。”德什露出一个灿烂的笑容。“他就是我们说的‘大混蛋’。”

范·赫顿笑了起来，现在的他终于放松下来了。

“好吧，”格里芬说。“我承认这点。我变成了一个混蛋。但我也是个有着巨大创造力的混蛋。”他骄傲地说着，而“巨大”这个词长久以来已经成为团队内部的一个笑话了。

“我们只能允许这种混蛋。”德什说。

琪拉不想破坏了这种氛围，但还有很多问题需要解决。“上校，你能陪安东去了解下整个操作的流程吗？”她说道。

“上校?”范·赫顿重复道。

康奈利点头回答，“以前是。”

“为什么我没有感到惊讶呢?”

“我会把这当作是恭维之言，”康奈利说着从琪拉手里接过小遥控器。“鉴于我们的过去，还有今年年初发生的一些麻烦事稍后再跟你解释，”他说，“我们的安全系统比以往任何时候都要严密。你现在所在的这栋大楼，是我们的总部，可以这么说。我们四个人就是领导人。不是因为我们比其他人更聪明或者更有能力——当然，除了琪拉——而是因为我们是创始人，是元老级的。”

在长达几个月的时间里，琪拉十分反对核心委员会的其他人对她源源不断的赞美之词，她认为太言过其实了，不过最后她还是放弃了争辩。德什的解释是，一个发明了这样一种工具可以带来一个又一个的突破，如同火和轮子一样可以给人类历史的进程带来深远意义和影响，又注定会快速推动人类历史进程的人，是值得被人尊敬和崇拜的。

“当然，智囊团和这栋大楼都只是个幌子。”康奈利继续说着。“这里不是办公的地方，基本上这就是我们的家。这里有卧室、厨房等等。可能把它称作公寓更为合适。我们没有明确地划分区域，不过，”康奈利耸了耸肩，“这是我们最不需要担心的。”

康奈利按了下遥控器，显示屏上出现了一条长长的走廊，大约有高速公路两个车道的宽度，水泥地面和墙都涂上了白色。“这栋大楼的最南面有一条走廊，是条混凝土隧道，在约 20 英尺的地下长约 80 码。它通向一间十万平方英尺的仓库。”

显示屏上闪现出一个没有窗户、看似废弃了的仓库的航拍图像。康奈利解释说，这个仓库已经被完全封闭起来，唯一的一个入口就是那条连接着他们所在的这栋大楼的走廊。他们先是买下了这个仓库，然后才修建大楼和隧道，他们雇佣了许多不同的承建商，小心翼翼地将这项工程的所有记录都伪装、掩藏和混乱起来。

康奈利接着展示了隧道里一排标准规格的高尔夫球车图像，这是他们用来在仓库和大楼柱间来回穿梭使用的。

接下来展示的是仓库的内部结构图。每张图都从不同的视角展示了许多类似艺术实验室的样子。第一张是生物技术实验室，琪拉在这里研制更多的胶囊和她的长寿疗法。其他实验室的图像很快就闪过：有高能物理学实验室、化学实验室、电子实验室、光学实验室等等。每间实验室都很原始，并没有在设备上花费太多。

“我们真的很希望在你离开之前能够有时间带你去参观一下，”琪拉说，“让你看图片实在是有点，唔，太没说服力了，但是我们还有很多事情要做。更何况，提升智力极大地消耗了你的体力，我们会让你多休息一会儿，再吃点东西。”

“你们想得很周到，”范・赫顿说着，突然意识到自己还没吃完最后一打巧克力甜甜圈，此刻感觉自己像是一整天都没吃东西一样，“你们的周到安排令人无法拒绝。”他说。

只有核心成员才知道在肯塔基还有另一个设施大楼，几乎一模一样，也是通过隧道连接着一个遥远的仓库，里面有实验，还有一间屋子用于安全存放琪拉的治疗方法。

他们从全国以及世界各地招募人手，但出于交通上的考虑，他们主要还是集中从美国开始。所有的新成员都是以顾问的身份签约。这样有借口可以常常去拜访各自的设施大楼。尽管如此，他们还是要尽可能地低调行事。

这两个设施大楼距离其主要机场都在三十分钟车程以内，

而且这样一个位置从美国任何地方飞到这里都不超过两到三小时的航程。他们将美国地图几乎平分成东西两半，然后尽量在两半的中心位置找到各自的国际机场，从周边国家都可以搭乘直航飞机抵达。西边是丹佛国际机场胜出，而东边他们则选择了辛辛那提/北肯塔基国际机场。核心委员会成员将时间也几乎平分给了两个设施大楼，但他们始终认为丹佛的设施大楼是他们真正的总部。

“谢谢，”德什说，“我们花了很多心思在这上面。更别提花了多少钱了。但有个好消息是，提升之后的马特基本上可以随意地造钱出来。”

“真的吗？”范·赫顿抬了抬眉毛。

马特耸耸肩，“只是改变了世界各地的计算机系统里的几个像素和字节而已，你的银行账户里就会有源源不断的钱。虽然会有防止此类行为的安全保护和检查系统，但是只要通过把世界上最大的银行和企业里相对适中的款项删除，并克服交叉检查，就可以做到了。我还能保证所有的会计显示，那些像素和字节原来就是不存在的。如此一来，我们就从来没有缺过钱。”

“好办法。”范·赫顿说。

“我们在尽量不要铺张浪费，”琪拉说道，“但我们确实用了，嗯……”她狡黠地看了眼格里芬，“很多的钱。我们签订了大量的制造和其他工作合同，而这些都造价昂贵，再加上我们没有耐心等待。做这些事情的同时还要最大程度的安全保护，以及隐藏我们的踪迹就会需要花更多的钱。”

“还有好处就是，”德什补充道，“如果你需要什么，或者觉得有什么东西对你有用，哪怕只有一点点，你只需要开口就行了。”他拿出自己的手机。“举个例子吧，吉姆和我想要那种可以在战争中幸存的手机，但要看起来跟普通手机一模一样。这部手机造价一万美元，不过它确实很结实：可以像军用手机一样完全潜水，我能用它当锤子把钢钉敲进水泥，然后依然可以查阅信息。”他稍作停顿，“所以不用害羞，如果你想要什么，我们会帮你解决。”

范·赫顿缓慢地点点头。“我会记住的，”他若有所思地回答道。

“回到我们之前的介绍上来，”康奈利说道。“新成员会被分成六人一组。每个人根据他们与两个设施大楼中距离较近的那个编入一组。但由于他们只知道其中一个设施大楼的存在，所以他们是不知道这个的。你可以把这些小组看成细胞。但鉴于这个词经常与恐怖分子联系起来，所以我们决定不用这个词。我们称之为‘六人组’。”

“我知道了，”范·赫顿说，“就像三人组一样，不过这里是六个人。”

“正是如此，”琪拉说话了。“大部分时间里，指定的六人组成员在这里聚集，然后轮流接受提升。我会分发胶囊，当然是严格控制的。我们还会有一个日程安排表，保证各个六人组能够保持隔离。”

“我们在这点上有点偏执。”格里芬补充说。

“是啊，有一点点，”范·赫顿笑着说。“所以不论你们有多少新成员——我知道你们肯定不会告诉我的——每个人都只认识你们四个和他自己六人组里的另外五个人吗？”

“没错，”吉姆·康奈利回道。“我们要求新成员们使用假名，也不要想着去确认相互的身份。”

“我们一直想找像你一样的单身人士，可以少一些顾虑，”德什补充说。“只是为了以防万一。如果他们结婚了，我们会优先考虑没有孩子的人，或者孩子已经成年可以独立生活。我们大多数时候坚持这一点，但也在少数情况下破了例。如果一个六人组暴露了，这项规定有助于他们分散隐藏起来。一旦这种情况发生，对于有妻儿的人来说就非常困难了。他们需要加入我们的一个类似证人保护计划。对其他所有人而言，即使发生最坏的情况，也只是一件简单的事情，帮助他们伪造死亡，然后让他们消失。”

“假死对我来说可不像是个简单事啊，”范·赫顿说。

德什笑了起来，“放心吧，我们对这个很有经验，这可是我们最拿手的把戏了。”

会议室里陷入了长时间的沉默，团队成员想让范·赫顿能够理解消化刚刚说的内容。吉姆·康奈利趁机再次礼貌起身离开会议室。

琪拉觉得这个有些上了年纪的物理学家出人意料地坚持得非常好。他们在进行这个马拉松式的会议期间陪同他去了几次厕所，他们自己也去了几次，但除此之外他们一直在一刻不停地向前赶着。

琪拉朝着面色红润的物理学家做了个手势。“你现在感觉怎样？如果需要的话我们可以休息 20 分钟。我们一下子灌输给你太多信息了，就像是用消防软管喝水一样。”

范·赫顿自然地笑起来，“我很好，”他向她保证。“这些可都是一生的启示，我想我可以让我的大脑再继续多思考几个小时。你们在这里所做的一切真的太了不起了。你就像是一个运转良好的机器。有了这些实验室、资金以及通过你的疗法所释放出来的聪明才智，乌托邦或许不再是个白日梦了。”

琪拉皱起眉头。范·赫顿触到了她的痛处。乌托邦是一个比她想象的更难以理解的概念。就算她可以挥舞着魔杖完成一切她想做到的事情，这个问题却变得越来越棘手。

如果你可以神奇地找到方法完全解放全人类，让劳动全部机械化，让世界变得如此富余而不需要人们用工作来谋生，那又会怎样呢？这就是乌托邦吗？而她对幸福的科学研究表明，这实际上可能是一场灾难。

人类是天生的担忧者。如果一个人的大脑没有被完全占据的话，他就会发现有无穷无尽的事情需要考虑。这个特性使得早期人类预测到了未知的遥远的危险，帮助那些体能上并不出众的人种存活下来，成为地球上的优势物种。因此，适当的休闲和娱乐是好的，但人类还是需要参与到挑战活动中去，只有这样他们的注意力会被完全吸引，就不会分神去恐惧、去担忧，或者感到害羞。

琪拉深知这与当下的主流观点相反。人类感到幸福的时刻，并不是在漫长的休闲时光里，而是当他们长大成人的时候：当他们达成目标时；当他们努力奋斗克服困难而有价值的挑战时；当他们通过努力获得成就感和自尊感时。哪怕是卑微的劳动成果带来的人格上的满足感远远超出大部分人的想象。

如果你的乌托邦太过不切实际，就会变得无聊和不安。有些人会继续努力工作，处处挑战自我，尽管他们无须为自己的健康和财务担忧。但更多的人却陷入到陷阱，以为享受着无尽的休闲和真正的小幸福，其实是被哄骗进了一个低能量的状态。这是一种没有实际意义的进步、成长或是成就的依赖状态，是对人类灵魂缓慢的毒噬。

琪拉开始相信，对于目前阶段而言，真正的乌托邦是不可能实现的，不论在什么条件之下。

德什看了琪拉一眼，他的表情告诉她，他完全知道她在想什么，接下来他将要接过谈话的控制权。他们曾经就人类目前的状况和乌托邦展开过详细的讨论，最后达成了一致，但她也不希望德什就这个问题和范·赫顿说得太多。德什也不会这么做的。相反，他趁机把理解力超强的兴奋的物理学家带回到现实中，这样他们可以完成剩下的讨论。

“我不想打击你。”德什说。“尽管我们有一些相当宏伟的目标，但事情并不总朝着我们希望的方向发展。”他的表情严峻起来。“在很多方面都是如此。”他冷冷地说。

9

杰克还有几分钟就要着陆了，他不想推迟行动，这样他可以有一个很好的观看位置。每一分钟都十分宝贵。转瞬之间，他可能就会失去惊喜的理由。米勒和德什可能决定离开。任何情况都有可能发生。

在这个时刻如果失败的话，结果是无法想象的。好不容易找到他们并已经将他们包围起来，最后却纵失良机的话，那将成为终极笑话，比压根没有找到过他们还要糟糕。

根据罗森布拉特交代的内容，他们的组织结构跟他想的一样出色。六个成员，不允许知道相互的身份。尽管如此，根据罗森布拉特的描述和他提供的线索，杰克有信心最终可以确认其他五位物理学家的身份。

米勒的组织结构有一个好处，那就是小组成员之间互相不认识。但这也存在一个关键的漏洞。由于这些小组成员之间相互没有联系，因此他们每一个人都跟总部直接联系。这意味着每一位成员都知道核心领导人的身份。杰克感到很吃惊他们竟然允许这种情况发生，但鉴于这些核心领导人在法律上已经死亡，并且以为没有人知道他们的存在，那么这种安排或许就已经足够了。

他们保持着行事尽可能地小心谨慎。他们特别注意确保不让新成员知道他们大楼所在的位置。罗森布拉特曾描述团队的每一个成员是坐在一个密闭的货车后厢里被带到机构里的，无法看到外面的样子。这比要求他们戴上眼罩要礼貌得多，但效果却是完全一样。

不过罗森布拉特所知道的信息足以使他们找到正确的位置。米勒犯了一个错误。在一次更新过程中，她在给罗森布拉特的细胞，他们称之为“六人组”进行展示时，把错误的幻灯片放在了显示屏上。只停留了几秒钟的时间，她就意识到自己放错了，但这时间已经足够了。这张幻灯片上做了标注，上面写着“建造中的总部——艺术家式的渲染”。幻灯片的底部显示着丹佛国际机场的图标，而他们的总部被标在东北方向。大楼外墙是大块的镜面玻璃，反射着四周。这栋建筑呈完美的长方形，有两层楼高。从周边的树木可以判断这栋建筑并不是非常大，大约只有15000或20000平方英尺大小。

杰克他们很幸运。如果没有看到这张特殊的幻灯片，罗森布拉特永远也不可能知道这栋建筑的大概尺寸，也不可能知道这栋楼外墙是镜面玻璃，他在大楼里面是不可能知道这些的。当然也就不可能知道大楼相对机场的位置了。

当杰克知道了他们要找的大楼的大小和风格，以及位于机场的东北方向，80码外有个巨大的仓库以后，他还有很多事情要做。他集结调动他管辖的所有资源，包括电脑、卫星和其他等等，他的黑色行动部队几乎马上就找到了这栋大楼，而且德什和米勒的出现也确认了这个位置。

而现在，还有几分钟，他就可以结束这个前所未有的巨大威胁了。

杰克给他的副指挥官打了个电话。“打击米勒的行动即将展开。你目前掌握的情况如何，少校？”

“我们和电脑工程师一直在努力，”科尔克回道，“我们有信心已经可以确认罗森布拉特那个细胞里两个成员的身份，那两个体型最有特点的人。”

“有多自信？”

“非常肯定。这两个人都是卓越的科学家，虽然不是领域内数一数二的，但也是值得信赖的。其中一个供职于大学，另一个在公司。都在六个月前开始定期地飞往丹佛，他们之前从未有过类似举动。银行记录显示在他们首次飞往丹佛之前收到过一笔五千美金汇款，这些都跟罗森布拉特描述的相符合。”少校停顿下来，“在你去皮特森的路上，我安排了人在他们住所附近待命，作好准备听候指示。”

“干得好，少校。告诉他们，一旦我们抓住了米勒就搜捕这两人的家和办公室，注意要额外的小心谨慎，还要保密。在晚上的这个时候，你的队伍必须悄悄地进去，不要引人注意。我希望这些科学家得到最温和的对待。任何情形下都不要对他们造成致命伤害。将他们带回来问话，你还需要做的，就是在电脑前面继续搜索。”

“收到，长官。”科尔克回复道。

10

“鉴于琪拉的治疗有着如此神奇的效果，”这位来自斯坦福大学的物理学家说，“我想你们一定有非常高远的目标。那么你们现在有什么想法？”

“我们在思考一个大计划，”德什回答。“一个非常大的计划。永生。一个超越人类文明的星系或者宇宙。最终，或许是跨越智力的星系或者宇宙。”

“哇哦，如果你们中没有一个人有如此野心的话就太糟糕，现在加入这样一个组织才觉得有意思。”

“所以这就是为什么没有把发明一个杀手射击的视频游戏提上议程的原因。”格里芬抱怨道。“在一些的平行宇宙里，这个组织的目标可没有那么宏伟高大，而我是游戏产业的传奇明星。有那么多美女围绕在我周围，我当然会乐意加入了。”

范·赫顿笑着摇摇头，然后转向琪拉。“戴维提到了永生。我不是生物学家，但你真的觉得这是有可能的吗?”

“是可以的。在未来的五十到一百年内，还需要提升后的智力。”琪拉回答，“在我的智力提升后，我曾设计了一个疗法可以使人类寿命延长一倍。但是现有生物和医疗水平暂时不能再提供更多的支持了。人类的器官是有极限的。除了神经学家以外，要达到永生还需要提升之后的物理学家、机器人专家和计算机科学家，一起找到一种方法可以把某人的大脑思维的量子状态转移到一个更为稳定的人工躯体当中，这个大脑与原本的大脑是没有区别的，就连细胞最小的电子旋转也是一模一样。你需要做的就是每天晚上将你的人工母体自动备份，就像我们备份电脑硬盘一样。所以就算你的人造身体被损坏，你的思维还可以自动地移植到另一个人工母体里。”

“看来你不太相信灵魂的存在，我可以这么认为吗?”范·赫顿问。

“不如这么说吧，我认为灵魂是人类大脑无限宏伟工作的复杂环境下固有的。不论思维在什么地方，灵魂就会跟随。”

“非常有诗意的说法，”物理学家表示赞同。“但是灵魂的问题还只是个开头。你知道还有其他诸多棘手的问题，比如宗教、道德和成堆的哲学问题会随之而来。”

琪拉点点头。“问题多到令提升后的智力都停滞不前了。

生命的意义到底是什么？有多少情感是我们的神经元回路在起作用？又有多少是荷尔蒙的作用？没有内分泌系统，我们还能感受到爱吗？我们还会有什么情绪吗？如果不是，我们是否会失去所有的动力和目标呢？我们甚至还是人类吗？”琪拉停了下来，“对于那些相信有来生的人，永生的过程是不是就剥夺了转世的机会？还有我们那个原始的，有机的自我在死亡后经历来世，会惊恐地看到自己那些苍白的仿制品在宇宙里生龙活虎地存在着。用什么才能阻止有人把他们自己成千上万的大脑拷贝装入成千上万个人造身体里呢？即使你的思维有一份完全一样的拷贝在你死后瞬间重生，原本的你还是会继续存在。那么，这就是永生吗？”琪拉叹了口气，“而且这些问题还只涉及表面，我可以继续说上一整晚。”

范·赫顿露出了一个爽朗的笑容，“显然你对这方面思考还没有完成。”

琪拉笑起来，“还差很多。”

微笑在范·赫顿脸上凝固了好几秒，然后渐渐消失。“长大后，”他说道，“我最喜欢的作家是艾萨克·阿西莫夫，他是个科幻小说家。你们有谁读过他的短篇小说《最后的答案》？”

众人都露出茫然困惑的眼神，除了琪拉。她点点头表示赞赏，“我必须承认我是一个科幻小说迷，虽然在我长大以后，阿西莫夫已经有点过时了，但他还是我最喜欢的作者之一。而这本小说可以说是他最发人深省的作品。”

“我完全赞同，”范·赫顿因为找到一个书迷同伴而显得很高兴。“考虑到那些没有看过这本书的人的利益，我先来讲一个简单一点的故事，但是同一个道理，不过没有阿西莫夫写的那么有趣和引人深思。”

范·赫顿花了几秒钟整理了一下思路然后开始讲述。“有一个人死后，发现自己在来世，被一道灿烂的全方位的光芒所包围。万能的主告诉他，现在他可以永生永世追求他最狂野的梦想，这里没有规则，他可以随心所欲做他想做的任何事情。他可以在瞬间去到任何想去的地方。在开始的一万年左右，这个人很享受这种生活。但过了一百万年后，他对这种生活产生了厌倦，得了一种综合征。他开始厌倦了自己的思维，厌倦了意识的负担。他找到了万能的主请求结束他的生命。但他被告知这是不可能的事情，然后又活了十亿年。最后他感到如此的疲惫和无聊，他再次地乞求万能的主结束他的生命。但是再一次地被拒绝了。‘那么，既然是这样的话，’他愤怒地说，‘那我宁愿在地狱里。’万能的主的声音从包罗万象的光芒深处传出来，回答说，‘你以为你身在何处呢？’”

有好几秒钟，会议室里陷入一片沉默。

最后琪拉点点头说，“这是个很有趣的观点。看来似乎没有完美的世界。我能说的就是至少未来的永生是可以选择结束自己的存在的。或许单调乏味的生存带来的厌倦和无聊是我们有限的智力和视角的一个因素。也或许是我们的内分泌系统。对于提升后智力也不可能有永久的难题需要解决。”

“也许吧，”范·赫顿说道，但还是有些不服气。“抱歉话题扯远了，”他说。“我只是一直对永生的哲学意义所着迷。”

马特·格里芬转了转眼睛，“你真的很适合在这里，是不是？”

“我必须承认，我喜欢处理宏大的想法。既然这个组织在某天能够将一些宏大的想法付诸现实，这就更吸引我了。”他向琪拉示意，“不过让我们回到你刚才说到的话题。你真的已经找到了延长人类寿命的方法了吗？为什么我没有听说过呢？”

琪拉向他进一步介绍了她的长寿疗法，随后分析她相信这个疗法一旦公布会导致灾难。“这段时间以来，不论我们获得什么大的突破我们总会格外小心地检查它的公布可能会带来的影响，特别是意想不到的后果。如同你指出的永生，也有这个问题。”琪拉叹了口气。“但我不得不说我们正在重新考虑这一做法。”

“为什么呢？这看起来很有道理啊。”

“集中的规划不能行之有效，”德什说道。“历史反复证明了这点，但很多人不愿接受证据。更何况，任何的进步都有获利者和失利者。如果我们在19世纪发明了汽车，我们会立刻公布吗？还是我们会推断出它的公布会对繁荣的养马业造成太过沉重的打击？太过于激进的改变会不会使得社会难以接受了？”

“想想《永恒的尽头》吧，”琪拉说着，抬了抬眉毛，“也是你最喜欢的作者。”

在《永恒的尽头》一书中，阿西莫夫设想了一个庞大的超越了时间的官僚机构，它可以随意地改变时间流。这个组织真诚地致力于为大多数人谋求最大福祉，同样也会改变历史远离战争和其他的灾难。它也会主动消除有危险的发现和创新。为了不打乱计划，他们安于现状。但这份仁慈初衷最终也在灾难之中毁灭。

进步和改革，究其本质，就是痛苦的，还会引起动荡。清醒而安全的分析往往会引导文明远离巨大的改变。因此，有时候革命性进步所带来的阵痛是人类生存和进步的代价。

范·赫顿若有所思摸着下巴。“有意思。已经很多年没有想起这本书了。但我理解你的意思。”

“我们的聪明在于，在提升智力之后我们能够意识到自己还不够聪明成为中央计划者。”德什说。“但是，我们的偏执还是会继续一段时间。谈到人类寿命得以延长一倍，这远远超出了人类正常的进展，哪怕是以比较痛苦的方式也会难以接受。这么做只会一下子破坏人类的文明。”

“这就是你为什么对我们如此重要，”琪拉说道。“你会成为关键人物，让我们可以公布这个发现，包括其他发现也是如此。”

范·赫顿不解地歪着脑袋，“我不是很明白你的意思。”

“底线在于，”琪拉说道，“一场廉价又有效的超光速航行就能让这些问题全部消失。现在，人类将所有的鸡蛋放在一个篮子里。作为一个物种，我们在灾难面前非常容易受到伤害。如果流星撞击地球，我们就完了。如果地球自己爆炸，我们也完了。但如果我们克隆出其他宇宙，”琪拉说到这，声音变得充满了激情，眼睛变得有神起来，“那么就算地球毁灭，我们还是可以继续生存。我们可以延续生命，只要我们能够管理，而不用担心人口过剩，也不需要将发明掩藏起来。人类在宇宙的地位和持续增长得以保证。”她停了一下，“不过，这些都取决于我们自身在地球摇篮里上升的能力，而且我们要把鸡蛋同时放在其他篮子里。”

范·赫顿用力地点头，琪拉以她典型而迷人的方式描绘的景象令他有点头晕目眩。“你指出来以后，就很明显了。”他说，“这是真正值得信任的事业。不用说，我可以任你差遣。”

“你不会只听琪拉一个人的吧，对吗?”格里芬开玩笑说道。

范·赫顿轻轻笑了起来，“我当然是说整个组织，”他天真地答道，“我听从卓越研究中心的差遣。”

“事实上，”格里芬说，“根本没这个中心。每一次我们告诉每个新成员我们这个虚拟智囊团的名称都是不一样的。”

“我们组织真正的名字叫做伊卡洛斯。”琪拉说。

“伊卡洛斯?”

“是,”德什咧着嘴笑起来。“我们发现所有激进的、秘密的组织都有个好名字。然而基地组织已经被占用了。”

范·赫顿笑了起来。

“吉姆·康奈利和我想取一个不那么有象征意义的,少一点的名字,”德什继续说道。“但在我们这里,怪客占了大多数,所以我们的落选了。”

“原来是这样,”范·赫顿说道。“我必须得说这个名字确实怪。但转念一想,又觉得这个名字不错。伊卡洛斯,离太阳太近的希腊人。是一个很好的关于危险傲慢的警示故事。”

琪拉点点头。“我们认为这名字很合适。提醒我们不要太过得意忘形。鉴于我们在提升的时候会变得更加傲慢,将这个名字记在脑海中是一个不错的想法。”

“所以欢迎你来到伊卡洛斯,”格里芬说道,“有一个你这样能力的人加入我们真的太好了。”

其他三人也点头表示欢迎。

“谢谢你们。”范·赫顿说。

这位物理学家转向戴维·德什,用更加理智和清醒的语气问道,“你说之前事情不是很顺利,你具体是指什么呢?”

德什停顿一会儿,似乎在思考从哪里开始。“招募工作比我们预想的慢。”他如是说,“事实证明,要寻找到有所成就又要通过我们筛选的科学家比想象的要难得多。我们是可以降低标准的——毕竟,我们四个也不能通过——但是哪怕一个错误所带来的危险,也是比你想象的要大得多。”

“而且廉价有效的超光速航行证明是比我们想象的更为棘手的问题。”格里芬补充道。

“对,”德什玩笑地说,“哪怕是昂贵的低效的超光速航行也是被证明不可能的。”

“我们天真地认为只要我们让那些优秀的物理学家多提升几次，”琪拉说，“他们就能获得革命性的解决方案，但事实却不是这样。在许多领域，那些加入我们的少数物理学家已经取得了显著的进步。但是只要涉及超高速航行，就没有太多突破。”琪拉眉头深锁。“而我们所有的工作——一切的一切——都依赖于解决这个问题。”

“你们为什么觉得我能做到呢?”

“我们并不确定。但在这个领域里，你是数一数二的。所以我们对你很抱有期望。”

“谢谢赞美，但我也让你们失望了呢?”

琪拉叹了口气。“我还一直致力于另一个可能。”她回答道。脸上划过痛苦的表情，看起来并不急于对此进行阐述。

范·赫顿耐心等着她继续。

“其实还有一种更高程度的提升，”她最终还是说了出来，“还要高得多。”

“还要高得多?”范·赫顿怀疑地重复说，“我不相信。很难想象还有能够超越比我刚刚所经历的程度的情形。”

“不只是超越。简直不值一提。第一阶段除非亲身经历，是难以想象的。但是第二阶段就……”琪拉睁大了眼睛，恐惧地摇摇头。“我在第二阶段经历了五分钟。但我的大脑运转之快，就像过了五天。我不记得当时的大部分思维了，但我知道：这个阶段远远超过了你刚刚经历的那个阶段的程度，如同第一阶段超越正常状态的程度。而这个最大的好处是：它是如此的至高无上，以至那些反社会和自大狂的负面影响全部消失了。”

“那真的是太奇妙了。”范·赫顿说。

琪拉垂下了眼帘，转过头去。

“有什么不对，是吗?”范·赫顿轻声地问道。

琪拉点点头，脸上满是痛苦。“我差点没活过来，”她说。“在头一两分钟我觉得很棒，但那之后我的身体几乎立刻崩溃。在这一阶段，你的脑力高速消耗。你看到了，在提升之后你的身体对葡萄糖是多么的饥渴。但这个阶段更糟糕，它完全是在消耗，怎么说呢，在消耗你的一切。”

“我们急忙把她送往医院，”德什说。“我们刚赶到，她就陷入了昏迷。昏睡了差不多两周。”德什看起来很苦恼，好像这些是刚刚发生的情景。“她最终还是挺过来了，不然事情很容易就发展成为另一种结局了。”

故事还没结束，只有她和德什知道后面的事情。当琪拉处于至高的智力水平时，她对自己身体的每一个细胞都了如指掌，她发现自己怀孕了，比任何能够诊断测试的时间提前许多。但由于她的身体已被耗尽，难以支撑孕育一个新的生命。此后，她和德什艰难地作出决定他们应该再等些时候要孩子。这是一个痛苦的决定，但她知道是正确的。无论怎么谦虚，她和德什都会在人类历史中扮演举足轻重的角色。不管他们有多么想成为父母，他们肩负的责任是如此重大，以至于不允许他们享受这份奢侈。

“如果事先补充好充足的营养，和其他可能会被消耗的能量呢?”范·赫顿问道。“那么，在进行第二阶段提升之前就用静脉注射几天，这样可行吗?”

“我们有过同样的想法，”格里芬说。“想到超光速航行推进力的重要性，但又缺少实质性的进展，我们有一位物理学家自告奋勇愿意尝试一次。”他顿了顿。“我们尽了全力说服他，最后确信他自己执意如此。他坚持说能有机会一窥上帝的思维，用他自己的话，是值得冒这份险的。”格里芬脸色严峻地摇了摇头。“他没能挺过来。尽管提前做了静脉注射，现场也有先进的医疗设备，还是没用。当他恢复正常以后，瞳孔开始放大，只低声说了句‘答案很明显’，然后就陷入了昏迷，从此以后再也没有醒过来。”

琪拉眼中的炽热消散了，从她的表情毫无疑问地可以看出，她对发生的这一切感到无比自责。

“我很抱歉，”范·赫顿说。“但这不是你的错，琪拉。他知道其中的风险。在经历了第一阶段后，不难理解他会愿意自告奋勇。他的死是个悲剧，在他生命的最后五分钟里……”他摇了摇头，“我甚至无法想象他所看到的现实的本质。”

“你这么说多少能给我一些安慰。”琪拉说着，但明显还是不能释怀。她振作起来继续道，“我一直想弄明白到底发生了什么，进而对疗法进行优化。我也一直在努力调整它。如果说第一阶段是十，那么第二阶段就是一百，或许我可以把它调整到五十或者六十。依然超出很多，但是人类可以存活。这就是我现在大部分时间在做的事情。”

“有什么进展吗？”

“有一些，但还不够。这是个神经元的连锁反应，是具有分离端点的结晶过程，似乎没有中间设置。”

德什看了眼手表，“不好意思，我不想打断你们，不过恐怕咱们得准备结束了。”他朝着斯坦福的物理学家示意说。“我们可不想让你错过飞机。”

一抹欣喜的微笑慢慢爬上了范·赫顿那张白里泛红的娃娃脸上。“此时此刻我非常开心我可以就这样飘回去了。这真是我一生中最难忘的一天。”

“好了，还有很多事要做呢，”琪拉说，“不过下一次我们就可以让你了解到更多。好在这次我们已经将所有的重点都告诉你了。”

德什看到物理学家困惑的表情。“好吧，差不多吧。”他说。

范·赫顿挑了挑眉毛。

“在让你离开之前，我们必须要让你清楚，加入伊卡洛斯是有危险的。”

德什又详细讲述了罗斯·梅茨格的事情。他们是如何在两年前购买一家名为“国际先锋物理公司”的私人物理公司，那时候现在这个实验室还正在修建，以及实验室如何被雇佣兵袭击，罗斯遇害。有人知道了他们的存在，并且有能力置他们于死地。

范·赫顿摸着下巴陷入思考。“我想冷核聚变反应堆应该没被找到，否则新闻早就满天飞了。”

“没错，”琪拉肯定地说，“不过这也不足为奇。反应堆所产生的能量刚刚能够维持盈亏平衡。提升智力后罗斯相信这个可以得到极大的改进，但是不管谁把它拿走都不可能知道该怎么做。”琪拉摇摇头，一脸严肃的表情。“老实说，我认为那次袭击与其说是为了偷这个特殊的发明，还不如说是为了给我们一个警告。”

“你有什么线索吗？”

“没有，”德什回答。“我们想到唯一可疑的人就是罗斯·梅茨格自己。但我们很快就把他排除了。”

“是那个被杀的家伙么？”

德什点点头。“那次突袭简直无懈可击。完美到我忍不住想这是提升智力后的思维结果，或者是我们有内鬼。”他解释说，“不论是哪种情况，都指向了罗斯。但罗斯是我们当中最稳定的人，治疗对于人性所产生的副作用，他是处理得最好的。

和我们其他人不一样，他一次次得到提升增强，但他的人格没有大的改变。他也是我们当中最不可能叛变的人。”

“这就是排除他的理由吗?”范·赫顿说。“而不是因为他在袭击中被杀害这个事实?”

琪拉笑起来，“你经历过提升之后就应该明白，在提升状态时要伪装你的死亡是件多么简单的事情。你可以完全控制你的自主神经系统。如果有人检查你的脉搏时，你可以令它停止跳动。吉姆·康奈利要是在的话，他可以告诉你关于这次体验的所有内容。”

“就像我们之前提到的。”格里芬回答，“这是我们最拿手的把戏。你今天遇到的每一个人都是被认为死掉的。如果罗斯要背叛我们，脱离组织的话，这是他的首选办法。”

“但这一次，安东，你是对的。”琪拉说，“是罗斯的死亡让我们将他排除，因为他根本不可能装死。他需要一颗基因胶囊，而他没有。由我制作胶囊并精心保存。它们被保存得很安全，也从来没有丢失过任何一颗。”

“简而言之，”德什说，“就是我们对这件事完全没有任何线索或者想法。”

范·赫顿停下来消化这些信息。“所以，你们有一个未知的强敌正四处搜寻你们。你们有没有想过公开秘密呢?或许不必对大众公开，但至少对政府公开呢?”

格里芬笑起来，随即面露羞愧之色。“不好意思，我不是轻视你的想法。我们自己也常常讨论这个问题。由于她的疗法能够给掌控它的人带来绝对的无限的权力。随之而来的副作用甚至能把甘地那样的圣人变为一个自私和极度渴求权力的独裁者。你真的希望政府和军队知道有这么一个特殊的金蛋或一帮下金蛋的人吗?对不起，琪拉，我这样做比喻。你真的能想象吗?”

“是的,”范·赫顿羞怯地回答。“显然我确实没把事情想明白。但是听完你的观点，我脑中出现的图像是，一个装着血腥尸体的大铁笼放到世界上鲨鱼出没最密集的海域。它们疯狂地抢食，却又吃不到。相较之下，其他的疯狂喂食都不算什么了。”

“现在我们达成共识了,”格里芬玩笑地说，“如果拿掉那个笼子，我想你可以想象到那种情景吧。”

11

“装上联合直接攻击弹药，中尉。”杰克发出命令，他乘坐的直升机在距离目标位置几英里外准备降落。同时有车接他开往目的地。

“收到,”轰炸机飞行员回复道，“联合直接攻击弹药已经装好，一切准备就绪。”

“鲁伊斯上尉，周围情况如何?”

“现场已经清场，上校。重复，现场已经清场。您可以下令行动了。”

杰克深吸了一口气，然后屏住呼吸。“射击目标，中尉。”

“射击目标。”中尉回复。

在莫里斯·雅各布森上校头顶上空约六英尺处，一颗重达500磅的导弹咆哮着从挂载它的飞机挣脱开，就像一头刚刚冲出斗牛场的公牛，飞驰而下。这颗导弹只盘旋了一会儿，它的机载计算机就根据连续不断的GPS输入数据确认了它的方位。然后，导弹确认了它的任务参数，要到达这栋镜像玻璃大楼的爆炸中心十英尺距离，再释放它运载的毁灭性爆炸物，然后轻微转弯加速下降。

12

麦迪逊·拉索刚刚和她相处了四个月的男友——格雷·戴维斯温存了一番。此时，她的身心都得到了极大的满足。仅仅两天前，格雷第一次跟她说了“我爱你”，由于几个星期之前，她早已爆发出同样的情感，听到他这样说真是太好了。

她感觉生活好得不能再好了。然而坠入爱河仅是部分原因。

在高中时，麦迪逊是个不善交际的人，加上她的身材和相貌平平，导致她更加缺乏自信。即使赢得国家科学博览会的冠军也没能为她增加声誉，成为一个引人注目的人。由于她的智商高到令同龄人几乎瞠目结舌的程度，她又获得了科学博览会的荣誉，令男生更对她避而远之。直到高中毕业，她都没有被吻过。

但这种局面在她进入大学之后迅速发生了变化。作为一个物理专业的女生，她的周围都是可以跟她分享激情的聪明人，而且大部分都是男生。随着她在自己的专业里学得更加深入，男生就越发多于女生。在亚利桑那大学物理专业研究生的新班级中，由十八位男性，她，以及另一位女生组成，现在这位女生成为了她最好的朋友。世界各地的这些精力充沛的物理学男生非常希望跟能够理解他们工作的女生建立关系，大部分人不得不在其他专业找女朋友。所以他们要么能在别的专业找到对象，要么就只能习惯非常孤独的生活。不过对麦迪逊和她的朋友，还是倾向于等到她们的真命天子出现。

但是在研究院的头三年她还是很不开心。她的人生有比约会更重要的内容。她要努力寻找一个论文项目。那时候宇宙学里最热门的就是弦理论。学术界里这种情况，就好比高中里那些酷孩子的学习表。如果你不是研究弦理论的话——当然这绝对不是麦迪逊的菜——那么你就会沦为了二等公民。她觉得自己很失败，有好几次她都想辍学放弃硕士学位，直接去公司上班了。

就在这一年，新兴领域引力波天文学有了新的发展，正好她特别需要一个新的研究方向。之前的引力波探测器往往耗资数亿美元，要求被检测的物质有一定的振荡幅度，然而这些探测器的敏感度，姑且这么说吧，真是令人哭笑不得。但是一个新品种的探测器出现了。这种新的探测器利用了新的理论原则，只需要几百万元的造价费用，却拥有超高的敏感度。

事实上，更可能的是，这项新技术太过于敏感，每天可以生成相当于国会图书馆等量的数据。如果没有每一秒能够处理数万亿兆运算的超级电脑的话，很难在这乱糟糟的一堆数据里找到什么有用的内容，除非你找的是太阳一样耀眼夺目的东西。但麦迪逊却非常确定，她已经找到了。

麦迪逊几乎立即投身到这个新兴浪潮中。这个强大的工具一定会助推多项事业的兴起，就像在美国国庆日那天燃放的爆竹一样多，并将引力波天文学在宇宙颤抖论中的作用推向一个不可预见的重要水平。麦迪逊完全占据了有利位置。即便单独一台探测器就能生成汪洋大海一样的数据，而她如果使用她最有力的工具——她的大脑——她很有信心能够找到方法获得重大突破。

曾经中止了超导超大型加速器计划，这一举措使得日内瓦凭借大型强子对撞机成为了粒子物理学领域在全世界的研究中心。如今，美国正虎视眈眈地想要夺回这个新兴领域研究的引领地位。全国的研究中心都开始了这项新技术的研究，尽管存在一些漏洞，可是一经完善后，新波长的接收数据会一下子涌来。现在有近七成的检测仪在美国运作着。虽然这一优势不会保持太久，美国的物理学家简直不能要求更好的开始了。而亚利桑那大学参与了第一波的研究，麦迪逊真正处于正确的时间以及正确的地点。

眼下她的生活各方面都如此完美，是她以前想都不敢想的，她还沉浸在这种陶醉中，离她十英尺距离的桌面电脑开始闪起了光。全屏上的亮光在这个黑暗的屋子里显得特别醒目。格雷·戴维斯在她身边抱怨说：“你不去看看怎么回事吗?”

麦迪逊笑着说，“是啊，当然要去。”

“我想我们需要一条新的规矩。我们在亲热的时候不仅要关掉手机，我想我们还应该把电脑也关掉。”

“但现在我们没有在亲热中，”她指出来。“现在是已经亲热完了。”

“哼，鉴于你那台电脑给出假警报情形的频繁发生，那么由于假警报而打断我们的好事的情况发生只是时间问题而已。”

“所以你想确保这样的事情不会发生吗?”

“是的，我想说的是，达·芬奇在画一幅杰作的时候你是不能打扰他的。”

“那么你是把自己比作性爱中的达·芬奇吗? 真的吗?”麦迪逊转了转眼珠。“那么你担心的是什么呢，达·芬奇，担心你的画笔突然画不动了吗?”

戴维斯笑起来。“并不完全。你也不会想去打断一个大师的工作。”

麦迪逊给了他一吻然后咧嘴一笑，“我们可以永远不再亲热了，”她说，“这样你就没什么可担心的了。”

“听起来不错，”戴维斯苦笑道，“还是算了吧。”他摇摇头，对着电脑做了个手势，“去吧，我知道不让你去查看一下，简直会要了你的命。”

他瞥了一眼离他最近的桌子上的闹钟。“如果你还有兴趣的话，或许我们能赶得上晚场电影，不过我们得立刻起身做准备。不如我去冲个澡，你去查看你的数据。”

他话还没说完，麦迪逊就已经裹上了睡袍坐到了电脑前。戴维斯只是摇摇头，走进了浴室。

麦迪逊的台式电脑与大学的超级电脑连接，以不可思议的速度筛选处理着物理学院的检测器生成的数万亿页的数据。这几个月来，她一直在完善一个程序，一旦该程序发现一些真正非同寻常的信息就会发出警报。戴维斯说的没错。麦迪逊每天都会收到几次警报，但每次都是假警报。尽管如此，这些假警报帮她指出了程序中的缺陷。随着每一次的改进她的程序变得更为严密，使筛选结果更为准确。

她从好几个角度查看了数据，想要尽快确定这一次是否是之前没有考虑到的普通情况。但就在她思考和研究了几分钟后，得出的结果差点惊掉了下巴。

这次的情况可一点都不普通。事实上，这些数据是不可能的。

“不，”她大声地嘟囔说，“一定是检测器出错了。”

她迅速诊断了一下，发现探测器运行完好，但是怎么可能呢？

当麦迪逊第三次检查她的计算结果时，格雷·戴维斯已经从浴室出来了，干干净净，穿戴整齐，准备去城里开始夜生活。

而她激动地对她的数据进行交叉检查，双眼睁得大大的，看起来有些异样。

戴维斯看着她如此着迷，知道最好不去打扰她——如果这是有可能的话。他怀疑现在即使他在她耳边吹起喇叭，她也未必察觉得到。

几分钟以后，麦迪逊终于从电脑面前转过身来时，他问道，“你是不是有了什么大发现，对吗?”

麦迪逊点点头，她震惊的脸上写满了敬畏，还多了一丝恐惧。

“那是什么?”戴维斯屏住呼吸问。

“一个可以改变一切的东西，”麦迪逊低声回答，大声地喘着气，又说道，“永远。”

13

联合直接攻击弹药穿透这栋两层楼高的建筑，立即爆发成一团体积差不多两倍于这栋建筑大小的橙黄色火球，然后彻底变成了一场猛烈的火焰风暴。建筑外墙上的每一寸镜面玻璃都被炸成碎片，连大楼里的一切瞬间也灰飞烟灭。

距离爆炸一英里以外，坐在车里的杰克也感受到了爆炸冲击带来的震动。爆炸产生的火球在夜空下显得如此显眼，哪怕他闭上眼睛在这么远的距离都能感受到刺眼的光。

就在导弹爆炸的一瞬间，杰克立刻感觉他所肩负的世界安全的重任卸下来了。也许大规模杀伤性武器可能带来的威胁永远没有结束，但没有任何一个威胁会像眼前这个这样。由于米勒有派发超人智商的能力，以及德什曾受过的训练和技能，他终于把他认为地球上最难对付的两个人消除掉了。

此刻是难得的回味时刻。整个行动从计划和执行都堪称完美。

杰克前往爆发地点，向鲁伊斯和他的团队祝贺，同时十几个消防员乘坐着三辆大卡车也赶到现场，准备和熊熊火焰搏斗。他在之前就用一个化名联系了丹佛的消防队长——他用的这个名字拥有相当大的权力并且可以很快被查证，他要求消防员们在火势被控制住以后就离开现场，以便他可以带着鲁伊斯和他的小队进去。他们要尽可能地清洗现场，还要找到琪拉·米勒的尸体，以证明她在这个地球上短暂的一生确实走到尽头了。不过由于炸弹的原爆点基本上在她喉咙的附近，估计要找到尸体是相当困难的。

这时，杰克的手机来了电话，是远在千里之外的副指挥官。“行动怎么样?”杰克问科尔克，声音里透着轻快。

“恐怕不是太好，上校。两边突击队都扑了空。两位科学家都既不在家也不在办公室。”

“有可能是巧合吗?”

“不是，长官。他们一定是得到警报。他们的电脑要么是不见，要么就是被清除了数据，好像他们知道我们要来。”

杰克的表情僵住了。他并不在乎错失那两个科学家。既然他现在已经除掉了他们的头目，其他人都不过是无足轻重的小角色而已，不值得他再继续追查。但是，他们事先得到警报这一事实却引出一个可能，使得他对刚刚指挥完成的任务结果产生了一丝不确定性。“混蛋！在我给发出行动指令后，你的人花了多长时间赶到?”

“最快的20分钟，最迟的45分钟。”

“有没有乱翻或者匆忙收拾的痕迹?”

“没有。”

杰克皱起眉头。第二个问题使得事情变得更为棘手了。不过，如果米勒的总部遭到破坏，这两个科学家立刻就接收到警报信息的话，那么他们是有时间逃走的。他们可能提前准备好了行李和钱作为预防措施。由于米勒和德什的坚持，每一位细胞成员一定都是作好了准备，一接到通知就立刻消失。

即使如此，他们在联合直接攻击弹药袭击之前就得到警报的可能性还是不能被排除。如果情况是这样的话，那只能说明，米勒和德什早就知道他要来了。

杰克走过一小段距离，来到鲁伊斯所在的位置，后者正用一个高倍望远镜观看着消防员的工作。“上尉，我想把这次行动从头到尾回顾一遍，我要确认不管怎样，他们没有机会可以溜出去。”

“溜出去吗，长官？”上尉疑惑地问，“整个过程中，我们一直在记录他们的热量信息，直到整栋大楼灰飞烟灭的那一刻。他们不可能溜走，也不可能幸存下来。”

“我很欣赏你的评估，上尉。但我们还是这么做吧。你看到了他们两个走进大楼。从体型上是吻合的，对吗？”

“没错。”

杰克朝着空中凝视了几秒，陷入了思考。“好的。我假设这些发生在你完全就位之前，那么他们有没有可能也看到你了呢？”

“完全不可能，长官。我那时候在五英里以外。我们那时候刚刚确认这个设施是可能的目标，想要尽快看到现场情况。通过网络路由，我们发现有个距离最近的街道摄像头可以拍到清楚的大楼入口图像，于是我们征用了这个摄像头。”

杰克一下感到眩晕，仿佛受到了重击。他瞪大了眼睛，有好一会儿，他看起来像是身陷比身后这栋建筑物的大火还要严重的爆炸危险之中。

上尉不可能没看到上司的反应，他艰难地咽着口水。“上校，那台摄像头是实时录像，”他还辩解道。“确实是米勒和德什，他们俩的样子再清楚不过了。”

杰克点点头，快步离开，这是唯一可以阻止他那不断飙升的怒火和即将脱口而出的咒骂朝着这个年轻的上尉喷发的方法了。

他们的猎物早就金蝉脱壳逃走了。他现在已经确信无疑。

这不是上尉的错。他并不知道罗森布拉特的事情。这是杰克的错，一时间他的血液里混杂着的沮丧、愤怒以及自责都快沸腾了。

他被骗了。米勒早在上尉和他的手下在大楼附近就位之前，就已经逃走了。但是她是怎么做到的呢?

正当他提出这个问题的时候，一个可能的答案自己就浮现出来。这个组织，据罗森布拉特所说叫做伊卡洛斯，可能早就入侵防御电脑，植入了看门狗程序。只要有人使用卫星，调取记录查找机场东北方特定的建筑物，程序就会提醒他们。他应该要更加小心一些的。他应该不使用卫星和电脑来确定他们总部的位置的。

他应该早点考虑到这种可能性的。而他没有，因为一切发展得很顺利，太顺利了。他早该知道的，对付这样一个强大的组织的行动，不应该像看上去进行得那么顺利的。

罗森布拉特曾经告诉他伊卡洛斯的团队发明了一项技术，可以阻止街头摄像机和卫星拍到他们清楚的图像。核心委员会成员将这项技术放在他们钥匙环的小设备里，随身携带。当时旁听审讯的科学家说这项技术根本不可能存在，还说罗森布拉特一定在说谎。而杰克知道不是这样的。罗森布拉特的精神完全被击垮了，他已经不可能再精心编造谎言了。杰克认为那个科学家是个狭隘的白痴。电曾经也是不可能存在的。微波炉也是，手机也是。“不可能”这个词在琪拉·米勒面前，毫无意义。

上尉从街头摄像机中获取的清晰图像，特别是对着他们总部的那个摄像头，这整件事情就是一个局。这种事的发生，只有一种解释，就是米勒和德什希望它发生——图像是伪造的，热量信号也是假的……没有任何一项已知的技术可以像他们那样高效地做到这些，不过这些很难被注意到。介入摄像头对于伊卡洛斯组织来说还只是小小的开始。罗森布拉特还告诉杰克，米勒的组织在过去几年里，已经在光学、电子学和全息摄影领域获得了无数重大突破。

是的，他摧毁了他们的总部大楼，使他们受挫，但也仅此而已。他们再一次不留痕迹地逃走了，而且以毫不费力的方式。另外，罗森布拉特细胞的其他人也消失得无影无踪，至少到目前为止是这样。

他曾经占据上风。他用短到创纪录的时间从罗森布拉特口中获取了他们的位置，丝毫没有犹豫就展开了袭击。

但他还是失败了。

他曾经如此确信自己能找到琪拉·米勒，并最终除掉她。但此刻，他的自信已被严重颠覆了。

第一次他开始思考，他和他的部门这次终于遇到对手了。

14

一行人开车送范·赫顿去机场。琪拉，德什和康奈利陪着他坐在货车后面，格里芬开车。七个小时前，范·赫顿还完全是个陌生人，而现在，由于与大家一起共享了提升后的体验，分享了人类美好未来的共同愿景，他们已经俨然是一家人了。他在下车前和男士们依次握手道别，给了琪拉一个拥抱。他们都既疲惫又兴奋。

车门关上后，格里芬打开一个开关，他的形象出现在后车厢里的一个显示屏上，同时，他的三位同事也出现在旁边的一个小显示屏里。“先生们，我们现在去哪儿?”他一本正经地对两位特种部队的同事说，“还是你们在这里跟我们道别，然后去搭乘飞机吗?”

“开车去拖车公园，”康奈利说。“路上再把一切告诉你。”

“好的。”格里芬说着，将车开回到车流当中。

“他们炸毁了做诱饵的设施大楼，”德什严肃地说：“跟我们预料的一样。”

“在这种情况下，”琪拉说，“你和吉姆还把注意力放在我们的会议上，你们真的太出色了。”

差不多三年半前，琪拉绑架戴维·德什的时候，把他扒得一丝不挂。那时候德什说了几句大概这样的话，“你在担心什么？你以为他们在我的内裤里安了微型追踪器吗?”那时候她笑了，也承认这是不大可能的，但总是在越谨慎的方面犯错。不过德什的话倒是提醒了她。

自从伊卡洛斯成立并运作以来，琪拉将注意力转向研制一种比手机更为技术先进的内衣上。她已经发明了一种集窃听器和发射器为一体的设备，不仅功能强大，而且体积小，容易隐藏。它的工作原理和现有设备都不一样，就算是最先进的仪器也探测不到它们。德什曾经就吃过这个亏，他非常确信以为自己没有被监听，殊不知整个过程中琪拉听到了他说的每一句话。

琪拉只是把推进技术和无创检测生命体征的技术结合起来，现在她已经做到了。她把这两种技术紧密结合，无缝地放置到弹性腰带里。而这些，在新成员招聘会议上从来不会被提起，但伊卡洛斯的每位成员都会发一套定制的内衣，里面已经植入了这项新的技术。她确保这些元件小到肉眼无法看到，而且还能承受浸泡和洗衣机的搅拌。

如果伊卡洛斯的成员遇到麻烦，他们可以按一下肚脐下方的那根腰带，窃听器兼发射器就会被激活。如果他们的生命体征显示他们心脏病突发、中风，或者呈现非睡眠无意识状态，这个窃听器兼发射器也会自动激活。在这种情况下，核心委员会就会收到袭击的警报，不论该成员是否还有意识，同时还会提醒医疗紧急情况。对于内衣来说，它的作用是很大的。

杰克出于谨慎，脱光了罗森布拉特的衣服，包括内衣。还对所有衣服进行了扫描，查看是否有窃听器，当然，他什么也没找到。杰克把罗森布拉特的衣服放在了他的副指挥官科尔克的身旁，而后者监听了整个的审讯过程。

因此科尔克不是唯一一个听到了这场审讯的人。

伊卡洛斯的核心成员对于杰克这个黑色行动部门上校的出现完全傻了眼，而他所带来的威胁不容小觑。但他们又没有时间取消和范·赫顿的会面，所以德什和康奈利只能尽力同时去完成多项任务。他们跟范·赫顿说起在之前的袭击中梅茨格遇害，却没有提到在他们会面的同时就有一场袭击向他们靠近。不然他们要怎么说呢？“直到今天，还没有一个六人组妥协的。”实际上这对于新人来说并不是可以增强信心的鼓励。

德什和他曾经的指挥官康奈利，负责核心委员会的安全和行动执行，这比他们的全职工作还要重要。在他们经过智力提升后，都获得了无数有关安全的发现和创新。

他们在丹佛和肯塔基修建了不止一个总部，而是两个。虽不完全相同，但非常接近。每个城市里都有一个真的设施大楼和一个做诱饵的设施大楼。在丹佛的那两栋大楼都有镜面玻璃外墙，大小尺寸也一样，在相同距离处也有类似的仓库，整个配置都是一模一样的。为了以防万一，琪拉还确保每一个新成员都被意外地展示了一张幻灯片，指向诱饵大楼的方向，而不是真实的设施大楼的位置。

“事实上，相比突袭进去，他们直接炸了那里不是一件好事吗？”前排的格里芬问道，“如果他们攻进去的话就会知道被我们骗了。但现在这样，那个上校会相信我们全部死了。”

“他至少会相信几天，”吉姆·康奈利说。“不过，当他找不到一点点尸体的证据时，他就会知道我们没有死。好消息是，他不会想到那栋大楼只是个诱饵。他找到了他想要寻找的建筑物，他还会发现仓库里被我们弄的乱七八糟的实验室，看起来像是一直在使用中。他会得出的结论是，我们知道了他要来，使用了先进技术植入了虚假热量信号。他知道我们还活得好好的，但他毫不怀疑已经端掉了我们的总部。”

“你确定吗？”格里芬追问，“他要是再一细想，其实是很明显的啊。”

“一旦你窥破了魔术背后的秘密，所有的把戏都会变得很明显。”德什说。

琪拉转向康奈利，一脸忧郁的表情，“罗森布拉特小组的其他人现在怎么样了？”

“都已经办理好了登机手续，”康奈利说，“他们都按照疏散计划在很好地执行。从他们接收到信号到那位上校快要找到他们之前，有充足的时间去机场。我想亲自挨个去拜访他们，确保他们的转移进行顺利，不过我们可能没有那么多的时间。”

“让我猜猜，”琪拉说，“你打算去找罗森布拉特一家，对吗？”

德什点头。“猜的不错。杰克会继续监视他们。我们必须让他们进入我们的证人保护计划。”他的表情变得严峻起来。“要让一个有着三个孩子的家庭完全改变生活方式。这对他们来说，是个噩梦。”

琪拉看着德什的双眼，悲伤地点了点头。“奥马哈市离这里有三四百英里远，”她柔声说着，“为什么不坐飞机呢？”

"在范·赫顿接受提升的时候，我和上校讨论过这个问题，"德什回答，"我们需要带一些武器和其他装备，坐飞机的话过安检很麻烦。而房车很适合孩子们。罗森布拉特一家可以住在里面，直到我们救出之后再作长远打算。"

在遇到德什之前，琪拉也曾经大量使用房车来躲避追捕。它们移动性强，而当停在拖车公园时又能提供一个固定住所。当局全力以赴地查遍了民居和宾馆，而拖车公园因为被认为是无知和贫穷的聚集地而逃过搜查。他们甚至想都不会想，一位博士学位的科学家会住在拖车公园里。因此伊卡洛斯在全国各地保留了许多这样的交通工具，有好几辆就在他们位于丹佛和肯塔基的总部的附近。

"你们到那边不都快早上了吗?"格里芬问，"晚上出发不是更好吗？可以避开卫星。"

"也没多大用，"康奈利说，"国家侦察局发射了几颗红外和雷达卫星，夜晚也能进行监测。"

"它们本来是秘密发射的，"德什说，"但国家侦察局故意暴露了它们的存在。在一次本应该秘密发射之后，他们发布了一条标语，'我们拥有这个夜晚'。这事在当时引起了不小的轰动。"

格里芬把车子停在了伊卡洛斯的一辆房车旁边，告诉大家他们已经到了。他把货车两边的侧门滑开，向里面张望，同时他的三位同事也都从座位上站了起来。

德什看着这位聪明的黑客的眼睛，"马特，我需要你服用一颗胶囊。你要尽可能多地获取关于这个黑色行动队的上校和他的部门，还有他的副官科尔克少校的情报。我们必须想办法救出赛斯·罗森布拉特。任何你能找到的有助于这个目的的信息都是至关重要的。你知道该怎么做。但先等几个小时，我会提前给你打电话告诉你进一步的指示。”

“为什么要等呢?”

“刚刚一路上，我将自己放在那位上校的立场上，想象着他会如何努力找到我们。既然我们已经被打败，他也知道了我们的行事方式，如招募新人作为顾问，在他们飞行之前就提前支付预付金等等。在此之前，要完全掩盖我们的行迹还不是那么重要。但现在，我需要你入侵银行，修改伊卡洛斯成员们的账号记录等相关信息，适当地抹去所有痕迹。”

“有道理,”格里芬回答。

琪拉面带忧色看着德什的双眼，然后把头转向了吉姆·康奈利，提醒道，“别忘了你们的钥匙环。”

“我们应该用不上它,”德什说，“要是遇到麻烦，我们是不会害羞的。”

自从遭遇梅茨格遇害的那次袭击之后，核心委员会决定，以后他们每人都会一直随身携带一枚胶囊，当作终极的手段。琪拉为胶囊设计了一款只有口香糖大小的容器，挂在钥匙环上。容器有指纹识别功能，如果想要打开它的人不是它的主人，里面的胶囊就会被溶解。

琪拉叹了口气，焦虑的神色继续笼罩她的额头。“祝你们好运，先生们,”她说，“还有务必要小心。”

15

早上五点过一点，德什和康奈利就到达了内布拉斯加州的奥马哈市。在这次长途驾驶中，他们两人交替开车，各自都休息了几小时。在两人都醒着的时候，他们通过计算机对奥马哈市进行了模拟侦察，为他们接下来的行动作好准备。

他们有两个目标：救出罗森布拉特的家人，抓一个杰克的手下回来审问。他们必须抓住一切机会来了解他们所面临的情形。他们制订了周密详细的计划以完成他们的目标——或许太周密了——他们总是表现得过分偏执和过度计划，但这种方式确实很管用。

他们俩把房车停在了奥马哈市一个树林深处的露营地后，慢跑了四分之一英里路程，来到事先跟预约的出租车说好的接他们的地点。十五分钟后，出租车将他们载到一个 24 小时租赁车公司，拿到了之前用假身份租好的车。

德什开着一辆蓝色的家庭型丰田 SUV 去往罗森布拉特家，车里还安装了三个租来的儿童安全座椅，德什自己也觉得好笑。似乎他一直开的都是房车、货车或者小型货车。为什么他的任务就从来都不需要开奢侈的跑车呢?

教授家那栋都铎风格的小房子，就在内布拉斯加大学的操场外。德什到了以后，开车绕着小房子周围最大范围进行侦察看是否有人在监视。不过正如他们所料，并没有发现任何情况。罗森布拉特一家没有任何攻击性，他们也永远不会知道自己被人监视了。杰克也不会料到有人立刻就来营救他们，因此花费人力物力来进行实地监视实在是一种浪费。

即使如此，杰克的手下肯定早已入侵了罗森布拉特家中的电脑。他们也一定进到屋里去拍摄视频画面，以供后期增加特效，好用来击垮这位瘦高的物理学家。他们在屋内时，肯定装了窃听器、摄像头和入侵警报器。赛斯·罗森布拉特是杰克目前唯一跟伊卡洛斯相关的线索。尽管这位黑色行动部队的上校以为他们的头目已经死了，他还是一定要拦截和记录任何与物理学家的家人进出来往的通信和交流。

德什和康奈利设计了一个干净利落的营救方案，特别是拥有了一些只有他们才具备的技术支持，这次完美的实施营救还不能满足他们的需要。他们需要杰克的手下来追他们，这样他们可以抓住其中一个来进行审问。

德什开回罗森布拉特的住宅，静悄悄地把SUV停在了石板车道上。他关掉了报警器，悄悄走进屋内。他估计负责监视的那两个人发现他们闯入并赶到这里之前，他有十到十五分钟的时间。如果他们到的时候，他还在的话，就会给罗森布拉特一家带来极大的危险，而这是他不想看到的。他有信心可以对付这几个人，这些人在杰克的部门里是属于低阶的手下，才会被派来执行这项单调的任务。

时间刚过六点，他悄悄溜进主卧，朝着仍在熟睡的劳伦·罗森布拉特弯下身。对这个可怜的女人来说，这是她未来很长一段时间里可以享受的最后几秒的安宁了——而她没做错任何事。德什皱起了眉，然后摇了摇头。这是他的错。罗森布拉特的妥协，只是因为他在安全责任上的失职。

德什弯下腰，将一只手放在劳伦·罗森布拉特的嘴上，动作坚定却尽可能的轻柔，另一只手把她的头扶住。

她立刻醒了过来，开始尖叫。但声音被他的手掌盖住。

“是赛斯派我来的，”德什赶紧解释，劳伦那尖叫声仍未停止，“劳伦，听我说，我不是来伤害你的。”

从最初的惊恐中慢慢镇定下来，劳伦停止了挣扎和试图尖叫，她的双眼激动得快要瞪了出来。德什将手放松了一点，但还是没有把手从她的嘴上挪开。“我也在赛斯做顾问的那家丹佛智囊团工作，有一群坏人想要占有他的发明，”他补充说着，虽然知道这并不是事实，但他需要给劳伦一个简单的解释好让她能够立刻理解并判断他的行为。“你丈夫没有赶去日本，他有麻烦了，你也是。”

德什感觉到她在努力控制自己的恐慌，并专心理解他说的意思，这是个好兆头。“你的手机和电脑都被窃听了，所以我没办法提醒你，”德什继续说着，“我会尽一切努力保护你和你的孩子。我现在要松开手了，你可以继续叫，但这样只会吓到你的孩子，给我的帮助增加难度。”他说完，将手从她嘴上拿开，并后退了几步。

她打开了桌边的一盏昏暗的台灯，以一种接近歇斯底里的语调脱口问道，“我丈夫在哪儿?”

“他现在有危险，”德什说，“有人绑架了他，但应该还好。”后半句只是他的猜测，可他知道很有必要。

“我为什么要相信你?”

“赛斯告诉过你，不要跟任何人提起他作顾问的事，对吗?”

劳伦点点头。

“那么我怎么会知道呢？或者说，我怎么知道他要你保密呢？如果我真的想伤害你和你的家人，我早就那么做了。我所指的那群人正在监视着这里。在我闯入的那一秒开始，我就和你面临了同样的危险。如果我们不能合作的话，我们就没有机会活着出去了。”

劳伦看上去被吓坏了，但还是有些疑虑，德什觉得有那么一瞬间，她既不知所措，又快要崩溃了。他立即作出决定，“你看，”他说，“我们得互相信任，我先表示我的诚意。”

他从口袋里掏出一把泰瑟枪，轻轻地扔到她的旁边。“我想你对枪可能会不太适应，但这个至少可以保护你。”他转过身背对着她，坐在了床边的地板上，脸朝着别处。

劳伦按下黑色小装备上的按钮，它看起来就像是一个光滑的宽屏电视的遥控器，枪头两端的电极之间发出了闪亮的白色光芒的弧形电流，伴随着明显的噼啪声和嗡嗡的电流声。它距离德什的脖子只有几英寸距离，但他既没有闪躲，也没有动手保护自己。

几秒钟后，劳伦松开了按钮，小闪电和嗡嗡声也随即消失了。

“我们必须立刻动身。”德什催促道，自己从地板上站起身来，“去把孩子们叫醒，告诉他们我们开始一次充满惊喜的探险之旅。今天不去上学了。不要让他们太清醒了，这样他们一上车就好继续睡觉。车子停在车道上。我去车里等你，时间很紧，每一分钟都很重要。”

劳伦仍然不确信地看着德什。

德什指了指她手里的泰瑟枪。“你看，现在我没什么可做的可以获取你的信任了。你到底要不要跟我一起?”

劳伦·罗森布拉特看着他又考虑了一会儿，然后把那泰瑟枪塞到了一个睡衣口袋里。她眨着眼，努力把眼泪憋回去。考虑到德什一股脑地把一切都告诉她，她意识到自己和家人所处的危险，而她的生活也将要发生翻天覆地的变化，她现在已经做得很好了。

尽管尽了最大努力，她的眼角仍滑落了几颗泪珠，劳伦抬手擦掉它们。“别关车门，”她说，作了决定之后的她坚强起来，“我两分钟后跟你碰头。”

德什回到了 SUV 的驾驶座上。劳伦很准时，两分钟后车库的门一打开，几乎同时她从里面出来上了德什的车。她左右两边各抱了一个小女孩，八岁的儿子麦克斯身上穿着钢铁侠的睡衣，手里还紧紧抓着一个小毛绒狮子，像只小鸭子一样跟在她身后。三个孩子都至少处于半睡半醒的状态。

劳伦盯着德什的脸。“你最好别是个什么精神病。”她一边轻声说着，一边把孩子们放在这辆笨重的丰田车后座座椅上。

车门一关上，德什就发动了，劳伦还在挨个给孩子们系安全带。

“妈咪，”小杰西卡穿着粉色的睡衣上面满是桃心，睡意蒙眬地说，“我想上厕所。”

“宝贝，我们马上就会停下来。再忍忍好吗？”

“我试试看吧，妈咪。”她嘟囔着，重新闭上眼睛。她的哥哥和姐姐已经重又回到梦乡了。

劳伦·罗森布拉特朝着前排探过身去，低声问，“我们要去哪儿？”

“80和480号州际公路的十字路口附近的一个匝道前面，”德什轻声地回答，“那儿有几座交叉的立交桥，可以帮我们躲过卫星的监测。”

“你说什么？”劳伦觉得难以置信。“你的意思是说，有卫星在监视我们？”

“不一定是这一秒，但也快了。”

劳伦花了几秒钟来消化这个消息。“这简直太疯狂了，你不觉得吗？”

德什叹气道，“我知道，我也很抱歉！”

接下来的十分钟里，车里一片寂静。德什时不时地通过后视镜进行查看，没有发现被尾随的迹象，但他只能确定目前的状况是如此。一旦卫星锁定了他们，追赶他们的人可以保持着一定的距离，悠闲地跟着他们，没有被发现的危险。

德什打给了吉姆·康奈利。

“一切顺利吗？”上校接通电话就问道。

“到目前为止是的。我们预计五分钟后到达。”

“收到，”康奈利回答，“我会准备就绪。”说完就挂了电话。

“怎么回事?”劳伦问，“那人是谁?”

“我们即将到达目的地。那儿有个交通信号灯，不管它是红灯还是绿灯，我们会在那儿停下来，进行一场消防逃离演习。我的搭档，也是一个很好的人，会在另一个方向的一辆克莱斯勒小货车里等着你们，到时他会开着危险警示灯。”

“你说消防逃离演习是什么意思?”

“我一停车，你就和孩子们换到那辆小货车上去。要尽可能地快。我会继续朝前开，引开卫星和其他追踪者。没人会知道你在那辆小货车里。”

“之后呢?”

“我们有一辆大型房车停在靠近密苏里和附近的一个营地里。那儿有茂密的树木遮挡了卫星的视野。届时你们将要离开奥哈马。”

“既然你说不会有人知道我们在小货车里，为什么还要担心卫星呢?”

“只是因为我的偏执。在他们看不见的地方进行两次换乘，总比一次安全。那辆房车很棒，不仅大，还有卧室、浴室、客厅、厨房，应有尽有。孩子们坐过这样的车吗?”

“没有。”

德什满意地点点头。“情况虽然很糟糕，但开着一辆那样的房车去你们的下一个目的地，至少对于孩子们是有趣的，好过挤在一辆小轿车里。”他顿了顿，“我们就快到了。如果你抱着两个女孩上车的话，我的朋友可以抱麦克斯。我得留在驾驶座上，等红灯一旦变绿我就马上开走。”

劳伦深吸了口气，然后点点头。她伸出手，轻轻地摇醒了儿子。“麦克斯，亲爱的，快醒醒。”

“唔?”他迷迷糊糊地发出一声。

“快醒醒，宝贝。一分钟后我们要做件有点蠢的事情，我们要从这辆车换到另一辆车上去，而且就在马路中间。这样做有点危险，我会让我的一个老朋友来抱你，好吗，麦克斯？”

麦克斯坐在车座椅里，尽力伸了个懒腰，然后歪着头说，“好的。”他不理解这个游戏的意义何在，但他愿意合作。他现在这个年纪，常常不能理解大人们为什么要做那些疯狂的事情。

距离纵横交错的立交桥还有几个街区。德什快要接近时还是绿灯，但他开得非常缓慢，此举引来后面的司机一阵愤怒的喇叭声。交通灯变成了红色，德什把 SUV 停在了水泥天桥底下，即使空中有卫星监控也无法看到他们。一辆闪着危险警示灯的白色克莱斯勒小货车，停在和他们反方向的旁边车道上，开着侧门，一切都如德什说的一样。吉姆·康奈利装作检查乘客这一侧的前车轮的样子。

“快走。”车子停下的那一秒，德什大声叫着。

劳伦突然打开车门跳下车，此时，康奈利神奇地出现在了她身旁。她弯腰抱起了两个女儿，麦克斯起身让康奈利抱着他，跨过了两辆车之间的空隙。

上校和劳伦·罗森布拉特还在把孩子们安放在小货车的后车厢时，信号灯变成绿色了，德什加速冲过了交叉路口，开车进入了高速公路的匝道，朝着向北方向开去。不到一分钟后，吉姆·康奈利关掉了危险警示灯，把车从天桥下开出来，平稳地驶向南方。他的“秘密货物”此时正系着安全带，坐在车后面。

德什感觉比自己想象中的还要顺利。行动的第一部分已经好得不能再好了。劳伦·罗森布拉特非常配合，像个冠军一样召集孩子们。他为了赢得劳伦的信任而下的赌注，起作用了。这是件好事，但倘若他失算，就会被自己的泰瑟枪弄得不能动弹了。

现在该进行第二部分了。此次行动的这个部分会更加危险，但如今无辜的平民已经成功脱离了，德什有信心会以成功结束。

16

德什继续朝前开了十五分钟，确保杰克的两个手下离开奥马哈一直尾随其后。因为卫星不能看到 SUV 的后排座，对方仍然以为罗森布拉特一家还在车上。

德什到达目的地，前面是一片茂密的树林，一条大道沿着树林的边缘向前延伸着。他看到有一块区域，树木之间的间隔非常大，于是他偏离了车道，缓缓开进树林里，驾驶着这辆大型 SUV 在树木之间前行。这辆丰田 SUV 的超大轮胎专为越野设计，越过那些倒地的巨大的树枝、茂密的灌木丛以及伸出地面的那些粗大的根茎，对它来说如履平地。

他在自己的路上开了大概三十码，然后将车停了下来，在副驾驶座地上的行李包里翻找起来，拿出他需要的工具。

德什从车里出来，脚踩在树林的土地上，令他感觉无比舒畅。他被周围的榆树和高大的白杨包围。现在正是春天，树林里生机勃勃，制造出一种清新的户外气味，是德什一直非常喜欢的。鸟儿们不知停留在哪个树枝上，喳喳声不断此起彼伏。

德什有一种丛林行动的天赋。他可以穿越这样茂密的树林而不发出哪怕一点轻微的响声，既不会擦到树叶，也不会踩断一根树枝发出沙沙声。要做到这点，要求平衡能力、身体素质、经验以及一种天生的本能。德什可以穿过最茂密的森林，所发出的声响比别人走在毛绒地毯上还要轻微。他的动作如此干净利落，因此如果没有猎犬的话，对手根本别想追上他。

而此时此刻，他反而希望被对方发现行踪。他故意草率地下车，在身后留下一些痕迹模糊却又很明显的脚印。这些会让对方发现踪迹，并低估他的实力。

德什向北走了二十码，依然还在 SUV 的视线内，于是他从两棵相隔十二码的杨树之间的中心位置朝前走去，像一个足球的线路将球场分为两半。他继续朝北走了几分钟，又突然折返回来。这一次他像猫一样的蹑手蹑脚，小心翼翼地在两棵杨树间系上了一道离地约八英寸的绊索。做完这些以后，德什停在原地，观看着 SUV。

他并没有等太久。远处一辆灰色轿车慢慢接近，它从离开公路开始一路跟着丰田车的踪迹过来。轿车的底盘太低而且不是为越野设计，车身上已经有了刮痕，还发出丁丁当当的声音，车上还挂满了很多灌木枝和树叶，看起来脏兮兮的。轿车在离 SUV 还有一段距离的地方停下来，两个人从车上小心谨慎地下来，手里拿着枪。两人身着休闲便服，一人身穿棕色裤子和黑色 T 恤，另一人穿着蓝色牛仔裤和灰色薄运动衫。

两人从两边包抄了德什租来的车，半蹲着前行，双眼注视着车窗，谨防有人从座位或者车底蹦出来朝他们开枪。他们距离 SUV 还有十英尺远时，两人都快速冲了过去，大胆地朝车里看一眼，同时确保他们的枪随着他们的目光移动，准备遇到任何隐藏的危险时开枪。

两人确认车里没人后感到很欣慰，他们朝着树林扫视了一圈，低声交谈了几句后，分头慢跑着进了树林。

德什知道他们的想法，因为他就是要他们这样想。他们现在担心的是德什和罗森布拉特一家越走越远了，然后在这片树林的任何一个地方出现。如果两人幸运的话，卫星很可能再次监测到他们，但也有可能不会。所以他们必须赶快追上这个年轻的家庭。他们现在指望的是，由于拖着三个孩子，劳伦的速度不会太快。德什确信两人不会想到自己追的是一个经验丰富、技艺熟练的特工，没有带着平民拖累前行，也没有逃跑的打算。

两人继续向前，德什绕了一个大圈来到他们身后。他的时间掐得刚好。他刚到指定位置，西边那个持枪的人就绊到了德什的绊索，脸着地摔到泥泞中，还发出一声闷响。

摔倒的那个人出于警觉地翻身一跃而起，准备开枪，但他还是晚了。就在他转身的刹那，德什朝他脖子发射了一枪麻醉剂，他又再次跌倒在灌木丛里，还没触地之前就失去了知觉。

倒下一个，还有一个。德什心想。

倒地那人的同伴见状，冲过来给以支援，而德什却以逃离铁轨般的速度尽可能快地离开了这片树林。

剩下的那位枪手眼看着德什逃离，他跪在同伴身边，伸出两根手指压在同伴的颈动脉上。当他感觉到一个平稳的脉搏时，脸上显出惊讶的表情。显然他刚刚以为同伴已经死了，最好的情况也不过是在垂死挣扎。他很快在同伴脖子上发现了那根麻醉针，把它拔了下来查看。

德什跑开时动静很大，当他折返回最初的位置时他又安静下来。剩下的那名特工还蹲在同伴身边，完全不知道德什在他身后，紧接着一支麻醉飞镖扎进了他的大腿，瞬间就将药物注射进他的身体里。

这人倒在了同事身旁，排列整齐得像两块屠宰店里摆放整齐的肉一样。

这真是太简单了，德什心想着。他现在要做的就是用消防员的标准姿势扛上其中一人，去约定好的坐标位置跟康奈利和他们的小货车碰头。

他联系上康奈利，“任务完成了。”

“怎么花了这么久？”康奈利挖苦道。

“我想是很久不干活了，技不如前了吧。”德什微笑着回答，“罗森布拉特一家怎么样?”

“在目前这样的状况之下，他们已经表现得很好了。我会告诉他们，再多等几分钟就能接上你了。你是想开着房车带着这家人去丹佛呢，还是想开着小货车带着俘虏去丹佛？选一个。”

“肯定选那一家人啊。”德什说，“我大约十五分钟后到你那儿。”

“收到，十五分钟后见。”

德什挂断电话，朝那两个昏迷的家伙走去。他希望他选的那个，能提供一些关于杰克和他的行动的有价值的信息。

通过眼角的余光，他发现有动静。

他自己还没弄明白刚刚看到的是什么之前，德什就下意识地蹲了下去。一颗子弹飞过刚刚德什的脑袋的位置，射进了背后的榆树里。

他立刻起身，飞一般地冲进树林里。他不停地折返跑着，脑袋两旁的树皮不断地发出砰砰声，袭击他的人不停地朝他开着枪。在这样茂密的树林里想击中移动的目标并非易事，德什知道能否击中纯属运气。可尽管如此，被人瞄准射击却可以激发人的速度和专注力。

当德什拉开了与对方的距离后，有差不多十五秒没有再听到射击声。于是德什冒着危险快速地浏览四周。

在他身后有四个人谨慎但快速地穿过树林，每个人从头到脚都是黑色的。只有四个人吗？他们的每一个动作和行事风格都表明他们是特种部队的。

他原本以为杰克的手下不会获得增援，到底发生了什么事？

德什继续在丛林里冲刺着，但他这一次的路线与之前的路线形成一个直角。他很清楚对方用来对付他的战术——他自己之前也用过。他们在暴露自己位置之前，已经在他两侧的前后都部署了力量。如果他还是按之前路线的话，就会一头栽进了敌人的埋伏里。

他一边跑着一边在大脑里拼凑着各种线索。杰克告诉他的指挥副官科尔克，在奥哈马只有两个手下，并告诉他们不会有增援，所以德什才会给这两个人下了这样的圈套。

可是杰克却利用了德什的圈套来对付他自己。他先人一步。但是怎么会呢？看起来这位上校已经猜到伊卡洛斯的核心委员会成员从他们总部的那场爆炸中逃了出来。他还猜到他们要来对付自己。他得出这个结论并立即采取行动的速度，不得不令人佩服。

杰克肯定推断出，德什他们唯一能提前获知将受到袭击的方式是他们知道罗森布拉特被抓了，也就意味着他们知道罗森布拉特一家正受到监视。想到这里就简单了，杰克很快就能推测出，伊卡洛斯将会来营救罗森布拉特一家。

杰克的人一定比德什和康奈利早到奥哈马市好几个小时，然后耐心地等着他们自投罗网。而德什刚好让他们轻而易举得逞。

德什突然停了下来，从口袋里掏出一个闪光弹，朝他身后扔出一个长长的弧线，刚好在他的左后方那群人的附近。闪光弹击中了一棵树，伴随着几英里远都能听到的震耳欲聋的爆炸声，同时发出就算在白天也亮得刺眼的闪光，能使人暂时失明。

他迅速地在两棵树之间系上一道绊索，这个对于这些敌人的效果可能不会太好。但是闪光弹加上绊索能让他们慢下来，多少能让他们失去一点平衡。

德什考虑过服下那颗随身携带的胶囊。尽管他训练有素，可以他现在常人的能力，几乎没有可能逃脱。这不是一个轻易能作出的决定。对于提升之后的大脑，要在使用武力时保持清醒明智是很难做到的。一旦德什得到提升，他就只有一个念头，除了自己的生命安全，其他什么都不重要。那样的话，他很难阻止那个改变后的自我毫不留情地除掉这些人。

这是个大问题。他也曾在类似的部队里服过役，他认为这些人都是很优秀的战士。这些士兵冒着生命危险，想要拯救上百万无助的平民，还有孩子和无辜的人。在有关琪拉的事件中，他们被派出来，但他觉得他与这些人的出发点是一样的。

几发子弹在他耳边呼啸而过，德什知道自己没有别的选择了。他必须激发自己的能力，而且必须马上就做。他只能祈祷到时候自己的意志力可以压制住提升后的另一个自己，保留自己的价值本性，在保证自身安全的情况下不要对那些人进行无情的杀戮。德什从口袋里拿出钥匙圈，突然超前加速奔跑起来，然后在一棵古老的杨树树干后面蹲下。他把拇指按在钥匙圈的小银盒子上，然后盒子打开了。

他刚伸手要去拿胶囊，从另一个方向射来的子弹打得他周围的树皮四溅。他跃入灌木丛里，打了几个滚，结果胶囊从盒子里飞了出去。他疯狂地寻找那颗小小的胶囊，好不容易看到了，却被一堵枪林弹火阻挡，没办法去捡到。

他环顾四周，看到到处都是黑衣人，缓慢而又冷酷地朝他围过来。他现在正处于一个慢慢收紧的捕猎网的中心，完全无路可逃。而此刻他也没有机会再提升自己的智力和反应速度了。

“我投降!”他用最大声叫着，他知道过不了多久自己就会被打成肉酱。“不要开枪！我投降!”他再次大声说着，从树丛背后走出来，双手高高地举过头顶。

当他来到空地上，射击就停止了，还是有至少十几支枪对准他。一个上校从这群精锐战士后面走了出来。

“原来是戴维·德什啊，”他说着，“这可真是令我惊讶。”

然后一个字也没多说，他举起枪朝着德什开枪。

在德什倒地失去知觉之前，还是有足够的时间意识到，击中自己的原来是麻醉枪。

17

伊卡洛斯的工业总部内，琪拉·米勒在她的卧室里再次踱步，胃里又一阵一阵的恶心。她觉得桌上那张她和她深爱的男人的照片在嘲笑着自己。这里不是她一个人的卧室——而是他们的。她看到德什的笑容浮现在脑海里。他的力量、他的同情心、他的智慧，还有他的幽默感。她倾其所有来爱他。即使她能活到永远，她也永远配不上他。

知道他还活着，是琪拉目前唯一支撑自己的理由。德什内裤腰带上的窃听器和生命体征检测器已经被激活，并开始传送数据。德什陷入了昏迷，在他被脱光衣服之前，窃听器传送回来很多军人的声音。至少她最后收到的生命体征信息是很强烈的。

她此刻必须坚强起来，要比此前任何时候更为坚强。

她看了下手表，现在是中午。康奈利开车带着罗森布拉特一家在回来的路上，还有一个小时左右抵达。他会把房车和这一家人安放在附近的一个拖车公园，然后立刻回到总部。

她拿起手机，将格里芬给她的那个号码拨出去。电话响了四声后，有人接通了。

“你好?”传来的是一个低沉嗓音，带着疑问，很明显他的手机未能识别来电令他感到困惑。

“你好，汉森上将，我要说的话很重要，请您别挂断。”

“你是谁？”他问道，“你是怎么知道我的号码的？”

如果一个陌生人误打了参谋长联席会议主席高级保密的私人号码，那是一回事。但如果一个陌生人打了这个电话并且知道电话另一头的人是谁，这可就是另一回事了。他可以尝试追踪这个电话，但不过是浪费时间。

琪拉忽略他的问题。“我需要请您向莫里斯·雅各布森上校传递一个信息。这是一个事关国家安全的重大问题。”在他们的窃听范围内，杰克的姓和全名从未被提及，但监听过程中听到杰克和一位名叫约翰·科尔克的少校一起工作。格里芬用他放大后的智力，几乎立刻就找到了这位上校的真实身份。

“我可不是信差，而且我也从未听过这个上校的名字。你自己联系他，既然你能找到我的号码，那一定也能找到他的。”

“你可能会这么想，但实际上不是的，”琪拉说，“他管理着一个执行黑色行动的部门。你是参谋长联席会议的主席，你的个人信息是被高级保密的，但你至少是一个公众人物。而他不是。”

“黑色行动部门是完全独立运行的。我不知道你说的这个上校，他叫？”上将顿了下，明显是忘记了琪拉刚刚说的那个名字。

“莫里斯·雅各布森。”

“对，莫里斯·雅各布森。我不知道他是谁。”

“或许您现在是不知道，但你要让我相信您找不出来，那你就是把我当作傻子了。有多少人能够成功地获取您的私人号码，上将？难道您不觉得您应该更认真地对待我吗？”

“如果我不认真对待的话，我们现在就不会在说话了。”

“这事关国家安全，上将。而且是条很简单的消息。”

长时间的沉默后，上将问，“是什么消息。”

“告诉他打电话给琪拉·米勒。这是个代号。”她撒了谎，“但他知道是谁。”

“就这么多?”

“就这么多。但他必须让电脑连接网络，这个电话必须要有音频和视频。我会再把具体时间和联系方式发信息告诉你，”琪拉停了一下，继续道。“我无法再夸大这件事情的重要性，即使上将您不知道所有的事情。但请相信我，这事关重大。”

“好吧，”上将说，“把信息发过来吧。”

“谢谢您，长官，”琪拉说，“您立刻就会收到。”

* * *

按照琪拉指定的时间，自称“杰克”的雅各布森上校出现在了琪拉的电脑大屏幕上。他跟她想象的一样。她看着他瘦削的脸庞，黑色的头发，还有那短须，看起来就像是她脑海中永恒燃烧的形象。

他看起来有点谨慎，但更多的是好奇。

“谢谢你打来电话，上校。”琪拉开口说。

杰克慢慢地点点头。“要知道，你给出了一份我无法拒绝的邀请。伟大的琪拉·米勒。我把你看作是这世上最卓越非凡的女性。能够有机会与你亲自对话，不论在什么情况下，我也一定不会错过的。”

“是因为我的杰出而非同寻常，还是你所认为的我的黑暗心理?”

“两者都有。”杰克毫无犹豫地承认，“顺便问一下，你是怎么知道我的名字的?”

“运气好猜到的。”琪拉回答。

杰克的嘴角微微向上露出一个微笑，却又很快消失了。“你看，”杰克说着，知道在这个问题上继续深究没有任何意义。“按照你要求的，我现在在摄像头里了。现在让我知道我在跟谁对话怎么样？这样才公平吧。”

琪拉摇摇头，“你妈妈难道没告诉过你生活不总是公平的吗？”

杰克皱起眉头，琪拉看出来他对自己的回答并不意外。“让汉森上将来找我，这招很妙。”杰克说，“但对于像你们这种能力的人，你们给我的意外远不如给他的那么多。”

“你有告诉他我为什么找你吗？”

“当然，”杰克没有迟疑地回答。

在琪拉面前的屏幕底部出现了四个字。他在说谎。

琪拉看了一眼提升室里的吉姆·康奈利，后者正通过自己的电脑观看杰克并监视整个对话，朝她点头示意。他们算好了时间，这样康奈利可以在琪拉通话过程中进行提升，同时分出了一部分提升后的注意力来作为人体测谎仪。

得到提升的人，立刻就能结合常人的面部表情、肢体语言和声音语调来准确地预测出对方下一句要说什么，近似于读心术。而通过一个常人的实际音调来判断对方话语的真假，其准确性是绝对的。

知道杰克说的是假话，琪拉很高兴。她最不希望的事情就是让上将知道这一切，然后也掺和进来。

“还是开门见山地说吧，”杰克说。“你想让我做什么？”

“我想我的一些朋友在你手上。”

“朋友？不止一个？从我抓的其中一个朋友那里了解到，另外那一个可不仅仅是你的朋友。应该说你们现在是热恋当中？”

一想到戴维·德什，琪拉的心就痛了一下，但她现在不允许有一点点感伤。“是吗？”她说着，“一个你认为内心像我这么黑暗的人可能会陷入爱河吗？”

“也许以他们自己的方式吧。我知道，就连阿道夫·希特勒也有女朋友呢。”

琪拉挫败地叹了口气，“我可以认为赛斯和戴维都还好吗？”

“德什还没醒过来，我们根本没碰过他。罗森布拉特他好得不能再好了。”

一条信息出现在她的屏幕上，速度快到她来不及读完，某人以超人的打字技能输入这条信息。

他的话真假参半。罗森布拉特的身体确实没问题，但是杰克担心他看了女儿的特效画面之后的心理状况。杰克仍然对此感到很愧疚，也很后悔对一个他认为是无辜的人施加这样的打击和伤害。

什么狗屁同情心啊，康奈利冷冷地加上这句，这样的评论性情绪在平时的他是不会流露的。

杰克眯起眼睛，检查了他的通讯连接，不明白琪拉为什么需要这么长时间来回应。

“我想让你找我的原因，”读完康奈利的信息后，琪拉最终继续说道，“是想提出一个交易。”

“交易？”

“没错，用我换他们两个。”

就连杰克这样杰出的扑克玩家，也难以掩饰他的惊讶。

康奈利多余地解释道。

他以为你会贿赂他或者威胁他放他们回来，但没想到这个交易。他在思考，权衡这个提议，考虑各种可能性，他现在相当的兴奋。

“我放了两个犯人，却只换回一个吗？”杰克说着，声音听起来好像没什么兴趣，“这听起来对我可不太公平啊。”

琪拉大声笑起来。“别逗了，上校。我们要么真诚地进行交易，要么我收回我的提议，挂断电话。”

杰克的嘴角向上再次露出笑容，“好吧，”他说，“我必须承认，我很有兴趣。”他挑了挑眉毛。“但我很难相信，你会真的将自己交给我。”

“请相信我，”琪拉说，“但我也需要你有所表示，我需要你在一些事情上给予绝对保证，以你的名誉为担保。”

杰克不相信地看着屏幕，“你不会是认真的吧？以我的名誉？你怎么会相信我说的话呢？”

“我看人还是很准的，上校。如果你给我你的保证，对我来说就已经足够了。”

有那么一瞬间他是不相信的，但也没必要进行深究了。

“好吧，”杰克回答，“我在听。”

“第一，我要你保证你抓到我后会让我活着。不要马上回答。好好想想。在你说话之前，好好确定你是真的愿意并有能力遵守你的诺言。”

杰克抿了抿嘴唇，思考了很久。“我不会杀你，”他说。“我向你保证。但我不能保证更多了。而且如果你反抗或者试图逃走，这些就都将不算数了。”

康奈利发来信息：

他说的是真话，他以往的计划一直是要杀了你——只是为了确保解除他认为你带来的威胁——不过现在他会遵守他的承诺。他的新计划是彻底地审问你，然后把你关进一个高度防守的监牢，度过余生。

“我接受，”琪拉对上校说，“第二，我要你保证你不会在德什恢复意识之后审问他，也不许伤害他和罗森布拉特。”

杰克再次想了想后，然后点点头。“我保证。”

他说的是实话。

“最后，”琪拉说，“我希望你能保证从始至终地守信。一旦我交出自己，你就必须放德什和罗森布拉特毫发无损地离开，不能跟踪他们。无论是你派的手下还是使用卫星去追踪他们。好好想想再答应，上校。”

杰克没说话，挠了挠后脑勺，好像这样可以帮助他思考。“好吧，”最终答应了。“我保证。一旦你交出自己——虽然我到现在仍然怀疑你真的会这么做——我就会放他们走，毫发无伤的，也不会跟踪他们。”

提升后的康奈利冷酷地打出这行字。

他说的是真话，不过他用自己的方法在骗你。向他示好。我不认为这个大混蛋有能力做到，他会放他们走，但是他会利用在你这里得到的信息，然后用尽一切办法尽可能快地重新抓住他们。

琪拉看着康奈利的眼睛，点了点头。这对她来说已经够好了。

“我希望你是一个信守承诺的人，上校，不要一会儿就背弃诺言。”

“我不会的。”杰克说。

康奈利继续打字。

他的确不会，不过他还是不认为你已经完全相信他的话。他觉得自己漏掉了什么东西。所以他会万分的小心谨慎而且做好应付万全的准备。

“既然说到这，”杰克说，“不如你也向我保证，你会自始至终遵守诺言呢?”

“你怎么会想到这个?”琪拉问。“我的承诺对你而言没有任何意义。我们彼此心里都清楚。”

杰克微笑着说，“有道理。即使我觉得可以相信你，但无论怎样，我这个人坚持信奉互信但要核查的原则。”

“别担心，”琪拉说。“我可不想伤害我的朋友。你会轻而易举地抓到我的。”琪拉稍作停顿。“不过在达成这个交易之前，我还有另外一个条件。一旦达成交易，你要在30分钟以后再次打电话，我们将具体讨论这次，嗯，人质交换的细节。”

杰克此刻脸上的表情，即使没有康奈利的解说，琪拉也能轻易读懂。他一直觉得这一切太容易了，他原以为这最后的要求会是一个令人不快的意外，表明琪拉其实并没有真的打算交出自己，而这一切不过是个出于某种原因精心制作的玩笑罢了。“说吧，”杰克谨慎地问道。

“我要你告诉赛斯·罗森布拉特，他的小女儿杰西卡还好好地活着，而他所看到不过是你的特效师合成的图像。”

杰克睁大了双眼。

康奈利顿了顿。

他在想你到底是怎么知道那些事的。他把一切联系起来。他猜到你一定是进行了监听，但他想象不到你是怎么做到的。

“我很乐意这么做。”杰克最终说道。

“这样我们就算是达成共识了。”琪拉说，“去跟赛斯说吧。”

杰克点点头，“我三十分钟后再打给你。”

18

麦迪逊·拉索觉得自己快要窒息了。以前的她可从来不会怯场，面对一大群人的时候也轻松自如，但目前的情况可不一样。她站在一个巨大的会展中心宴会厅里，面对着成千上万的记者，以及超过一亿的电视观众。

她通过网络的速度，把自己的发现公布到了引力波天文学社区。这一发现实在是太重要了，她都等不到早上再发。数小时内，她的发现已经被全球数十家研究中心确认了。

每一个国家都本能地想把这些数据压回去。毕竟，如此具有爆炸性的信息需要经过无数次的确认才能作出决定是否要发表，而不是一个倒霉的市民就能处理的。但是各国政府也很快意识到了精灵已经跑出了瓶子，没有任何办法能把它重新塞回去了。除非他们有更好的运气，才能赤手空拳地对付一座即将喷发的火山。

事实上，麦迪逊的发现使得全球各地的许多人陷入了不眠之夜，引发了以前从未发生过的，一系列诸如此类的忙乱。如果把地球比作蚂蚁窝的话，她的发现就像是个行星大小的靴子一脚踢了上来，让这些蚂蚁们开始慌乱起来。

尤金·托比亚斯博士是美国太空总署的领导，他此刻正站在讲台上。以政府官员和杰出科学家为首，类似的记者招待会正在世界各地举行着。在美国，无数的政客和科学家钩心斗角着想要成为那位特邀演讲嘉宾。不过在今晚，一位美国科学家已经获得了世界的目光——因为这一领域的大多数研究都是在美国进行的，所以美国人对此一点也不惊讶。很显然，麦迪逊·拉索是个最公平的选择。而且她还只不过是个研究生，这也使得这场记者招待会没那么正式和吓人，还会让记者在报道里写得更有人情味。

无数的人已经知道了拉索的发现，当然，至少是最主要的部分，但是现在才是第一次正式的宣布。恐慌的猜测和谣言像病毒一样随着这个发现四处蔓延。

尤金·托比亚斯站在麦克风前，等待着观众们慢慢安静下来。房间里静下来后，他开始说话。“大家应该都知道了，在太平洋标准时间昨天晚上十点二十三分，亚利桑那大学一位名叫麦迪逊·拉索的研究生有了一项重大发现，足以撼动科学、宇宙学和宗教的基石。它是不容置疑的证据，不仅可以证明有外星生物的存在，而且还是外星智能生物。这项发现现在已经得到反复证实。”在他身后有一个三十英尺大的显示屏，他的形象同时出现在里面，这样坐在后面的人，也能清楚地看到他脸上的每一个表情。

“现在有请拉索小姐做一个简短的准备好的解说。在她之后，将由蒂莫西·博纳瑞博士，一位零点能源专家同样为我们做一个说明。之后我们会介绍我们的全体成员，然后回答各位的提问。”他朝着麦迪逊做了个手势，“现在把话筒交给你们。”

麦迪逊来到讲台，她穿着平底鞋，身着一件短外套和一条铅笔裙组合而成的深色套装。她讨厌正式的衣服，觉得太拘束而且不舒服。但是如果有那么一个场合需要她以正式的着装，在大部分美国人面前主持新闻发布会的话，应该就是现在了。她调整了一下麦克风的位置，然后清了清嗓子。

“大家好，”她声音有些沙哑，她自己听起来也觉得声音太小而且不够有力。“正如托比亚斯博士说的，”她继续说着，克服了此刻呼吸局促的困难提高了音量，“我的名字叫麦迪逊·拉索。在我讲述我的发现之前，我认为非常必要对爱因斯坦的相对论进行一个简短但希望不太痛苦的回顾。”

她原本以为会听到这群记者发出不满的抱怨。她已经连续36个小时没合眼了，因此对于自己的判断并不十分的确定。虽然大家都听说过相对论，但她猜测没有几个非科学工作者能完全理解它的含义，或者知道它是如何彻底颠覆了人们以往对于宇宙运转的直观理解。

她紧张地笑了笑说，“当然，这样解释可能太过于简化了。但是相对论对于理解托比亚斯博士刚刚所提到的发现，是至关重要的。”

“接下来是一个三分钟的简单讲解。假设我以20英里的时速扔出一个球，同时一个男孩骑着自行车同样以每小时20英里的时速同向前行。对男孩来说，球的速度是多少呢？答案是，没有速度。相对于男孩，这个球的速度是零。如果他朝着我以20英里的时速骑过来，那么我扔出的球，就会以每小时40英里的速度缩小与他的距离。”

麦迪逊看着观众，想知道这些记者们作何反应，但他们好像石头一样无动于衷。“所以相对速度只是加减法的运算而已，”她继续说着，“非常简单，适用于任何被测量物体。”她又顿了顿，“但是光就不一样了。它以不可思议的每小时 6 亿 7000 万英里的速度行驶，似乎不可能的是，它不遵循刚刚那条简单的原理。每一个观测者测量的光的速度是一样的，不管他或者她运动速度有多快，是迎着光前行还是逆向光运动。如果你以 99% 的光速行驶，或者去追逐一束光，它还是会以光的速度全速离你而去。”

她翻了一页笔记，继续说着，“这就好比是你在一辆时速 59 英里的车上追一辆时速为 60 英里的车，你追的那辆车相对你来说还是以 60 英里的时速在行驶。你站着不动，它还是运动得那么快。这看起来是不可能的，而且违背了我们的常识。牛顿物理学无法对此作出解释，幸运的是，阿尔伯特·爱因斯坦建立的物理理论却能够做到。”

麦迪逊停了下来，看了看台下的记者。他们还是木然，表现出索然无趣。天哪，她心想，我要让全国的人都快无聊死了。她的喉咙紧了紧，呼吸变得更困难了，但现在已经没有回头路可走了。

“爱因斯坦创立了一个理论和一种数学运算来解释光的奇怪现象，”拉索强迫自己继续说下去，“据他解释，速度可以改变一切。对于静止的观察者来说，当物体的速度加快，它们的长度会缩短，而质量会增加。如果物体的速度无限接近光速，那么它的长度会近乎于零。而且它的质量会趋近于无穷，同时，时间对它来说也变得慢下来。如果你以接近光速的速度运动了哪怕几分钟——至少是对你来说——而对于你那些在地球上的姐妹而言，早已过了一万年。”

麦迪逊从大家的肢体语言可以看出，他们对这个主题的兴趣开始增长起来。

“这听起来既疯狂，但也令人兴奋。爱因斯坦的预言现在已经得到了多次验证。当粒子的速度很慢时，它们以一定的速率进行衰变，当它们的速度接近光速时，它们进行衰变所需的时间也会变得更长。完全符合相对论预测的方程式。连全球卫星定位系统也是利用爱因斯坦方程式来确认相对效应。我们直觉认为这些效应很荒谬的原因是，它们必须在近乎疯狂的速度下才能发生，而这一速度是地球上任何物体都无法达到的。”

“爱因斯坦还提出一个关于重力的新的看法。他意识到时空就像一个蹦床，有质量的物体会使它产生凹陷。把一个保龄球放在蹦床的中心，球会使它产生凹陷，在这一平面上放上任何物体都会朝着保龄球滚下去。这就是重力。当有质量的物体令时空产生凹陷，同时就会以光的速度发出引力波。直到现在，这些都是无法进行检测的。但一个新理论出现，让我们可以对引力波能够进行超灵敏的检测。

“我的研究让我有机会接触到一个这样的检测仪。我设计了一款软件，从数十亿页的无数质量的引力波数据中进行筛选，大小都有，从小行星到行星再到太阳。我的软件处理这些数据信息，当它检测到任何异常它就会发出警报声提醒我。”她稍作停顿，观察大家的反应。“就在昨晚它发出警报。它检测出在星际空间，就在地球的这个黄道面，有一个大小和月球差不多的质量，正从银河系中心方向朝我们飞驰而来。托比亚斯博士已经在大家手中的信息册里提供了精确坐标。”

她停了下来，拿起讲台上的一杯水喝了一小口。“现在一个月亮大小的质量本身还没什么有趣的。但它的质量在它的运动过程中急剧地减少。刚开始，它的质量和月球差不多。后来在运动中质量变得只有一半。然后五分之一，十分之一，并且还在继续。”

“刚开始这些还没有什么意义。但后来我想到了相对论。

还记得，一个物体的质量会随着它的速度越来越接近光速而有所增加。如果一个物体以无限接近光速的速度运动，然后开始减速，就会看到我所观察到的情况。

“但星际空间内的物体不会以近光速的速度运动到任何地方，所以我确定我自己弄错了。但当我把这些数据输入到爱因斯坦的方程式进行运算时，它完全符合。对该物体在不同时间、不同位置上的表观质量进行核查，得出了一幅非常精确运算一致的图像。我就不提其中的运算了，但是从这些方程式中得出的图像是：它是一个球形物体，静止时的大小和质量接近一辆小型汽车，它最开始以接近 99.99999% 的光速运动，随后开始平稳减速。在初始速度时它的表观质量非常大，但随着速度下降，它的质量在急剧减少。

“就如你们大多数人现在知道的，进一步的重力读数和数学运算表明，该物体是直接朝着地球来的。大概一个小时前，它以每小时超过一百万英里的速度行驶，如果它继续平稳减速，将会在精确的 22 天之后与我们的地球相遇。”

19

约翰·科尔克耐心地等待着他的指挥官回到自己的办公室，这里是上校在全国各地保留的军事基地中的其中一个。

莫里斯·雅各布森上校走了进来，在他的桌子前坐下，面对着他的副指挥官，他的脸色看起来不太好。

科尔克对他的态度感到不解。“你已经告诉罗森布拉特关于他的女儿的事情了吗?”他问道。

杰克叹了口气。“是啊，我告诉他了。”

“那你为什么看起来这么痛苦?”

“因为事情没有按照我想象的发展。我可能把事情弄得更糟了。”

“什么？怎么可能？”

“他心中有一部分由于太绝望而不敢相信我。还有一部分认为这是某种残酷的心灵折磨。我给他希望，只是为了之后可以再次把他的希望夺走，对他造成更大的伤害。因此，他不敢相信我，他担心这一切不是真的。如果他相信了我，而结果是我在说谎，那么就等于他失去了女儿两次。”

“我明白你的意思了。”科尔克说。

杰克看了看表。距离他给米勒打第二个电话还有大约二十分钟。正如他所料，他的手下追查电话和米勒的 IP 地址一无所获。

“你怎么看琪拉·米勒？”杰克问道。科尔克监听了那通电话，但杰克希望把事后的讨论放在跟罗森布拉特的谈话之后。

“她令人印象深刻，”少校回答，“她的确名副其实。就算你看不到她本人，你还是能感受到她独特的魅力袭面而来。而看了她的照片之后，我只能想象看到她本人的话，这个效果会增加多少。”他停顿了一下。“但你不能相信她是真心要跟你进行这次交易的。”

“当然不，”杰克同意。“我连一秒钟都不会相信。但是，我们需要弄清楚她的目的是什么。她并没有为自己人身安全考虑。”

“这肯定是营救计划。”

“我认为这是最有可能的解释。她会为这次交换作准备，然后她就会知道我们和她的人在哪儿。接着她或者是她的团队成员会动手。只要她指望她的药丸能够给他们带来优势，无论我们怎么保护自己都没用。”

“那你想怎么应对呢？”

几乎有整整一分钟，杰克没有回答，他的大脑里权衡着各种利弊，科尔克在一旁耐心地等待。“我们将德什和罗森布拉特押送到距离我们要求米勒的地点远得多的地方。用金属手铐、塑料手铐、脚镣等等一切能用到的东西将他们锁起来，让我们完全不用担心他们自己会逃跑。关在某个公寓里，或者一个酒店房间。”

“用自存仓怎么样？就在那种可以出租的小钢棚里？”

“很好，”杰克说。“我们安全抓到米勒之后，再把德什和罗森布拉特的位置告诉她的人。这样一来，就算对我们进行伏击对他们没有好处，除非他们不想让他们的人回去了。”

“这样很好，不过米勒恐怕不会同意。”

“如果你说的没错，我至少可以逼她摊牌。她仍然会和我们斗智斗勇，所以我们的讨论不会就此结束。到时候球在她的手上，你最好希望她会把球踢回来。”他停顿了一下，“但出于某些原因，我想她会同意我的任何提议的。”

科尔克一脸不解，“为什么？”

“因为即使没有她的药丸，她也比我们聪明得多。我们只能想到接下来一步或者两步该怎么走，就觉得该为自己庆祝了。可她玩的是不一样的游戏。我想她已经把这些考虑进她的棋局里了。”

“如果真是这样，那你就不应该答应她的交易。”

杰克笑了。“是啊，也许吧。但如果我真的这么做，她就永远获胜了。她已经让我在事后批评自己一次了。但是如果我相信不论我做什么，她都走在我的前面的话，就等于我现在已经麻木并且放弃了。”

“那么你认为她还会玩什么把戏呢？”

杰克揉了揉脑袋。“我的计划里有个漏洞。即使她不能直接营救她的朋友，她还是有可能会抓住我，逼迫我说出他们的位置。”

科尔克想了想说，“除非你不知道。”

“想的不错，少校。非常好的想法。”杰克停顿了几秒钟。“那么我们就这样来做。你和我分头行动。你去把德什和罗森布拉特关起来，但不要告诉我他们的位置。现在还是把他们关在某个公寓里。公寓比仓库多得多。如果她真的交出自己的话，你告诉她的人在哪里可以找到我们这两位客人。如果在我们准备抓她的时候，她杀了或者抓了我以及我们的人，你就把这两个人重新抓回来，她也落不到好处。”

“我不是想泼你冷水，”科尔克苦笑着说，“但是这种情况下，她的朋友可能是回不去，但你却是被俘或者已经死了。这结果对你来说也没有什么意义。”

杰克笑了。“嗯，我会尽我所能不让这种情况发生。这只是一个最坏的情况假设。我们可以让她租辆SUV，给她指示该怎么走，这样我们就不会中她的埋伏。我们要找一个位于两面山崖之间的低洼平地——就像是个浅峡谷一样的地方，”他说着，头往后仰，他在仔细地思考，尽力在脑海中预览着交接人质的场景。“这样的一个地方她开越野车很快就能抵达。我们可以用直升机在前面确认她后面没有人跟随，我们在两边山崖上安排好狙击手，大部分荷枪实弹，小部分人配备麻醉枪，以防万一她并不会做什么。”

“这样看起来，像是，有充足的保护了。”科尔克说着，而杰克感觉到他的副指挥官认为这样的武装有点太小题大做了。或许是有点，但是这个女人的能力已经让他有点害怕了。

科尔克正要继续说点什么，杰克打断了他，“等一下。”他拿起办公桌上的电话。对接电话的女人描述他想要在科罗拉多州区域内寻找怎样一个地方。他告诉对方尽快搞到这样一个地方的 GPS 坐标。挂了电话后，他对少校做了个手势。“继续说。”

“我刚刚要说的是，就算米勒同意——关于这点我很怀疑——那么她能逃掉的机会几乎为零了。即使在与你会面的时候，她服下一颗她的药丸。”

“不要忘了，她和她伊卡洛斯的朋友们在每次提升之后可以得到突破性的技术。很少有人能达到他们的智慧。即使没有技术优势，如果她有机会服下一颗药丸，你就别想抓到她了。这就是麻醉枪的作用，我们用麻醉枪让她昏过去。当她倒下以后，我们还是要保持我们的部署，直升机和狙击手原地待命 90 分钟。就算在会面之前她已经提升了自己，这个效果也只能持续大约一个小时。90 分钟以后，我们将她的嘴巴封起来，这样她就不会出其不意地又服下药丸，然后脱光她的衣服，排除一切隐藏的可能性，最后把她带回来。”

“这太容易了，”科尔克冷冷地回答。“那我们还等什么呢？”他停顿了一下，摇了摇头。“这计划很好，上校。但我还是担心她永远不会同意这样做的，”他补充说道。

“有意思，”杰克冷冷地说，“我更担心的是她会答应呢。”

20

麦迪逊·拉索结束了她准备好的发言，在讲台上坐下。蒂莫西·博纳瑞博士站上了发言台。他低头看了一眼他的稿子。

“我会尽量说得简短一些。”他开始说道，“就像托比亚斯博士提到了，我的工作是关于零点能量领域。我很高兴拉索女士给大家解释了相对论。在同一时期，另一项重大突破是量子物理学，爱因斯坦在其问世的时候也表示了热烈的欢迎。我在这里不想解释什么是量子物理学，因为它实在是太奇怪了，它使相对论显得更为直观。就连爱因斯坦本人也无法真正相信这一理论的意义。可以这么说，如果没有这个理论，现代电子学将不可能产生。它是有史以来成功理论中最具有争议性的理论。”

他稍作停顿。“但是，这个理论离奇得匪夷所思。它的理论显示，粒子可以同时出现在两个地方，可以通过无限的距离进行连接，可以自由产生或者消失。还有就是：在每一立方厘米的真空内，有着接近无限量的能量。所以真空实际上不是真正空的。而且宇宙中这份免费午餐可以永久提供，只等被获取。这就是零点能量。

“这个理论在1997年得到证实，《纽约时报》还专门写了篇《物理学家证实虚无的能量，测量宇宙中流通的力量》。我现在将选读其中一些片段：

“半个世纪以来，物理学家已经知道没有绝对的虚无这样的事情存在，没有空间上的真空，连一个原子物质都没有，甚至非常细微的活动都没有，这些都是不存在的。现在借助一对金属板和一段金属细丝，科学家就可以直接测量出相当于宇宙脉冲在真空中产生短暂波动而产生的力量……拉穆尔克斯博士的实验首次直接而准确地展示了……卡西米尔效应，之前一直被认为是由空的真空中独自作用产生的力量。他的实验结果对于熟悉量子电动力学的人来说，不足为奇，但这些结果对于量子物理学这个奇怪的理论推测提供了重要的证明。

量子电动力学认为，无处不在的真空在不断产生粒子，在超乎想象的短时间内，波也会自发地产生或消失。

许多物理学家称之为翻滚的量子‘泡沫’，在整个宇宙中不断延伸。它既填补了人体内原子间的空白区域，又可以到达宇宙中最空旷和最偏远区域。”

博纳瑞博士停止了朗读。“那么这些有什么关系呢?”他说，“因为要把一辆汽车大小的物体加速到近乎光速，是需要非常大的能量的，比我们的太阳五十年内输出的总能量还要多。以目前人类的理解，唯一能够做到的方式，就是某个文明已经找到了方法来利用零点能量。就算利用反物质，也无法提供这么大的能量。我和我的同事倾尽一生致力于找到可以享用这份无限供应的免费午餐的方法。至少到目前为止，我们并没有获得很大进展。许多人还认为这是不可能做到的。”他缓缓点了点头。“但是现在，我们知道了另一种答案。”

他停顿了几秒钟。“我的结论是，如果零点能量，被利用以后，”他继续说，“它就能改变一种叫做普朗克常数的东西。在后面我很乐意向大家解释这是什么。大概就是，利用了这种零点能量的物体，会改变它周围宇宙空间的基本性质，包括光在内，然后产生一种混淆的光谱模式，我将它称为卡西米尔辐射。”

博纳瑞博士忍不住开心地笑起来。他的理论直到昨天为止，都遭到了无情的攻击和批评，说他的预测是不可测的。仅仅一天，就天翻地覆了。爱因斯坦曾预言，一束从遥远星球的光在靠近太阳时会发生弯曲。但那是日食发生之前的很多年，并且使用了一些适当的仪器来进行测量。当日食发生时，光产生的偏转是1.7弧秒，与爱因斯坦的预测完全吻合，证实他关于重力和时空的观点，也使他成为地球上最著名的科学家。而现在该轮到博纳瑞了。

“结果证明了我的理论已经不仅仅是理论了，”他继续说。“我们已经发现从该物体中发出了卡西米尔辐射，跟我预测的完全一致。不管朝我们飞过来的是什么，它不仅仅是外星生物，而且还是智能外星生物。他们来自于更高级的文明，已经掌握了如何利用这种终极能源。”

他抬了抬眉毛。“假设它不会偏离方向，来到地球的话，那么就我个人而言，我非常渴望能打开它的引擎盖好好看看。”

21

杰克手里拿着一副望远镜，对准了那辆刚刚驶入宽阔峡谷的红色SUV。峡谷两旁屹立着百英尺高的悬崖峭壁。

“地方选得不错，”一个自信的声音从他耳机的左边耳道清晰地传出来，头顶上盘旋着三架直升机，飞速旋转的螺旋桨发出巨大的声音，它们在方圆三英里内进行着监视。“两边悬崖上各安排了多少人?”

“一两个吧，”杰克不置可否。

“更像是有五到十个人，我猜，”琪拉·米勒说。“外加几架直升机。看起来像是有人在实践在军事学校里所学到的如何占据制高点。”

“只是想表达我对你的尊敬，”杰克说。

“真是我的荣幸，”她喃喃自语。“我现在准备下车了，”她说。“不如提醒一下你的手下，我们有个小小的约定。不要伤害我这个无助的女孩哦。”

“他们知道的，”杰克说。

过了一会儿，车的前门打开了，一个身姿轻盈的女人走了出来。她穿着一条褪色的蓝色牛仔裤和一件水青色的V领上衣。杰克可以清楚地看到她，但他还是用双筒望远镜将她的脸放大。他的心跳加快。这就是琪拉·米勒本人，至少看起来是她。对面这个女人，你永远无法确定会发生什么事。

“把你的手举起来，离开你的车朝前走十到十五码左右，”他发出指示。

琪拉按杰克之前的要求戴着耳机，因此她的两只手是空着的。她把手举过头顶，朝前走去。“现在你看到了，真的是我。”她对着嘴边的麦克风说，“我已经全部按照你说的做了。我在你手里了。现在遵守你的诺言，发信息给我朋友，告诉他们在哪里能找到你的犯人。”

“别担心，我会遵守我们的协议。但我还不太满意，至少现在是这样。”

“这是另一个尊重的标志吗？”

“恐怕是的。我要让一个人加入我们的通话，她会问你几个问题。”

他操作了下手机，几秒钟之后，一个女人加入进来。“告诉我Ⅲ型限制酶的性质是什么？”一个低沉而沙哑的女声问道。

一个灿烂而自然的笑容出现在琪拉·米勒的脸，杰克通过望远镜看得一清二楚。“好吧，我现在对你印象深刻，”她说。“你全方位的小心谨慎达到了新的水平，上校。如果站在这个偏僻之地的人不是我本人，你以为会是谁呢？你以为我找到了一个完美的替身然后说服她放弃自己的安全来替代我吗？”

“也许不是。但是，我原以为你在我摧毁的那栋大楼里，结果我还是错了。对于你，再谨慎也不为过。我答应用德什和罗森布拉特换琪拉·米勒本人，可不是一个替身。”

“很公平，”琪拉应允道。“好吧，Ⅲ型限制性内切酶在识别点位将 DNA 切割掉二十到三十对碱基对，其中包括两条反向非回文序列。它们有多个亚单位，需要腺甲硫胺酸使 DNA 甲基化，以及 ATP 作为辅因子。它们从腺苷残基的 N－6 位开始只会对一条 DNA 链进行甲基化。”她停顿了一下。“可以了吗？”

“还没有，”电话那头的女人说道。她接着又问了四个问题，一个比一个难，有几个问题只有具备丰富的基因工程的实践知识才能回答，远不止书本知识那么简单。

当琪拉答完所有问题，杰克的专家告诉他，以她的专业眼光看来，电话那头的女人是个顶级的分子生物学家，然后下线了。

“满意了？”站在峡谷里的那个迷人的女人问道。

杰克示意附近的狙击手，几秒钟后琪拉·米勒瘫倒在地，不省人事。

“非常满意，”杰克对着空气说。

* * *

吉姆·康奈利打破了 47J 房间的门锁，这个松林丘公寓位于丹佛东部，他小心翼翼地走了进去，虽然他知道这里没有埋伏。他对于之前提升后的自己对杰克的诚实度作出的评估非常的有自信，他打赌这个男人不会食言。事实上，他意识到，他赌上的是自己的生命。

康奈利进入房间，看到戴维·德什和赛斯·罗森布拉特都被绑在一起位于客厅的中间，嘴上被牢牢地贴了好几层灰色胶带。按照提供的信息，康奈利在角落的盆栽植物里找到了几对手铐和脚镣的钥匙。他迅速帮两人解开这些东西，然后用他刚刚磨过的战斗匕首，先割开了德什手上绑得紧紧的塑料手铐，和其他的所有束缚。

他一边做着这些，一边用麻利的动作撕去朋友嘴上的胶带。

“你怎么能眼睁睁看着她这么做!”一撕下胶带，德什就大声吼道。“她比我们所有人加起来都要重要啊!”

康奈利继续帮他除去身上的束缚。“当琪拉·米勒执意要做的事情，”他平静地回应道，和他朋友的愤怒形成鲜明对比。“地球上没有什么力量能阻止得了她。”他对罗森布拉特做了个手势。“我们还是以后再来说这个吧。”

不一会儿德什获得自由，几分钟后他们俩一起帮助那位身材高大的物理学家解开身上的捆绑。德什还是怒气冲冲，但他保持着沉默。

“戴维，你和我一起走，”康奈利说。“罗森布拉特博士，我想让你在这里等几分钟。”

罗森布拉特看起来很困惑，但他点点头默许。

德什和康奈利离开后不久，有人在敲门。物理学家警惕着，然后打开了门。

他的妻子站在门口，泪水涌上了眼角。

她的下面，一个小人儿抬头看着他。

“爸爸!”小杰西卡兴奋地尖叫起来，她的声音不大但却那么悦耳。

赛斯·罗森布拉特跪在地上，他的女儿向前几步，扑进了他的怀里。

他把她拉近自己，紧紧地抱住她，仿佛再也不愿放开这个幼小的、珍贵而完美的小女孩——他曾经以为已经永远失去她了。

泪水悄悄地滑落他的脸庞。毕竟，杰克最后没有说谎。

“我爱你，宝贝，”他说，“非常非常爱你。”他继续紧紧拉住她不放，就像她是翻滚的大海里的一个救生圈。

“爸爸，你没事吧?”杰西卡离开他的怀抱，看着他的脸，不确定地问道。她从未见过父亲流过一滴眼泪，而此刻越来越多的泪水像小溪一样流到他的脸颊。

他点了点头。“我好得不得了，亲爱的。”

杰西卡的母亲也在旁边蹲下来。“有时大人哭是因为他们太高兴了，”她解释道。

小姑娘抬头看着她的父亲，他泪中带笑，但还是不太确定，“你很高兴吗，爸爸?”

赛斯·罗森布拉特拉过女儿，再次紧紧地抱住她，眼泪继续止不住地落下。“哦，是的，”他轻快地说，“我现在比你能想象的还要高兴。”

22

琪拉终于扑闪着睁开双眼，几分钟以前，雅各布森上校派人来给她注射了麻醉剂的解药。她现在穿着一件灰色的拉链连体衣，她身体的每一个入口——耳朵、鼻孔、咽喉以及私密之处——都有一点轻微的疼痛，或者说，这些地方被人进行了彻底的查看。她的双手被一副塑料手铐绑在一起，放在她的膝盖处。

她摇了摇头让自己完全清醒过来，然后环视四周。她现在身处一间大办公室里，这里难以描述，也没有任何个性化陈设。她坐在一个大桌子的前面，面对着那个曾经出现在她的电脑屏幕里的男人，就是那个雅各布森上校。在他身后，一个八乘十英寸的相框被面朝下放在书柜上。

上校冷静地看着她，看起来并不急于开始他的审问程序。

她晃了晃脑袋，示意了一下周围。“怎么，没有审问室吗?

不用脚镣吗？也不用聚光灯打到我的脸上，再加上双面玻璃镜后面的一群专家？”

“如果可以的话，我想以文明的方式表现。更何况现在有了视频摄像技术，双面玻璃镜只有在糟糕的间谍电影里才会出现。”

“有道理，”她承认道。“不过拜你的麻醉剂所赐，我现在还有点昏昏沉沉的。”她扬起了眉毛。“不过我不想说，很抱歉在接受直肠和妇科检查的时候，我完全不知道。”

“对此我很抱歉，”杰克说，琪拉能看出来他确实有足够的诚意。“如果这么说能让你好过点的话，腰部以下部位的检查是由一位女士做的。”

“你真是太绅士了，”琪拉说着，转了转眼珠。“发现什么有趣的东西了吗？”

杰克摇了摇头。“不是没有试过。相反，因为有了赛斯·罗森布拉特的经验，我们除去了你的衣服——包括内裤和胸罩，都拿到实验室里被拆成原子大小进行检测。我们猜测在做这些的时候，就一直在被监听。罗森布拉特的衣服就让我们犯了错误。我们的扫描仪显示没有活动，我们就没有进一步检查了。但现在检查过后，我们在他内裤的腰带上发现了非常先进的电子设备，小到用显微镜才能看到。德什的身上也发现了。我现在非常期待他们能在你的内裤里能找到什么。”

“我打赌你对所有的女孩都这么说，”琪拉苦笑着。

杰克忍不住回她一个笑容，不过这笑容很快就消失了。“我们对这项技术开展了逆向工程研究，很快就能知道你是怎么做出来的了。”

“那就祝你好运，”琪拉笑着，一脸漠不关心的样子。“在我们继续之前，”她说，“我可以认为你履行诺言了吗？你已经放走戴维和赛斯，没有派人跟踪他们吧？”

“是的，我遵守我的诺言了。也就是说，我不知道他们现在是否已经获救。我只是把他们的位置发到你给我的 E－mail 地址而已。”

琪拉打量着他。“我想你不会愿意告诉我，我们现在在哪儿，以及我出来多久了吧。”

“我想你也不会愿意告诉我，你的那些大规模杀伤性武器的研发，你与恐怖分子头目和独裁者的勾结，还有你丈夫的活动细节吧？”

“我一直是被诬陷的，现在再一次被诬陷，你说的这些都不是真的。我很乐意把我所知道的一切都告诉你。”她停了一下，“但你先说。我们现在在哪儿？我出来多久了？”

杰克双眼凝神地看着她，大概想看她是否会感到不安。而琪拉只是耐心地等待着，她被束缚的双手还放在膝盖上。杰克的审视对她没有造成什么威吓，甚至也没令她感到一点不适。

“有意思，”他说。“我的直觉让我不要告诉你。你现在被铐在这儿，没有武器，也没有你的特效胶囊，没有任何技术在身。你还被脱光了衣服进行了一番彻底的检查。就算你有一种无形的窃听器和发射器——这次我相信你是没有了——你的朋友们也无法来救你。无论如何，你都要告诉我你知道的一切，然后在这里度过余生。既然如此，我没有理由不回答你的问题了。”

杰克再次注视她良久。“但你现在太放松了，”他继续说着。“你看上去不像是个将要在监狱里度过余生的恐怖分子，更像是个无忧无虑和蔼可亲的年轻女子，在跟朋友闲聊。好像是你故意这样，好让我上当。”他停顿了一下。“有什么是我还没有考虑到的吗？还有另一只鞋子要掉下来吗？告诉我，琪拉

·米勒，我漏掉了什么?”

“没有的事。我完全没你想象的那么危险。你已经想得很周全了。我本来确实还有几招，”她补充说笑着。“但是，你已经把我的衣服都脱光了。”

杰克扬起眉毛。“你有超凡的个人魅力。他们说，史蒂夫·乔布斯也是魅力非凡，他表现出一种他们称之为现实扭曲场的东西。但迄今为止，我还没亲身经历过。不过乔布斯没有你的外貌。”

“谢谢你，上校。说实话，我原以为会遭到一番痛打，而不是听你的赞美。”她皱起了眉头。“那么，既然我有所谓的魅力，我还是不能让你告诉我，我们在哪儿以及我出来多久了吗?”

“你已经出来7个小时了。我们在科罗拉多州科泉市的彼得森空军基地。”

琪拉消化着这些信息。因为伊卡洛斯总部设在丹佛附近，她对彼得森基地很了解。该基地位于北美防空联合司令部，同陆军空军司令部都在一起。距离她被抓的地点还不到一百英里。“在彼得森是不是有点太明显?”

“也许吧。但你的同事不会想到，像我这么小心的人会做这么明显的决定。因为他们不能确定你的位置，他们必须要绝对肯定你在这里，才敢冒险来营救你。就算他们来了，他们也不会成功。想从这个戒备森严的基地救人，是绝对不可能的。”

“不错的推理，”琪拉说。她俯身向前。“顺便问一句，现在的谈话是私密的吗，还是你有一些视频摄像头将我们的谈话发送给你的朋友呢?”

“你为什么在乎这个?”

“或许因为我不是个暴露狂，”她冷冷地回答道，“如果我要暴露我的灵魂，我也要知道，我在向谁暴露。”

“我们一直有录像，不过是为我自己所用。没有其他人知道这个。对于这次的谈话是私密的。但你可别动什么歪脑筋，”他补充道，“门外就有三个人守着。你在这里的时候，他们和我的副官一起，每十分钟检查一次。如果他们没有来检查，特种部队就会像蝗虫一样降落到这个地方来了。”

琪拉抬起她的手，朝手腕上的塑料手铐点了点头。“你确定三个守卫和这个手铐就够了吗？我是说，如果你觉得使用一个连接着炸弹的脚镣可以更安全的话，我可以等你去拿过来。”

“不要试探我，”他警告琪拉，“我的直觉告诉我，你还是很危险。也许我应该再多给你一些手铐。”

琪拉意识到自己判断错误，是时候该换个话题了。“那么告诉我，上校，”她说，好像之前的交换从未发生过。“你是怎么知道我还活着的？你是怎么知道我有提升智力的能力的？最重要的是，你在哪里得到那些关于我的目的的错误信息的？”

“不是误传。我有确凿证据。”

“那也只是你嘴上说的，不如给我看看，好吗？”

杰克慢慢地点了点头。“好吧，”他说。“为什么不呢？”他眯起眼睛，思考着。“我们就从，嗯，你的好朋友，戴维·德什开始吧。”

杰克的办公桌上有台超薄笔记本，无线连接着身后桌子上那台显示屏。只见他在电脑触摸屏上操作了几下，一段录像出现在了显示屏上。

琪拉看到自己和戴维·德什背靠着一堵灰色的混凝土墙坐在地板上，在一间光线昏暗的地下室里。沉重的钢铁台阶固定嵌入到墙体里面，两人的手都被绑在背后，被一根塑料条固定到了其中一级台阶上。

这个画面以令人眩晕的强度冲击着她的记忆。她哥哥的傀儡——那个最初叫做史密斯，后来发现应该是叫做山姆·普特南的家伙抓住了他们，把他们带到一个安全屋的地下室。

那晚的事件铭刻在她的脑海里。普特南嘲弄她，让她相信了他在她的头骨里植入了一个炸弹，可以瞬间溶解她的脑袋。

她已经很久没有想起这件事了。看到这段视频勾起了太多糟糕的回忆，但她无法把目光移开。德什成功地服下一颗胶囊，然后假装生病。画面中，在这样一个阴冷的地下室，汗水从他的脸上开始涌出来。提升后的智力可以有意识地应用他的毛孔，精准地控制身体的细胞和系统。

琪拉惊恐而又迷恋地看着录像。毫无疑问，在她心里这段录像是真实的。

三名全副武装的男子进入了视频中。德什让他们相信他快要将胃里的东西吐出来了，而他们最好让这种情形发生在卫生间里，不然就要整晚忍受那些污物和难闻的气味。

其中一人把他从台阶上解开，准备带着他去卫生间。刚走了几步，德什弯下了腰，假装要呕吐。就在那个守卫们厌恶地扭开头的瞬间，他从身边这个男人身上夺过一把刀，将它插入了另一个守卫的胸口。德什松开刀子的同时，把那个给他松绑的守卫拉到他的左边，刚好替他挡下了一支朝他射过来的麻醉针。

第三个守卫显然受过多种武术形式的训练，但德什对付他，就好像他在进行慢动作一般。

德什就像是一个武术电影里夸张的英雄一样，轻松地放倒了这三个人。他动手的时机和格斗技巧，在现实中不可能出现。就如同一场精心设计的特技打斗，德什早在他们做每一个动作之前，就知道他们的下一个动作。

在放倒了这三名武装人员后，他躲到木头楼梯后面。第四个守卫冲下来查看他的同伴，德什从楼梯间的空隙里射出一支麻醉针，击中对方的大腿，他滚下最后几级台阶，然后就不省人事了。

德什给琪拉松了绑，两人冲上了楼。

录像还在继续，但地下室里没了动静。

“好吧，”琪拉说，“我承认这些的确发生过。那又怎样？我们只是逃跑而已。德什使用的都是非致命武器。没有证据证明他是整个国家的敌人啊。”

杰克严肃地摇了摇头。“得了吧，你不会真的以为我们没有后面的录像吧。”

“你在说什么？”她说。

杰克点了几下他的笔记本，录像快进到前面。戴维·德什跳下了楼梯。琪拉几乎忘了德什曾经快速地回到地下室，去查看那些守卫身上是否有钱包或身份证件，那时她在楼上等候。

胸口上被插入刀的那个守卫已经死了。其他三个仍处于昏迷中，但健康状态良好。德什并没有去翻查他们的口袋，相反，他平静地拿起了一把刀，像做外科手术一般挨个割破了每个人的喉咙。他的动作非常小心，没有让一滴血溅到自己身上。就像一个宰牛的屠夫一样。

琪拉惊恐地睁大了眼睛，强忍着呕吐。

而最让琪拉感到可怕的是，德什的脸上毫无表情，手法精准得如同外科手术一般。

“好演技，米勒小姐——或者德什太太，随便你现在怎么称呼自己，”录像停止了，杰克说道。“你的震惊和恐惧模样跟我第一次看到录像时一模一样。”

“这个录像被修改过的，”琪拉的声音有些沙哑，她还没有恢复过来。“一定是这样。”不过她看起来并没有声音中的那么肯定。

杰克皱着眉，摇了摇头。“当然你希望它是修改过的，”他讽刺地说。“你肯定知道我们已经彻底分析过这段录像了吧。没有任何画面以任何形式经过修改。这是一组连续的拍摄镜头。如果你看到的第一部分是真实的——如你刚才承认的，那么最后的部分也是真实的。”

琪拉扭过头，脸上满是厌恶之情。戴维·德什是她认识的最有同情心的人。当然，他在战斗中杀过人，但从来不会伤害手无寸铁之人。跟录像里不一样。的确，她的治疗会带出人性中最糟糕的一面，而且要控制住这个海德先生的人格也是相当的困难。但是竟然如此的失控真是令人震惊。更糟糕的是，德什在恢复正常后从未跟她提及。

这对她而言是非常重要的信息。当时，他们对于提升后的副作用没太多经验。她以为德什对另一个自己所做的这一切给吓到了，痛恨自己没有找到方法来阻止他们。然而，他只字未提，也没有表现出丝毫懊悔。

他们一起经历了这么多。但刚刚看到的录像，使她对自己所知的一切都产生了怀疑。她可以信任戴维·德什吗？她从不相信他会做出这样的事，哪怕是提升之后。她怎么可能对他做出这么大的误判？如果这件事他对她保密的话，那他是不是还有别的秘密呢？

但是，当她把思绪拉回到刚刚看过的视频时，她又有了一个惊人的发现，和她丈夫背叛她的信任一样令她感到不安。

23

那个物体继续冲向地球，它现在的速度已经低于每小时一百万英里了。地球上几乎所有的引力波探测器，每一个空间和地面望远镜，都能跟踪到它的每寸运动轨迹。它继续保持着平稳完美的减速，从不偏离自己的路线一丝一毫，朝着人类文明的发源地地球飞奔而来。

世界仍在不停运转。人们仍然需要工作来养家糊口。飞机仍在飞行，公共汽车仍旧在路上跑着。

但外星人的来访是每个人心中的主题，引发了无休止的争论和猜测。这个话题几乎充满了所有新闻报纸以及娱乐论坛。

这是历史上一个重要时刻。也许是唯一一个重要时刻。人类在宇宙中将不再孤单。这是令人震惊的发现，其他任何事情都不能与之相提并论了。

人们对于这个问题各持己见。宗教也从不同方面来理解这个事情。有些神职人员对智能外星生物持欢迎态度。有人则把它看作是一个诡计，是魔鬼的阴谋，用来测试信徒的忠诚。上帝以自己形象来造人。如果智能外星生物真的存在，那为什么上帝，真主或者基督，从来都没有提起过呢？

当然疯子都是成群结队出现的。除了疯子，还有阴谋论者，末日论信徒。只有这一次，他们对这件事的看法，可能与大部分冷静理智的科学家的想法一样是正确的。

科幻小说中几十年来一直推测外星人的存在和与他们的首次接触，但由于现在地球上数十亿人各自对此都有自己的想法，这个新兴的流派所考虑过的所有想法，在几个小时内，就被世界各地的人，连同一些其他的从未设想过的念头，都被谈及到了。

那个物体体积不大。里面是不是装满了蚂蚁大小的外星人？如果是这样的话，那他们是不是有最小尺寸的大脑来支持智能思维？难道只是机器人吗？是通过计算机进行的探索吗？它会不会发出信号，唤醒埋在北极几十英里厚的冰层下或者大洋底下的殖民船呢？它是不是来给人类带来最终启示的？欢迎人类进入到一个巨大的星际社会呢？或者它是来毁灭人类的？这是不是一场现代的洪水之灾，是复仇之神派来惩罚人类，将整个地球变成了一个污秽之地，使得连所多玛和蛾摩拉这样的居民也会生病拉肚子，而尴尬脸红。又或者它只是一个侦察员？它也有可能只是飞行到此，做记录活动，然后永远消失不见了？它会不会随即选择一个星球降落，还是它早已知道人类的存在并积极地想要找到它？它会不会是外星人的工程师兵团派来的，在时空里打开一扇星际之门，好让地球上的好人们可以使用吗？他们是纯粹的好呢，还是纯粹的邪恶呢，还是纯粹中立的呢？

猜想是永无止境的。由许多不同宗教举行的和平祈祷会在全球范围内兴起。骚乱不断爆发。骗子、疯子和那些喜欢聚光灯的人们纷纷涌现，坚称自己和那个飞行物有联系，并且都宣布自己是先知。

但是，世界上大多数的居民还是继续过着他们自己的生活。数十亿人只能接受观望的宿命。

这个小小的飞行物体，无视这些由自己造成的大骚乱，毫不费力地利用了每一平方厘米的真空中的无限能量，径直往前冲。

地球上的人们只能看着它，然后等待。

24

琪拉如此专注地看着杰克放的录像，甚至没有想到这个录像存在的意义。

录像拍摄于在山姆·普特南的地下室，就是在他们俩曾经被关的那个安全屋里。但她的哥哥艾伦从未看到过这个录像。

在他生命的最后几分钟里，他都一直想知道他们是如何从普特南的地牢里逃脱的。

所以普特南并没有对艾伦完全坦白。他一直都有自己的打算。

为什么不会呢？他是个聪明人，在国家安全局身居要职，手握常人难以想象的权力。而且他是一个真正的精神变态者。而艾伦的精神变态更为严重，并且普特南在国安局的青云直上，大部分要归功于他。但还是很难想到，普特南并不像他表现的那样做一个忠诚于艾伦的傀儡。

但普特南和她哥哥都死了。那么杰克是怎么拿到这段录像的呢？最有可能的解释是，录像是被某个与普特南或者她哥哥关系紧密的人找到的。如果是这样的话，一切赌注都结束了。

“在你播放这个录像之前，”琪拉说道，“我问过你关于我的信息的来源。这个录像的出现引发了一些令人不安的可能性。因此，这个问题的答案比以往任何时候都要重要。”

“什么可能性？”

“我会告诉你的，但最好由你先开始。我说真的。”

他想了想，“为什么我觉得是你在审问我？”

琪拉没有回答。

“我从一位被我视为导师的人那里收到了一封邮件，”杰克说。“他是我见过的最爱国也是最英勇的男人。他有着深厚的穆斯林文化底蕴，多年间作为卧底，潜入了真主党的高层。”

“出生在美国吗？”

“是的，他能说一口地道的阿拉伯语。总之，这封邮件里附带了超大的附件，里面是关于你的所有细节。你的过去，你是如何因为牵涉到生物恐怖袭击而被追捕。你的智商鸡尾酒。戴维·德什是如何被派来阻止你的。你的长寿治疗，还有证明这是骗局的证据。所有的一切。”

“有没有提到我的哥哥艾伦？”

“只是提到你将他活活烧死了。当然你后来再次澄清了这件事情，不过我的导师知道不是这样的。”他停顿了一下。“此外，还有确凿证据显示你与恐怖分子头目会面——他就是这样知道你的——你的大规模杀伤性武器，包括核武器和生化武器的研究。还有你参与了世界各地的主要恐怖袭击。”

“那么他说了是从哪里得到这些证据的吗？他是不是声称所有这些活动都与真主党有关？”

“我不知道。他隐藏得非常非常深，我不能与他联系，他曾经冒险联系过我一次。给我提供了至关重要的信息，帮助我们阻止了对奥兰治县的圣奥诺弗雷核电站的蓄意破坏行动，不然南加利福尼亚就会变成另一个切尔诺贝利了。因此他冒着危险再次与我联系，足以表明他认为你是一个多么重要的威胁。”

“可是如果你从来没有跟他联系过，你怎么能确定是他给你发的邮件呢？”

“就是他。电子邮件和 IP 地址是吻合的。他还会引用一些只有他知道的过去的事情。”

琪拉陷入了沉思。她没有理由怀疑杰克所说的，这些指向她的证据是无懈可击的，而且还经过反复审查以确认其可靠性。那么，这意味着什么呢？要么她真的是一个邪恶的恐怖分子意欲毁灭全世界，又或者……还是这一切是某个使用了她治疗的人设计出来诬陷她的。只有这样，所有的一切才能被设计得如此完美无瑕。可是她研制的基因胶囊从未丢失过一颗。这点她非常肯定。

这就意味着在某个地方，有某个人也能做出基因胶囊。普特南曾胁迫过一个分子生物学家，他们后来知道他的名字叫埃里克·弗雷。琪拉的哥哥从她那儿偷过一些胶囊，他给这位生物学家吃了一些促使他能够复制她的研究。当普特南和她的哥哥被杀时，这个弗雷已经接近成功了。但是，如果没有再多几颗琪拉的治疗胶囊的帮助，他注定会失败。

也许不是这样。或许他也一直在玩双重游戏。有可能他的进展远比自己说的要快得多。他很可能跟普特南联手绕过她哥哥。如果是这样的话，那么她刚刚看到的录像，这个埃里克·弗雷就有可能拿到。

如果还有其他她不知道的人，同样可以提升智力的话，他们可以设法伪造出指向她的确凿证据。还可以入侵别人的电脑，获取IP地址以及对方的背景信息，好让杰克相信这些信息来自于一位他信赖的朋友，由于对方身份深不可测，因此也不便继续调查。一切都那么天衣无缝。

又一块拼图归位了。

"上校，你还有事情没告诉我，"她说，"当你看到你的朋友的邮件时，你应该能想到他太莽撞行事了。你应该不会相信有提升智力这样的事情。这太异想天开了。我知道它看起来有多么不可能的，是我研发出来的。即使凭着我的基因工程能力和对自闭学者的研究，我仍然感到相当的惊讶，人性竟然允许这样的改变。"

"我的朋友不止一次救过我的命。我毫无保留地信任他。如果他相信你的治疗的力量，那对我来说已经足够了。"

她摇摇头。"我想你在撒谎。就算你相信智力可以提升，你也无法想象到提升后的思维所具有的超强卓越的能力。不可能。但是你的行动表明了你能想象。通过你对付我的行动，我看出你的行事非常偏执。你一直小心翼翼得有些离谱，你太小心了。"

“你想说什么?”

“你的朋友不只是给你发了封邮件。他还给了你一个小包裹，对吗?”

杰克看着她，叹了口气。“非常有洞察力。我想说，你是在我的记忆中全世界为数不多的聪明绝顶的人之一，即使没有任何人为的帮助。”

“所以你承认了?”

他点了点头。“是的，你说的没错。他寄给我一个包裹，里面有一颗胶囊。他说想要真正了解这个威胁，真正理解我面对的是什么，唯一的方法就是我亲自去尝试。如果换做是别人，我不会这么做的。但是因为是他。而这个证据是那么令人信服。”

“只有一颗吗?”

“只有一颗。

“所以你亲身体验你的智力是如何放大提升的，以及随之而来的惊人能力。”她陷入了沉思。“还有反社会倾向一定冲击到你。非常严重的打击。所以关系到你认为的我们可能带来的威胁时，你会表现得如此的热心。”

杰克的眼神变得有点恍惚。“你说的没错。我收到的信息里详细介绍了它的副作用——关于人格上的变化。我自认为已经作好准备了，现在看来还是没有。我变得非常残忍和粗鲁。在仅仅一个小时里，我利用电脑和互联网，篡改了文件，盗走资金，并摧毁了我的两个竞争对手的事业和财政。我们本来是友好的对手关系。我并不是个电脑专家，直到今天我也不知道自己是怎么做到的。”他毫不掩饰对自己的厌恶。“事后我试图要消除这些破坏力，但一无所获。我一直匿名帮助他们重新站起来，但他们永远都不可能回到从前了。”

“有没有人知道是你做的呢?”

“没有。我可以承认是我做的，但我不记得是如何做到的。我甚至找不到任何指向我的证据。就算我认罪，也会引发太多我无法回答的问题。我尽力想要消除损害，可我做不到。”

“现在一切都明白了。为什么你对我的疗法会如此的关注，为什么你会认为我比魔鬼还要危险。你已经感受过了提升后的智力所能带来令人敬畏的力量，知道它甚至可以使圣人变成暴君。而且你还有证据证明我在没有接受任何治疗之前，就已经是个精神变态了。所以追杀我，阻止我，成为了你的圣战和你的执迷。”

他点了点头。“我是伊卡洛斯成员之外，唯一一个知道你有多危险的人。同时我也知道你是多么的有创造力和多么的聪明。你比爱因斯坦和爱迪生时代还要强百倍。”

“你被骗了，上校，”琪拉平静地说，“我不是说我的疗法在错误的人手中不危险，哪怕是正确的人使用，如果没有足够的防范措施也是同样危险。但是，你收到的邮件并不是你的朋友发的。”

“你凭什么这么说?”

“你的朋友有没有告诉你他从哪里得到那颗胶囊的?”

杰克摇了摇头。

“他不是从我这里得到的。我知道我的每一颗胶囊的去向。所以不管是谁发给你邮件，他们有自己的来源。这意味着他们手里就有胶囊。你认为对于提升后的大脑来说，入侵你朋友的电脑，了解他的过去，让你相信邮件是他发给你的，这会很难吗？不管你这位朋友隐藏得有多深，他们都能做到。还有对于提升后的智力，要伪造证据来诬陷我，也会很难吗？而且是那种可以通过你的各种可靠性测验的证据。”

“不难，我承认。我也承认这种智力水平或许可以找到办法来伪造视频录像，并且能够通过我们使用的各种分类检验办法，虽然这些方法被认为是万无一失的。但是，这并不是半连续拍摄的，还有留下的别的一些证据。我放给你看的录像是一个连续镜头。你自己也确认说它是真的。”

琪拉皱起了眉头。这是真的，但肯定对她的观点没有帮助。“也许这段真实的证据以一种非常奇妙的方法混合在一起。”她俯身向前，目不转睛地盯着上校。“我想告诉你的是，邮件不是你的朋友发的。”

“如果不是他，”杰克反问道，“那你告诉我，为什么有人要来招惹这场麻烦？为什么会把我卷进这场漩涡中来？”

“不管这背后的人是谁，他们稳坐钓鱼台，借你的手把我除掉。把伊卡洛斯也除掉。然后，他们可以为所欲为了。他们可以等待时机，壮大势力和获取资源，直到你在比赛获取胜利，直到你消灭了唯一可能妨碍到他们的对手。一旦我们被铲除，你就可以回到无知的幸福当中，以为提升智力这档子事已经成为过去了。”

琪拉意识到，这才是背后那些人费尽心思诋毁她的长寿疗法的原因。即使连她自己的哥哥也没能从她这里打探或者诱骗出一点信息，这些人决定不作尝试了。但是他们清楚长生不老的诱惑是如此强大，没有人能够抵挡，所以他们不想让杰克和他的队伍有任何理由可以让她活命。

“你被人利用了，上校，”她说，“他们采用的手法跟我哥哥的如出一辙。他也曾经诬陷我，也利用过军队。然后不同的是，他让军队追捕我，安排了我和戴维的完美相遇。这一次，背后操纵的人，是想把我除掉。”

“你在说什么？”杰克困惑地说道。“在德什找到你之前，你就已经杀了你哥哥啊。”

琪拉皱起了眉头。“我更宁愿是这样，”她说，“我哥哥没有死在大火中，是他在背后操纵着一切。我一点也不惊讶，给你发邮件的人没有提起这个小事实。”

接下来，她把关于普特南和艾伦的事情以及后来发生的一切都告诉了他。

“很有创造力，”琪拉讲完后，杰克说道，“你自己应该也知道这听起来有多么牵强吧。”

“我知道。但并不意味这些不是真的。再说，我怎么能编出一个如此复杂的故事，却一次停顿都没有呢？因为记忆真相比谎言要容易得多。”

“如果你是别人，我可能就信了。但是你太有创造力了，完全有能力可以凭空编织一张网把苍蝇抓住，自己还能脱身。”

“上校，我和你是同一战线的。我唯一的要求是，你至少考虑一下这种可能性，就是你所获得的信息是假的。请你用更加怀疑的眼光重新回顾一次。对于以后你将获得的信息也请这样做。如果你是对的，即使再多的复查也不会改变我是人类文明的敌人这一事实。但如果我是对的，你就会发现你的进攻方向反了。而真正的敌人正在耐心地等候你为他们做这些见不得人的事情。你会有什么损失呢？”

杰克思考了一会儿。“鉴于你传奇般的说服能力，我依然相信你就是我以为的那个人。但我还是会考虑其他可能性。”

“谢谢，”琪拉加重了语气，“我再说一遍，我和你是同一战线的。我很愿意向你证明这一点。我知道你还有别的项目，正努力保护世界不受大规模杀伤性武器的破坏。如果某天你在一次重要行动中遇到困难，碰了壁，想起提升后的思维能帮助你打破困境，我很愿意帮忙。你知道怎么找到我。”

杰克歪着头。“我知道我们刚刚进行了一场愉快的交流，”他说，“你说了许多很有意思的观点。但我还是打算把你一辈子锁在这里。什么都没有改变。所以，是的，我当然知道如何找到你。”

琪拉简直不敢相信自己的愚蠢。是什么让她怎么说出这样一句话呢？这么清楚地暗示了，她认为她在这里的逗留只是暂时的。她很幸运，她的话并没有引起他的警惕。如果他选择执行他一贯的偏执，那么她就只能发现自己被关在水泥做的牢笼里，还被二十个人看守着。时间完全不对啊。

她很快话锋一转，向杰克询问关于这个基地，他的部门的职责，以及其他任何她能想到的问题来拖延时间。她估计自己还需要再拖着他聊十分钟就够了，但结果她错了。她只需要七分钟就行。

琪拉的神经元自己按照链式反应在进行着重新排列。

她的思绪翻滚着。

正如她熟知的效果，琪拉再一次感到呼吸困难。

她立即把注意力转向分析各种逃生计划。她事先没作任何努力，因为不确定自己会处于什么情况之下，在什么位置，守卫如何，以及自己的身体状态如何。但是她并不担心。她知道一旦她的大脑进行了数量级的跳跃，她可以在眨眼间把这些都搞清楚。

经过简单的分析就很清楚，她应该杀死面前的这位上校。这样她逃跑就容易些。对于正常人而言，他很有天赋，而且在追捕她和她的团队时不屈不挠。但她必须要考虑那个富有同情心的自己的意愿，那个“她”总共只有很小一部分时间在操控她的身体。

低智商的那个琪拉认为杰克是个好人，只是被人误导而已。

可是谁他妈的在乎呢？她的分析只需要考虑到他带来的威胁程度，而不是他是好还是坏，是可敬的还是无耻的，或者只是运气不好，在错误的时间出现在了错误的地点。

低智商的琪拉又可怜又软弱，强大的琪拉非常讨厌她的软弱无能。琪拉的哥哥是对的。她总是那么讨厌地自以为是，做事情总是避易就难，从来不愿意利用她的发明的全部潜力。她总是那么担心有人可能会受伤，不然她就得不到“善良的撒玛利亚人”徽章了。

尽管如此，在这种情况下她还是会尊重琪拉的心愿，在不杀人的情况下顺利逃走——如果她能做到的话。她首先要做的就是让杰克失去行动能力，再用他的电脑规划逃跑路线。然后，她再把办公室外面巡逻的守卫放倒。

她把肾上腺素引入血液，配合她的反应时间来增加她的爆发力。

她第一次把她智慧的全部力量通过眼睛放出光芒，并用轻蔑的有着穿透力的眼神盯着上校，吓得他目瞪口呆。她收回肩膀，把头高傲地向后仰，她的肢体语言传递出非人类的能力和非人类的傲慢信息。她举止的改变准确无误，从骨子里散发着骇人的气息。

上校看到琪拉·米勒双眼中的火焰，倒吸一口凉气，就像一只瞬间被眼镜蛇惊呆了的老鼠。

从他最初的震惊中恢复过来，猛地推开椅子站了起来，同时想掏出身侧的武器。就在他犹豫的那么一瞬间，琪拉一把抓起他桌上的一把订书机，在杰克开枪之前，她像劈战斧一样双手以一个模糊的动作朝着杰克的头砸下去。

他跌坐在了地板上，一脸茫然。

她绕着办公桌，几秒间就来到他的面前，抢过他手里的枪，抵在他的额头上。

她拨出一部分智力进入那个蠢笨的角色，这样她就可以慢慢地交流，让别人能够理解。“你就算拍桌子也不会让我印象深刻！”她大声吼道，以防门外的守卫们听到了动静，进来查看是否一切正常。“你再敢那么碰我试试！”她额外又加了一句，让那些守卫们自己去想吧。

杰克半睁着眼睛，坚持着保留一丝清醒。“你是怎么做到的？”他低声说。“我们检查了你身上的每一个部位，查看有没有隐藏的胶囊。”

“你这个可怜的白痴！”她低声冷笑着说。“你这么担心高科技发明，但你都忘了已经存在了几十年的老技术了。我服的是控释胶囊，傻瓜。定时八小时后才会释放内容。我在进入峡谷之前就服下去了。”她轻蔑地摇摇头。“我把胶囊藏在我的胃里了，你这个白痴。”

她放低手枪，转身来到他背后。尽管她的双手还绑在一起，她还是把一只纤细的胳膊绕到他的脖子上卡住他的喉咙，然后慢慢地增加力度，让他逐渐丧失了最后的那点意识。

25

地球上有200多个主权国家，其中包括独裁国家、民主共和国、神权国家和君主立宪制国家，以及其他一些政体。现在每一个国家，每一个政府，都在进行一项疯狂的活动。

没有人确切知道这个外星飞船到达目的地后会做什么。但很显然，不管哪个国家控制了它就能掌握宇宙的秘密。它可能有一台含有技术蓝图的电脑，比人类技术要先进数千年。哪怕它只能提供零点能量的信息，也会给发现它的国家带来无法估量的利益。

因此，如果它真的降落到地球上，它会在哪里着陆呢？如果它的着陆点是随机的，那么很有可能是在海上，因为海洋占据了地球表面约三分之二的面积。如果它降落在陆地上，那么面积最大国家有俄罗斯、加拿大、美国、中国、巴西和澳大利亚。

但是，即使这些面积最大的国家也知道，飞船会降落到自己国家境内的概率是很小的。所有人都知道，它也很有可能降落到那些面积最小的国家，比如，图瓦卢、中国的澳门或者摩纳哥。宇宙总是有办法玩弄人类荒唐的统计学把戏。如果它刚好降落在世界上最小的国家梵蒂冈——那个占地面积还不到一平方公里的国家——这将意味着什么呢？是象征着耶路撒冷的西墙吗？还是菩提伽耶的菩提树呢？这次降落会使得这些地点所承载的宗教信仰得到证实吗？

在盟友和类似敌人之间沟通的高度和强度都达到了前所未有。每个政府都想占据有利位置。无论历史怎么处理他们，没有谁愿意收回自己手中的牌。在上帝看来，这就像是有 200 多个棋子的国际象棋，在十五个纬度里进行游戏。其复杂程度可想而知。

无数的模拟运行在进行。如果飞船在军事强国的境内降落，其他大国肯定会组成联盟，把飞船夺走。如果它降落在一个弱小无助的国家，世界就会陷入混乱，因为其他国家肯定会通过虚伪的复杂的联盟争相来夺取，或者利用自己的经济、政治和军事力量——就像 200 只鬣狗争食一头羚羊的残体。

最终亿万种复杂的可能性都很快融合为一种高度简洁的结果。不管飞船在哪里降落，又有哪些联盟会破裂，最后的结局都一样，就是混乱和灾难。

只有一种模式可以解决。那就是，所有的国家都事先约定好合作。如果每个政府——不论是伊斯兰原教旨主义，社会主义还是民主共和政府——都同意，无论外星飞船降落在哪里，那都是世界的共同财产，由世界上每个国家的代表共同进行检查。

不同的国家得出这个结论的先后时间不同，但最终大家都得到这个结论。随着越来越多的政府签署这一约定，即使是最独立和不情愿的政权也别无选择，只好同意。没有一个国家愿意独自对抗全世界。但也不想错过这个可以和先进的外星物种派来的使节进行首次接触的机会。

26

琪拉在杰克办公桌最上面的抽屉里找到了一枚回形针，然后把它掰直了。她的两只手被绑得太紧，就算她找到小刀或者剪刀，要剪断她手腕上这么坚硬的塑料手铐，也是几乎不可能的。好在德什曾教过她如何使用回形针或大头针来解开这些束缚。有些魔术师已经将这种方法和更现代化的手铐融合到他们的表演中，因为从金属手铐里释放自己已经做过那么多次了，已经没什么意思了。要想成功从塑料手铐中解脱，需要很高的技术水平和精度，不过德什对琪拉进行过专门的技术训练，哪怕她是在常人的智力水平也能够完美做到。

塑料手铐的设计十分简单。手铐绕过犯人的手腕，然后将两端穿过中间的挡块拉紧塑料条，通过棘齿固定。但是那个位于一个方糖大小的挡块里的棘齿系统，在带子上的齿轮和滚锁之间被巧妙地插入一根回形针以后就没有作用了。一旦这样做了，带子就会轻易地滑出，就跟被滑进时一样的容易。

琪拉冷静地解开塑料手铐，把完好无损的手铐扔到地上。她拿起那张杰克不想看到的照片，心里很明白照片上的人是谁。

跟她想的一样，照片里是一个小女孩，大概十岁到十一岁。不用太费力就能猜到，这个女孩就是杰克跟科尔克提到过的他的女儿。上校没有戴结婚戒指，他很可能在几年前就离婚了。他工作的性质令他的婚姻很难维持，像他这样在全国各地分布着五个办事处的人都很少能回家。他的婚姻失败是命中注定的。

琪拉坐到杰克的椅子上，面对着他的笔记本，她的手指飞快地操作着键盘和触摸屏。在电脑显示屏跳到下一个页面之前，她就快速消化了满屏的信息。几分钟内，她就侵入了基地的人事档案，可见这个基地并不是所有地方都那么安全，她很快找到了自己想要的东西。

她决定好了逃跑计划，是时候离开了。只是她要决定如何完成一项简单的任务，怎么样对付门外那三个训练有素的守卫呢？她可以把他们引诱进杰克的办公室然后朝他们开枪，但这样就有可能杀了他们。如果这三人都没有进来，最后可以关上门，然后呼叫增援，她就没办法给他们一个“惊喜”了。

然而，如果她出去的话，可能在门还没完全打开之前，就有三支枪口对准了她。她计算出自己仍然有94%的机会，可以在他们中任意一人开枪之前，把三个人都放倒，但这个可能性还是不够高。

琪拉身上穿的连体服的拉链从下巴开到肚脐。她把拉链全部拉开，把连身衣打开，然后双手紧握着衣服，朝下撕开了一个锯齿形的口子，这样一来她的下体和胸口全都暴露在外。

她放低身子趴在门口附近的地板上，强迫自己的泪腺从眼角流出几滴眼泪。在离地六英寸的高度，她把双手捏成拳头咚咚地敲门。

“帮帮我，”她歇斯底里地喊道。“哦，上帝啊，请帮帮我。”

门被立刻打开。与此同时琪拉立刻滚进了大厅，双手放在背后，仰卧在地上，看起来好像受伤的样子。她泪流如注。“你们的上司是个禽兽，”她低声呜咽着。“他要……强奸我。”

三个守卫都拔出枪对准了她，但是她的眼泪，她那被撕破的连体服，以及裸露的肌肤达到了预期的效果。他们接受过任何情况的应激性反应训练，但唯独眼前的情形例外。她希望利用他们的骑士本能引导他们进入误区，而他们的反应没有让她失望。他们放低了手中的武器，来评估眼前这一不可思议的事件，和确定这位美丽的裸体女人的受伤程度，尽管她仍然是非常危险的。

两个守卫弯腰透过开着的房门去看这个女孩是如何在上校意图要攻击她的时候，设法躲开他的。

这正是琪拉想要的。她朝着其中一个守卫狠狠地一个横扫腿，动作十分精准，那个守卫来不及为自己的跌倒有所反应，头就撞到了地板上发出很大的一声，然后就昏迷过去了。她敏捷地从地上跳了起来，一个手刀劈到第二个人的脖子上，他直接昏了过去。就在他跌落在地板的同时，她抬腿踢飞了第三个守卫手里的枪，面对着他。

在他摆好战斗姿势之前，有那么一瞬间他的眼睛落到了琪拉裸露的胸部上。男性思维的专注力，即使是在危机中也是如此，令提升后的琪拉·米勒都感到惊讶。

他试图几记重拳，像击倒一头驯鹿一样把米勒打倒，结果甚至都没有碰到她。他刚一动作，琪拉就从他的肢体语言中准确地读到了他的攻击从哪里来要打到哪里去。她等待着，直到他拳脚并用地又朝她挥拳冲过来，琪拉冷静地朝着他的脖子来了个手刀。她知道他无法躲开这一击，动作也不够敏捷来阻止她。果然，她这一掌以惊人的力量和精确打下去，对方随即跪倒在地。在他反应过来之前，她伸出一只胳膊给了他一个锁喉，让他晕了过去。

她脱下连体服，开始扒下身材最瘦小的那个守卫的衣服，相对她的体型还是大了许多。衣服宽松得有点好笑，但总好过一件已经撕烂了的连体服。而且这身衣服也会让其他士兵在开枪之前有所迟疑，哪怕只有一瞬间也好，其中一个守卫的腰带上有一个小型的夜视镜，她顺手取出，另外还拿了一把枪和一些多余的子弹。她回到办公室拿走了杰克的笔记本电脑和手机。

在她昏迷期间，白天已经变成了黑夜，她溜出了大厦，跑到一片空地上，把那里照明的两盏路灯给打爆了。在增援到达之前她只有几分钟的时间。她以冲刺的速度向西跑去，又打爆了几盏路灯，这些路灯都在一条直线上，通往最远的大门。她停下来把上校的手机扔进了茂密的树林，它可以作为诱饵吸引人群到这里来，然后她又绕回到刚刚开始的那个地方。

追捕她的人很快会发现她带走了夜视镜，又因为她打爆了那些路灯，他们肯定会猜测她是打算在黑暗里行动。但实际上她没有打算依靠夜视的优势，他们的夜视镜远比她的高级，所以她的打算是反其道而行之。当他们戴着夜视镜在西边的黑暗里搜寻的时候，她却一直待在东边有照明的区域里。

她向东跑了半英里后增援出现了。他们从杰克的大楼出发向西呈扇形展开搜捕。琪拉继续保持冲刺的速度，如果不是她以最优的状态和能力把氧气输送给肌肉的话，她最多只能维持一两分钟。

她又跑了几英里，在横跨一个废弃的停车场时，她的身后响起了枪声。显然，并不是每个人都在往西边搜寻的。

妈的！她心里想。即使是她，也不能逃脱厄运。她很快发现此处是她的路线里最危险的一段，因为尽管停车场里没灯，但她很容易被人看见，而且这里完全没有任何遮挡和掩饰。

“不许动!”一个低沉的声音在她身后叫着，她计算了下声音的方向和距离，即使以她的提升后的反射能力和反应时间，她都必须听从这个命令。她突然停下，转过身来。一个突击队员在离她十五尺远的地方，端着一把突击步枪一动不动地对准她。“举起双手!”他吼道。

她向上伸直手臂，一只手里拿着上校的笔记本电脑。当她的手伸到最高处时，她松开了手，电脑落到了她脚边的地上。

突击队员的目光随着落地的电脑看了几秒，但这就够了。琪拉预先估计到了她转移注意力的结果，在她松开电脑的一瞬间就开始了动作。他还没回过神来注意琪拉，她就已经拔出枪，打掉他手中的武器，然后朝他冲了过来，又朝他大腿有肉的部分开了一枪，她那富有同情心的自我知道，这个伤口是可以完全复原的。

只需要几秒钟，她迅速缩短与他的距离，不想给他任何机会向同伴发出警报暴露她的下落。他正拿出第二支枪，琪拉已经来到他身边，在他扣动扳机开枪前就一脚把枪踢飞了。他想要还手打倒她，可就算他的腿没有受伤，他也不是琪拉的对手。跟之前那些和琪拉交手的人一样，他很快就不省人事了。

琪拉·米勒继续在黑夜里奔跑着。

27

上校沿彼得森空军基地的东部边界走去，他看到远处有几架直升机，深深皱起了眉头，又一次失败的搜索和破坏任务无功而返。他的前额绑着绷带，讨厌的头痛已经持续了一整天，并且没有任何减轻的迹象。

“这个时候，我们可能只是在浪费时间了，”旁边的约翰·

科尔克说。

杰克点点头。“已经四个多小时，我会通知停止搜索，至少取消空中搜查。”他厌恶地摇了摇头。“这个时候，她可能已经到达世界上任何一个角落了。”他停下来，盯着铁丝围栏，心里想着这个女孩是撑杆跳出的，还是飘了出去的呢。

“我不得不承认，”科尔克说，“之前我一直认为你对这个女人的评价太高了。她不可能像你想的那么厉害。但我错了。我到现在都不相信她做到的事情。除了你之外，她轻而易举地放倒了四个我们最优秀的人，然后成功地躲避了我们的追捕，最终逃跑了。我和多尔蒂中尉交谈过，就是你办公室外面的守卫之一，他曾经和她赤手空拳地交过手——至少他努力了。他告诉我，他的拳头根本无法碰到她。”

“如果我是醒着的话，”杰克说，他知道有无数个如果，会让自己在今后一段时间内后悔不已。“我们就能够阻止她，或者在围栏的地方把她抓住。第二点就是，很明显她朝着西边而去，但我会把所有人派到东边去搜寻。”

“我不知道这有没有关系。是的，我们集中力量和技术在西边方向，但也不是说东部没有守卫和站岗的。你不可能在这样一个高度警备的基地里大摇大摆地走出去，不论你选择哪个方向。”

这位黑色行动部门的上校心中突然涌起一股愤怒，可这只能加重了他的头疼到难以忍受的程度。他强迫自己把情绪安定下来，疼痛慢慢地消退一些，还有些隐隐作痛。

现在，他们几乎又回到了原点，他厌恶地想着，但是这一次，他控制住了心中的愤怒。没有了罗森布拉特、德什和米勒。而她曾经流露出她要逃跑。她向他提供帮助并告诉他，他知道怎么找到她，她这么说的时候好像自己不是一个囚犯。她的若无其事的言语真是令他难以置信。她事实上不敢让他采取更加严密的防范措施，而他，像个傻瓜一样，忽略了他的直觉。

但她为什么没有杀了自己呢？以及她之后面对的每一个人？他们的性命就捏在她的手里。不杀他们，她就要放缓自己逃跑的速度，也增加了被抓的概率。

在被提升之后的副作用影响之下，杰克曾经变成一个无情的怪物。他本真的自我想要控制住他改变后的自我，但发出的声音太微弱，所以被忽视了。琪拉·米勒的人性力量一定是已经卓越非凡了，才阻止了她提升后的自我去杀死她逃跑路上遇到的阻挡者。杰克知道自己肯定做不到。

这是否意味着，她并不是他一直以为的怪物呢？她的故事最终是不是真的呢？

他皱着眉，不自觉地摇了摇头。更有可能的是，她就是要他这么想。她就像是个怪物，愚弄了村民让所有人以为她是温顺的，以后就不再对她进行追捕了。

科尔克指了指在他们的办公室。“我们要回去吗？”他问道，打断了上校的沉思。

杰克最后看了一眼两边方向的围栏，直到看不见为止，似乎关于琪拉是如何设法逃脱的线索自己就会冒出来。“好的，我们走吧，”他边说边往前走着，“我们还有很多工作要做。”

28

戴维·德什和马特·格里芬开着一辆货车，来到大门的守卫处。他们的钥匙圈上有种技术，能够让任何相机拍不到他们的清晰照片，达到面部识别软件的要求。德什对自己的外貌进行了改变，即使守卫有他的照片和描述，他也会放他通行。而对于军方来说，格里芬仍处于下落不明中，这是件好事，因为没有什么假发和化装技术能把这么虎背熊腰的男人给隐藏起来。

“比尔·桑普森，”德什对守卫说。“我们是疯狂埃迪地毯公司的。我们来安装地毯，是一位叫做……”

他身旁的马特·格里芬用平板电脑查询着信息。“赫尔南德斯上尉，”他说。

“对，赫尔南德斯上尉，”德什重复道。“我的订单上显示的地点就是这儿。有人告诉我说，你是知道我们要来的。”

“为什么车上没有任何提示呢？”门卫狐疑地问。“难道不应该写上疯狂埃迪地毯公司之类的吗？”

“我们是独立安装工人，”德什流利地接话，笑着说，“埃迪公司卖地毯，我们安装地毯。”

“介意我看看里面吗？”门卫礼貌地问。但德什知道这不是一个问题。

“没问题，”德什说。

警卫拉开滑动车门。里面除了一个棺材大小的长木箱靠边摆放着，其他什么都没有。他打开铰链连着的盖子，朝里面看了看。里面放着一卷卷的紧紧的薄地毯。

“那个箱子有什么用？”

“用来方便搬运地毯的，”德什解释道。“我的背不太好。”

“看起来地毯不多，”守卫说。

“是的。我们只做了几个房间。应该要不了一个小时。”

守卫对德什的回答很满意，他从一沓纸上撕下来一张，那沓纸每张上都画着基地的地图。“你现在是在这里，”他说着在便签本上画了个×，然后画了条直线，右转之后再左转。“基地里的住房在这里，”他补充说道，又画了一个×。“你有上尉的地址吗？”他问道，把地图递给了德什。

德什点点头，守卫挥手放他们通过。

他们离开了门卫的视线范围后，格里芬的手指在平板电脑上滑动着。他写道，我们进来了，做好准备大约六分钟后来接你。

他点击发送，几秒钟后消息出现在了汉克·麦克唐纳少校的计算机上，发件人的地址不详。

琪拉·米勒坐在麦克唐纳少校的那张舒适的网布椅上，松了一口气。她知道他们不会遇到什么麻烦。格里芬看到，他伪造的那份给赫尔南德斯上尉安装地毯的订单，已经发送到基地守卫站的电脑上。当然，你永远不会知道的。

我会等你们，她回复道，直到门铃响起。

事实上，她这个不速之客待在少校家里已经两天三夜了。少校正和他的家人离开基地去了坎昆，并在那儿待一整个星期，一切正合她意。在她逃跑时利用杰克的电脑查询基地的人事记录，她发现那一周有十九个家庭离开基地。提升后的琪拉作出很棒的选择。她暂时的隐匿之处堪称完美。少校的妻子和她的身形相仿，她有许多品味不错的服装，穿起来也很合身。而且他们家的橱柜储藏很丰富，这对于结束了胶囊引发的冒险之旅之后的琪拉来说，实在是太重要了。她一直在挑战着她的极限——这一次，不只是身体上的，还有精神上——她的饥饿感已经难以抑制了。

少校家的网络信号非常不错，琪拉可以花上好几个小时来阅读科学文献，为未来得到提升后自己兴奋的大脑储存信息。她一直非常小心，尽量不做出任何举动，让邻居发现到少校的家里来了一个不速之客，她不可以外出，不能离窗户太近，也不能在晚上开灯——这些反倒成为一个奇迹——让她除了阅读和休息以外什么都不能做。自她有记忆以来她第一次感觉，自己终于可以弥补缺失的睡眠。她觉得自己像是变成了另外一个女人。

但是，唉，是时候要离开了。对她的追捕逐渐平息，她要做的事情有太多，不能再多浪费一秒钟在这里休息了。但她会想念这个地方的。她已经有很久没有享受过家的氛围了，也没有穿着舒适的睡袍喝着可可，然后看看书——虽然那睡袍不是自己的。对她而言，这是一次从日趋复杂和严峻的生活逃离喘息的机会。

她记得曾经让格里芬匿名把麦克唐纳一家在坎昆一周的所有费用悄悄地付了。这是她唯一能做的，特别是她在第一天晚上就把他们家橱柜的东西洗劫一空。好在冰箱和冷冻室里同样储存非常丰富。

魔术师的道具找得怎么样了？她发信息给货车里的两人。

由于两天前琪拉的逃脱，基地方面加强了警戒，她知道把守大门的守卫会对货车的进出都将进行彻底搜查。但几十年来，身材轻盈的魔术师助手们躲进棺材盒子似的小暗格里，这是一个简单的道具就能达到的简单的错觉。德什和格里芬都不需要将琪拉装进盒子里，然后把盒子锯成三段。他们只需要找个地方，把地毯扔掉，等上一个小时左右，然后再离开。

格里芬回复：没有问题，当钱不成问题时，一切都有可能做到。

格里芬停顿了一会儿，然后另一条消息出现在了麦克唐纳少校的电脑上。

戴维让我告诉你，我们还有一分钟就到了，他爱你，还有你如果敢再像这样拿自己冒险的话，他保证会杀了你。

琪拉哈哈大笑。她依旧爱着戴维·德什。而现在，她要确认自己是否真的了解他，然后再决定是不是能信任他。

一想要马上就要见到他了，她内心的一部分感到一阵刺痛。马上就能融入他的怀抱了。

但另一部分则保持谨慎。

她和她的丈夫需要进行一次谈话了。

第二部分　超级马特

我成了死神，是世界的毁灭者。

——罗伯特·奥本海默，原子弹之父

29

一旦世界各国同意合作之后，他们就得决定在哪里集合。往届举办奥运会的奥运村被考虑过，但不管哪个国家提出要主办此次会议，都会遭到其他国家的强烈反对。

大家很快达成一致，即认为该项目应该按照联合国的章程进行，因为除了为数不多的几个以外，几乎所有国家都是联合国成员。

美国声称，他们给联合国捐赠最多，并且联合国的总部也设在纽约，因此此次会议应该在美国的土壤上进行，或可在51区附近。51区是美国用于测试先进飞行器和武器的地方，刚好符合目前的需要。此外，因为几十年以来，一直有传言称51区是美国用于研究外星飞船的地方，看起来传言最终将变为事实了。有许多国家同意这一提议，但中国和俄罗斯却坚决反对，还联合他们的一些盟国一起反对。最后，这个提案也只能作罢。

最后，在上百个提议无疾而终之后，只有一个方案能让全世界各国勉强同意。外星飞船将被放置在公海上进行研究，这样就不会在任何国家的本土和海域上进行。而且还要尽量远离世界主要军事强国。因此最终选择在南大西洋，离非洲和南美洲最近，与北美洲、欧洲以及亚洲之间距离几乎相当。

为了提供合适的平台，联合国征用了建造于芬兰的海上奇观号邮轮，它在近几十年来由豪华邮轮引领的越来越庞大的船只竞赛中成为了新的领袖。海上奇观号可以容纳一万两千名游客和船员。它大约有5个足球场那么长，约1个球场那么宽。有28层楼那么高。它同时显现了人类的颓废和在企业以及工程方面惊人潜力，其总花费超过了约20亿美元。

船的上层甲板上有几个标准尺寸的篮球场和排球场，还有一个半英里的跑道。据说它还有一个足球场大小的草地公园，覆盖了各种不同树木和植被，还有几条养着淡水鱼的小溪。在航行期间，可以制作超过75吨的冰来满足船上27间咖啡厅和餐馆以及46家酒吧的需求。42个蓄水池储存着近百万加仑的淡水，供游客每天使用。海上奇观上还有8个游泳池，2个夜总会，几个大礼堂和3个剧院。

但是，还是不够大。

各种各样的科学仪器设备将会运到这里。游泳池将会被抽干，椅子也会从剧院撤走。公园、餐厅、宴会厅和水疗中心都会被强作储存设备之用，或者是改为其他功能的设施。

上层夹板的很大一部分将会成为喷气机和直升机的临时机场，这艘船就变成了世界上最大的航空母舰。所有通往这艘船的海上和空中线路都将由联合国维和部队巡逻，只有被部署在非洲西海岸各处的联合国代表检查之后的船只，才能被允许放行然后上船，也就是说所有的乘客和船员都在被批准的名单之上，并且通过了彻底的武器搜查。

研究工作将主要由过去七年内21位诺贝尔物理学奖、化学奖、医学奖得主负责展开。这21位专家可以选举出他们认为合适的领导人，类似于陪审团选出陪审团主席。这个诺贝尔奖获奖者的中央委员会还可以选择另外两千名科学家加入到船上，而不需要考虑国籍。两百多个国家的政府，除了之前选出的科学家外，还可以选出40个代表——毫无疑问，不允许携带武器上船——每个人都会分配一个属于自己的房间，就像在奥运村里一样。除了2000名科学家和8000名代表外，还有2000名船上的标准船员和工作人员，也要加到船上的全部人数中。

船上的每个特等客舱已经安装了至少一台30英寸的屏幕以供消遣，乘客还可以用它来计划和预约短期上岸的出游活动。

每一个显示屏都连接了船载网络，所有的与会代表都将能够接收重要的信息和时间表。

要使这个巨大漂浮的平台作好准备简直需要英雄的壮举，但没人对此有异议。是的，这些举措有可能是徒劳的。外星飞船可能会改变航线。它可能在地球上空盘旋几分钟，然后掉头驶向太阳。也许它会立刻暴露它的秘密给人们带来启示，使联合国的这些努力变得太过于小题大做了。

如果飞船没有着陆，或者没有信息可以获取，那么将邮轮恢复原状，还给公司其使用权，也将使世界各国政府受损近一亿美元。在全世界正在遭受着记忆中最为恶劣的一次经济环境的背景下，这是全球四舍五入的数字。

许多人建议为这艘船改个名字，因为海上奇观显然不太适合于这样一个类似方舟一样的船了，在上面即将要展开一场前所未有的全球合作，研究一个将永久改变人类命运的物体。地球联合、人类和平女神、人类精神和巴别塔都曾被考虑过。但最后，获得投票最多的是哥白尼。许多人认为是哥白尼引领了现代科学，用他的异端学说开创了哥白尼革命，是他说地球不是宇宙的中心。地球不仅不是宇宙的中心，一下子这个即将到来的外星飞船也会证明地球不是宇宙生命或智能生命的中心。

哥白尼号上将会悬挂联合国国旗，虽然这个机构早已在各个方面腐败得无药可救，变成了一个为世界各国服务的公共论坛，充斥着仇恨和偏狭的言论。一个曾经庄严的机构，现在却允许有着世界上人权纪录最糟糕的国家来领导人权委员会，攻击那些在人权方面远胜于它们自己的敌对国家。但是，即使是联合国最激烈的评论家也希望，至少这项工作的努力可以让各个国家学会合作。

计划做好了，代表也选好了。海上奇观号，现在叫哥白尼号，将驻扎在安哥拉海岸附近的国际水域内，同纳米比亚、博茨瓦纳以及南非距离都很近，这些国家的港口和机场可以用来接送各国代表上船。

巨大的海轮匍匐在波涛上，以每小时20英里的速度向它的目的地行进，它似乎不想错过与外星飞船的约会，这个飞船行驶了数万亿英里远道而来，却不知道有何目的。

外星飞船可能会改变路线，或者人们无法获取到任何信息。

但如果它来了的话，地球上的人类也已准备就绪。

30

杰克上校最后看了一眼波托马克河，转身回到大街上。一辆有着彩色车窗的黑色加长豪华轿车缓缓停在他身边。他看了看表，一如既往地准时。

车门打开，上校坐进了这个豪华的车里。而他的老板，安德鲁·达顿坐在里面啜着一杯苏格兰威士忌。达顿在国防部内的官方头衔是特种作战部队、反恐、非正规战以及缉毒行动的高级文职顾问。但是非官方的，他的头衔就更多了。都是在政府里一些很时髦的头衔，至少报纸是这样报道他的，不管是民间还是在军方，或者更高层面，没有人比达顿的权力更大，更容易接近总统了。

杰克伸出手想要握手，但达顿视而不见，只给了他一个蔑视的表情。“我们不要浪费时间拐弯抹角了，上校，”达顿如此地打招呼道。“我看了你的报告。这他妈的是怎么回事？我还不知道你已经抓到她，你就让她跑了！这是什么乱七八糟的？”

杰克与他老板凝视的目光相遇。“我承认那时候我的表现不好。但你们所有人都知道我的工作是独立进行的，我有我自己的方式。是你自己坚持要求我们拥有这样的自主管理权。只要你和我能够在球门区的方向上取得一致，我就负责带领整个队伍进入球场。”

“我要是再听到关于足球的比喻，我对天发誓，我真的会吐的。”

“这个观点是对的，”杰克说。

“让我把话说得更清楚一点，”达顿厉声说。“从现在开始，如果你得到关于这个伊卡洛斯——管它什么呢——的任何消息，我要你立刻报告给我。如果你今天看到琪拉·米勒，那我要你昨天就报告。明白了吗?”

“明白了。”

“我想看你拍摄的有关她的录像。”他厌恶地摇了摇头。“你知道的，就是在你抓住她的那一小段时间内的录像。”

“没有录像。”

“你没拍她吗?”达顿难以置信地喊道。

“我恐怕没有，”杰克在说谎，暗自骂自己向琪拉坦白了自己也吃过一颗胶囊，还跟她描述了自己在药物作用下的表现。而这些都被拍了下来，他不希望被别人，尤其是安德鲁·达顿知道。

“我一直以为你的工作做得很好，”达顿说。“不过，我可能需要修改这项评估。你怎么会蠢到不给她录像呢?”

杰克坚持着。“因为这是一个简短的面谈，而不是审问。一旦审讯开始，我们就能够得到你想要的录像了。但我想提前单独跟她待几分钟，只是去打量她，得到一个初步印象。看看她本人到底是什么样的。”

“你是想看她长得什么样，还是想看看她的胸长得怎么样?”

“她跟我在一起的时候，一直是衣冠完整的。”

“你办公室外的守卫看到的可不是这样。据他们说，那个女孩声称你确实想要对她有个印象，通过用你的老二。”

“她故意这么说是为了要逃跑，你知道的！”杰克打断上司的话。“我没有碰过她！她攻击的守卫中有一个可是两种武术的黑带三段，却连他一拳也没打中她。所以就算我想，我也不可能强奸到她的。我还不如强奸一台碎木机呢。”

“我不知道，”达顿说。“也许这就是没有拍摄视频的原因吧。没有录像，我们怎么知道里面究竟发生了什么呢？也许是你在强迫她的时候，她的超级智商爆发将你踢开，你完全无法控制局面了。你自己也承认之前还是正常的柔弱无助的琪拉·米勒，结果给了你一个天大的惊喜。”

“琪拉·米勒绝对跟正常或者柔弱无助这两个词沾不上边，相信我。即使她的智力没有得到提升，也是如此。”

“也许是你撕开她的衣服，给她松了手铐，这样你就可以更好地……打量她了？”

“你在说什么？你宁愿相信一个精神变态的话都不相信我的？那个时候，她说这些是为了分散我手下的注意力，好帮助她逃脱。”

“不，我是说你没有在这次会面的时候录像！而且你自己的报告中说，她的手铐完好无缺地在你办公桌附近被找到。显然是有人给她取了下来的，否则她自己是不可能做到的。”

“我的报告里还说，在手铐棘轮结构上发现清晰的划痕，我们还在旁边发现了一枚展开的回形针。是她自己解开手铐的。”

“你可以用回形针解开塑料手铐吗？”

“如果你知道怎么做的话，是可以的。”

“那么为什么当初要用这个来束缚她呢？”

“没有多少人知道解开塑料手铐的方法或者技术。”他愤怒地摇了摇头。“好了，够了。我说过我没有碰她，我不会再说第二遍了，也不会再为自己作任何辩解。你的指控侮辱了我。如果你还有哪怕一丁点怀疑我告诉你的事实，那么我现在就提出辞职。”

达顿注视他好一会儿。“我相信你，上校，”他大声说。“如果我不相信你，我早就解除你的职务了。”他晃了晃杯子，对着杯中琥珀色的液体看了一会儿，再次又拿到嘴边。

他放下杯子。“我拷问你是有原因的，”他说。“因为这次你真的搞砸了一个大单子，你知道吧。从现在开始，和你的罪犯交谈时记得录音好吗？你和一个有史以来你抓到的最重要的犯人进行过交谈，但结果你让她跑了。甚至没有留下她在那儿待过的任何记录！如果不是看你办事的服务质量和效率，我不仅会接受你的辞呈，我还会坚持要你辞职。对这件事情，我心里现在都还在淌血。”他停顿了一下。“我会再给你一次机会。”他靠近上校，瞪着他说，“相信我，你绝对不会再有第三次机会了。”

有那么一瞬间，杰克想告诉他的老板他撂挑子不干了，但他控制住了自己。具有讽刺意味的是，他并不想有第二次机会。他开始讨厌这个工作了。他非常乐意能让别人来接手这差使。但是别人没有像他一样有被提升过智力的经验和优势，他们不知道自己真正面对的是什么。不幸的是，他是唯一一个有资格来与琪拉·米勒和伊卡洛斯所带来的威胁相抗衡的人。

“你有其他线索吗？”达顿问道，声音没有之前那么挑衅了。

“有一些。我们正在想办法，不过我不是非常乐观。”

“所以你现在是回到你找到那位叫罗森菲尔德的物理学家之前的状态吗？”

“罗森布拉特，”杰克纠正。“是的，差不多吧。”

“真是他妈的太棒了，”达顿不满地咆哮说。“不过当你们说起你们称之为伊卡洛斯的行动时，我有更多的坏消息。”他说。“现在必须放缓速度。目前有一项新任务需要优先处理。你可以继续将百分之十的注意力和资源用到伊卡洛斯行动，然后另外百分之十五用到你其他的行动上。”

杰克难以置信地看着。“有什么任务这么重要足以取代我现在做的事情？”

“外星飞船正朝我们飞来，”达顿直接回答。

杰克愣了一会儿，然后反应过来。“这和我有什么关系呢？”

“他们在安哥拉海岸附近弄了艘巡航邮轮来研究它，”达顿说道，接着解释了这项研究会如何进行，信息现在还是保密的，但很快就会在24小时以内传遍全世界。“出于安全考虑，我希望你和几个精心挑选的手下能上到那艘邮轮。我可能也会加入你们，不过还在决定当中。我还希望你的队伍回到美国去搜集所有将要上船的代表，科学家以及船员的人事档案。搜集任何有关外星飞船的消息，你就是美国在这艘邮轮上的情报机构负责人。”

“为什么是我？”杰克抗议。“我的目标是阻止大规模杀伤性武器，而不是照顾一群科学家和政要。”

“因为你是一个幽灵。你不在任何一个国家的搜索名单之列，连我们自己的国家也是。”

“这项任务之后我就真成幽灵了。”

达顿耸耸肩。“我爱莫能助。但至少当你在船上，对世界各地的其他情报机构而言，你的存在会是个包裹在黑色行动部门外衣下的一个谜。”

“难道没有别的和我一样不在名单之列的人可以胜任这项

任务吗?”杰克抗议道。“我再说一遍，我的目标是大规模杀伤性武器，和外星飞船没有一点关系。”

“这点我们还不能确定。”

杰克摇摇头。“任何如此先进的文明都必须克服他们本性中的自我毁灭和侵略性，”他说。“如果他们只是路过拜访的话，他们一定是很平静的。”

“真的吗?”达顿不满地摇摇头。“是什么又把你变成外星文明的专家了？谁他妈知道是什么刺激了他们呢?”他停顿了一下，“你要知道，这不是在讨论。我需要你为我扫清通向白宫的一切障碍。你必须立即开始行动。每个国家确定好最终名单后，连同船上的布局图一起提供给你。我要你和科尔克少校一起上船。你再挑选五个人。上船不允许携带武器，所以这五个人必须是你手下中最擅长肉搏战的人，还要擅长应对突发状况。”

“你觉得这些代表会惹麻烦吗?”杰克问道。

达顿晃着酒杯。“上校，我一直在期待麻烦，”他脸色阴郁地回答，“而且，我很少失望。”

31

琪拉、德什和格里芬回到了位于丹佛的总部。吉姆·康奈利离开了，前去给罗森布拉特一家和六人组的其他成员提供新的身份，帮助他们熟悉新的环境和生活。

琪拉心怀感激地穿回了自己的衣服，然后把钥匙圈重新放回自己口袋，她在前去向杰克自投罗网之前故意丢掉了。她花了几分钟处理了一些紧急的行政工作，查看了丹佛和肯塔基总部的计算机日志，确保她完全了解每一个六人组的行动和日程安排。

做完这些后，她和德什开车去他们最喜欢的泰国餐厅吃晚饭。她被困在彼得森基地时他们通过电脑交流过，对于她这次的冒险行为，她的丈夫已经狠狠地教育过她了。鉴于最后结果还算过得去，她知道德什不会再提起这事了。

餐厅里光线幽暗环境舒适，食物非常美味。琪拉点了一杯红酒，满意地抿了一小口。

“信不信由你，”德什说，他们点的开胃菜泰式炒面刚刚上了桌，“我们到现在为止还没有讨论过外星飞船，我们可能是地球上唯一没讨论这个的人了。”

“嗯，我们一直忙于交换俘虏啊，”琪拉笑着指出来。“还要从军事基地逃出来。”

“又是这个借口，”德什也笑了起来。“再多说一次，我都听过一百万遍了。”他抿了一口自己杯中的酒。“那你怎么看这些外星朋友呢？”德什严肃地问。

琪拉耸耸肩。“我不知道。但他们已经攻克了零点能量这一事实，确实令人震惊。但我发现郁闷的一点是，就算像他们一样的先进，也还是无法摆脱光速的制约。关于光速或许没有什么更好的办法了。”她停顿了一下。“我看到有几个六人组在这个消息公布后又进行了提升，他们有什么收获吗？”

“即使是提升后的大脑，也没有达成几乎一致的共识。大家各执一词，并且没有提出什么与大众相差甚远的观点。”

琪拉点点头，但显然在分心。“戴维，”琪拉在德什继续说话之前说，“我想要换一个话题。我之前跟你说过我对杰克的印象以及我怎么逃了出来，但我没告诉你一切。”

德什仔细看着他的妻子，“你继续说。”

“有一个人或者一个组织不知道在什么地方，他们也掌握了我的智力提升疗法。我很肯定。”

德什眯起眼睛，“你怎么知道?”

“杰克向我承认他也曾经被提升过，”她答道。“而他的胶囊不是从我这里得到的，这是肯定的。”她快速地回顾了她与上校之间的谈话。

“所以那个埃里克·弗雷最后还活着吗?”琪拉一说完，德什就问道。

琪拉点点头。“没错，毫无疑问他现在用的是假身份。这是现在我唯一能想到的可能性。”

弗雷曾经是美国陆军医学研究所的一名分子生物学家。普特南胁迫他复制琪拉的研究，为她的哥哥制造胶囊。普特南手里有证据证明，弗雷是一个恋童癖。普特南声称如果他一旦死亡，他手中的证据就会自动地被公开，这样一来被他胁迫的弗雷和其他人都不敢轻举妄动，他就给自己的人身安全多了一份保障。正如普特南所说，在他死后的第二天，有关弗雷的证据就被送到了当局，德什也是自此才得知有关他的情况的。他和琪拉当时还不知道他的名字，只知道他是美国陆军传染病医学研究所工作的一名分子生物学家。因此，有传言说一位才华横溢的科学家被指控恋童癖，他羞于面对指控和羞辱而选择了自杀，这一切掩饰得很完美，非常的完美。

“我当时应该确定他是不是真的死了，”德什说。“那么，至少我现在知道的就能多一些。”

“我们手里资料都是一样的，我们都以为这些零星的事件之间没有什么关联。我们没有理由怀疑弗雷已经成功复制了我的治疗方案，并且还一直保密。他肯定骗了我哥哥。如果我们有一秒钟想到过弗雷自己可以制造胶囊的话，我们肯定会怀疑他的自杀只是在演戏。”

德什皱着眉头，沮丧地摇了摇头。“真是似曾相识的场景，”

他喃喃自语。“不过这一次，幕后主使是弗雷，而不是你哥哥。”

“这或许可以解释去年我们在探访罗斯时遇到的那次袭击。弗雷一定已经发现了我们，发动的攻击，却让我们再次跑掉了。”

“很可能是这样，”德什赞同道，用一双黑色的木漆筷子，把大虾和米饭送进嘴里。

“到目前为止，还不知道他的组织规模如何。”

德什咽下食物，“不会很大，”他说，“这是我的猜测。原因之一是他还需要借助杰克和他的部门之力来对付我们。奇怪的是，当需要招募人手的时候，好人远比坏人有优势得多。”

“你是什么意思？”

“暗箭伤人者往往不会轻易信赖别人，特别是在与其他暗箭伤人者打交道的时候——这种人会被弗雷的组织所吸引。想想我们招募人手的时候是多么紧张，但我们是好人。在以自私的目的而不是利他主义的基础上建立的一个组织里，所有的权力和得到胶囊的人，肯定集中在最高层。艾伦决不允许普特南得到智力提升的机会。但他让弗雷吃了，只是因为他需要更多的胶囊。”

“你说的很对，”琪拉说。“如往常一样，弗雷骗了他们两个人，最后在高层的是他。”

德什点点头。“但我们这回可比上次艾伦在幕后操纵时要好一些，”他补充说。“至少我们知道我们要对付的是谁。不管他有多厉害，我一定能找到他的。我立刻就着手追查。”

“看起来你没有足够的时间，”琪拉说。

“我肯定要忙上几个星期了。”他凝视着他的妻子，脸上露出开心的表情，“看起来人们要么是爱死你，要么就是想弄死你。”

“嘿，戴维，”琪拉吞吞吐吐地说，她的表情可以看出她即将要将谈话转到一个不太令人舒服的话题上。“还有一件事情。”

德什的胃紧了一下，仿佛一个拳击手受到了重重的一击。“所以，弗雷的事情对这顿晚餐来说还不是最坏的消息吗？”

“戴维，你还记得当我们从普特南的安全屋逃脱的时候吗？”

“我还记得吗？”德什难以置信地说。“我怎么可能会忘记呢？那是我第一次得到提升。更别提那时我们还命悬一线。而且那是我第一次意识到我爱上了你。”

“你还记不记得当我们在楼上时，你把我留在楼上几分钟？你自己回到地下室去检查那些被你打晕的守卫？你说你想看看他们有没有任何身份证件。”

他眯起了眼睛陷入思考，显然在努力想弄明白他的妻子为什么会提起这个。“是啊，”他慢慢地说。“我记得是这样。”

“那么你回到地下室后，发生了什么？”

德什歪着头，仿佛自己听错了。“你什么意思？我给他们搜身看他们是否有身份证件或者任何能提供线索的东西，然后我就回到楼上。”

“就这些吗？”

“是的，就是这些。为什么这么问？这是怎么回事？”

琪拉向他描述了杰克给她放的那段录像，录像中的主角是德什，他在那个安全屋的地下室里完全截然不同的表现。起初，德什听得一脸恐惧和震惊，而后他的表情却放松下来。“琪拉，这个录像是伪造的，”他信誓旦旦地说。“那些从没发生过，那部分一定是伪造的。”

琪拉长久地注视着自己的丈夫。“一开始，”她说，“我也是这样想的。”她摇摇头。“但杰克让我相信它不是伪造的。所以，我需要你来告诉我，戴维，”她继续说，声音中有难以掩饰的伤痛。“这虽然不光彩，但毕竟我们一起经历了那么多，我需要知道真相。”

“琪拉，没有发生这样的事。如果发生了，我一定会告诉你的。”

泪水涌上她的眼眶。“戴维，我爱你。但是提升智力的同时会释放出我们身体里的恶魔。就算你没能控制住他们，这也没什么可丢人的。但我需要知道。我需要让自己可以相信你。”

德什无助地摇了摇头。“我已经把发生的事情都告诉你了，”痛苦的表情出现在他的脸上。“我检查了他们的口袋后就回到楼上。”他停顿下来，琪拉发现自己从没见过德什如此的疲惫和受伤。“琪拉，你是我的世界，你知道的，我们每一天都以生命在信任彼此。我从来没有对你撒谎，我宁愿对自己撒谎，”他认真地说道。

琪拉没有回应，她看到丈夫的眼睛睁得大大的，一脸沉思的模样。“或许我们应该考虑一下这种可能性，”他轻声说。

“你什么意思？”

“假如我真的对自己撒了谎呢？如果录像是真实的，那么唯一的解释是，提升之后的我对普通的我隐藏了这段记忆。因为一想到这个，就会让人觉得很残忍。在那个时候我们的大脑里会想很多东西。当我恢复正常后，如果我知道了自己残忍地杀了那些手无寸铁的人，还有我在提升时没能控制好自己的本能的话，会一直折磨着我的。而那个时候，我需要全神贯注。所以增强智力后的我一定推算出这么做会让我的速度变慢，所以他不能让这种情况发生。”

“听起来似乎你说的是两个完全不同的人。”

德什严肃地点头。“难道不是吗？”他说。“你也经历过。

你知道提升后的自己有多么鄙视正常的你，而正常的你是人格分裂中愚蠢的那一半。”

琪拉考虑着，他当然说得有道理。“这确实没错，但我那个更聪明的一半知道她只能短暂地出来玩玩。她的利益掌握在我的手上。我必须是自觉地服下药丸，才能唤醒她。所以，我可以信任她，因为她知道我有最终控制权。”她停顿了一下。“但是还没有谁给出过证据显示，他们提升后的自己能对正常的自己有所隐瞒。”

“或许现在还没有，”德什说。“但是，我们知道提升后的大脑是能够做到的，”他指出。“你也曾经有意把你获得的长寿疗法突破的相关记忆藏了起来。”

毫无疑问他说的有道理。但是，这却引发了更令人不安的可能性。“那么，还有其他事情是你做过但又忘记了的吗?”她焦急地说。“那一部分的记忆也可能是假的?”

“这个问题显然我没法回答。但是后来每次我服用胶囊都是在提升室里。按照我们的设计，在里面是没有太多的自由的。被绑成那样，不可能做什么事情是需要事后忘记的。只有一个自由的反社会主义者才有可能这样做。”他扬起了眉毛。“就像你这次那样。”

琪拉的目光从她丈夫身上离开，脑海里回顾着之前的事情。“我的记忆告诉我，我很小心给每个人留了活口。并不是我让我那个改变后的自我很开心地把他们全部都杀掉。不过等我们回家后，我们再作进一步调查，确认一下比较好。如果结果确实是我杀了这些人，还给了自己虚假的记忆，那么我们就必须对所做的一切重新进行评估了。”

德什戳着盘子里剩下的食物，专注于谈话而不想吃完了。“我们从一开始使用你的治疗方案起，就知道我们是在玩火。”

他说。“但是，我不能相信自己的记忆，这个事实真的把我吓坏了。”

“不只是你。它让我们开始质疑所有我们以为自己知道的一切。”

两人都陷入沉默，静静地吃着眼前早已冷却的食物。

“等一下，”德什突然说道，他本已忧郁的脸色变得更加暗淡。“它让我们不得不从不同的视角来考虑你的第二阶段的提升。对此我们可以相信吗？如果这个阶段并不像我们想的那样能够达到反社会性的涅槃呢？也许它会给人性带来比第一阶段还要严重的负面影响。也许在那个阶段的琪拉知道你不会试图再次尝试到那个阶段了——不会再唤醒她了——除非她给你植入一些虚假的记忆来吸引你。”

琪拉感到一阵突如其来的眩晕，好像被人一记重拳打在了肚子上。戴维的想法可能是对的。这一切，她为之倾尽所有，都有可能是个假象。她突然感觉浑身虚弱。

她再次在自己短暂停留于那个超乎想象的高智力阶段的记忆里搜寻。她还记得，从那种超高智力状态刚出来那一瞬间里所感受到那种纯粹的可以战胜一切的快乐，但在那之后她的身体几乎垮掉，被立刻送往医院。她一直相信这个阶段会带出人类最美好的一面而不是最坏的一面。她不仅是在智力上肯定，而且在情感上也很肯定。

在她的一生中，还从未如此坚信过一件事。

但是，难道是那卓越非凡的智力给她创造了这些有力量的感受吗？尽管这些都是虚假的。

她摇了摇头。这个想法会让人发疯。如果你不再相信自己的记忆，那你还剩下什么呢？如果你奋斗的一切都是基于虚伪的假象……这简直无法想象。正如德什指出的，他们在提升的大部分时间都被困在一间小屋子，疯狂地写下自己的一个个顿悟，所以他们正常的自我从未质疑过自己被自己欺骗了。一直到现在。

琪拉的眼睛湿润了。

“琪拉？你没事吧？”德什问道，伸手握住了琪拉的手。

琪拉摇摇头，“我感觉快撑不下去了，”她轻声说。“实在是太难了。有那么多的障碍，永远不会结束。整个宇宙都在跟我们作对。就连先进的外星物种都无法脱离光速。军队再一次追捕我们，还有一个组织拥有了我的疗法在背后操纵着一切。我们的所有努力都白费了。而现在，很难想象除了灾难以外，还会有什么别的结局。”

“情形似乎跟我们初次见面时一样糟糕，当时我们都挺过来了。有那么多荒谬的事情，靠的可不只是运气。我们自己给自己制造了好运，这一次我们也能做到。”

“我不这么认为，”琪拉眼里的泪水越来越多。“这次不行了。我想我们已经把我们的好运用光了。”

“你有权利这么想，你经历了上帝对你的考验。这是残酷不公的。你是有史以来最伟大的科学家之一——或许就是最伟大的——有一天人们会像赞扬爱因斯坦和伽利略那样来赞颂你。你也知道他们的一生也不是那么容易的。爱因斯坦要面对在德国的反犹太主义，因此即使在他发表了他的革命性论文后，他在自己的领域里都找不到一份工作。伽利略被教会驱逐，一直被软禁直到去世。”他停顿了一下，然后不好意思地笑了。“当然我也承认，他们都没有面对过特种部队的追捕。但是你要知道，不同的时代，所背负的十字架是不同的。”

琪拉微笑着用她的餐巾轻轻拭去滑落的泪珠。“你说得对，”她的声音中恢复了力量。“我刚才只是为自己感到难过。

我为自己的脆弱感到抱歉。”

德什大笑起来。“脆弱？你比我所认识的任何男人或女人都要强大。这就是我们能成功的原因，不管有多少阻碍朝我们扑面而来，我很肯定。当杰克第一次告诉我，你要用你自己换我们两个人时，我吓坏了。我以为再也见不到你了。”他摇了摇头。“我是个傻瓜。简直不敢相信我到现在还是会低估你。”他停顿了一下。“我不会再犯类似的错误了。”他起誓说道。

“如果谁敢小看你，我也会为他感到难过的。”他以绝对的信念补充说。

32

戴维·德什静静地看着一旁熟睡的妻子，心中再次感叹她是多么出色。她就像一个沉睡的女神，就像是特洛伊的海伦，琪拉由于她的头脑而对世界产生巨大的影响，而海伦是因为她的美貌。对大部分女性来说，琪拉的外貌也是非常有吸引力的。人们常说一个人的个性和智慧会影响别人对她外表的看法。一个外表美丽而内心丑陋的女人会让人觉得她也没那么美。但是，琪拉的个性再加上美丽的外貌，简直可以称得上天使。

在别的房间里，格里芬和康奈利也正安然入睡，但睡相肯定不会很好看。

德什自己睡不好。整晚他都在搜寻他的记忆，如同反复在同一个神经元的房间里，寻找着他的那些割喉动作的记忆，就像要找出藏在地板里的蟑螂一样。他不断地努力，但最后还是得出同样的结论，他除了搜查他们的身份证件以外，什么都没做。

但随后他内心中的不安有了一些更令人烦恼的转变。他想到自己与琪拉之间的互动。在过去的几年里他已经注意到了她的言行有不一致的地方。有很多次她说自己在某个地方，但他所看到的证据显示她是在别的地方。当他注意到她笔记本的位置有细微改变，事后却又听到她感叹说自己不能一整天在电脑上工作。有很多细微差异他以前没有引起重视。琪拉太疲倦了，又不知所措。就像爱因斯坦以及在她之前的那些伟大的科学家一样，谁能为她偶尔的丢三落四而责备她呢？

但是现在可能需要从一个更令人不安的视角来看待这些差异了。

他静静地从被子里出来，穿上一件蓝色的丝质睡袍，系上腰带后悄悄地退出了卧室。失眠对于他们每一个人来说都不稀奇，他们会利用晚上多出来的这几个小时，继续去做他们那些堆得像山一样的工作。

只是这一次不同。这一次，他轻手轻脚不是为了不吵醒他心爱的琪拉。这一次，他是去暗中监视她以及他自己的。

数年前，在那个安全屋的地下室里到底发生了什么又或者没发生什么，简直快把他逼疯了。他真的如此冷血地杀死了那三个士兵呢，还是琪拉出于某种自己的原因编造出来的呢？但是，是什么原因呢？有没有可能与琪拉确定的相反，这个录像是伪造的呢？

如果录像是真的，那是不是有可能杰克手中指证琪拉的证据，他们还没有看到的那些证据，也是真的呢？

德什必须弄个明白。他要调查自己在提升后的表现，还有琪拉也是。

他从充电站取下他的笔记本电脑，蹑手蹑脚地通过大厅，来到了提升室。还好他没有碰到清晨醒来的康奈利或者格里芬，那样的话，他就得放弃这个行动了。他进了提升室，把那扇保险柜一样的门上的计时器设定为八十分钟，然后将自己锁了进去。

他将左手拇指伸进钥匙扣里，一颗胶囊掉到另一只手上，之前那颗掉进了树林后，又补上了这一颗。琪拉保管着所有的胶囊，这是唯一的方法可以在她不知道的情况下进行提升。但这也意味如果需要的时候，他也没有应急药丸了。但是，这也没什么帮助。

德什感觉自己的脑海里在放着烟花。

就像一场神经元的大爆炸，他的意识蔓延到宇宙的各个角落，到达以前从未到的地方。这个感觉非常熟悉，也总是令人很兴奋。

他瞬间就明白了。那段琪拉看到的录像是真实的。全部都是。

德什在脑海里清楚地看到，就像刚刚发生的一样，他在那个安全屋的地下室里杀了那些人。他能感觉到刀的刀柄以及锋利的刀刃，像做外科手术般割开了他们每个人的喉咙。他知道普通的自己发现这段记忆后会有多可怕，看到这些完全无还手之力的人有多惊恐。可是他不管这些。他只知道，杀了他们能够使他和琪拉成功生存的概率大大增加，仅此而已。

在这种情况下，再也没有任何理由不让他那较笨的自我获得这些记忆了。对虚假记忆的怀疑已经快把那个笨德什给折腾疯了，而且继续维持这样的假象对他的两个自我来说都不再有任何帮助了。

他立即在自己的大脑里进行搜查，确认了自己没有隐藏其他的秘密了。除了这段地下室里的虚假记忆外，他对那个愚钝的自己还是比较诚实的。

他正常的自己会记得提升后的自己没有再隐藏其他什么事情了，不过当然，正常的他也不能完全确定这是不是另一个植入的虚假记忆。不仅对正常的他，就算是对提升后的他来说，也很难找到这个谜题的答案。

他在琪拉的电脑上操作着，眨眼之间就能看完整整一屏幕的信息。他在电脑里一页一页翻着时戳日志，用了十分之一秒来显示了琪拉在这台电脑曾经做过的所有步骤。他将这些记录与自己大脑中与之时间相匹配的记忆进行核查。

他发现了一个固定的模式。每周琪拉会花几个小时在电脑上工作，她自己对此也不知情，又或者她在瞒着德什。他找到了一些隐藏文件，嵌入在一些无辜的程序中，程序被设置为自动转到另一个文件。这个文档不仅仅被隐藏，而且还被严密保护。

就连德什都进不去。

这不是一个正常大脑编写的加密密码，所以以德什现在的状态，不管他有多优秀，他都不可能在几分钟之内破解掉。这就意味着这个密码是由另一个提升之后的大脑编写，很有可能，比他现在还要强大的一个大脑。

笔记本电脑是禁止带入提升室的。在这里只能使用伊卡洛斯的主机保证在线活动能够得到适当的监视和控制，以防杰克之类的会再次出现。可琪拉明显无视了这个规定，在提升的时候把这个大型文档进行了加密。琪拉负责保管胶囊，她对这些胶囊的情况了如指掌，所以她可以在任何她想要的时候使用而不被记录。

德什继续搜索，探寻，努力拼凑各种线索，看他能发现什么信息来预知未来，不管是什么蛛丝马迹。他一次又一次地努力着，像个金刚钻一样，不停地用自己的天才智力，在电脑里进行钻研。

最后，他终于有了点收获。他发现一些已经被删除的文件，他对文件进行重建使他能够读懂其中的内容。大约在两年半前，琪拉对国际事务、战争、内部纠纷、政治制度、独裁国家以及全世界各个国家的核武器能力进行了大量详细研究。她积极寻找世界各国政府的致命弱点、军事防御的缺陷以及政治压力点。她研究了各种刺激比如军事方面、政治力量和经济因素对世界秩序造成的影响，她还重点关注了那些可能造成大规模破坏的因素。这些工作她都是秘密进行的。

几个月后，她入侵了政府的机密电脑，那里面有制造大规模杀伤性的详细信息，包括核武器和生化武器。这项工作占据了她大量时间，并且采取了更强的加密保护，以至于连提升后的德什拥有无可估算的能力，也只能在文件的外围做个模糊的了解。

突然，德什意识到，琪拉一定是设置了更加严密的安全保护，他甚至连文件的边儿都没能挨到。从那天起，他就完全被拒之门外了。

这一切意味着什么呢？她认输了吗？她是要放弃超光速旅行和永生的研究了吗？她决定要由自己来主宰，为了人类自身的利益来减少凡人大众的数量吗？减少人口数量之后，她的长寿疗法就可以公布了吗？

真有你的，琪拉，他心里想着。她最后作出艰难的选择，完全没有了人为的伦理和道德，这些在早期人类发展中所经历的挫折，现在如同人类的扁桃体一样是多余的，但总在那儿碍手碍脚。

或者她完全是别有意图呢？毕竟他看到的只是冰山很微不足道的一角，而这是由提升后的琪拉精心计划的，这就有可能是个地狱里的冰山。

无论如何，他也要把答案找出来。他那个愚钝的自己也可以帮忙。

但是，这些最好对琪拉保密。无论她自己知道与否，只要德什给她任何一点提示，她那提升后的自己也一定会知道。

如果真是这样，那他的调查还没开始就已经结束了。

以他目前的状态，他是如此的狂妄自大和绝顶聪明的，他也知道他仍然不是提升后的琪拉的对手。

33

德什敲了敲那栋黄色单层小屋的门，这个房子简直跟诺曼·洛克威尔的画中的一样。房子不大但是保护得非常好。房子前面有一排明亮的白色栅栏，看起来既精巧又古朴。

一位老人开了门。他有一头白发，显然已经退休在家。不过精力充沛，看得出他刚刚退休不久，现在还继续保持活跃。

“请问是阿诺德·科恩博士吗?”德什问道。

“是的，”门口的男子答道。“你一定是纳尔逊警探。”

“没错，”德什说，“戴维·纳尔逊。”他拿出一个伪造的徽章，做得几乎是以假乱真，但却是他刚刚从一个麦片盒里拿出来为了给科恩检查的。

德什指了指身旁的吉姆·康奈利。“这是我的同事，吉姆·泰勒警官。谢谢你同意和我们见面。”

德什和科恩初步接触后，他们俩决定，由德什负责谈话，康奈利作记录。

科恩跟他们握手，请他们进了屋子，在餐桌前坐下。“你们需要喝什么吗？我妻子在去读书俱乐部之前，做了些冰茶。”

两人都婉言拒绝。“正如我在电话里提到过，”德什说，“这和我们目前进行的一项调查有关。很抱歉我不能透露这次调查的性质。但我非常感谢您的配合。”

科恩点点头。“很高兴我能帮上忙。”

一个星期以前德什和琪拉那次晚餐后，他就开始着手了解埃里克·弗雷的背景，看从这老疯子的骨灰中，能发现什么新线索。他很快发现，在弗雷所谓的自杀发生后的两个星期，负责调查这个案子的警探就死了。报纸上说警方认为，他的死跟他追查的其他几起杀人案有关，但是德什很清楚。这位警探一定是找到了证据，发现弗雷并没有像别人以为的那样真的死了，而他却为此付出了生命的代价。知道这个消息，无异于往德什的伤口上撒盐。如果他当初哪怕作一点点后续跟进，现在情形就会大不相同，弗雷也早就浮出水面了。

德什搜集到一份弗雷朋友的名单——实际上他基本没有朋友——和熟悉他的人的名单。大部分人通过电话就可以联系访问，而维尔纳州和犹他州距离很近开车就能到，电话就不如面对面的谈话那么有效。此外，格里芬也在飞机上了，他们给琪拉留出一点独处的时间。不论多么恩爱的夫妻，独处的时间对他们的关系是有好处的。

而且现在对德什也是特别好。他发现要对琪拉保密并装作什么都没改变是很困难的。他可以把这归结于压力太大，可他必须要找到一种消除顾虑的方法。有可能另一个琪拉的意图是好的，是他误解她了。他确信他爱着的这个女人依然是他之前爱的那个女人，只是她不知道另一个自己做了什么而已。即使如此，如果他一不小心，她就会发现他们之间的微妙变化。他爱着她，但对隐藏在她身体里面的另一个她感到恐惧和不信任。在跟一个被狼人咬过的女人亲密的时候，不可能做到时不时地不看看月亮，因为担心月圆时，会猝不及防被咬一口。

“你们到这里来是想了解关于埃里克·弗雷，对吗?”科恩博士说。

“是的，”德什说。“我知道你与弗雷博士一起在美国陆军医学研究所工作了很多年。”

“没错。”

“那么，他在工作时是什么样呢?”

科恩有些犹豫，“我可以随便说吗?”

德什给了他一个热情的微笑。“这就是我们来的目的，”他向博士保证说。“你所说的一切将会被严格保密。”

“好吧，我不想对死者不敬，嗯，你也知道……毕竟他们没法给自己辩护……但在我看来，弗雷就是一个变态的混蛋。当然是在他还活着的时候。”

“请继续，”德什说。

“他完全就像毒药，但他是很有天赋的毒药，我这样评价他。他是个政治老手，会陷害、欺骗、奉承、诋毁同事，窃取别人的功劳，你可以想象，任何可以使他的事业更进一步的事情，他都做过。他说起谎来毫无羞愧之心，比我讲真话还要坚定。只要他想，他能表现得极有魅力。他可以一边对你微笑，一边在你背后插刀。他太精于此道，你可能在被他刺了五六次之后才会恍然大悟这些不是偶然发生的。”

“你应该知道他有恋童癖，”德什说，“而且还牵涉到其他一些非法活动中。”

科恩点点头。

“你和他一起工作的时候，他有没有什么值得怀疑的地方?”

科恩厌恶地向后缩了一下。“如果我早知道这家伙原来是这么邪恶的怪物，我肯定会立刻告发他的。在我看来，恋童癖是最可怕的犯罪。你知道有很多人被发现是恋童癖者或连环杀手后，警察会询问他的邻居们，然后他们会说，‘哇，谁会想到这个啊？他看起来人不错呢。’不过这个家伙，你可能就会想得到。虽然我不知道他折磨孩子，但当事情曝光之后，我一点儿也不惊讶。”他摇了摇头。“我告诉你让我感到惊讶的是，说他自杀了。我从没想到他会自杀。”

太好了，德什想。真是哪壶不开提哪壶，为什么不呢？“这是为什么呢？”他问。

“自杀表示悔恨。我和这个疯子一起工作了这么多年，他的词典里可没有悔恨这个词。你也知道，恋童癖在监狱里不会有很好的待遇。我能够理解。但我觉得他肯定是逃到某个小岛上，在那儿继续残害小孩子。”

“这对我们很有帮助，”德什说。“我们正在整理关于他的尽量完善的个人档案。所以你能告诉我们的一切内容及任何信息都有可能事关重大。比如，他最喜欢的球队是哪些？他抽烟吗？喜欢什么特殊食物？喜欢歌剧吗？喜欢赛车么？他收集木鸭子吗？最喜欢的餐馆有哪些？他喜欢看什么书？”他停顿了一下。“事无巨细。”

“我会把我记得的都告诉你，还可以告诉你一些人名，你也可以跟他们聊聊。但是我不太明白。这个人已经死了。你们建一份他的完整档案对你的调查有什么帮助呢？”

“你会感到惊讶的，”德什说着，脸上露出一丝微笑。

* * *

琪拉·米勒坐在办公桌前，对着电脑又一次处理行政工作，此刻在这个主要为核心委员会成员提供住宿的总部大楼里只剩下了她一个人。几个月前她就预约了几个六人组的成员来总部的提升室，下一组人要两天后才到。中间的空隙里她还预约了罗森布拉特所在六人组的成员来总部，想等到他们准备好恢复活动以后，重新给他们分配工作。

由于作为诱饵的总部被炸毁，外星飞船引发的一系列行动开始展开，最近几周里伊卡洛斯面临的新威胁如杂草一般丛生。他们本就进展缓慢的招聘工作，现在被迫停止了。

她想到了安东·范·赫顿。他是新六人组的第一个成员，不过他们没有打算等到六人组招聘满员之后再开始行动。他是一颗新星，他们寄希望于他来征服超光速行驶的难题。自从他的第一次提升之后的短暂时间内，他就回来过两次了，而且预约了下周还会再回到总部两次。琪拉希望他不要被选中上哥白尼号，自从这次全球合作的消息宣布以后，这艘船的新闻就一直不断地出现。

琪拉听到身后微弱的脚步声，她转身看到来人之后甚是惊讶。“安东?”琪拉认出了这天使般面庞的物理学家，困惑地说。“我刚刚还想到了你。”她说着。

“嗨，琪拉，”他一面说着，一面继续朝她走去。

范·赫顿昨天才刚刚来过这里，根据日程安排，应该下周才会再来。难道核心委员会有人修改了日程表然后忘记通知她了吗？不大可能。就算的确有人修改了，可又是谁把他带到这里来的?

事情非常不对劲。

当她努力想要弄明白到底发生了什么时，范·赫顿从他的口袋中掏出一把电击枪对准琪拉。

琪拉睁大了眼睛。“你是怎么找到这儿的?”她问道，本能地想与他建立联系让他说话，好拖延时间。

“我上一次来的时候藏了个 GPS 定位器在这儿。你们间谍似的努力保护这个地点的秘密是有用的，但我们当中有人积极想要找到它的话，也是很容易。”

琪拉紧张起来，准备从椅子上起身，趁着范·赫顿放松警惕的时候扑过去。“但是，为什么？这是怎么一回——”

鱼叉一样的电流从范·赫顿的武器里发射出来刺中琪拉，打断了她的话。琪拉一阵剧烈的抽搐后滑倒在地，不省人事。

五分钟后她恢复意识，发现自己躺在地上，范·赫顿不见踪影。她的嘴被胶带封着，双臂交叉着绑在了胸前。

可她一动也不能动，是被麻痹了吗？

很快她就明白了。范·赫顿给她穿了件紧身衣。这件沉重的白色衣服把她的手臂束缚得紧紧的，带子绕过后背，与双腿之间带子扣起来。范·赫顿用剪刀把她内裤正面的松紧带部分剪掉了，除去了生命体征检测器、窃听器以及发射器。

他还用几根常用的塑料拉链带将她绑在沉重的办公桌上。到底是怎么回事？

范·赫顿的简历他们都很了解。他从没受过任何军事训练。他是个受到高度重视的物理学家，既不是间谍也不是双重特工。可他的袭击完成得如此精确，而且他用的还是警察和军队常用的尼龙结。

琪拉转念又想，现在任何一个聪明人只要有互联网连接，都可以很快对任何事情变得熟练起来。

但他为什么这样做呢？难道他疯了吗？

范·赫顿回来了，还拉着一辆那种五岁孩子会玩的大红色玩具小车。车上有几个容器，大小和办公室饮水机上的透明塑料桶差不多，里面装满了黏稠液体散发出石油和聚苯乙烯的气味。他有一个泵的机械装置，把液体随意地喷洒在屋子里，然后又到下一个屋子去，他的步伐非常的轻快。

琪拉努力想挣脱紧身衣，可是却是徒劳的。她越挣扎，吸入的有毒气体就会越多。范·赫顿肯定是打算烧了这地方。但他会把琪拉留在里面吗？

他们怎么会对安东·范·赫顿犯了这样的错误呢？他的测试结果显示他是个性格稳定的好人啊。

琪拉从未感受过如此的侵犯。这栋大楼是他们的圣地。这里有着全国最先进的电子安全保护系统，但如果伊卡洛斯的内部人员叛变的话——显然已经发生了，要攻破他们的安全系统也并不困难。叛徒可以在提升时把整个系统弄个明白，然后把编码指令写在他们笔记中。

他们犯了一个典型的错误，是尤里乌斯·凯撒也曾犯过的错误。尽管凯撒是个战无不胜的将军，多次在和强大军队的战斗中幸免于难，可他最后是被自己信任的人从内部击垮。

十五分钟后范·赫顿终于回来。他割断了把琪拉绑在桌子上的塑料带，掏出电击枪对准她。“你跟我来。”他轻轻地说，他的语气和表情中满是悲伤和遗憾。

他把琪拉押到一辆货车的后面，类似于那种用来穿梭于机场来往送人的货车。货车没有窗子，将她封闭在里面。车里弥漫着一股化学混合剂的味道，就是范·赫顿用来做着火促进剂的混合物。

“我无法表达我有多么的抱歉，”他无比真诚地说道，然后关上了车门，开始驾车。中途停顿了一小会儿，他把一个临时的火把从窗户那扔了出去，落到了一摊他故意让它流出来形成的小水坑上。

* * *

“弗雷很喜欢去海里捕鱼，”科恩说，“他甚至吹嘘他每年会去哥斯达黎加旅行，用潜水设备和鱼枪捕捉旗鱼。”

德什瞥了一眼康奈利。他对此并不感到惊讶，与其等鱼在他看不到的地方自己咬钩相比，弗雷更愿意亲自拿着鱼枪，眼看着鱼枪刺中猎物，会令他得到更多的满足感。

“他有自己的船，”科恩继续，“为了用更传统的办法来捕鱼，他一直也是这么做的。他把船停在巴尔的摩。”

“多大的船？”德什问。

“不是很大，但品质很好。我听说他花了差不多十万美元。据说速度非常快。”

“你知道他一般多久开一次呢？”德什问，他感觉到口袋里的手机在振动。两次振动，短暂地停顿，然后再是两次振动。这是他们在中央计算机上设置的一个程序，当伊卡洛斯的成员遇到了麻烦时发出的密码。康奈利也掏出手机，脸上出现了焦虑的表情。

“我不能确定，”科恩回答，“但我得说——”

“请稍等，”德什打断他的话。“我可以用一下你的洗手间吗？”

“当然，”科恩说，不满地看了德什一眼，仿佛在问他到底有多着急上厕所，都不能让他说完这句话。“就在右边拐角处。”

德什一进浴室，就掏出了手机，在屏幕上打开适当的页面。这是一个生命体征警报。琪拉已经失去意识。根据计算程序她应该是被电击枪击中了。要不然就是被闪电击中，德什迅速排除了这种可能性。因为她的窃听器也失效了。

德什打开另一个界面。自从他发现琪拉的秘密活动后，他安装了摄像头来监视她。这些录像被暂时存放在一个安全的互联网网站，他可以通过手机随时访问。这一刻他只关心传送过来的内容是什么。他点击进入传送的录像，从三个不同角度进行核实。

他的呼吸卡在了喉咙里。

琪拉现在不省人事，有人给她套上了紧身衣。

那是安东·范·赫顿。

德什不等继续看下去。他从洗手间冲了出来。

这个物理学家疯了吗？

德什意味深长地看了一眼康奈利，迅速转身对着屋子主人说，“感谢您的时间，科恩博士。现在发生了一个紧急事件需要我去处理。”德什快步走到大门前，把门打开。“我会尽快给你打电话的，”说罢，他和康奈利冲向了他们的汽车。

* * *

杰克和他的副指挥官在办公室开会时，办公室电话上面的灯在闪烁。是四号线。这是他留给别名为史蒂夫·亨利的线路，是非常重要的一个假身份。他很少用它拨出电话，也不记得上一次接到这条线的来电是什么时候。

“我需要接这个电话，”他对科尔克说着，按下一个按钮，把电话转到扬声器。“这里是史蒂夫·亨利，”他说。

“史蒂夫，这是吉尔·费舍尔，丹佛消防队长，几个星期前我们说过话的。”

杰克诧异地看着科尔克。科尔克摊开双手，耸了耸肩。他不知道这是什么情况。

“有什么可以为你效劳的呢，费舍尔队长？”

“出了点事情，我觉得你可能想知道。是很糟糕的事情。我们现在正在一个大楼灭火，这个大楼和几周前被毁掉的那个几乎一模一样。就是那个你让我们自行处理的那栋大楼。如果我要是不清楚的话，肯定会以为是同一栋建筑的。不过这次很麻烦。像是润滑油火灾，或许更严重，可能是自制的希腊燃烧剂。”

“你说这是人为纵火?”

“毫无疑问。而且在东边八十码左右距离有个仓库，也是同样方式起火。既然两个地方没有连接，这更说明是人为纵火了。”

科尔克和杰克惊愕地看着彼此。伊卡洛斯有两个一模一样的总部大楼。几乎相同的建筑有可能巧合，是不大可能，但还是有这个可能性。但是，在同样的距离有同样的仓库，这就可以确定不是巧合了。不仅是米勒和德什逃掉了，杰克和手下甚至都没有炸对地方。他们现在的行动都是假设米勒和德什他们步履维艰，他们没有了总部只能四处逃亡。但他们又一次被愚弄了。

“这次纵火采用了什么特殊技术吗?”科尔克问杰克。“能不能查到背后的人是谁呢?”

“恐怕不行。你可以在互联网上找到所有东西的配方。但是你要真想让火烧起来，还得花时间实验得到正确的混合比例。这种自制的汽油弹大多是浸泡在汽油里的塑料泡沫。处理那个已经是够他妈的麻烦了，而眼下这个更为严重。这种类型的火，浇水只会让火势变得更糟。我们已经尽力而为了，但这栋建筑肯定是救不回来了。我觉得你可能会想知道这些，所以跟你说一声。”

“你说的没错，队长，谢谢。我欠你一个人情。”他记下火灾的地址后挂断了电话。

杰克转向他的副指挥官。“少校，去找找看是否有街道摄像头对着那栋大楼，或者是否有卫星录像。快去，”他催促道，显然少校也非常清楚事态的紧急性。

科尔克冲出了办公室。十分钟后带回了杰克想要的录像，他在电脑屏幕上播放。“没有卫星数据，”科尔克说，“但我们得到清晰的图像，看到这个家伙数次进出这栋大楼，拉着一辆红色的儿童马车，上面放着几个装满了液体的容器。我们还拿到一段录像，一辆货车在大火刚刚燃起的时候驶出了大楼。”

“拍到了车牌没有？”

科尔克摇了摇头。“没有。”

杰克暂停了视频，仔细看着那个拉着小马车的男人。他的圆脸上泛着红晕，看起来很疲倦，就像刚跑完一场马拉松，但他真正做的不过是以轻快的步伐推着小马车。不可能是特种部队的人，杰克心想。上校转向科尔克。“你认识这家伙吗？”

少校摇了摇头。

“不，我也不认识。”

杰克不知道发生了什么，但不管是什么情况都会成为他可以一劳永逸地解决伊卡洛斯的契机。不过看起来这个视频上的男人还没有完成这个目标。

“把这家伙的照片发给超级电脑那边的人，”杰克指示道，“让他们在所有犯罪和公共照片数据库里进行面部识别搜索。”他俯身靠向屏幕，再次端详着那个男人的脸。“让我们找出这个神秘的纵火犯究竟是谁，”他轻声说。“然后再弄清楚他要去哪儿。”

34

货车刚开始行驶非常平稳，然后出现了颠簸，似乎他们已经进入了泥土或碎石路面。五分钟后，货车停下来，门被打开。

琪拉发现自己身处一片广阔的树林里，面前是一栋两层楼的小房子，旁边有一条很宽的河流。

在被电晕的最后几分钟里，范·赫顿将她塞到车子里，琪拉尽力去记忆周围环境。而她现在只知道，这栋小房子几乎是与世隔绝的。

范·赫顿把她绑在一张背对着墙的沉重的木椅上，让她仍然受着紧身衣的束缚，然后撕下了她嘴上的胶带。他向后退，坐在她对面的一张小沙发上，靠近中间的红砖壁炉。

“安东，这是怎么回事?”她问道，她的声音很紧张。她甚至无法去猜想这是怎么回事。

“我真的说不出的非常抱歉，”范·赫顿说。“但是，我觉得我必须这么做。因为值得，我觉得你是一个有着重要意义的奇妙的人。”

“那你为什么要这样做?我不明白。你在第一天就非常迫切地想加入我们。你是欣喜若狂的，你不可能装出来的。”

“你说的没错，”范·赫顿答道，他垂下眼睛。“但事情发生改变了。我体会到了你之前提过的反社会性。我第一次提升时并没有感觉的。但第三次以后，我发现我的想法变得自私、无情，用邪恶来形容都不为过。”

“我们事先警告过你了。”

“我知道，但还有些其他的因素使得天平倾斜，最后导致了今天这一切。我第二次去拜访你时，你描述了在第二阶段，更高层次的提升阶段时，你所看到的景象，这一直困扰着我。”

“哪一部分?”

“所有的一切，”他简单地回答。他停顿了一下，目光越过远处的窗户看向窗外流过这栋房子的那条静静的河流。然后他的视线又回到了他的俘虏身上。“你知道我信仰上帝吧?”

琪拉点点头。“是的。我们对你研究了很长时间，你是一名非常虔诚的基督徒。这也是我们非常高兴你能加入我们的原因。”

“你不觉得作为一位科学家和科幻小说的忠实粉丝，同时还信仰上帝，是一件很奇怪的事吗？”

“一点也不。许多科学家都持有这样的观点，包括一些宇宙学家也是。”

他皱起眉，摇了摇头。“让我很困扰的是，具有更高智商的我对上帝的概念有多么的轻蔑。”他停顿了一下。“你知道，我们的宇宙对生命是多么的适宜吗？”

琪拉点头赞同。“是的，我们处在宜居带。既不太冷，也不太热，刚刚好。”

“没错。如果这些基本物理常数中的任何一个被改变，哪怕只是一点点，生命都将无法延续。如果一个质子的重量增加百分之一，它就会衰变为一个中子，而原子就会飞离。如果弱作用力增加一点儿，或是减弱一点儿，那么生命所必需的更高级元素就不可能出现在恒星内核里，诸如此类。”

“我听说这些生命必需的常数都刚好存在的概率不到万亿分之一。”

“没错。我倾向于把这些常数的出现归功于上帝。”

琪拉思考着。到目前为止他没有失去理智。那么她现在应该如何应对呢？难道她应该不惜一切代价避免向他挑战？应该避免激怒一个看似不稳定，但行为却可以用另一种方式来解释的人吗？她的性命要取决于能够挑战他吗？

她没有足够的信息来作一个理性的决定。她知道她只能相信自己的直觉。

“你知道我会怎么反驳你，是不是？”琪拉技巧性地问，尽量不去太激怒他。

范·赫顿没有被他的问题分心，这是一个好兆头。“是的，”他回答。“如果我们的宇宙是不适合生存的，我们就不可能去观察它，那我们可能得到什么结果呢？还有混沌膨胀理论。根据这个理论，无数个宇宙起源于量子泡沫，从自身的大爆炸中膨胀起来，我们的宇宙不过是这其中的一个。每一个宇宙都有不同的基本物理常数。在无数的宇宙中，就必然有一些是适合生命的。进化论也被应用于膨胀理论中。我的一些同事提出，适宜生命的物理常数同样导致很多数量的小宇宙产生。因此那些随机生成的宇宙没有适宜生命存在的物理常数，也就不能生成小宇宙了。而那些拥有更多支持生命的物理常数的宇宙，会成为主宰。”他停顿了一下。“当然还有其他的反驳意见，但我只想说我知道的。”

“但是，这些你都不信吗？”

“这些都是杰出的物理学家提出的杰出的理论。这些科学家们坚持他们的观点，认为生命只是个意外的惊喜，可你看看他们能坚持多久呢。物理常数的完美和谐意味着神的存在，这一观点对他们大多数来说是完全不能接受的。许多科学家宁愿相信其他任何理论也不会相信这个。无论那些理论是多么令人费解。无限多的宇宙？还有无数新的宇宙就像浴缸里的泡泡一样不断地产生？当然，这是理性而合理的解释。上帝吗？别搞笑了。”

琪拉点点头。目前为止她都没有反对范·赫顿所说每一句话。只是关于无限宇宙的概念其本身就难以理解而且完全不合理，就是单一宇宙的概念也是如此。一颗恒星，就以其不可能的伟大，打击了人类的心灵。太阳，放在整个宇宙中看，是一颗体积相对较小的恒星，但这颗炽烈的火球就大到足以塞进一百万颗地球，它的内核温度保持在2700万华氏度左右，还可以燃烧数十亿年的。有什么样的信仰可以比这样一个地狱的存在还要荒谬和不可信呢？

“好了，你信仰上帝，”琪拉说。“我不想试图和你讨论这个。就我个人而言，还没有得到最终结论，但是我同意上帝假说和其他假设一样有可能是真的，也同样有可能是这一切不可思议的解释。但是你还是没有告诉我现在是怎么回事，关于我的第二阶段的提升给你带来什么困扰了呢？”

一个古怪的笑容出现在了物理学家的脸上。“这不是明摆着的吗？你的最终目标是为了让人类，以及宇宙中其他智能生命最终成为上帝。这实在是有点……”他停了下来。“我不喜欢用亵渎这个词，对我来说原教旨主义意味太浓了，所以我们还是选放肆这个词好了。这实在是有点放肆，你不觉得吗？”

“也许吧，”琪拉说。“但是你知道不论时间是前进还是后退，物理定律都公平有效。从理论上讲，爱因斯坦方程式也适用于时间旅行。如果我们进化成上帝，那他能在我们数十亿年前创造出宇宙吗？”

范·赫顿摇了摇头。“我不相信。我不相信进化成神的这条道路必须沿着你铺就的永生之路走，但这过程中会使我们失去自己的人性。我记得我们曾经就此进行过激烈的讨论。就连你也承认将我们的大脑装到人造躯体里，这个想法是令人恶心的。我们第一次见面时我注意到你的表情。你极力维护这个观点，但是你比我们其他人都深知这个神学问题有多么棘手。人类到底是什么？我们会丢失自己的灵魂吗？”他停了话头。“我发现这是一个可怕的观点。而我现在更多地感受到你替我释放出来的那难以置信的高智商背后的邪恶天性，我就更加感觉不安了。我不相信通往天堂和启示的道路是必须穿过地狱和反社会性。你的疗法中的负面作用一定是上帝发出的某种信号。”

琪拉没有立即回应。她低头思考了几秒钟，然后她看着范·赫顿的双眼说，“你看，安东，我不知道所有的答案，”她轻声说着。“你说的大部分话我都同意。通往长生的道路，在很多方面都令人感到不安，至少对于我那个软弱的心灵是如此。但我相信这是因为目前我们知道的太有限了。我们在不断学习和成长。我们一定会找到更好的答案以及正确的方式的。”

“我很佩服你的乐观，真的。”他停顿了几秒钟。“但是你所做的一切几乎在模仿亚当和夏娃的悲剧。我甚至能看到同样的结局。”

琪拉歪着脑袋，感到很困惑。“我想你把我弄糊涂了，”她说。

“你看，”范·赫顿解释道。“我相信上帝，但我不信任那些有组织的宗教。即便如此，以亚当和夏娃的经典故事作为背景来思考你正在努力的事情，也是非常令人着迷的。在这种情况下，你就是夏娃。”

“我是夏娃？”琪拉难以置信地重复道。“你现在真是彻底把我弄糊涂了。”

“故事里说，在伊甸园有两棵有名的树。一棵是知善恶树，另一棵是生命之树。知善恶树代表无所不知，而生命之树代表永生。许多学者认为这是同一棵树的两个方面。人类被允许通过努力寻求进步，但却禁止伸手摘取智慧和永生的果子。而你正在伸手摘取夏娃吃下的那颗苹果。”

琪拉感到很有趣，虽然她自己不相信。她从未以这样的方式思考过。

“我不相信圣经的准确性，”范·赫顿坦言。“但我相信，不论是亚当和夏娃还是伊卡洛斯，想要达到永生或者成为神，都是误入歧途，注定要失败的。”他推了推眼镜，接着说，“顺便一提，亚当和夏娃的故事与我的最后推理无关。我只是觉得很有意思。”

“这是很有意思，但是你所说的一切都不能为你所做的事情作出解释啊。”

“我同意。但我还没说完呢。随着你提出的永生的前景以及你的疗法引发的反社会倾向所带来的不安，你的超强提升自我有了第二阶段，就更加地令人不安。所有的生命都会融合在一起成为一个跨越宇宙的智能体。类似于单细胞有机体放弃了个体与身份，合成为一个人类，生成比它们自身更大更强的一个存在。我说的对吗？”

“差不多能理解吧。”

“你知道《星际迷航》里的博格吗？”

琪拉皱起了眉头。当她还是一个小女孩时，她一直追了整整七季的《星际迷航：下一代》，而且每一季她都看完了。博格是半机械人的简称，是一半有机体，一半机械的人类，组成了一个庞大的集体，拥有比虚构的未来世界的人类要先进得多的技术水平，无情地吸收宇宙中所有智能生命于自身。他们常说的一句话就是，抵抗是徒劳的。

琪拉厌恶地抿了抿双唇。关于永生的前景，人们肉体几乎会被机械所取代，尽管还是有神经回路完全复制他们自身的有机大脑，结合她收集的智慧，最终还是变成了类似博格一样的存在。

“从你的表情上可以看出，你知道我想要说什么，”范·赫顿说。

“是的，我也认为这个博格很可怕。以这种方式放弃你的身份的想法，超乎想象的可怕。但也许有一种办法，既可以让你成为结合体的一部分又可以同时保持个体。而博格被故意刻画得很糟糕。他们表现得像是最大的恶棍。”她摇摇头。“我的前景跟这个完全不同。不像博格，我绝不会强迫任何人。每个人可以自由地追求自己的幸福和满足感的未来。没有人会被强迫。”

“真的吗？”范·赫顿笑着问。“你有没有想过你会强迫别人进行提升呢？就像你对我做的那样？”

琪拉深深地皱起了眉头，她的表情已经给了范·赫顿答案。

物理学家突然逼近她。“如果你知道在成为上帝的道路上，作为集体意识的一部分，是对大家最好的呢？你知道，就像给一个垂死的原始人用青霉素一样。想想单细胞生物吧。他们会选择联合起来变成人类吗？也许不会，或许他们想要保持个人的独立性呢。但是人类会明白，对吗？你有理由强迫他们来理解这些，不是吗？”

琪拉感到一阵眩晕，似乎被他的话和观点所打击。“你是个出色的辩手，你说了一些很精彩的观点。也许我们之间的区别在于，你相信上帝，但没有信仰，也不相信伊卡洛斯正在努力的目标。我可能不相信上帝，但我有信仰，我相信当我们走到正确的道路时，我们就一定会有所成就。不管它是什么，即使它在我的愿望的对立面，到了那时候自然就会知道了。”

这让范·赫顿暂停了会儿。“也许你是对的，”他说，“但这件事上我必须相信我的直觉。”他叹了口气。“为了辩论，先不考虑我的疑惑了。我们先假设你是正确的。现在，想象一下，如果明天你公开站出来的话会发生什么。你向世人宣布你所做的一切，以及你所追求的一切。有人或许认为这是在做梦，宗教人士会将想成为上帝或者篡夺上帝的位置视为最严重的亵渎。有人也会视你的举动为另一种类型的亵渎，一种对世俗的亵渎。

干涉人类的思维。干涉作为人的意义。人们总是希望自己的孩子跟他们一样，不论是宗教信仰还是健康问题，如果一个父亲接受过割礼，那么他会希望自己的孩子也接受。”

他停下来，给琪拉时间消化这些话。

“假设你可以把人类的智力永久提高，”他继续说。“甚至也没有对人格产生负面影响。是的，人们确实想给自己的孩子最好的，但他们会希望自己的孩子不管从哪个方面都完全变成另一个物种吗？到时候孩子们看待自己的父母，会像是人类看待一块木头一样吗？”

琪拉目不转睛盯着他，但是选择了不回应。

“而且人们会把这个跨越宇宙的智能体视为外来物种，”范·赫顿说。“他们会觉得是个威胁，会用尽一切力量来阻止你。”

琪拉深吸一口气。“我已经说过了，我不知道所有的答案。而且这些问题本身就是难以置信的复杂。但是，这是否意味着我们就应该放弃？向我提出这些问题就如同让变形虫解释相对论一样。如果变形虫能变成爱因斯坦，这个问题就能得到回答。我们可以给出我们所知道的一切，我希望人性能作出最好的决定。希望一个卓越的智力可以带来解决这些问题的指挥，作出正确的选择。我还是坚持那些不愿向前的人可以选择留下来，”她难以置信地摇摇头。“但我还是不明白，你选择了烧掉伊卡洛斯大楼，然后绑架我，只是由于我对人类未来产生的一些疯狂幻想吗？这些幻想在遥远的未来，都不会实现的，即使真有的话。”

“你的目标并不疯狂，是遥远的未来幻想，”范·赫顿坚持道，“而且你知道。如果你们能达到星际旅行，你立刻就能把人类的寿命延长一倍。这一代人就能生存足够长的时间，通过智力提升，创造出你想象的永生。这一代人就能看到你完成你的宏伟计划，即使这会花上数百万年时间。”

琪拉保持沉默。她希望，这种辩论会令他动摇，但他轻而易举的就破解了，她并不感到惊讶。他说得很对。这就是为什么他们的风险是如此之高。

“但是，我还没说完，”范·赫顿解释道。“还有一些别的事情促使我这样做。他们给了我决定性的推动力。”他停顿了一下，好像在考虑如何开始。

“你继续说，”琪拉说。

“你有没有想过这个外星物体——那艘飞船?”

“当然，”琪拉回答。哇，她想，这个时候提这个真有点莫名其妙。“它怎么了?”她警惕地问。

“你有没有想过它的到来可能是因为你呢? 有可能是你那提升后的大脑将它吸引到这里来，就像飞蛾扑火?”

35

科尔克递给上校一张8cm×10cm大小的、刚刚打印好的彩色照片。“他的名字叫安东·范·赫顿，是斯坦福大学的物理学家。”

“你在开玩笑吗。他有任何军事训练的背景吗?”

科尔克笑起来。“他甚至从来没有参加过童子军，也没参加过围棋队或者辩论队。履历显示非常干净，没有交通违规，甚至没有一张违规停车罚单，单身，给慈善机构的捐赠比一般人多。他还是个志愿者，每周会花五小时教文盲认字。”

“真是个怪物，”杰克说着，转了转眼睛。他盯着手里的照片。范·赫顿看上去是一个和善的人，像是快要当祖父的年纪。“不错，他想玩，那我就满足他。我们不可能像追伊卡洛斯一样去追他，而他却把大楼夷为平地。猜猜看。”他把照片扔到面前的桌子上。“那么，这家伙的声望怎么样？”

“你可能会不相信，”科尔克说。“罗森布拉特的声誉已经是业内一流了，但是这个家伙声誉更好。我才刚开始调查他，但传闻说他近几年内就会获得诺贝尔奖。”

杰克咧嘴笑了。事情越来越超离奇了。他靠什么赢得诺贝尔奖呢，难道是利用助燃剂的杰出表现吗？“干得好，少校，”他说。“我们需要和这位安东·范·赫顿谈一谈。知道他现在有可能在哪儿吗？”

科尔克点点头，露出了一个狡黠的微笑。“说实话，是的，我知道他在哪儿。”

36

琪拉盯着范·赫顿，好像他是疯了——或许他现在真的疯了，虽然直到现在他的声音听起来还是保持着理性。刚刚范·赫顿所说的一切观点，认为外星飞船是因为琪拉的发现才冲着地球而来，都是最荒谬的。“你在说什么？”琪拉问，无法掩饰声音中的不屑。

范·赫顿一如往常那么平静，泰然自若和理性。“如果真有一个银河文明，”他回答说，“但你必须像个成熟的大人一样才能加入他们。也许这些飞船，或是探测仪，或者不管是什么，它们穿越银河，以非常有限的速度行驶，然后监视星际中的邻居。他们可能有一个智力检测标准。当他们检测到超过一定水平的智力存在，他们就会修改航线，提高速度，朝着那个地方而去。”

“我脑子里思考的事情，在几光年以外的他们怎么可能检测得到呢？”

“我以为你应该很熟悉量子纠缠。宇宙万物都是以某种方式与其他实物相互联结。这个观点都把爱因斯坦弄疯了。量子物理学认为，宇宙是由意识形成，而不是其他任何的方式。这又是另一个能把最理性的物理学家变成精神病的观点。宇宙的状态只是在被观察的时候才会形成。尽管爱因斯坦的杰出贡献和为这个领域的巩固付出了很多，他花了几十年时间想找出关于这些实验数据的解释中的漏洞，但最终还是失败了。有人提出说是意识利用了量子效应。那么，对那些知道如何寻找的生物来说，你的提升后的智力不就像是在宇宙的量子背景下的一盏霓虹灯一样显眼吗？”

琪拉彻底无语。她一直相信他没有答案，但以她所了解的量子物理学知识，她知道他刚才所说并不是完全没有可能。范·赫顿作为一个科学家，在自己的科研事业中显示出了惊人的准确性，即使作的预测或许被大多数人觉得可笑，但也可能是正确的。

“这是值得考虑的事情，不是吗？”他故意说道。“这个地球上还没有人达到过超过250以上的智商，直到你和你的治疗出现，使得这个数字都变得那么可怜。而且我们从来没有过外星访客。至少在这个世界绝对可以肯定没有过。那么这两件事情在几年内相继发生的概率有多大？可能是巧合。但也有可能不是。”

“如果不是巧合呢？”

“然后他们会要求和负责这个高智商组织的代表见面。这样的话我们就会给他们留下一个糟糕的第一印象。大范围的增加使用你的治疗带出了人类天性中最丑陋的一面。说到人类的天性，本来就相当的丑陋。这必将会让银河系感到紧张。”

“所以，这就是为什么你如此害怕的原因吗？”

“是的，再加上我的其他担忧，这就是压垮骆驼的最后一根稻草。此外，还有另一种解释。”他停顿了一下。“你知道‘正直的人和洪水’的故事吗?”

琪拉偏着头想了想。她曾经如饥似渴地读过《圣经》里的每一个故事，即使是正常时的她，都还能记起其中大部分内容，但是不是那个故事。“如果不是关于诺亚方舟的，我想我不知道。”

“不是关于诺亚方舟。这个故事是这样的，一个一生都非常正直虔诚的人，在洪水泛滥时爬到屋顶上。水面在不断上升。一辆摩托艇开过来停在他家门前，‘跳下来吧’，船上的人说。这个正直的人摇摇头说，‘不要担心我。上帝会来救我的’。几个小时以后，洪水已经离他的屋顶还有几英尺了，另一条船经过。‘快跳上来，’船上的女人跟他说。这个正直的人露出安详的微笑，‘谢谢，主会来救我的。我非常肯定’。最后，水面已经淹没到了他的腰，一架直升飞机飞来给他放下绳梯，他却视而不见，一直向主祈祷着，他相信上帝会奖励一个虔诚的信徒。”范·赫顿停了一会儿。“五分钟后他被淹死了。”

物理学家看到琪拉脸上迷茫的表情似乎很开心。“所以这位正义的人的灵魂飘到天堂之门，”范·赫顿继续讲故事，“他看到了上帝，‘主啊。’他说，‘我一生都是一个正直虔诚的人。我只是好奇您为什么不救我脱离洪水呢，我还以为您肯定会来的。’上帝摇着他那趾高气扬的头说，‘你开玩笑吗? 我派了两艘船和一架直升机去救你，你还想要我做什么呢?’”

琪拉开心地笑了，“是个很棒的故事，”她的表情变得深沉起来。“所以你是把这个故事要转个一百八十度来理解，是吗? 你是说上帝派来的这个外星飞船是他恶意的体现，正如上帝派给这个正直的人两艘船是他的善意的体现一样吗。”

范·赫顿的眼睛亮了起来。“真的很高兴，能够跟像你一样能够马上理解其中关联的人说话，”他赞叹地说。“你不知道，我有多不希望我们在这点上发生争执呢。”

“是啊，我也一样，”琪拉低声地嘟哝着。

“当然，你是对的。这是另一种可能，尽管可能性不大。总有那么一丁点的可能，是我们伸手去摘禁果，上帝就想打我们的手。因此，或许通过阻止你们，以及毁掉你们所有的胶囊，我可以让由此引发的上帝的恶意能稍微发生偏移呢。”

“所以我成了献给上帝的祭品吗？”琪拉问。“为了安抚万能的神。”她说着脸上浮现了一个微笑。

“这有什么可笑的？”范·赫顿问道。

“你知道我不是处女，对吧？”

范·赫顿也笑了。“不，你不是一个祭品。是不是处女都没有关系。我要说明一点，我坚信我的第一个理论，由于你的智力提升引来了外星人，这是最有可能的解释。要是地球上没人再进行提升的话，这艘外星飞船或许会改变航向。不管它是不是上帝派来的。”

琪拉目不转睛地盯着范·赫顿。她心里有一部分拼命想把他当作一个疯子记录下来，但另一部分的她也知道他的猜想是不能完全排除的。

“我关注你的世界，”范·赫顿说。“我们只是对人类的未来以及你对智慧的最终想象持有不同的观点。我自始至终相信上帝的存在，因为我觉得这些猜测令人着迷，就算我一点都不相信上帝，我也会采取同样的行动的。其实这些疑虑本身还不足以让我如此行事。就算它们全部加到一起，也只是勉强起到作用。”他认真地看着琪拉，“我对此真的感到抱歉，我没想过要伤害你。”

“你只是毁了我所有的胶囊，让我无法再继续制造更多而已。”

范·赫顿点点头。“我知道有很大可能是我错了，”他承认道。“但如果我是对的，这个影响实在是太大了。等我们知道那个外星物体到底是怎么回事以后，就会出现新的数据观点，到时我也会展示另一种分析。”

“如果外星飞船确实偏离了呢？那不就表明你阻止伊卡洛斯吃掉知善恶树上反社会倾向的苹果，是个正确的决定吗？”

“我不知道。我们等着看吧。在此期间，我会让你待在这间小屋里，这里面我已经尽我所能地让它感觉舒适。同时我会去找长期的住所。我知道我是伊卡洛斯最不可能想到的嫌疑人。但是戴维和吉姆都非常厉害，我敢确定如果我们在这里待得太久的话，他们一定会找到这儿来的。”

“关于这个长期住所有什么想法吗？”

“还没找到好的地方。但我还在努力找。我会在我们等待的外星飞船到来期间，尽量找到最舒适的适合关押的地方。”他皱了皱眉。“我知道你现在很不舒服，我很抱歉。过不了多久，你的核心委员会朋友们就会开始讨论你。你的勇气和智谋都名扬在外。所以我决定我必须要用紧身衣来当作一个预防措施。”

琪拉叹了口气。“你瞧，安东，你提出了一些很有说服力的观点。”她承认道，“但是，这一切都只是猜想。你包括所有人都应该知道，我们不可能在前进的道路上后退，无论它会造成什么问题。工业化给大城市带来了非常严重的空气污染。但我们找到了净化空气的办法，同时保留了工业化带来的福利。物种和文明的进步都不是直线发展的。”她停顿了下。“假设你大错特错怎么办？如果上帝不仅赞许我们提高自己的努力，还帮助我们实现我们的突破呢？我们的大脑就是这样，它允许可以有如此巨大的智力上的飞跃，这个事实令人非常惊讶。而我找到了一个方法，在不让自己送命的情况下达到那种智力飞跃，躲避无数的地雷，我现在知道了那些地雷在什么地方，这一事实就更加的让人惊叹。我在我的疗法中看到了上帝之手，而不是那个未知的外星物体。”

范·赫顿点点头。“如果不是随之而来的负面的人格发生改变，我会同意你的观点。你的成就确实非常惊人。”

“那么第二阶段的提升呢？”琪拉进一步追问，“它能释放你好的天性而不是恶的天性。”

“也许吧。但你是唯一一个经历过并且活下来的人。一开始负面人格的改变并没有在我身上发生，直到第二次和第三次提升。我们无法证实你的说法。我们所知道只有这个阶段是完全纯粹没有邪恶的，还是你正常的自我被欺骗了。你考虑过这种可能性吗？”

琪拉皱起眉头。团队里从没有一个人质疑她的说法，直到最近，她才和戴维被迫面对这种可能性，过程非常痛苦。可是范·赫顿立刻就抓住了这点。他的思维如他们期望的一样敏捷，但他现在却误入了歧途。

她盯着物理学家的眼睛。“我不能用辩论来打败你的猜想，”她说。“但我知道，在我的心中，你完全错了。你犯了一个可怕的错误。”

范·赫顿叹了口气。“我希望你是对的。真的。”

他说这句话时，脸上闪过痛苦的表情，琪拉毫不怀疑他是真诚的。“你知道，安东，我们都一直担心自己会犯错误，”她疲倦地说。“我们担心招募到潜在的自大狂，会为了一己之私使我们的努力白费。而你，就是那个差点儿毁掉我们的人，但你却是在我们所有人的测试中显示为最正派的。你富有同情心，热心肠还善解人意。”她微微摇了摇头，脸上浮现出一丝苦笑。“如果上帝真的存在，那他真的是太幽默了。”

37

德什加速到每小时超过一百英里，吉姆·康奈利在一旁注意着周围的警察。他们在高速路上飞驰而过，车流都变得好像在原地不动了。

康奈利并不知道德什安装了摄像头监视自己的妻子，所以德什撒了个谎，说他发现通过他们的安全系统摄像头看到他们总部的玻璃外墙上反射出范·赫顿身影。尽管康奈利没有亲眼看到，但他毫不怀疑他的朋友兼同事。

他们几乎一直朝着正东行驶，回科罗拉多州的方向。无论范·赫顿要去哪，他也不可能飞过去——更别提还带着被捆着紧身衣的琪拉。和科罗拉多州接壤的有七个州，其中任何一个都可能是物理学家的目的地。他们最好的办法就是尽快回到科罗拉多，好进一步了解他的位置。

德什尽力想要摆脱恐慌，集中注意力好好驾驶。虽然他还没有完全揭开琪拉的秘密——说得更准确一些，是她提升后自己的秘密——他还是深爱着她。恐惧和担忧像电钻一样折磨着他，让他产生各种可能的想象。他脑海中不断闪过琪拉的画面。琪拉穿着紧身衣被挂在一个钩子上。琪拉被折磨了，她满脸是血，剃须刀划破了她的脸。琪拉被扔进一个湖里，水不断呛进她的肺里，直到最后一刻她都在不停挣扎想要摆脱束缚。

德什用力地摇了摇头。他必须好好控制自己。否则，对琪拉也没有任何好处。

他诅咒自己没有从杰克那里得到释放之后，立即就雇佣更多保卫人员。他们想到他们已经在大众的眼中消失了，所以就他和康奈利负责安全和守卫就足够了。一直以来他们的团队都是在一起的，除了罗斯·梅茨格遇害的那次袭击是一个例外。他们觉得已经没有必要以警察或军人的风格行动。从没有人被绑架或者被抓到，或者处于危险之中。过去的时光多美好啊。那不过是几周前。

但现在又有大麻烦了。他和康奈利需要优秀的人可以响应他们。如果范·赫顿是单独行动——德什不知道他出于什么动机——又如果他们能找到他，那么他和康奈利就可以把她救出来。假设她还活着。

但是，范·赫顿怎么可能是在单干呢？不太可能。他是一个世界一流的物理学家，不是军人。他背后肯定有人指使。但即便如此，没有人能想到，他们能让他背叛伊卡洛斯。

康奈利的手机开始振动。他看了一眼。“是马特，”他说。他们给格里芬留了紧急信息，让他一落地就给他们打电话。康奈利把电话开到扬声器。

“我看到你们的消息了，”马特·格里芬问。“怎么回事？”

德什和康奈利迅速把最近发生的事情告诉了他。

“你确定是安东？”格里芬问。“我会怀疑任何人也不会怀疑他的。”

“是安东，”德什再次证实道。“马特，我们现在有事要做。我要所有可能的相关情况。我们需要你的魔法，而且现在分秒必争。”

“我正路过一个麦当劳，”格里芬说。“我进去找个位子坐下来然后接入机场的 Wi - Fi。我会尽快回复你。”

十分钟后，格里芬打电话过来。“找到了！”他得意洋洋地说。“三天前范·赫顿在落基山国家公园外面租了一间孤立的平房。租期两周。他周围没有邻居不是偶然的。他在网上搜索租房信息时使用的关键字是‘落基山附近的房屋出租，孤立’和‘落基山附近的房屋出租，隔绝’。”

“就是这儿，”德什兴奋地说，他和康奈利交换了一个欣慰的表情。他们还没有大功告成，但他们的机会刚刚朝着好的方向发生戏剧性的变化。

“干得漂亮，马特，你一如既往的厉害，”康奈利说。

格里芬把地址念给他们，康奈利把它输入了汽车的GPS导航系统。

“我们现在正开车去那儿，”德什说，“但我们不知道将要面对的是什么。马特，你先好好地吃上一顿，算我的，然后看看你能不能查到这个范·赫顿到底他妈的在搞什么鬼。看我们有可能要面对的仅是小木屋里面一个疯狂的物理学家，还是一支特战队。”

“我立刻就查，”格里芬说。“在将他作为可能的新成员进行招募的时候，我就查看了他所有的账户，因此我很有信心。如果他有任何的行动，我可以马上找到线索。”

“谢谢你，马特。”

“不，不，谢谢你，”格里芬玩笑着说。“可不是天天都有人请我吃麦当劳的，”说罢，挂了电话。

德什将时速提高到110英里。范·赫顿的小屋离丹佛比他们近，但也没有差太多。德什心里想，幸好他们离得不远的。但是他的胃酸还没有消失。因为宇宙中的运气是按着一定方式分配着。你不知道什么时候你的运气就会用完了。

38

“我要上厕所，”琪拉说。

范·赫顿点点头。“我刚刚想到这种情况一定会发生。不过我恐怕只能让你再坚持一两个小时。希望要不了那么久。”

“为什么？会发生什么呢？”

“我准备了一个带有卫生间的房间供你使用。但我要安装一个从外面可以上锁的门把手。装好以后，我们就可以解除掉那件塑身衣了。不过我还是得用一条固定的皮带把你捆住，这样你没办法碰到外面的门把手，当然长度是足够让你去卫生间的。”

“听起来就像是天堂，”琪拉转了转眼睛说。

“我保证在你可接触范围内有舒适的床和沙发。我可以给你提供任何你想要的食物和饮料，还有书，以及一台不能上网的电脑，诸如此类的。在不让你逃跑的前提下，我会以其他的方式给你足够的自由。如果不是对你的能力有充分的认识，我是不会这么偏执的。”

“是啊，”琪拉喃喃自语。“我感觉到了。”

“现在我要去给你准备房间了。本来在你来之前就应该准备好的。但当我监听你的总部，得知你那天是一个人时，我就必须得采取行动了。”

“监听？”

“是的，毕竟，我必须要等到你一个人的时候，”他露出一个顽皮的笑容，“如果必须要赤手空拳的话，我可不想挑战戴维或者吉姆。”

“你考虑得真周到，”琪拉说，“那么你是怎么监听的呢？是你们的新技术吗？”

“我为什么要白费力气呢？我只是将伊卡洛斯分配给我的内裤腰带上的微型电子发射器激活了而已。”

“很高兴能帮到你，”琪拉挖苦地说。

琪拉并不是真的要去洗手间，只不过德什训练过她，在这种情况下逃跑宜早不宜迟，必须在对方加强防备和完善了安全程序之前逃走。“至少我能喝点水吗?”

“当然可以，”范·赫顿友善地说。他冲到外面，很快拿回一瓶冰水，然后拧开瓶盖，把水拿到她的嘴边。

琪拉突然从他的下方站了起来——依旧还绑在她之前一直坐着的椅子上。她弯着身子，她的头顶撞到了范·赫顿的下巴。他吃惊大叫，又痛苦地向后退了几步。

那把沉重的椅子像个木制的锚一样，落在琪拉的身后。她转身，想要给范·赫顿一下扫腿，但是由于她现在都只能勉强站立，任何动作都显得很笨拙，想以这样的姿势给一个扫腿显然不可能。

在受到她的第一次袭击之后，范·赫顿在慢慢恢复意识。琪拉知道，如果自己在接下来的几秒钟内不能乘胜追击的话，那么她那扇小小的希望之窗从此就关闭了。

在完全的绝望之余，她背对着他来了个后空翻，完全不顾自己将如何着地，也不管这个动作会给自己身体带来什么伤害。这一次，椅子腿和底座部分成直角击中他的胸部和脑袋，他被击倒在木地板上，一阵眩晕。

琪拉也为自己的鲁莽行为付出了代价。有几处伤口在流血，脑袋跟范·赫顿一样也感到昏沉沉的，她强迫自己的意识回到现实，凭借的是在过去的四年里她遭遇到过无数的袭击而练就了强大的意志力。她侧躺在地上，拖着那个椅子就像个乌龟背着它的壳，笨拙地扭曲着，直到跟范·赫顿并排，然后，琪拉狠狠地一脚踢在他脸上，范·赫顿立刻没了知觉。

琪拉·米勒尽力忽略身上的疼痛，打起精神来。她深吸了几口气，强撑意志站了起来。她用自己都不相信的仅剩的一点力气，把椅子一次次地朝着砖砌壁炉的墙面撞去，直到椅子碎成一块块的木头，这样自己就可以挣脱出来。有几块碎片那锋利的尖头刺穿了她身上结实的塑身衣布料，刺伤了她的身体，而她却毫不在意。

琪拉集中了注意力，几分钟后，她终于用前额，下巴和嘴巴拧开了门，然后逃进了树林。由于手臂还被束缚着无法保持平衡，在这个崎岖不平的树林里就算是最慢速的小跑，也要她使尽她所有的运动技能了。

琪拉全副注意在远离那个小木屋上，越远越好，同时保证自己能够保持平衡。如果她被绊倒哪怕一次不幸跌倒在地的话，后果将不堪设想。

39

德什和康奈利手里拿着枪以军队常用的匍匐姿势穿过灌木丛，分别从小屋的两侧来到小屋的门口。凭他们久经沙场的眼睛可以看出草木有被人践踏过的痕迹，都是各个方向朝着小屋去的。他们既没有看见什么人，也没有听到什么声音。

格里芬没有找到任何关于范·赫顿的动机的信息，但他查到就在两天前范·赫顿买了一辆二手货车。那辆货车此刻就在康奈利的眼前，停在了小屋旁边的碎石路上，引擎盖还是打开着的。康奈利悄悄来到车子旁，从引擎盖往里看。里面的皮带，软管等发动机零部件已经被人随手拆掉。虽然手法不太巧妙，但却非常有效地把这辆车由交通工具变成了一个草坪上的摆设。

德什前进到一个位置，通过被踢开的房门可以看到里面的情形，几乎同时他和康奈利得出了同样的结论：他们来晚了。但是什么事情晚了呢？

这两个男人继续朝着房门靠近，保持着躲避窗户的视线范围，然后在大门的两侧站起身。只见门几乎完全从铰链上脱落了。他们紧张起来，但是里面却没有任何声音。德什探头进去看了看角落，然后又把头缩回来，不知道会遇到什么。

并没有子弹朝他的方向射来，他也没有发现任何动静。

德什示意康奈利，两人手里端着枪，穿过门口走了进去。

房间里空无一人，只有几扇窗户被打碎了，玻璃碴散落在地板上像是闪光的砾石。右手边的壁炉附近，是一堆看似一把椅子的残垣，现在只能当柴火使了。

两人分头搜查了房间，行动格外小心，谨防出现任何的陷阱。德什蹑手蹑脚地爬上沙发，用脚使劲把它朝后推了推。

他听到一声痛苦的呻吟声从沙发后面传来，那瞬间，他举起枪对准了声音的源头。

“安东?”他对面前这个蜷缩在地上的男人低声喊道。那个人被塑料手铐捆绑得动弹不得，嘴上被胶带缠得像一个彩糖罐子。

范·赫顿点了点头，即使这个小小的动作也引得他又发出一阵痛苦的呻吟。

作为一个可能的威胁，德什直接忽略了他。他和康奈利像突击队员一般有条不紊地仔细检查了每一个房间，确保没有任何惊喜在等他们了。

在他们确定了房间的安全后，又回到了范·赫顿旁边。德什把他翻了个身，撕掉了他嘴上的胶带。“发生了什么?”他轻声质问道。

“我只是想毁了那些胶囊，放慢她的速度，”范·赫顿含糊地说着。“我并没有想让她受到任何伤害。”

“到底发生了什么?”德什重复道，尽管仍然是低语却让人感觉他在大吼，“她在哪儿?”

范·赫顿摇摇头，在痛苦中畏缩着。“我不知道。她——”

德什伸手紧紧捂住了这位物理学家的嘴巴，“小声点，不然我就让你再也没法说话。”他威胁道。

“我不知道，”德什挪开手后范·赫顿重复道，不过这一次他的音量小得几乎听不见了。“她逃跑了。”

“多久以前？”德什问。

“我不确定。我刚刚醒来的时候就看见六个男人……应该是六个突击队员冲了进来。他们要我交出琪拉，我告诉他们说她逃跑了，然后他们把我绑起来，就去追她了。”

“这是什么时候的事？”德什问道。

“五到十分钟之前。”

康奈利跪下来靠近物理学家，问道，“你是一个人抓的琪拉吗，还有没有其他人是我们应该知道的？”他问。

“我一个人，”范·赫顿回答。

德什思考着，没有任何痕迹表明那些人袭击这栋房子时遭遇到抵抗，也许这个物理学家确实是单独行动的。

德什和康奈利交换了个眼神，意思是该走了。德什把胶带重新贴在了范·赫顿的嘴上，“暂时在这儿等着，”他对着娃娃脸的物理学家说，“等我们回来的时候，你就得给我们好好地解释一下。”

40

琪拉看到远处有动静，本能地躲到了一棵树的后面。由于她身上还穿着紧身衣，紧身衣的那种纯白色显得就像火炬一样的突出。

一对年轻夫妇穿过树林正在徒步旅行，两人都背着沉重的帆布背包。琪拉如释重负地松了口气。终于等到机会了。不过，如果她不能好好把握的话，可能会吓到他们。一个衣衫褴褛的女孩穿着紧身衣在一片树林中间散步？他们会相信吗？她心里想着，对自己目前荒谬的处境挤出了一个短暂的笑容。

她深吸了一口气。“嗨，”她叫出声来，但还是没现身。“有人能帮帮我吗？”

她从树后面走了出来，慢慢靠近这对夫妇。他们停了下来，开始一点点往后退。

“嗨，你们能帮我解开这个吗？”她简单直接地说道，希望保持声音的平稳而不带过多的情绪，这样做是准确的方式能够接近他们。

他们看了她一眼，然后互换了个眼神，不确定该做些什么或者说些什么，也不确定是否该相信他们所看到的东西。“你穿的那是紧身衣吗？”那个丈夫怀疑地问道。

是的，这是东海岸的最新款式，琪拉嘲讽地想，可她却大声说。“没错，是的，我知道这看起来是有点怪。是这样的，我昨晚和我的一个新男朋友来到这儿，”琪拉继续说着，临时决定扮演一个大大咧咧的、不太聪明的派对女孩。“他离这里半英里远的地方租了个房子。我们昨晚喝得烂醉如泥，然后，你懂得，他希望我穿上这个——我也这么做了。我想他可能有点奇怪的性癖好。我是说，我知道这个有点疯狂，也有点奇怪。”琪拉用下巴点了点紧身衣，“我是说，男女之间用手铐把对方铐在床上之类的，是吧？我刚刚说过了，我那时候真的是醉得不省人事。”她停顿了会儿。“最后，我们大吵了一架，然后不欢而散。那个家伙居然让我穿着这个东西自己走。这个混蛋！”

女孩仍然怀疑地看着她。“你看起来就像是刚刚打了一仗。”

“是啊，我们就是打了一架。我以为那个混蛋只是想玩个主仆游戏的。但他口味很重，要玩SM。我可不喜欢玩这套。不过好在他没得逞。”她补充道，她扭头指了指自己身上的伤口。“我一路上摔了好几次，希望能遇到像你们这样的好心人帮我解开这个。”她不好意思地笑了，“我想这就是为什么背包客不穿这个的原因，是吧？”她转过身去背对着他们，“我想你们一定能帮我解开这些带子的。”她说。

这两个背包客走了过来，仔细看着琪拉身上的带子。“你看起来比我想象的还要糟糕，”那个男的说道。琪拉很高兴他的语气中更多的是关心而不是怀疑。“你还好吧？”他一边解开束缚的带子一边问道。“你需要我帮你打911或者别的吗？”

“不用了，”琪拉说。“只是看起来比较糟而已。我没事的。只是被那个家伙说服了做这样的事情，我觉得自己像个傻瓜一样。”

带子总算都解开了，两个背包客帮助琪拉把紧身衣从她头上拿下来。琪拉把紧身衣扔到地上，总算松了一口气。“谢谢你们，”她感激地说，然后转向那个女孩，“我可以借你的手机打个电话吗？”她说，“我有个朋友住在离这三十分钟路程的地方。我想让他来接我。”

“没问题，请便。”

琪拉接过手机，仍然沉浸在双手双臂重获自由的喜悦中。她走出几步，转身背过两个背包客。“戴维，嗨，是我，”德什接通后，琪拉压低了声音说道。

“琪拉！”德什低声喊着，声音里明显的如释重负。“你还好吗？”

她意识到德什现在一定知道了那起火灾，可能以为她在里面的。“我没事。不管你信不信，我现在在落基山国家公园的外围。”

“我知道，”德什回答。琪拉没想到他会这么说。“吉姆和我也在这儿，”他快速说着，“我知道了范·赫顿的事情了。二十分钟以前有六个突击队员袭击了他的小屋，他们现在很可能在搜寻你的路上。”

琪拉迅速理解了这些新的信息和目前的情况，她立马蹲下来让自己不那么显眼，她的心跳加速。真是跳出了油锅却掉进火坑。琪拉问道，“他们是什么人?”

“我猜是杰克派来的，”德什回答。“但我们也不能确定。你从房子的哪个方向跑的?”

“东边。”

“糟糕，我们走的是西边。”电话那头沉默了一会儿，“绕回到小屋去。在离它四分之一英里的地方有辆我们的车停在那儿。这里可是个国家公园，杰克的手下不敢太明目张胆。你动作快一点，千万小心。”

41

吉姆·康奈利爬过范·赫顿租的小屋的通风窗来到了屋顶，然后匍匐着朝屋檐爬去。在大多数此类情况下，手里应该要有望远镜，不过现在却没有。康奈利需要尽可能看到全景，但在这样的树林里，要想做到就更困难。他要注意的就是树林里的动静，仅此而已。人类的进化使我们的眼睛在静止的背景中能敏锐感受到任何的风吹草动。即使在很远的距离很小的目标，康奈利还是能猜到他们的身份。行动流畅并且能够融入周围环境的一定是突击队员。动作生硬且丝毫不会掩饰自己行踪的一定是游客。单独行动的女孩，那一定就是琪拉了。

“看到她了吗?”德什对着手机说，他位于房子东面五十码的地方。

康奈利继续扫视着那片树林。“还没有。不过在你三点钟方向有个敌人。他行动目标很明确。如果他继续的话，大约45秒后就会路过你的正北方向二十码的地方。”

“收到，”德什说，他策划好了拦截路线，然后悄无声息地穿过树林，就跟以前一样。

当那名突击队员从他面前经过时，德什掐准了时机跳了出来，一下就把他按倒在地上。这位突击队员太过专注于搜寻琪拉的踪迹，而且他一心以为整个树林里只有他和他的同伴们，因此放松了警惕。德什踢走他的枪，用胳膊肘击打他的脸。他连续地击打了三下以后，那个队员瘫倒在地上，毫无还手之力了。

“你是谁?”德什用枪指着他的脑袋问道。

“去你妈的，”突击队队员冷静地骂道，正好是德什想要的声音样本。德什朝他的脖子给了一拳，这家伙彻底晕了过去。

德什把手机凑到嘴边，“干掉了一个，”他低声告诉吉姆·康奈利。“看到琪拉了没有?”他焦急地问。

“还没有。但我发现在你正西方的三十码处有个敌人朝着东南方向过来了。”

“明白了。你先从屋顶下来，我们在范·赫顿的货车后面碰头。我来解决这第二个家伙，然后把其他人引往西南方向。”他们的车子就停在东北方向，如果他可以把追踪他们的人带往相反方向的话，他们就可以逃脱。

“收到，”康奈利说。

德什摘下面前那名不省人事的突击队员的耳机和话筒，自己来到更北的地方。他用对付第一个人的方法拦截第二个人，尽管这个队员还挡下了几次德什的攻击甚至还打到他一拳，不过结果还是一样。

干掉两个了，德什心想。

德什蹲下来，脑海里专心回想着第一位突击队员说的那句“去你妈的”。他的音色比德什的更为低沉，而且听起来有种沙哑的共鸣声。德什压低了声音，练习了几次，希望声音能接近一些。德什把第二个人身上的麦克风拿到嘴边。“这里是……”他开始对着麦克风说话，说了些令人费解的话，让他的同事估计以为因为是在落基山区，耳麦的信号接收不好。让德什感到挺惊讶的是，这两个人都没有表现出期待同伴前来支援。他们以为自己是猎人，而不是猎物，尽管可能已经有人提醒过他们琪拉的能力。“我在房子的西南方向看到那个女孩，正在快速移动。”德什继续压低声音说话，这回声音变得清晰起来。“她在……”他含糊着说了这句以后，扔掉了耳机。他停了下来考虑着下一步行动，这时琪拉·米勒从一棵树后走了出来。

琪拉看到德什旁边那个不省人事的家伙，冲到他身边。德什把突击队员的枪塞回裤子上。“吉姆在哪儿?”琪拉低声问道。

“他在小屋后面，”德什回答，他的声音轻到他都不确定琪拉是不是真的听到了还是只是读出他的唇语。德什开始移动，并示意她跟上。

几分钟后，他们和吉姆碰面了。跟德什一样，康奈利也没有花时间和琪拉寒暄。“范·赫顿怎么办?”他轻轻地问琪拉。

“别管他，”她嘟囔道。“他也没有什么新东西可以告诉杰克的。他很聪明，也是个好人。”

“那纵火和绑架又是怎么回事?”德什低声问道。

“说来话长，”琪拉回答着，和他们一起朝着东北方向移动，前往四分之一英里外德什和康奈利停车的地方。德什打头阵，琪拉跟随其后，康奈利在后面断后。

他们开始行动后，没有一个人说话，甚至没有人发出任何声音。他们快要接近终点了，只要他们再坚持一会儿，不暴露自己的位置，他们就大功告成了。

几分钟以后，他们小跑穿过树林，终于在不远处看到他们的目标，是停在树下的一辆浅灰色的福特车。

德什听到在他们旁边发出微弱的沙沙声，立刻躲到一边。

他转过身，以世界一流运动员的反应速度迅速掏出手枪——但是还不够快。一看到他的动作，他们身后的突击队员立刻从树后出来，朝着琪拉·米勒的心脏开了一枪。

吉姆·康奈利挡到她面前，一把将她推开。原本冲着琪拉的那颗子弹打进了康奈利的脖子，打穿了他的颈动脉，他立刻就毙命了。

在突击队员开第二枪之前，德什的子弹正中了他的额头，树林里再次安静下来。

德什环视四周，没有发现其他人。这个枪手是单独行动的，但情况很快就会变好。他从康奈利口袋里猛地掏出车钥匙递给琪拉。她仍然处于震惊当中，看上去浑身无力。“快走!”德什喊着，但他的话没有效果。“快走啊!”他冲着她吼道。“你来开车，其他人一定听到枪声了!”

琪拉回过神来跑到汽车旁。她冲进驾驶座里，插上钥匙发动车子。车子发动好后，她转头去看德什。他将康奈利扛在肩膀上正向车子跑来，这位前上校的脖子被撕开了，鲜血仍然一滴一滴地掉落在树林的土地上。

“打开后备箱,”德什靠近后大声说道。

德什将他的朋友放进后备箱后钻进了汽车。他还没关上车门车子就启动了。

“见鬼，见鬼，见鬼。”琪拉一边加快了车速一边说着，泪水开始滑落她的脸颊。“我不相信他就这么死了。死的应该是我才对。”

德什的感觉同琪拉一样，不过同样，他们没有时间来悲痛。至少不是现在。不仅是德什最为敬重的一个人刚刚离去了，他还夺取了另一个人的生命，一个以为自己是为正义而战的人。在那一瞬间，出于愤怒和本能，德什开枪杀了他。

当他们开到大路上时，德什强迫自己把这些念头赶出脑海。

德什想过弃车，但后来决定还是留下更好。杰克的手下是步行赶到开枪地点，他们不可能追上来。而他和康奈利开的这辆车是可以躲避雷达的。

琪拉似乎已经处于情绪崩溃的边缘，德什就只好让她不停地说话，让她解释范·赫顿的动机。物理学家以为他放的火已经毁掉他们所有的胶囊。因为胶囊不耐高温，就算保管它们的保险柜不会被大火烧毁，他也完全相信胶囊都被毁掉了。

但他不知道他们还有另一个总部。就像之前的杰克，他给了他们沉重的一击，但仍然不是致命的。“在肯塔基州的胶囊库存怎么样?”德什问。

“很好，在我可以制造更多的胶囊之前应该够用了。我保证在每一个地方都有足够的胶囊，即使在我们失去了其中一个总部的时候，也能让我们渡过难关。但是我们必须无限期的终止西部的六人组行动了。”

德什严肃地点头。他们一直处于防守状态，并且一直在挨打。他们需要回到房车那儿，清理干净后，安葬好他们的朋友，再和马特·格里芬会合。格里芬这一周管理着肯塔基的总部，现在这里是伊卡洛斯唯一的总部了。

失去吉姆·康奈利对于戴维·德什而言，就像是失去父亲一样的沉痛。但至少他们朋友死得像个英雄。一想到这，他就觉得这不是真的。他不得不对自己承认，此刻他的妻子就如同朝着地球飞来的那个外星物体一样的陌生。他的朋友牺牲了自己所救的这个女人真的是人类历史上最重要的一个人吗？

还是他的朋友救的是完全的另一个人呢？

42

小小的外星飞船进入到冥王星的轨道后继续坚定地朝着它的目标前进着。它虽然在不断减速，但依然比地球上的物体所能达到的速度快上几百倍。它很快又穿过了海王星、天王星、土星和木星的运行轨道。现在以相对它的质量和长度而言的步行速度在行驶，在地面检测到的限制范围内保持着稳定。它是一个完美的球形，直径大约 9 英尺，一直在发射卡西米尔辐射，以它现在的速度所能吸收到的零点能量大概只有沧海一粟。

人类作出的各种尝试，想通过各种各样的办法来和飞船进行交流，都没有回应。

在它进入火星轨道之后，飞行变得更加艰难起来，地球上的八十亿居民也都屏住了呼吸。

它会停止吗？还是会擦肩而过？会坠毁吗？会出现飞天猪吗？

这些问题很快就会有答案了，随着飞船的不断靠近，全世界的爱好者和专业的天文学家都在对它进行追踪，记录录像也出现在无数的电视节目和网络上。这个时候，木星和土星可能会跳到光速运行并发生碰撞，那么就不是一台观测望远镜就能记录这一事件了，而且事先就已经以别的方式被关注了。

飞船顺利地进入到太阳第三个行星——地球——的低轨道。然后，从飞船外壳的微孔里释放出成千上万的透明球体，大小只比微观生物大上一点点，像雨点一样一致朝着地球落下来。而这些球体都无法被那些对准飞船的无数的仪器所检测出来。

飞船在地球轨道上来回交错飞行了好几个小时，释放着那些看不见的负载物，然后在赤道上方形成了一个与地球相对的同步轨道，让自己的轨道运行速度同地球的自转速度保持一致，这样它就能保持地球上空的固定位置了。

飞船的轨道建立以后，它朝着太阳的方向发送了一个沙滩球大小的金属球体，然后一瞬间飞船发出的卡西米尔辐射就完全停止了。

地球上的人们模拟过成千上万个不同的情形，但是目前这个，飞船停靠在它自己固定的轨道上，也是一直被认为最有可能之一。联合国与一家名为“无限宇宙”的私人公司签订了合同，商定一旦出现这种情况就对外星飞船进行检索。在外星飞船建立了稳定轨道后，几小时内，这家公司就发射了一艘陆地检索飞船。

所有的通讯尝试还是没有回应。但是无限宇宙的飞船也没有发射或者是遇到什么阻碍。他们对外星飞船上的生命体和任何形式的电脑以及机器人智能体进行检测，但什么都没有发现。

接着外星飞船从它的轨道上被拖下来，放进了无限宇宙的船舱里。尽管没有检测到生命体，微生物或者其他物种，但还是对它进行了一次彻底的净化以防万一。最后，在飞船到达地球还不到一天的时间里，它就被带到地球表面，并被运送到成千上万名激动的科学家面前。这些科学家在南大西洋上那艘飘着联合国国旗，现名“哥白尼”的豪华邮轮上已经等待许久了。

43

德什和琪拉与马特·格里芬在肯塔基的总部会合后，在那儿包扎伤口，同时讨论着重建的计划。在过去的一个月里，接二连三的挫折使他们怒火中烧。他们在快要招募范·赫顿的时候，事情似乎终于在朝着正确的方向发展了。但现在，他们感觉自己就像是西西弗斯[①]，不得不推着巨石上山，结果却每每在快要到顶时又滚了下来。西西弗斯受到宙斯惩罚必须永生重复这种无望的劳动。但对伊卡洛斯而言，现在要从巨石滚落下来的伤害中恢复哪怕只有一次，也已经令他们非常气馁了。

曾经的核心委员会有五个成员，而现在却只剩下三个了。他们三人给吉姆·康奈利上校举办了一个秘密葬礼。他是个真正伟大的人，他的离去令这个遭受重创而变得气馁的组织更加雪上加霜。

他们在短时间内保持了低调，不想在针对他们的追踪没有停止之前引起过多的注意。与此同时，由于外星飞船的到来，全世界的狂热正在慢慢消退，世界慢慢回到了正轨。

外星飞船已经来了。既没有上帝，也没有恶魔出现。世界既没有被毁灭，也没有发生任何天翻地覆的改变。这艘球形飞船上没有发布任何布道，也没有发现任何可以改造社会的技术。哥白尼号，这艘世界上现在最著名的船上的科学家也没有任何

---

①希腊神话中的人物，与更加悲剧的俄狄浦斯王类似，西西弗斯是科林斯的建立者和国王。他甚至一度绑架了死神，让世间没有了死亡。最后，西西弗斯触犯了众神，诸神为了惩罚西西弗斯，便要求他把一块巨石推上山顶，而由于那巨石太重了，每每未上山顶就又滚下山去，前功尽弃，于是他就不断重复、永无止境地做这件事——诸神认为再也没有比进行这种无效无望的劳动更为严厉的惩罚了。西西弗斯的生命就在这样一件无效又无望的劳作当中慢慢消耗殆尽。

发现，还是不知道驱动这艘外星飞船的零点能量是如何激活的。没有发现任何电子设备或者计算机导航和控制系统，以及任何外星生物，科学家们认为这艘飞船的重要部位已经被发射向太阳，以确保外星人的秘密不被发现。

飞船的里里外外都被 X 射线、无线电波和核磁共振进行扫描——基本上电磁波谱上的每一种光波都被派上用场，但结果没发现任何信息，象形文字或者图像——什么都没有，甚至连细小的划痕都没有。尝试过所有的办法之后，还检查了隐形墨水，结果还是一样。这只是一艘空荡荡的球形飞船，有一个无法发动的、令人费解的引擎设备，没有控制系统。

德什、格里芬和琪拉屏住呼吸，耐心等待了好几天。他们不知道飞船里会不会像玩偶盒一样的，突然蹦出个什么东西来，要索取琪拉·米勒的脑袋，或者抱怨地球上全是傻瓜而不是召唤他们来到这里的高智商人群。好在这一切都没有发生，这让琪拉松了口气。之前范·赫顿的分析几乎令她半信半疑了。

他们继续检查卫星的覆盖范围，寻找可能拍摄到他们周边的电子眼，还检查了之前定点放置的警报系统。最后他们发现，至少到目前为止，他们非常安全，隐藏得很好。

因为杰克是他们最大的威胁，只有找到杰克背后的操纵的人并且阻止他之后，他们才能真正松一口气。所以德什在马特·格里芬的帮助下，全身心地投入到追查这个曾经叫做埃里克·弗雷的人。德什喜欢和这位和蔼可亲的大块头一起工作，这让他回想起他们上一次一起进行追捕的时光。那时候，他们努力寻找的是神秘莫测的琪拉·米勒。德什不得不承认，这个女人再一次变得比他想象中的还要神秘起来。

琪拉给德什和格里芬一份详细介绍，是关于弗雷复制她的疗法时需要的生物技术设备，其中包括出售 DNA 合成仪的私营公司名字，以及一些他肯定会去订购的常见克隆基因的公司。格里芬在提升智力时，花了5分钟时间就找到了一份曾经订购过这些必要原料的客户的名单，大约有八千名。

接下来的工作就是筛选名单了。德什访问了弗雷的几个前同事，从打电话到与阿诺德·科恩的谈话，收集到这个人的大致轮廓。弗雷肯定有一条船，并且订阅了两三本关于海水和深海捕鱼方面的杂志。格里芬入侵了警察局的记录，查到弗雷曾经帮助了很多小男孩，将他们带到自己的船上。其中一些人控告他骚扰——当然这肯定只是冰山一角——尽管后来这些指控都被撤销了。在船上是进行侵略行为的理想场所，因为受害人既没办法逃跑，也无处躲藏；既不会有人来打搅，也不会有人听到受害者的呼叫声。

由于在公海上与世隔绝，弗雷可以用胡萝卜加大棒的办法，先恐吓后诱骗，用尽所有历来强迫无助孩童的人会采用的办法，包括威胁他们的生命，如果敢告诉任何人到底发生了什么的话。

在正确的时间段内购买了必要的生物技术设备的八千名客户中，只有二百三十人有自己的船。然后，知道了弗雷喜欢买的服装品牌、喜欢喝的酒、喜欢出席的场合、爱读的书等等情况，他们立刻又缩小名单了。提升之后的格里芬核查了剩下的几个名字，立即就找到了弗雷的身份：他现在的名字是亚当·伦纳德·阿奇博尔德。

弗雷自杀后的一个月，阿奇博尔德用现金买下了一家规模小但设施齐全的圣迭戈生物技术公司。这次收购之后，这家公司取得了多次研究上的突破，现在正考虑首次公开募股，该公司目前的价值是阿奇博尔德当时买下时的二十倍。

经过智力提升后，弗雷可以轻松地往电脑里植入数据，就连最专业的专家都无法查到蛛丝马迹，可是经过提升后的格里芬不费吹灰之力就能破解。真正的亚当·阿奇博尔德在八年前就已经去世。弗雷盗用了他的姓名和社会保险号码，篡改了全世界的电脑里的记录，伪造了大学学历，工作经历，甚至牙科记录也有，完全禁得起最严格的审查。他留了胡子，做了近视手术摘除了眼镜，还在之前秃顶的地方移植了棕色的假发。尽管这些外貌上的变化足以在大街上骗过之前的同事，可他的大鼻子，短下巴以及浅色皮肤跟他的习惯一样，与弗雷完全符合。

德什飞往圣迭戈，琪拉的故地，来监视这位阿奇博尔德并尽可能多地了解他，找出还有没有谁跟他一起。但是过了五天，德什还是没能成功。这个阿奇博尔德或者叫弗雷，他研发了一种电子技术屏蔽了德什安装的所有窃听器和引导装置，而德什他们的技术还从未被任何人检测到过，这也进一步确认了阿奇博尔德就是埃里克·弗雷。

德什本可以继续监视下去，希望有运气能找到突破点进入弗雷的网络。但是他必须权衡这种成功的可能性，以及被弗雷发现德什在监视他之后藏匿起来的可能性。最后，选择自然显而易见——是时候采取行动了。

44

德什耐心地在客舱的浴室里等待着，弗雷这艘价值数百万美元的游艇，名字叫“康登号”。游艇十分的壮观。自从买下了上一艘船以后，弗雷的经济地位跻身于世界前列，当然有了琪拉的胶囊你也可以做到。

康登号是一艘有着六英尺高的三层甲板船，尽管它尺寸不大，但它的流线型和空气动力学曲线，保证了它的速度和灵敏度，可以达到一艘赛艇的十倍。客舱里的装饰混合了优雅与颓废的设计，像极了欧洲皇室的寝宫。一想到在这艘华丽的游艇上将要发生的事情，德什就觉得有点恶心。如果要说的话，弗雷在财富上的急剧增长，使他比过去更变本加厉地残害儿童。

为了避免被那些拖船回家的海边居民看到，德什早早就到了。他默默地把康登号甲板上的每一寸都进行了仔细的检查，破坏了一辆红黑相间的水上摩托艇后，他匆忙撬开锁跳了进去，没有引起任何人的注意。德什像刚才在外面甲板一样，仔细地把船内剩下的地方检查了个遍，没有发现任何值得注意的东西。没有警报，也没有监控设备。甚至没有逃生设施，除了游泳圈。

德什此刻舒舒服服地坐在淋浴间的地板上，看着他前一晚下载到手机里的电子书。他看完第一本正准备开始第二本时，他听到上面发出一阵声音。

弗雷终于如期而至。如果德什的情报无误，这个现在叫做亚当·阿奇博尔德的男人在这趟旅途中将会是一人前往。

没过多久，船就开始慢慢移动，渐渐远离了港口和码头。五分钟后，弗雷打开油门，这艘巨大的游艇开始向前飞奔。德什又等了十分钟，然后走出淋浴间。他从口袋里掏出一把军用电击枪，悄无声息地走出客舱。

德什的脸上充满了困惑。他为什么感觉这么虚弱？他绊了一下，摇摇头想清醒点。他挺直了身子，想要再走一步，但却发现自己无法动弹。他的手臂像是有自我意识一般垂落下来，他的手也没了力气，枪从指间滑落下来。几秒钟后，他滑到地上，一片黑暗向他袭来。

* * *

德什恢复了意识但不知道过去了多长时间。他的衣服穿得好好的，也没有被捆绑起来，但他的口袋已经被掏空，电击枪和格洛克手枪都不见了。他拧了拧客舱门把手，发现门锁着。

“你为什么不坐下来，我们好好谈一谈。”一个不知道哪里传来的声音。是埃里克·弗雷。

德什朝房间里四处张望，心里在盘算着。他用尽全力朝着舱门一脚踢过去，却一阵钻心的疼，显然门是经过了特殊的加固的。

“除非我放你，不然你是出不去的，”弗雷说。“而且下一次我再往房间释放气体的话，还是和上次一样是无色无味的，不过这次就是致命的了。所以我希望从现在开始你能乖乖合作。”他尖锐地说。

“我昏迷了多久?”

“只有十分钟，”弗雷说。“我不是一个有耐心的人。”

“哦，是的，那可是你致命缺点。”

弗雷没理他。“在床边的椅子上坐下来，打开你面前的显示器。”

德什按照他的指示做了，弗雷的视频图像出现在了显示器上。他身穿蓝色泳裤和带纽扣的白衬衫，扣子敞开着露出黝黑但肥硕的身体。他在驾驶室里，没有掌舵，显然是打开了自动驾驶模式。在大显示器的一个小角落里，德什看到了自己的图像，显然也被传送到了弗雷的屏幕上。

弗雷靠近摄像头，脸上挂着得意洋洋的笑容。“我听艾伦说，他的妹妹不太喜欢使用自己的发明。”他说道，“而且她还聚集了一帮跟她有相同观点的人。真是不可思议。如此的高尚，也真他妈的愚蠢。戴维·德什你确实很厉害，但你要是觉得不用增强就能在我的地盘上干掉我，那你可真是异想天开了。”

“我没打算干掉你，”德什说，“只是想电晕你。”

“如果我被增强了呢？就是你们说的提升。”

“即使你可以完美地控制你的身体，你也无法阻止电击。”德什回答。“电击枪肯定能起到作用。我自己亲自当过小白鼠来验证效果。”

“很好啊，”弗雷说。他嘲弄地摇了摇头。“那么你为什么花了这么长时间才来啊？当我知道了你找我那些前同事谈话以后，我以为你会很快就来呢？”

“不好意思，让你失望了，”德什说，“你是怎么知道我在船上的？”

“我在客舱安装了隐藏摄像头，特别是在淋浴间里，”他说道，脸上带着扭曲而淫荡的笑容。德什控制不住快要蹦起来跳出屏幕，用拳头将他活活打死。“那些摄像头是经过设置的，可以躲避传统检测器，以及你们发明的任何设备，”弗雷继续说道。“就像你已经知道的，在我得到增强之后，花了很大的精力来完善电子监控设备，完全能够打败你们的设备，也让你们的仪器无法检测。”

弗雷扬起眉。“如果你还没有猜到的话，”他脸上挂着俏皮的表情，“你腰带那个神奇的电子设备在康登号上是没用的。”他停顿了一下，厌恶地摇了摇头。“我得说，如果你真打算杀了我的话，我还会对你表示更多的尊重。”

“是啊，你的尊重对我来说意味着整个世界，”德什讽刺地说。“如果这样说你会感觉好点的话，”他的言辞越来越讥讽，“下次有机会我一定会杀了你的。”

弗雷不理会。“那又怎样？你要审问我吗？想要了解我的组织规模吗？”

“你知道有这么一句话吧：开灯的时候看到的不是蟑螂，你要消灭的是藏在地板下面的东西。”

“你尽管做个混蛋吧，德什。反正你将在很长一段时间里成为我的俘虏，还有我的记性很不错的。”他靠在椅背上，把脚架在摄像头前面的什么东西上。“当我得知你去找了我以前的同事谈话的时候，我就知道，要不了多久你就会来找我了。现在你终于来了。我的计划是保持耐心，而我也做到了，但是我也不年轻了。”尖锐地说。

“那为什么我还活着？”德什问道。

“这样我就可以拿你来交换长寿的秘诀。”

德什皱起了眉头。琪拉如果一开始就没研究出这种疗法，她的人生会轻松很多。“就算她想给你，她也没办法做到。我想你也知道约翰·普特南和艾伦·米勒是如何想从她那儿得到那个。但是它被藏起来了，连她自己也不知道。”

弗雷笑了。“我们都知道这不是真的。虽然我本人不在现场，但是当艾伦开始完美风暴的时候，我可是监听到了。艾伦想让琪拉自愿解开那个封锁这个秘密的记忆牢笼。而我确信盒子已经被打开了。”

“恐怕你打错了算盘。”

“天哪，德什。我没有得到增强都能看出来你在说谎。不过等我提升智力后我会再次核查，但我敢肯定我是对的。要想骗人你还得再多努努力。”

“所以，是你把那位雅各布森上校拉进来的，对吗？”德什问道，想要转个话题。

“你已经知道这个了，想用这个来套我的话实在是太明显了。就是为了收集你们军人所谓的情报。”

德什没搭理他。就算弗雷猜到了他的意图也并不代表这行不通。人们喜欢说话——喜欢吹嘘自己。尤其当他们占据了上风，觉得自己无懈可击的时候。“但你为什么要牵扯上军方呢？”德什问道。“如果你想要琪拉的疗法，你应该让她活着。

为什么要派出这个上校，每次都要置她于死地？”

“我也曾尝试自己去找她，不过没什么收获。我设计了一个系统，用来搜寻平常人不可能完成的高级工作，那一次我成功了。不然你以为上校是怎么知道这个的呢？我在他的部队里安插了一个人，好把这些信息传递给上校的，不然就凭他永远都不可能找到。无论如何，我很幸运地发现了罗斯·梅茨格，他电脑里有大量先进的研究工作，就算我在增强后也没办法弄明白。我一直观察着他，直到后来琪拉来拜访他，我就派人突袭进去抓她。”

德什抿紧了嘴唇。他曾经想过那次袭击计划的无懈可击，不像是一般人能做到的，显然他猜得不错。当时琪拉保管着所有的胶囊，他就以为是自己猜错了。他要是往深处想一想，质疑一下是否有人可以复制她的治疗，他或许在很早以前就能意识到弗雷还活着了。

“你在提升智力之后有没有尝试去改进冷核聚变反应堆呢？”德什问。

弗雷笑了起来。“没什么好改进的，那个装备完全没什么用。”

德什眯起眼睛。那个装备确实还没弄好，它输出的能量只是勉强比消耗的能量多一点点，但也比什么都没有要强。“一定是你重装错了。”德什傲慢地说。

“我们安装的绝对没错，那玩意就是一堆废物。”

德什不明白怎么回事。他不知道弗雷为什么要为这个反应堆的事情说谎。最可能的解释就是他根本没有正确组装，而弗雷的一再坚持就说明他脑子里想要隐藏什么。

“那个机构是我当时唯一的线索，”弗雷继续说道。“你当时一把火烧了那里，而我花了重金雇佣的士兵也没能抓住你们，之后我想要重新找到线索，但是一无所获。所以我才决定借助上校和他庞大的网络来搜捕你们。这样我才有足够的时间积累财富、权力、资源，扩大组织——你都看到了。让军队介入的同时，我的能力也扩大了一百倍。”

“你做这些的时候也不忘了抹黑长寿疗法。”

“没错。那个实在是太诱人了，我可不想杰克和他的手下参与竞争。只有这样，我才能让他专注于目标。不过我不担心他会真的杀死琪拉。毕竟你和她都太厉害了。但我想就算他一无所获，只要他不断骚扰你们，你们就会出错，而我就可以利用你们犯错。我没想到那个家伙真的能抓住琪拉，但这个废物刚刚抓到她没多久就让她跑了。”

弗雷耸耸肩。“不过没什么，”他平静地说，“最后结果还是不错的。他做好了自己的工作，他满世界地搜寻你们，在他抓住琪拉时，也给了琪拉线索，让她发现我还活着。”

“你想让她知道吗?”

“没错，这就是我的 B 计划。如果不能顺其自然地发生，那我也会人为地让它发生。如果我找不到你们，我就让你们来找我。就像艾伦说的，你们这群家伙做事情太有远见了。你们做的事情总是那么的高贵，像个英雄一样。我猜你如果来找我，一定会来这儿，我的游艇。在这里搞埋伏再完美不过了。”他再次笑了。“这是个完美的，嗯……消遣方式。不过对我口味来说，你老了好几十岁呢。”

“你这个该死的变态，”德什厌恶地朝他吐了口唾沫。

弗雷的笑容消失了。“再次提醒你，我也许是个该死的变态，不过我的记性不差。我会让琪拉用她的长寿疗法来和我交易。我会和她讨价还价后，再把你还给她。但我可没说要把你健健康康地还回去。”他说完，露出一个恶毒的表情。

45

整整一周内，科学家、官员、士兵以及来自各个独立政府的负责人齐聚在哥白尼号上，全世界都关注着他们的一举一动。

这个漂浮的小城市保持着与安哥拉海岸的距离，最杰出的男人和女人们将它称为“家”。这是科学天才们最盛大的一次聚会，在这样一个单一的地方，只为了一个任务，集体在一起挠头。

这艘飞船为什么会到这儿来？它的目的是什么呢？它里面没有任何信息，也没有可以交流的机器人。没有任何与外星生物图像、质数或者圆周率相关的牌匾，也没有外星人最喜欢的四十首畅销歌曲的记录。也没有可供让地球人学习外星语言的罗塞塔石（解释古埃及象形文字的可靠线索）。

或许它的此次远行只是为了消除人类的种族中心主义的观念，宣告他们才是宇宙所有生命中最重要的。也许外星人通过人类探寻外星智能的计划，已经察觉到人类在寻找他们。而他们不愿意暴露自己以及他们的技术，于是派了这艘飞船，来回答一个人类为之付出巨大辛劳而想要提出的问题。又或者它只是想测验人类的发达程度。看地球是否能解决零点能量的谜题，或者想出办法找到隐藏的量子信息，从而获取加入银河系的权利。

如果揭开这艘飞船的秘密发现是个测试的话，人类就不幸失败了。不过船上的科学家们还是进行了一次愉快的航行，最后由陆地上的短途旅行而结束，船上所有的人都是如此。

这个外星物体已经被毁坏了。是的，它没能保持在地球上方的轨道上航行。本来如果是那样的话，未来的几十年甚至一百年还会继续推测它的设计、飞船的意义以及此次飞行的目的之类的问题。但是因为飞船事实上已经被拖回了，其结果令人没法更失望了。尽管船体造型独特，令人印象深刻，但它却是由一种复合材料制作而成的，而其中所有成分材料在地球上都能找到。

不管引导这艘飞船到达目的地的电子设备是否已经被抛向太阳，零点能量驱动器已经解除了，而地球上所有顶尖科学家没有一人能把它再次激活，或者把它拆开，对于它的工作原理仍旧没有任何进展。

只有极微小的零点能量驱动器的部件被拆除下来，载入记录，提交进行了无数光谱分析和其他检测后，再小心翼翼地放回原位。研究计划也已经提交到诺贝尔奖获得者所组成的管理团队以求获得批准。

不过大多数时候科学家们都无所事事，只好胡乱地猜测，要不然就玩弄自己的手指。用不了多久的某个时刻，参与了此次任务的两百多个国家会发现这个项目已经失败，然后把各自的团队带领回家。可是只要还有哪怕一丝希望能够破解零点能量驱动器，这种情况都不会发生。因此船上那些失望的科学家们同其他国家的同仁联合起来组成联盟，进行他们的陆地研究，决定让这次智慧力量的聚会不被浪费了。

但是到了第七天，就像圣经里说的，没有人停下来休息。

因为在第七天的时候，一切都天翻地覆了。

在这个全新而快速变化的现象迅速在全世界的其他地方爆发之前，在哥白尼号上的精英们并没有占到什么先机。

报道一开始以为发现了某种个头比较大的微生物。但是放在显微镜下面一看就立即排除了这种说法。这不是微生物，甚至连任何一种生命体都不是。它是部分有机体和部分机械的结合，是一个微观的博格，即纳米机器人。

全世界各地纷纷发现了这种纳米机器人。它们在不停地繁殖且成果丰硕。仅仅几天时间，它们的数量多到不仅生物学家在强大的显微镜下检查是什么污染了他们的细胞培养基，就连拿着20美元一只显微镜的孩子们都能在空气中，水中和灰尘中看到它们。

纳米技术已经风靡了几十年。科学家们早就了解到纳米能够控制原子级别物质的可能性和潜能。如今纳米技术学院已经成为全球各个大学的主要学科。虽然人类关于纳米的研究取得了不错的进展，但这个外星纳米机器人比人类的成就还要先进得多，只是这些纳米机器人看起来很简单而已。

早在1959年，理查德·费曼就曾提出假设，能否把原子作为基础模块，自下而上地组装和制造物体呢？在1986年，埃里克·德雷克斯勒基于此进一步提出问题，一个组装物体是否能以纳米级别水平来设计，不仅能够按照任何指定蓝图进行组装，还可以做到进行自我复制呢？这些都是令人惊叹的猜想。

有证据显示这些是能够做到的。有无数的证据，老鹰、犰狳、橡树或者一片草地，地球上所有的多细胞生命都是以这种方式精确组合而成的。

被称为人类的复杂实体是由上万亿个细胞组成的，而所有这些上万亿个细胞都是由一个受精卵发育而来的。这个受精卵，一半来自男性的基因，一半来自女性的基因，称为终极纳米机器人，将它摄取的原材料（食物）以指数级转化为自己的复制品。而它这种指数级增长的能力真的是非常惊人的。单个细胞变成两个，两个变成四个，四个变成八个，以此类推。在刚开始的十次或者十五次翻倍时，这种增长方式看起来并没有多少。但如果任其发展，到四十倍增长时，这个细胞就由一个变成超过万亿个。仅仅在四十倍的增长中，一个就能变成万亿。

尽管这种增长速度令人印象深刻，但亿万个完全相同的细胞却没什么用。一堆原生质又不能走路，也不能欣赏夕阳或者写出十四行诗。真正令人惊叹的是，一个祖细胞有必要的编程能分化成为一个完整的人。在早期的某些时刻，过程中所使用的方法是科学尚未能完全理解的，细胞就开始进行分化——变得专门化。那些原本相同的细胞，按照细胞 DNA 中的复杂编程，有的会分化为心脏细胞、眼细胞、脑细胞等等。各组细胞都知道自己的位置在哪儿，以及如何正确地融入整体当中。所有的指令，以至整个蓝图，都早已在最初那枚小小的受精卵里。

每一次纳米机器人的出现，都绝对是纳米构造的奇迹。

如果由脂质、蛋白质和 DNA 组合而成的有机材料可以创造奇迹，那为什么人工的编程不能做同样的事呢？不仅无法做到人类那么复杂的构造，甚至连蚂蚁的构造也做不到，但是能够完成一个相对简单的结构，却还远远达不到要求的任务。

这就是这些科学家们一直以来追求的美好愿景。早在 1989 年，一位物理学家首次设法移动了单个原子，并在不到两个月的时间内让 35 个氙原子拼出字母 IBM。科学家们已经组建了单分子大小的电动机，他们找到了聪明的办法让这些小小的机器进行自我组装。

外星纳米机器人完全是按照人类科学家长时间以来的设想精确建造的，只是比目前人类的技术领先了三十到一百年。他们看似简单却功能完善，能够将极微量的原材料编成更多的自己。

细菌早就证明了简单结构结合强大的繁殖与传播能力的有效性。人体隐藏携带的细菌比其自身的细胞多十倍以上。事实上，一盎司排泄物里发现的细菌比世界上的人口总数要多三十倍不止。细菌存在于这个星球的每一寸土地上，在高于 40 英里处，及地表以下20英里处都能找到它们的踪迹。它们耐得住北极的寒冷，也受得了沸腾的温泉，以及在海洋的表面和下面的波浪里。它们可以在石油、农药和有毒废物里茁壮成长。整个地球上的细菌数目庞大得令人瞠目结舌，它们无处不在。

纳米机器人似乎是不可阻挡的。它们可以吃掉塑料和钢铁，一分子一分子地吃掉，因此没有障碍物能长时间阻挡他们。科学家把它们放入隔离的环境中，里面放进各种原材料。根据它们复制的平均速度，以及指数增长的能力，这些纳米机器人的重量会在两周的时间内超过地球的重量。

当然这是不会发生的。纳米机器人不可能永无止境不受约束地增长下去，它们会耗尽原料的。而且它们一定是有目的的。

但是是什么呢?

大量的纳米机器人被注入实验动物体内，没有任何效果。在人类的皮肤上和排泄物里也发现了纳米机器人存在，同样没有什么明显的影响。看起来它们好像对陆地生物是无害的，就跟地球上亿万细菌一样，将人类的肠道视作它们的家园。

哥白尼号上的所有人都同时收到了关于这一新发现的报道，以几十种语言在数以千计的电脑屏幕上显示着。

一场关于了解这些纳米机器人最终游戏的竞赛展开了。新闻不会持续太久。哥白尼号需要走在前面，他们要找到一种方法来消除无可避免的恐慌。这艘外星飞船飞行了数万亿英里，不可能只为了停留在相对静止的轨道上，成为一个花哨的装饰品。它会设法在地球引发一场瘟疫。这些纳米机器人有可能是好的，也许最后会像小型的医学博士，它们进入人体血液后进行巡逻，破坏掉癌症和其他疾病修复你的损伤。但他们的存在和繁殖能力，实在是太可怕了。

它们的目的也可能是恶意的，世界上大部分人立马就得出的这个结论。而这些纳米机器人的数量会很快到达临界点，即使它们是无害的，人类的恐慌也面临着失控。

各国政府匆忙制订了计划，把纳米科学家、机器人专家、计算机学家和软件工程师急忙派往哥白尼号，并将确认不重要的人员遣送回国好腾出空间。由于纳米机器人已经无处不在了，此时的哥白尼号不再是地球上唯一受关注的游戏了。各国政府在自己本土也都作着努力，作为对哥白尼号上全球协同努力的协助。

几天之内，纳米机器人就会变得随处可见，就连小学生也都可以参与到解开它们神秘秘密的努力当中。

46

埃里克·弗雷，即亚当·阿奇博尔德，从一个不锈钢容器里取出一颗胶囊，将它靠近摄像头，好让德什看得更清楚一些。“是时候开始第二部分的审问了，”说着脸上满是得意之色。他把胶囊扔进嘴里咽了下去。“在这部分审问中，我要绝对地确定你是否说了实话。”

弗雷静静地等着药效发作。四分钟之后，德什立刻从他脸上傲慢的神情和闪亮的眼神中看出药效已经产生了。德什知道弗雷将要创造出一个阿凡达，他需要分配极小一部分大脑能力来模拟一个正常的人，否则他们根本无法交流，因为弗雷现在的智力水平，是德什无法理解或者跟上的。

德什努力尽力维持着自己面无表情，但内心里却在咒骂。倒霉。弗雷真幸运。他选择了正确的时间里提升自己。他下意识地瞥了一眼床边的钟，只是一瞬间，但已经足够了。

“你在期待你的同伴，”弗雷以一种确定的语气说。“你在生气，因为他们再过几分钟就到了，而我现在就吃下了胶囊。

你还是认为你现在占了上风，可又担心胶囊会给我很大机会扭转局面。”他看穿了德什。“不过你的担忧是正确的。”

“你在说什么?”德什忍不住说了谎，但他知道这种欺骗的手段是没有用的。

弗雷从视野中消失，30秒后，手里拿了一副双筒望远镜回来了。他接过自动驾驶仪，操作游艇划了一个大大的弧形，最后朝着圣迭戈海岸线驶去，来到远得看不见的地方。他打开油门，游艇以每小时45公里的全速穿过波涛前进，然后弗雷又切换到自动驾驶模式。

最后，他终于把注意力转回了他的俘虏身上。“我会被诅咒的，”他说。“戴维·德什怎么了？你不是独行侠吗？你的确做了一些意想不到的事情，一点也不迟钝。不可思议。现在你能教老德什一些新的把戏了。”他把身体前倾，用他那因为智力提升而炯炯有神的双眼目不转睛地盯着德什，不过这种恐吓还只是原始水平。“他们从空中还是海上来?”弗雷突然问道。

德什还是坐着一动不动，什么也不说。

“我知道了。只有从空中来。是雇佣兵吗?”

“他们是最棒的!”德什回答。他知道自己的沉默也没法阻止弗雷知道这些信息，他只是希望能够动摇弗雷的信心。

弗雷大笑了起来，开始用望远镜扫视天空。

德什知道，这位美国陆军医学研究所的前科学家对他的描述猜测是对的。他是能够预见一些事情，但在很长一段时间里，他都太愚蠢的。当杰克一出现，他就应该立刻开始加强自己的力量。现在康奈利死了，又有那么多的事情降落到他们头上，一个人的军队是不能成功的。德什知道，追捕一个无情又狡猾，还能随时提升智力的人，形势可能瞬间就发生扭转。所以在圣迭戈的时候他聚集了一队雇佣兵，那些雇佣兵很不错了。德什有无限的资金使得招聘工作进展很顺利。他支付给那些雇佣兵三倍或四倍于平均水平，人手很快就凑齐了。他命令他们如果康登号离开了码头而他没有给他们发出任何信息的话，45 分钟之后他们就要来找他。

“他们有多少人？他们接收到的命令是什么？”

“六个，”德什尽可能虚张声势地说着。“有两架民用直升机。而且他们有充足的炸药和火力能够炸毁你和这艘船，不管现在你有多聪明。”

德什说话的时候，弗雷就发现了远处的几架直升机。在广阔的海面上，隔着这么远的距离，根本就听不到直升机螺旋桨的声音。天空是纯净透亮的蓝色，视野非常好，这在圣迭戈并不是经常发生。

弗雷冲下甲板，打开客舱的房门，并没有向德什举枪示威。通常情况下，即使被弗雷这样的人拿枪指着，德什也能占上风，但是他知道，在弗雷被提升的状态下袭击他是没用的。

“你可以作出选择，”德什说着，强迫自己保持镇定，虽然几乎是不可能的。面对着被提升后的弗雷就像面对即将到来的飓风，是拥有人类根本无法克服的凶猛的力量。“你可以让我走然后投降。不管哪种情况我的人都不会杀你，让你多活一天。你会被抓住，但是我们不会伤害你。”

“或者，我也可以杀了你，”弗雷不耐烦地说，“然后再努力尝试逃脱。”

“是的，你当然可以。但是如果我死了，我的人就会执行命令，毁了这艘游艇，并且尽一切可能杀了你。”

“如果我不投降，即使你还活着，他们也会收到命令执行同样的行动。”弗雷读出他内心的下一句话，就像德什自己说出来的一样。“你告诉了他们你是可有可无的。”弗雷歪着头，观察德什的表情，说，“我知道了。但是如果你能活下来，他们就会拿到一笔数额巨大的奖金。真是聪明。你也不希望他们随便开枪。如果不管你是死是活他们只是拿到同样的佣金，他们就会直接把我们炸飞了。”

“我已经作好死的准备了，”德什坚定地说。“你呢?”

弗雷大笑。“我作好了死的准备，”他用一种动画般的夸张的声音嘲笑着说。“我作好了死的准备。你是在开玩笑吗？这世上怎么会有你这样的人啊?”他轻蔑地说。“感谢上帝，你那不切实际的高贵和令人惊讶的愚蠢还好没有传染性。”

德什不理会他的侮辱。当他最亲密的同事服用了琪拉的胶囊，并受其影响时，德什从他们那里听到过更糟糕的侮辱。“我的人已经到了，”他告诉弗雷。“现在你还有两分钟作决定。如果到时，你还没放了我然后投降的话，我们俩就都会死。”

弗雷把德什的手机还给了他。“给他们打电话，”他镇定地说，“跟他们说别开火。我投降了。”他耸了耸肩。“就像你计划时所想的那样，我的确还没作好死的准备。而且按照我的计算，我有80%的概率可以杀死你和那些可怕的雇佣兵，但我不想冒险。”

德什碰了一下屏幕，拨打电话。“等我们上到甲板以后，”他说，“你要把我的电击枪还给我，并且让我用在你身上。之后我会把你捆绑起来，等到你恢复正常我们再继续。”

弗雷点了点头。

“先别开火，”德什对着手机大喊，“我们准备出去了。重复一遍，先别开火。”

“收到，”对方回答，声音大到让俩人都听得清清楚楚。

两人出现在了甲板上。直升机和他们保持了一段距离，等候德什的指示。德什曾经强调过，如果他需要他们介入，那么不管弗雷看起来有多么脆弱和无害，他们都一定要把弗雷看作是他们面对过的最强对手。

海洋上的空气拍打着两个人的脸庞，这艘游艇在太平洋中飞驰而过，让德什不由得感到有点兴奋。“好了，”德什说。“现在把电击枪还给我吧。”

弗雷拔出一把H&K45，对着德什的身体开了一枪。

他的动作快到不可思议。接着又一个闪电动作，德什还没跌到甲板上，弗雷就完成了一个完美的踢腿，将德什踢飞起来滑过了游艇的边缘，直接掉进海里。

“对不起，我改主意了，”弗雷平静地说着，迅速重回到甲板下面，康登号继续向前行驶着。

47

“你好，琪拉。谢谢你能接我的电话，”莫里斯·雅各布森上校说，他现在正在哥白尼号上一个狭小但是奢华的船舱里。几个小时前他曾经联系过她预约了这个电话，使用的正是之前联系她用过的IP地址。琪拉开放了这个IP地址，但是通过把它和成千上万个不断变换的IP地址链接在一起，以确保别人对这个IP地址无法追踪。就像一个色彩斑斓的万花筒的内部，整个全部都是假的。

琪拉坐在一个巨大的显示器前，显示器上显示着上校的脸。马特·格里芬坐在她旁边，打定主意做一个安静的观察者。

“我现在知道你的样子了，”杰克说。“所以这次不让自己出现在屏幕上有什么原因吗？”

“是啊，”琪拉苦涩地说，“我的原因就是你想要抓我。”

事实上，上校的确提供了虚假的信息，但他应该要为吉姆·康奈利的死负责，这是她永远也不会原谅他的事情。夺去康奈利生命的那枚子弹本来是冲她而去的。“在落基山脉时你命令你的人开枪杀人！你这个混蛋!”

“你怎么会这么惊讶呢?”杰克平静地说。“你知道我把你视作头号敌人。当初我炸了我以为的你的总部，我射击就是为了杀人。这已经不是一个新策略了。那一次我答应你，把你抓住但不杀你，可是，是你，你自己，教会了我这是一个错误。你实在是太有能力，也太危险了。”

“你杀死了一个伟大的人，”她说着，声音在咆哮。

“对此我非常抱歉。我所有的证据都表明你是策划阴谋权力争夺和全球范围大屠杀的罪魁祸首，而你的追随者都是被你的谎言和魅力欺骗而来的无辜的人。崇拜你的追随者们都愿意按照你的命令喝下有毒的迷魂汤。”

“你想怎么样?”琪拉问。

“我打电话就是来寻求帮助的。”

琪拉瞥了一眼她身旁的那个留着胡须的像山一样的人，觉得不可思议。“的确是这样，”她说。“我能帮助你什么呢?”她讽刺说道。“等一下。让我猜一下。你想让我朝自己的脑袋开一枪，或者用一枚炸弹把我的屁股炸飞?”

杰克明显地在努力保持冷静。“听着，在我的办公室时，你曾经说我们是站在同一战线的，如果我有需要，你可以向我提供帮助。现在你是说那些都是胡说的吗?”

“不。当时是真诚的。但那是在你杀了我的朋友之前。”

“我再说一遍，我把你的总部炸成废墟，意欲杀了你和其他几人。我的意图从来都是清楚明白。你在向我提供帮助的时候应该就知道这点。”

“范·赫顿怎么样了?”琪拉问道，转移了话题。

“我审问了他，当然。就像之前的罗森布拉特一样，他也相信你是一个富有同情心的人。但他也认为你很危险，而且被误导了。”

“他说服了你，让你相信外星人要见我吗?”

杰克笑了。“差不多。他提出一些相当疯狂的想法，而且他几乎跟你一样具有说服力。但是他被你骗了。他一秒钟都不相信你和恐怖分子会面，密谋着大规模夺权。他认为你想把我们都变成《星际迷航》里的博格。”

“我知道他是怎么想的!”琪拉突然皱着眉头说。“你还关押着他吗?”

“没有。在他点燃了你的设备，绑架了你之后，他就不再是一个有良好信誉的伊卡洛斯成员了——因此对我来说他也没有什么用处了。我们就让他走了，毕竟，他是未来的诺贝尔奖的获得者。我们让他签署了严格的保密协议，以防他把有关你或者伊卡洛斯的信息透露给任何人，这事关国家安全。但是他是自由的。我们警告他说，你可能会因为他的所作所为而报复他，可他似乎一点也不紧张。”他靠近摄像头。“他应该紧张吗?”

“他当然应该，”她轻蔑地说。“我是邪恶的琪拉·米勒啊。”

“你这么聪明，知道你如果尝试做什么事的话，就等于冒险给我提供了线索。”

“你倒是远没我想象的那么聪明，”她鄙视地说道。“如果我想要他死，在落基山的时候就可以杀了他。”琪拉轻蔑地盯着屏幕说，“所以你想怎样? 你一定是非常绝望才会想到向我求助。你以为在落基山脉的事件之后我还会帮助你，真是太疯狂了。”

“我是很绝望，”他承认道。“你有听说过一种微生物，已经污染了全世界各地的培养皿了？”

琪拉摇摇头。“没有。我一直很忙，”她直截了当地说，“无法在所有事情上都分心。”

“用不了24小时，所有人都会注意到这个。甚至会比关注外星飞船还要多。”

琪拉的脸因不安而皱起来。“生物恐怖袭击吗？”

“一半是生物，一半不是。至于是不是恐怖袭击，还不能确定。但足以让我给你打电话了。他们是纳米机器人。外星纳米机器人。”

琪拉和格里芬交换了一下吃惊的眼神。“我以为外星飞船在被拖下之前就已经是完全空的了。”

“是这样的。”杰克说。“外星飞船刚一到达，就像下雨一样把纳米机器人都释放出来。这些纳米机器人不是偷偷潜入外星飞船而幸存下来的污染物。外星飞船此次来到地球的唯一目的就是污染我们。”

杰克继续向琪拉，还有他不知道格里芬也在，尽量全面地讲述他知道的所有细节。“我们需要知道这些纳米机器人到底要做什么，”说完这句，杰克又解释说：“到目前为止他们还是无害的。也许它们会继续保持这样，但也可能将会变成我们所见过的最有破坏性的力量。”他沉默了一会儿，“我们现在需要你的人类智力提升的疗法。”

“你们不可能拥有那个。”

“我没说清楚。我们需要你队伍的某个有经验的人，曾经历过你的那个药物的影响。”

“你想要谁？你想让他做什么？”

“我们想要你们顶级的电脑专家。纳米机器人是微型机器，凡是机器都需要程序才能运作。我们想知道那个程序是什么。

我们都知道，智商只有几百而不是几千的普通人类，是没有能力解开那个程序的。我甚至怀疑被提升后的程序员也不能做到，但至少我们还有机会。”

琪拉看着马特好几秒。最后，他果断地点点头。

“那他的身份是什么呢?”琪拉问。

“他将领导已经成立的美国团队研究这个。没人会知道智力提升的事情。我们只会把他当做超常的人才介绍给大家，一个之前没有被发现的奇异天才，就像那个最终去了剑桥的印度数学家一样。”杰克顿了顿。“当然，他也会有豁免权。”

“所以你正在提议停火休战，我们一起合作直到这场危机解除吗?”

“是的。如果你的人也没成功，那么我猜想很有可能我们都死定了。如果他成功了，我们就会放他回去。”

“然后继续像捕捉害虫一样追捕我们。”

“除非你能证明你是无辜的，就跟我手里证明你是一个怪物的证据一样有力才行。”

“但是一旦你见到我们的电脑专家，并和他一起工作之后，他就无法再隐藏身份了。如果他属于脱颖而出的那种人呢？有了他的帮助，你要找到我们就更容易了，不是吗?”

“不可能的。我们双方都要两害相权取其轻。你不想暴露自己太多，也不想放弃你们的顶级人才。我也不想和我立志要除掉的人共同工作。你也知道我对于你的疗法对人类产生的影响的看法。我仍然担心你的治疗比疾病本身更糟糕。”

格里芬示意琪拉，用嘴唇说我要加入你们的谈话。琪拉点了点头。

“你好，上校，”格里芬说。“我是这里的电脑专家。我刚好听到了你们的整个谈话。”

杰克脸上出现惊讶的表情，但很快就消失了。“很高兴听你这么说，”他平静地说。“那么我们就不用浪费时间了，我也不用再重复一遍。”他顿了顿，“我应该叫你什么呢?”

“就叫我马特吧。”格里芬回答。

“你会帮助我们吗?”杰克热切地问。

“我是不是可以认为哥白尼号聚集了全球的努力来研究这些小飞虫呢?”

“的确是这样。”

“那我可以帮助你们的，”格里芬回答。“但前提是让我来领导这些国际力量。”

杰克看起来很困惑。“为什么呢?”他问道。“美国方面会为你和你的团队提供无限的资源。由于找到用于研究的纳米机器人并不困难，每个国家都在组织自己的队伍。而且每个国家都把他们最顶尖的人才用在了自己国家队里。派到哥白尼号来的那些科学家，虽然也很优秀，但只算得上替补队员。所有国家都是这么想的。都是心怀鬼胎。”

“我可不是这么想的。如果我有任何发现，我可不想隐藏起来。我希望能和全世界分享。”

“我向你保证你了解到的东西都将会与世界分享。我们有什么理由不这么做呢?”

“谁知道呢?”格里芬说。“政府很少能携手理性前进。我想说得更清楚一点：在这点上没得商量。我一定要成为哥白尼号上的一员，不只是因为我之前从没乘过这么豪华的邮轮，”他咧了咧嘴角，“我必须要确定我的发现能够被分享。在一艘联合国的船上会让我更放心你能信守诺言。”

“我一定会信守诺言的。”杰克坚持说道。

“你能保证你的同事也一样吗?”

“现在，我是唯一一个知道我与你接触的人。如果你同意，我会让我的上司和副指挥官知道这件事。”

“我坚持我的要求。要么让我上哥白尼号，要么就免谈。”

杰克深深皱起了眉。“不可能，”他坚定地说。“我可以让你领导美国团队。但我没权力让你当国际小组团队的领队。”

“得了吧，上校。我确信美方有足够的影响力可以让这个要求实现。21 个诺贝尔奖得主里有 8 个都是美国人。除了他们，还有发现了外星人探测器的麦迪逊·拉索也是美国人。船上其他国家的科学家数目和美国科学家数目是完全不成比例的。”

“就算是这样，但我还是不能提出要求让你成为国际团队的领导。毕竟你完全是个无名之辈。”

“我看了新闻报道，”格里芬说，“每个人都在吹捧说哥白尼号是知识界的精英聚会。没有政治，只有伟大的思想在一起工作。那么，运用你在这些诺贝尔获得者和其他人中的影响力，举行一次国际大赛来决定谁领导国际团队。每个国家由他们的政府挑选推荐两名竞争者。每个竞争者都要为其他人设计一款挑战软件：谜题、陷阱或者迷宫。谁在一个小时内解决的最多，谁就当领导。”

杰克沉默了半晌，然后慢慢露出笑容。“我想跟你说，琪拉，你的人即使是没有使用你的疗法的时候也都那么令人印象深刻。这是个好主意，我可以让它发生。对于这么重要的事情，谁还能争辩说这不是最公平的方法选出最好的人选呢？当马特远远超过其他所有人时，他也立刻获得信誉，使得其他人愿意跟随他。这样比我直接通过命令让他当领队好多了，而且事实上我也没有这个能力。”

“这样的话我就可以加入了。”格里芬说。

"谢谢你了，"杰克说，明显松了一口气。"你什么时候能到科泉市的彼得森空军基地？"

格里芬瞥了一眼琪拉。他透露的任何地理信息都有可能在日后被杰克利用，但如果不能解决掉外星小飞虫，可能就没有日后了。琪拉点了点头。他说道："我离代顿的赖特帕特森空军基地要近一点。"

"行。你一到，我立刻就安排一架飞机载你去南非的萨尔达尼亚。我会尽量将这个软件比赛安排在你着陆后不久开始进行，这样就不会浪费太多时间了。在比赛结束之后我们就可以加快速度送你登上哥白尼号了。"

琪拉皱了皱眉，"我希望戴维·德什也可以一起上船。同样的条件，事情一结束他就离开。"

格里芬的表情一下明亮了起来，显然听到这个很兴奋。

"为什么？"杰克问。

"因为我跟你一样觉得这件事很重要。如果他在那儿，我会感觉好很多。他可以帮助马特，并让你遵守诺言。"

杰克考虑了好一会儿。"好的，"他最终答应了，"德什能和马特一起去赖特帕特森吗？"

"恐怕不行，"琪拉看着她的手表说。他在哪儿？一个小时之前他就应该到了。"在圣迭戈的彭德尔顿训练营准备一架飞机，我会送他到安全门。你要确保他会受到贵宾待遇。"

杰克点头同意了。

"30 分钟之后再打电话过来。我还有几个问题，到时候我们再讨论一下后勤的问题。"

"好的。还有别的事吗？"

"有，"格里芬说。"考虑一下你希望我赢过他们多少呢？"

"你在开玩笑吗？"杰克说。"把他们都打趴下。现在可不是害羞的时候。我们现在想要的效果就是震惊和敬畏。”

“震惊和敬畏，”格里芬眯着眼重复道。“很好，这刚好是我最擅长的。”

48

康登号消失在视线中，海水冲击着戴维·德什的伤口，从他身体涌出的鲜血在他身边弥漫开一朵红色的花朵，这无异于是在召唤几英里水域内的各种鲨鱼。

德什努力使脑袋露出水面，但他现在没法止血。他集中注意力想要维持像死人似的漂浮，由于他受的伤太严重，要做到这样已经让他力不从心，他担心过不了多久他就会像块石头一样沉入海底了。又一波浪打在了他脸上，他又呛了几口水，剧烈地咳嗽了起来，造成整个上身一阵剧烈的疼痛。

两架直升机迅速赶到他所在的位置，不到一分钟，一个小橡皮艇就从其中的一架直升机上放了下来，在下降过程中就像汽车的安全气囊一样自动膨胀起来。几个雇佣兵从较低的那架直升机上跳到了海里，把德什拉上了橡皮艇。当他终于上船以后，他们让他背躺在船板上。另一架飞机上的一个雇佣兵放下一个急救箱，另一个人接住以后他们就立刻开始给德什包扎伤口。

德什咬紧了牙关，尽力去忘记身上的疼痛。他强迫自己思考。为什么弗雷没有杀了他？他可以轻而易举地把子弹射进他的脑袋。不知道是什么原因弗雷只想让他受伤，但要让他活着。

当然了，德什想到。弗雷从一开始就想转移那些人的注意力。

如果那些雇佣兵杀死了弗雷，他们就能拿到一笔巨额奖金。但是这样做的同时，如果又能让德什活下来的话，奖金就会更多。所以两架直升机的人都留下来确定他能挺过去。雇佣兵们不用担心在救德什的时候，弗雷会逃到很远。他能逃到哪儿去呢？这里方圆几十英里都是宽广的海洋，没有任何遮挡物可以隐藏像康登号那样的大船。

“去追他。现在就去，”德什用尽全力大声地说，可他发出的声音只不过比耳语声大一点点而已，完全被直升机和海水的声音给掩盖了。其中一架直升机放了一只担架，那些雇佣兵给德什裹上衣服，保证了他在担架上的安全，这时他开始颤抖起来。

德什一被抬上直升机，他就伸出虚弱的手想要去拿耳机。

“现在是什么时间了？”德什将耳机戴在头上，马上就对着麦克风问道。

佣兵们都被这个问题弄糊涂了，有个人告诉了他。

德什点了点头。弗雷已经提升了近25分钟了。“去追上他，”他低声说道，“但是保持距离。只要能够看到他就行。从现在开始四十分钟后，你们登上那艘船，然后去把他带出来。”

“还等什么？”一个佣兵说，“我们来干掉这个混蛋！”

不管这些雇佣兵人数是多少以及他们技术如何，在弗雷还处于提升状态时就试图登上康登号，无异于自杀。但是只要弗雷恢复了正常，那么至少在几个小时之内，他都无法再次服用另一颗胶囊了。大脑有很强的可塑性，可短时间内让它从亢奋到正常，然后又变得亢奋起来，还是要求太多了一些。

“四十分钟，”德什用他最强硬的口吻强调道。“一分钟也不能少。如果在这一点上有任何闪失，他就有可能把我们全都杀了。能保证吗？”说完，德什的眼睛就闭上了，陷入了混乱的昏迷状态。

* * *

五个小时之后德什醒来，他胳膊上还在静脉输液，身上的伤口已经被缝合。在他昏迷期间有一个雇佣兵在照顾他，他是以色列人，名字叫阿里·雷格夫，曾经是摩萨德（以色列情报和特殊使命局）的一员。

德什把头转向那个以色列人，“发生了什么?”他问道，感觉自己比他预想的好多了。

“您昏迷之后，”雷格夫用浓重的以色列口音回答道，“我把您直接带到了这儿。这儿我有一个嘴巴很严的医生朋友。我们觉得一架直升机就足够完成任务了。”

“目标呢?”

这位橄榄色皮肤的雇佣兵皱起眉头。“在我带您来这儿时候，其他人登上了他的船，当时船还在全速行驶。他们按照您的指示等了四十分钟才行动。”他摇了摇头。“他们搜查了船上的每一寸地方，但是什么也没找到，连个活物也没有。”他摆了摆手，努力想找一个相应英语词汇。“呃……就是蟑螂。”

“不可能。对他来说游回去太远了。他根本做不到。”

“我也觉得。从飞机上看，他看起来像是那种在游泳池里游泳都很困难的人。但是直升机后来开启了搜索模式，也没发现任何游泳者。”

“那是怎么回事呢?我废了他的摩托艇。他有可能遇上了另一艘船吗?”

雷格夫摇头道，“也没可能。方圆几英里都什么也没有。他肯定是潜水逃脱的。”

“不可能啊。他的船上都没有潜水装备。”

“队员们没发现游泳者，他们把整艘船都给拆了。说真的，您提供的奖金让每个人都很有动力。然后他们发现了一个隐蔽的小隔间，里面有两个模塑容器可以容纳两个氧气罐、两对蹼和两副动力推进装置。有一套还在那儿，另一套不见了。”

“妈的!”德什说着，想象着戴着潜水装置的弗雷，在直升机观察不到的深度，镇定地由动力推进装置推动着，快速向岸边冲去。“现在那个混蛋应该已经在陆地上了。这次能找到他完全是因为他自己想被我找到，下次可就没这么容易了。”

“听听好消息吧?”雷格夫建议道。

“好消息?”德什抬了抬眉毛。

“是啊。您差一点就死了。子弹穿过的路径真是刚好，没碰到任何重要器官。我们给您输了点血，包扎了一下。你很快就会痊愈的。您真是非常幸运啊，我的朋友。”

“这不是运气。他需要我活着，并且在水里挣扎。如果我明确地死了，你们就会在他还没来得及完全准备好潜水装备之前，把他和他的船炸成碎片了。”

以色列人摇头道，“我看到他开枪速度非常快。他没有瞄准，只是胡乱开了一枪。他没打中任何重要器官真的只是运气而已。”

“如果你一定这样认为的话，那就这样吧。”德什叹了口气说。

49

德什向雷格夫保证，他和其他人都能拿到全额奖金，因为他们出色完成了任务，虽说结果还是有点不尽如人意。这是他的失误，不是他们的错。除此之外，他还想再聘请他们一次。如果你有无限资金，那么超高额支付是保证忠诚的好方法。

雷格夫离开后，他用他那特制手机通过 Skype 的加密功能给琪拉打电话。虽然在太平洋里泡了那么久，可手机却安然无恙。他快速讲述了他与埃里克·弗雷会面的情形。琪拉听得聚精会神，然后她也将与杰克谈话的事情告诉了德什，说马特·格里芬已经上了一架军用喷气机前往南非的路上。

“第一次谈话结束后，”琪拉说，“我让杰克半小时后再打电话给我。然后我服用了一个胶囊，把自己锁在了提升室里，这样我就能变成一个测谎仪。上校没有说谎，他对纳米机器人的威胁一点也没有夸大。”

“那太糟糕了，”德什说，“因为那样的话就太可怕了。”

“跟我说说吧。我原以为那可能是个诡计，但我们没有这个运气。他对休战的提议也是真心的。他会遵守承诺的。等马特完成工作后，他也会让马特开心地离开。”她顿了顿，“我给了马特比以往更多的胶囊。因为他相貌丑陋，这可能很冒险。但是杰克是对的。特殊情况就得特殊处理。我们必须知道那些纳米机器人到这里来做什么。对于被提升后的马特，这会是他最有兴趣了解的事情。”

“哥白尼号上有多少人知道有关马特和胶囊的事?”

“杰克和另外两个人。”

“你测试过了杰克，他没有骗你。但是其他两个人呢？你确定，他们知道有胶囊唾手可得以后，能经得起这种诱惑吗?”

“我告诉杰克那些药会装在一个特制的不锈钢瓶子里，只有马特才能打开瓶子。只有他把拇指按在瓶子顶部，其他手指按在瓶身，用马特独有的力量按压，才能打开瓶子的机关。其他人如果试图打开瓶子，瓶内的药丸就会被毁掉。而且如果马特被胁迫，瓶子也能探测到他的脉搏加速，同样也会把药丸毁掉。”

德什吹起口哨。“这的确比单枚药丸钥匙环容器要高级多了。你什么时候有时间设计出这个的？”

“没有。”琪拉咧开嘴笑道，她的蓝眼睛里闪耀着她特有的闪闪发亮的光芒。“完全是吓唬他们的。这样的话我们能节约很多时间呢。”

德什大笑起来。“说得很对。”

“我以我的生命打赌，他们会相信的。”

“毫无疑问。”德什同意道，但是片刻之后，他脸上的笑容就消失了。“这样可以防止有人偷马特的药丸。但是事情结束后，释放马特的时候怎么办呢？就算你刚才说的，我们可以信任杰克。但是他说的其他两个人，”他顿了顿，“不能相信太多。”

“不幸的事实。”琪拉赞同道。

“我认为这可能是个错误，”德什说。“马特可以在总部了解有关纳米机器人的情况。但我们要准备好所有可能需要的装备。他可以在哥白尼号上跟杰克交流他了解到的一切。我们的政府不能对这件事保密，也不能将类似的事件保密。”

“我们还不能肯定。这样的话，马特将会有一个团队，全是微电子技术专家和软件天才可以利用。”

“但那些人甚至不知道他在做什么，”德什反驳说道。他耸了耸肩。“我认为这是个错误，但是赌注却非常高，跟以往一样。”他深深皱起了眉头。“很可能比以前还要高。我知道。而且现在一切都晚了。”

琪拉咬了咬牙。“嗯……还有件事儿。我觉得你也会同意这个主意所以就，嗯……提议让你也去。杰克同意给你同样的条件。真抱歉没提前和你商量，因为没有时间。而且我想，你肯定会愿意陪马特一起去的。”

德什点了点头。“是的，我或许不会作这样的决定——现在说这些已经晚了——但是你和马特都同意了，这样的话，让我和马特在一起是个明智的决定，以防杰克的同伙玩手段。”他耸了耸肩。“为什么不呢？一不做，二不休吧。”

“你什么时候开始会引用英国谚语了？”

德什笑了。“我喜欢有所保留，”他回答道。“这样时不时的我可以给你个惊喜。”

“很好。对于婚姻来说，惊喜很好。”她笑着说，很长时间以来，她第一次露出笑容。

德什努力保持脸色平静，刚才那句话让他回到了现实。一时间他让自己忘记了——他使自己相信，他是在和他自以为了解的那个琪拉说话。对于婚姻来说，惊喜也有可能很糟糕。他在想，还会有多少事情即将要发生。虽然，他内心中有一部分固执地相信琪拉的行为一定有一个合理的解释。一定是这样。他太爱她了，不能接受除此之外的情况。

“有个关键问题，”琪拉继续道。“鉴于你现在的情况，你确定你真的准备好参加吗？”她问道，声音里透着浓浓的关怀。

德什坚忍地点了点头。他一定要参加。康奈利已经死了，他是唯一的选择了。“过不了多久我就会痊愈的。”

琪拉叹了口气。“我会帮助你完成的，”她说着，强迫自己露出笑容。“切记，一见到马特就从他那里拿一颗胶囊，并且立刻服下。”

德什点头同意了。提升后的大脑可以有效引导身体的恢复过程，这样，大大加快愈合的速度。

琪拉告诉他在彭德尔顿军营为他准备了一架飞机，随时等他准备好就起飞。“顺便说一句，禁止带行李。在你到达之前上校会给你准备替换的衣服，等到上船之后还会有别的换洗衣服。不能带钥匙、手机，甚至连内裤也不行。”她指出。“马特可以带上他的药瓶，但是仅此而已。很明显，杰克不喜欢窃听器。在哥白尼号上面发生的一切只能留在哥白尼号上。”

“这不奇怪，”德什说。“我们准备好以后，我就给杰克打电话。我想他给了你号码吧？”

“是的。”她顿了顿。“我知道你拥有世上用钱能买到的最坚固的手机，但我还是感到很惊讶，在你经历了那么多艰难的事情之后，它居然还完好无损。”

“你在开玩笑吗？”德什咧嘴一笑。“即使世界末日来临，唯一能幸存的也只有蟑螂和我的手机了。”

“有关世界末日的笑话在昨天之前会比较好笑一点。”琪拉严厉地说道。

50

德什给杰克的电话，几乎立刻就被接通。“我找到埃里克·弗雷了，”在自我介绍之后，德什说。“就那个陷害我们的人。他来自美国陆军医学研究所，琪拉告诉过你的。”

“继续说，”杰克不置可否。

“我确定了他自己有胶囊供应。事实上，我和他在一起的时候他就吃了一颗。这也是你的样本来源。他知道你们所有的行动。他说他在你的手下里安插了一个眼线。”

德什继续详细地叙述了他是如何找到弗雷，现在使用的身份是亚当·阿奇博尔德。在他们说话这会儿，这个身份很可能就像蛇蜕皮一样被抛弃了。接着他又描述了这个阿奇博尔德/弗雷是如何逃脱的。

杰克考虑了一下。“除了你的话，你还有别的证据吗？有能够让我相信这一切不是你编造出来的证据吗？”

“你只要关注一下明天圣迭戈的新闻就好了。你会听到阿奇博尔德失踪了，人们发现他的游艇被遗弃和破坏。我很快就会到彭德尔顿。不过，我想要稍微慢一点的飞机。再稍微大一点和舒适一点，这样我可以好好休息一下。而且，确保飞机上有齐全的医疗设备。”

“收到，”杰克说。“我们在南大西洋见。”

* * *

阿里·雷格夫的医生朋友同意给德什注射了最后一剂抗生素和止疼药，并把他送到了彭德尔顿门口。但是德什想先查看一下他此前安装好的用于监视他妻子的监视器。他强迫自己战胜内心的罪恶感，不断强调他对琪拉强烈的爱，并且不断对自己说，如果另一个琪拉已经完全控制了她的话，那所有的赌注都输了。

监视录像在他电脑里，他可以用他那坚不可摧的手机进行访问。他快速浏览录像，大部分都没有琪拉的画面。他的思维开始有点走神了，这时他看到了什么东西，使得他将画面停下来。

他不确定自己看到的是什么，但是本能让他要更仔细地看一看。

一切发生得太快，如果他在不对的时间眨了眨眼睛就有可能错过这一个镜头。

他把录像倒回去，又重新向前查看。

他像是醉得无可救药一般，感觉天旋地转，他的太阳穴也开始跳动起来。

罗斯·梅茨格出现在屏幕里。他就在琪拉的电脑显示屏里。

他竟然还活着。

德什以前也怀疑过，那次对物理实验室的袭击太无懈可击了，如果不是有内应，就是由某个被提升的人策划安排的。

或者两种可能都有。

德什当时排除了梅茨格假死的可能，因为琪拉密切保管着胶囊，如果没有胶囊——琪拉坚持说他没有——他是根本不可能假装死亡的。德什从来没有想过，这个他梦中的女人，他深爱着的女人，居然就这样骗了他。

但是，现在他知道了。

他打开了隐藏摄像头拍摄到的录像，放的是琪拉跟那已故的特种部队飞行员在视频电话。互相交换了问候之后，梅茨格说，“我知道我们俩都快忙疯了，但是我早就想打一个视频电话了。”

“的确。但不巧的是，你电话来得不是时候。我现在有事要去处理，一会儿我会回你电话。”

“那我等你电话。”他回答说。

“好的。不过从现在开始，不要和我联系了。丹佛总部被毁之后，针对我们的行动比平常多了许多。”她顿了顿，看起来有些不安。“而且我觉得戴维已经开始怀疑什么了。”

梅茨格眯了一下眼睛。“你为什么这么想？”

“没什么具体证据，只是直觉。戴维对我的表现很有意思。非常微妙，但我还是能感觉到。他是我们最不应该低估的人。所以如果你想跟我视频电话，就给我发个密信，我会联系你的。不要冒险。”

“你一直都很谨慎，琪拉。这些可能只是你的想象。”

“可能是的，”琪拉说。“但是我们不能冒这个险。”

说着，他们结束了谈话。

51

有关外星纳米机器人的事情在几小时内就传遍了全球，震惊了世界。不管是男人还是女人或者孩子，每个人都感到极其惊恐。这意味着什么呢？这些纳米机器人的出现会成为一种正义的强大力量，改善人类的生存条件吗？或者它们是毁灭的预兆？难道距离世界末日只有几天甚至几小时了吗？

哥白尼号上的代表，现在仍然是全球有关此次所有外星事件最受尊敬的权威，他们召开了新闻发布会，每个国家也都在做同样的事情。全球各地的科学专家和政府部门都在尽力安抚民众，避免恐慌。每一个权威人士都说实验显示那些纳米机器人是无害的，人类可以与它们共处，可以被它们所包围，不会产生什么不利影响。同时，他们坚持认为，这些纳米机器人会和所有的有机生物一样，最终能达到一种种群的数量平衡。他们号召微生物学家通过电波提醒告诉人们，人类一直和微生物共享着这个地球，虽然人们的肉眼看不见它们，可它们已经在地球上生存了上亿年，是生物数量里面最主要的一种生命形式。无害的微生物在人身体内有超过万亿的数量，人类每呼吸一口空气都会吸入那些无害的微生物，这些事实都被大家广泛无视了。科学家们指出，如果外星人想要人类生病，他们只需要将那些纳米机器人的程序设计成像它们消化钢铁和石头一样，可以消化人类的肉体就可以了。

他们这些努力在某种程度上稳定了人们的情绪，很大地避免了原始而盲目的恐慌——至少在一段时间内。但是这种恐慌注定不能压抑太久。

对外星纳米机器人的研究在世界范围内争分夺秒地进行着。与对外星飞船和零点能量驱动的研究相反，对纳米机器人的构造和繁衍策略的研究有很大进展。但是这些与了解它们的目的或阻止它们扩散仍然还有相当大的距离。百科全书里有不少科学家对于引起感冒的鼻病毒的研究，但是人类对于防止这种古老的疾病还是束手无策。

软件是关键。外星智能生物造出纳米机器人一定是有目的的，只有两种方法能够得知他们的目的是什么。要么，静静等待让即将要发生的事情真正发生；要么，找到一个办法，看一下纳米机器人的指令手册。

由于联合国的研究成果的高知名度，虽然相关科学家们的身份都严格保密，哥白尼号纳米机器人研究小组还是受到了比其他国家或个人研究更大的关注。这个小组不止是哥白尼号上最重要的队伍，可能是地球上组织中的最重要的小组。而且这个小组现在由马特·格里芬领导。

他也不可能会错过。

杰克说服了那些美国的诺贝尔奖得主安排举行了一场比赛，与之前杰克和格里芬讨论的几乎一模一样。三十位软件专家，致力于从事自己国家的程序项目，但还没有资格在哥白尼号上效力，他们每个人都编写一个难题，都是非常恼人难以解决，只有具有天才和经验的人才能在相对合理的短时间内解答出来。每个国家提名了两人，大约有四百名专家参加了这场为时一个小时的比赛。获胜者将会领导哥白尼号的研究小组，而且还可以以他自己喜欢的方式组织其余四百名参赛者，并根据需要对他们提出要求。

有 15% 的参赛者在规定时间内一道题都没有解出。有七位参赛者解答了四道题，一位解答了五道题。马特·格里芬解出了十四道题。他本可以在一个小时内将所有难题都解答出来，但十四个已经足以让人生疑了。

虽然只是十四道题，其他的参赛者已经叫嚣着说他作弊了。解答五六道题至少还可以想象，可格里芬解出那么多，是完全想象不到的。他们认为他一定找到了作弊的方法。所以，他们一登上船，格里芬就立即在船上中央公园召开了长达一小时的会议。这个中央公园是露天的，四周被五层客舱环绕，就像在拉斯维加斯度假村里的足球场大小。在这次会议上，有他队伍里的几百人出席，格里芬接受了另外前五名亚军设计的软件挑战，他的电脑显示器与他身后一个有十五英尺高的大屏幕相连接。他解决那些题目的方式让那些设计者们都没有想到，再加上他解答迅速又简洁，让众人见识了他的能力如同看到天书一般。

在他领导哥白尼号纳米机器人小组第一天结束的时候，他就成了传奇人物。当然，是因为他的杰出才华，还有他古怪的性格。前一分钟他傲慢又刻薄。他苛刻、粗鲁、出言不逊。他似乎以羞辱周围的天才为乐。下一分钟他又变得合群，但让人气馁的是，此时的他能提供的帮助不多，他声称这是因为他太忙了，没有时间解决一些比他先前轻松解决的要简单得多的问题。

几乎所有人都看出来了，他只有在说话的时候才会停止吃东西。是的，他体型的确很大，可他的胃口似乎永远都没法满足。

这家伙之前在哪儿？大部分人认为，他为美国政府工作，负责网络恐怖威胁、网络战争和情报收集。世界各地的情报机构都因为不知道这个大胡子天才的存在而被训斥。各个国家瞬间意识到，他们曾经认为坚不可摧的系统在马特的面前都薄如纸张。只要他想要，他可以随时侵入他们的电脑，将他们最严密的秘密公之于众。

格里芬的小组成员没法理解他跳跃的思维——但是就像他承诺的那样，他的想法从来没有让人失望过。当他让他的下属都精疲力竭时，却没人说他自己在偷懒。

虽然他已经非常疲惫，但他仍坚持要向远在美国的后援报告。他发现自己瘫倒在一个豪华紧闭客舱内的床上，面对着一个落地窗，可以俯视南大西洋。但是，他的视线被约翰·科尔克少校、莫里斯·雅各布森上校、安德鲁·达顿，以及他的朋友兼行动伴侣戴维·德什遮挡了。

德什在格里芬到达的六个小时后就抵达了，因为他不用为了赢得一场软件比赛在南非逗留。在服用了一颗胶囊后，他的伤口愈合得很完美，不过仍然还需要几个星期才能完全恢复正常。

至少身体上已经恢复了正常。在感情上，德什就像遭遇了交通事故只剩一堆残骸。不知道他有什么充分的理由。他总是不停重复犯着代价高昂的错误。他最亲密的朋友死了。伊卡洛斯遭受了一次又一次的惨败，而他对美好未来的设想也变得越来越扑朔迷离。最糟糕的是，他既深爱又尊敬的女人，不再是他可靠的情感支柱，却越来越变得不可预测，还有可能背叛他。

所有这一切都足以考验一个最坚强的心智了，但事情还远没有结束。他受了伤，外星瘟疫随即被发现，将他和其他所有人一起置于生存的边缘。他还被迫与杀死吉姆·康奈利的“杰克”·雅各布森上校联手。更糟糕的是，他发现自己还有点喜欢他。虽然不是很惊讶，但让人有点尴尬，这对他保持情绪稳定来说又是一个打击。杰克和他有共同语言，有相同的技能，有差不多相同的经历，甚至还有一个相同的目标。他曾听说过不止一个关于先前俄罗斯和美国冷战时期战士的故事，他们终其一生事业将对方视为对手，可一旦两国关系缓和，由于他们拥有的无法否认的某种联系，又迅速成为了朋友。

德什无法承受失去吉姆·康奈利的悲痛。他讨厌自己不能再多恨杰克一些。同时，他也讨厌自己不能少爱琪拉·米勒一点。

总而言之，德什知道自己心里一团糟，但他知道，心理学家可能会用稍微不同的词来形容他的情况。

德什在这儿只是充当一个观察者，所以他尽可能地保持低调，假装自己是墙上的一只苍蝇。达顿清了清嗓子，德什知道会议要开始了。

“我们尽量长话短说，”杰克的平民长官盯着马特·格里芬说。“但是我们需要知道你现在进行到哪一步了，是否有任何新的进展。我们还想要求，在你提升的时候让你自己的口气尽量平和一些。我直说了吧，大家都认为你是这儿的最可恶的混蛋了。”

格里芬吞下了一个巧克力松饼，他又伸手准备从袋子里再拿一个，德什总是为他准备了满满的一袋子。他把手缩回来，“我已经尽我所能做到最好了，”他痛苦地说道。“我很高兴我的另一个自我没有杀死人或者让更糟糕的情形发生。我在努力控制他，但收效甚微。毕竟因为这个问题是他这么长时间以来遇到的真正具有挑战性的一个难题。”

达顿叹了口气，决定继续说下去。“现在你已经在这里两天了，”他说。“我知道你们一直有进展，但是我们到底到哪里了？”

“我将我的时间分成了两部分来进行，”格里芬报告道。“第一个部分是了解我们的纳米机器人朋友是如何设置程序的，第二个部分是找到一种方法能启动它们自我毁灭的指令。”

“你觉得这些东西可以进行自我毁灭？”科尔克问道。

格里芬点点头。“我几乎可以确定它们可以。不过没关系，就算它们不能自我毁灭，我也会想办法自己设计一个程序的。”他顿了顿。“至于直接了解这些虫子是做什么用的，是不可能的事情。这些是用外星逻辑和外星程序设计的外星设备。”

“但是我听说你在解析它们的程序方面取得了很大进步，”杰克问。“这是真的吗？”

格里芬点点头，又打开了一袋松饼。

“你的小组是全球几千个研究小组中唯一获得进展的，”达顿说。“现在全世界所有的小组们都在等着看你下一步怎么做。你告诉他们要做些什么，并且确实有效——这个球就被推动向前了。但是所有的研究小组包括你自己的，所有人，都不清楚这些为什么有效，这件事令他们非常抓狂。他们不仅想搞懂那些外星人的指令是什么，他们还想知道你到底在做什么。他们想问你怎么知道要采取这些做法，可你却基本上都回答他们‘去你妈的’。”

格里芬叹了口气。“我这么说是因为我自己也不知道。你没提升过，我和我改变后的自我——我们称之为超级马特吧——之间的差距，”他咧嘴一笑，“就像鸟和人的区别那么大。我说的都是实话，我们在努力做的是解决几乎不可能的事情。但是我那改变后的自我在这两个方面都已经接近突破了。如果我能解释为什么我做的事是有效的，我会那么做的。”

“别担心那个，”杰克说。“如果所有人都因为他们不知道你在做什么而感到沮丧，那真是太糟糕了。”他顿了顿，向格里芬示意说。“所以请继续讲。我们现在进展到哪儿了？你刚说无法直接了解这些纳米机器人的目的，是否意味着你有办法可以间接地了解吗？”

“对，”格里芬说。“你可以把这些纳米机器人看成是某种形式的计算机蠕虫。一个藏在你的电脑软件里的蠕虫，不停地在繁殖蔓延。但是最恶意的蠕虫是有时间闹钟的。它们在雷达的监管范围以下，繁衍传播几周甚至几个月，但是并不引发什么问题，直到他们入侵了数百万台电脑。到了那个时候，在某个特定的日子或者时间，它们就会发动一场协调一致的袭击。它们执行设置好的程序指令，或者访问某个特定网站，从操纵者那里得到指示，而操纵者可以利用它们来接管庞大的计算机网络以达到邪恶的目的。”在小客舱里的其他人思考着他说的话，他又把一个松饼塞进了嘴巴里。

“你刚才用了‘邪恶的’这个词吗?”科尔克带着狡猾的笑容说。

德什咧嘴笑了笑。马特·格里芬的用词经常都可以使人发笑。

格里芬又吞了一大块松饼，没理会少校的评论。“所以如果你发现了一个蠕虫在繁殖，但是什么都没做，”他继续说道，“一个常见的伎俩就是加快时间。加速你的电脑时钟。把你的电脑的时间设置成比真实的时间快一千倍。如果蠕虫们被设置为3月5号之前都处于休眠状态，那么你就让它们认为3月5号已经到了，然后你看会发生什么。这种方法没法告诉你如何阻止事情的发生，但是至少你不用等到3月5号才能知道将会发生什么，那样就已经太迟太晚了。”

杰克挠了挠头。“但是你怎样才能做到这一点呢?”

“再说一次，我只有一个模糊的想法。但我那提升后的自我似乎认为这种方法是可行的。在小组的帮助下，我找到了一个方法，猛烈进攻纳米机器人的感观系统。欧洲人最近花费了将近十亿美元建造了一个全球计算机模型。出于某些很明显的原因，他们把它戏称为矩阵（Matrix）。”

“我们很清楚这个，”达顿说。“我们也有一个，只不过我们没有大张旗鼓地宣传。”

“非常好，”格里芬说。“所以基本上，我们可以把一个纳米机器人放进矩阵里去，让它以为那个模型是真实的世界。然后我们把它的时钟调回它们刚抵达这里的时间。我们把模型的时间加快一千倍，观察纳米机器人的复制和传播——基本上看它们做自己的事情。我们可以看到它的程序一步一步上演，我们还可以追踪其余的纳米机器人。当时间来到我们现在所处的时刻，我们应该就能在虚拟世界里看到和现实世界一样密度的纳米机器人。然后，我们从那开始加速进程，看看它们会做什么。它们会保持不断繁殖，直到消耗完所有的原材料吗？会不会所有的纳米机器人组成摩天大楼一般高的字母，然后说‘把你们吓坏了，是不是，愚蠢的地球人’？他们会联系总部吗？看到底会发生什么？”

“你和小组中的其他专家讨论过这个吗？”达顿问道。

格里芬点了点头。

“他们觉得会有用吗？”

格里芬微笑道。“开什么玩笑。他们都认为这不可能。比不可能还要不可能。但是他们已经开始习惯了我做不可能的事，所以他们也不能肯定。而且超级马特已经完成了编程。所以一切准备就绪，我们只需要能够进入到矩阵里了。”

“我会让你得到美国矩阵的访问权，”达顿说。“一小时内就可以准备完毕。”

格里芬摇了摇头。“我们四小时之后再开始吧。我计算过，距离上次我服用了胶囊之后，最早也要在三个小时后才能再次服用才能活下来。胶囊的使用频率是有限制的，我一直在测试。像现在这样，我需要一个月的时间才能恢复。”

“没问题，四小时后，”达顿同意了。“你多快能得到结果?”

“运行矩阵程序的电脑有多快？用最快的桌上电脑，”格里芬解释道，“不然的话，我们可能要等上几年呢。”

达顿和杰克满脸狐疑地互相看了看，他们都不知道。

科尔克戏谑地摇摇头。“2亿亿次每秒，”他信誓旦旦地说。

格里芬吹了声口哨。“这样才能继续说下去。”他沉思了几秒钟。“按照这个速度的话，我想不到一小时就能得到结果，也可能半个小时以内。但是我们要让所有其他人都退出系统，这样我们可以享用整个带宽。我们要在虚拟模型里运行纳米机器人数千次甚至更多，以确保我们能够完全掌握它的程序。我会让我最好的副手跟我一起参与运行并分析结果，这样我可以出现在船上所有的频道。提醒一下哥白尼号上所有人，在五个半小时以后准备好接受新信息。”

“我很佩服你的乐观，”达顿说。“但是你还是不能确定自己是否真的能做到啊。”

“的确，但是我从不和超级马特打赌，”格里芬微笑着说。“如果他认为我们已经奠定了足够的基础，取得了足够的突破，可以让这些纳米机器人经历矩阵了，我才不会和他争辩呢。”

“超级马特有没有考虑过这些纳米机器人的目的是积极的还是消极的呢?”杰克问道。

“他不知道，”格里芬说。“就个人而言，我希望这些纳米机器人能够组装成包含宇宙所有秘密的量子计算机。”

杰克点了点头，强迫自己露出一个焦虑的笑容。“不可能那么好的。”他叹口气。“我猜只有一个办法能弄清楚了。”他严肃地说。

52

戴维·德什和莫里斯·雅各布森警觉地站在舱门外，那个大胡子的大个子正在打盹，尽力从对身体和大脑的反复过度使用中恢复过来。另外有四个美国人在通往这个客舱的走廊上巡逻，保护着目前地球上最重要的一个人，等他瞌睡醒来以后，将要承担有史以来最重要的一个任务。安德鲁·达顿在给格里芬安排使用机密电脑，专为现实世界中建立的最为完整的虚拟模型编程所用。

自从登船后，德什的大部分时间都和上校待在一起。杰克的工作是监视德什和伊卡洛斯珍贵的软件天才马特·格里芬。德什的工作也是看着马特，能帮什么忙就帮什么忙，同时确保他的安全，不受到任何恶意的伤害，不管这种伤害是来自杰克手下还是来自外部其他人。归根结底，因为两人的工作都是看着马特以及对方，所以他们心照不宣地大部分时间都黏在一起。

德什用借来的手机同琪拉通过两次话，两次谈话都很简短，而且在他看来，很不自然。他想回去查清楚到底发生了什么：她参与了什么事情，罗斯·梅茨格又是如何牵涉进来的。对事件的不明了就像掠夺殖民地的蚂蚁大军一样正在吞噬他的心。但是眼前有太多事情发生需要他去处理，所以他的恐惧就像一个裂开的伤口在不断恶化。

杰克对他点了点头说，“按照你的要求，我让我的一些手下回到美国核实了你说的故事。”

德什抬了抬眉毛。“然后呢?”

“确实证实了你的说法，亚当·阿奇博尔德消失了，就跟你预测的一样，但考虑到他的游艇的情况，我们认为他淹死了。”

“继续说。”

“经过大量的挖掘，我的手下证实了阿奇博尔德就是埃里克·弗雷的化身，他就是来自美国陆军医学研究所的遗传工程师，据说有一肚子坏水。”他摇了摇头。“他们告诉我他的身份转换简直完美无瑕。如果不是他们事先得到情报阿奇博尔德就是埃里克·弗雷的话，他们永远都不会把这两个人联系在一起。”

“那你准备相信，我们不是你以为的那种恶棍了吗？”

杰克笑了笑。“可以这样说，我的大脑持续开放给更多的证据。你的问题是你和琪拉都太聪明太有创造力，同时又太有欺骗性了。”

德什考虑了一下。“我明白了，”他承认道。“当你和琪拉这样有能力的人打交道时，你永远不能确定自己是不是被戏弄了。”他皱起眉。他太明白这种感受了。“但我有信心，如果你继续挖掘，你会发现真相是无法伪造的。”

“希望你是对的。”杰克简单地回答。

“说回弗雷，”德什说。“我可以认为在你的正常活动范围以外，派人去采取了下一步行动了吗？”

“下一步行动？”

“得了吧，上校。”

杰克不好意思地笑了笑。“你说得对。信息不共享的观念太根深蒂固，我几乎都条件反射了。的确，在我的组织以外有个我信任的人正在寻找弗雷和我的某个手下之间任何的联系和交流。但是这次是因为你提前给了我提醒，就算我们真的有所发现，我们也不能确定是不是真的。”

德什叹了口气。“我知道，”他无奈地喃喃说。“请继续调查。你会查清楚的。在某些时候，你得到的信息是连琪拉的能力也无法伪造的。”

“希望你是对的，”杰克再次说道。“我真的是这样希望的。”

53

船上的每台显示屏都被调到马特·格里芬画面，他独自一人在他的特等客舱里面对一个固定的摄像头。哥白尼号上有超过一万名的乘客正在观看。很多人在他们自己的客舱里，也有一些人聚集在餐厅、夜总会、餐厅、礼堂和剧院。数百名乘客坐在那个像中庭一样的公园里，凝视着第一次登船时格里芬曾使用过的那个十五英尺高的屏幕。其他人躺在可俯瞰南大西洋的甲板折叠躺椅上用便携电脑和平板电脑观看。不管他们身在何处，他们的眼睛都紧紧盯着屏幕。

格里芬看上去面容憔悴，在船上的几天他好像老了十岁。他一直不停地狂吃零食，几乎同他的天才一起被视为传奇。传言说要么是他吃下了绦虫的母亲，要么他自己就是个外星人。

几小时前医生给他安置了一个靠电池供电的静脉输液泵，因为他那提升后的大脑就像火箭燃烧燃料一样消耗着葡萄糖，但他还需要做最后一次提升，而且不得不在健康条件允许之前就进行。摄像机紧紧对着他的脸，所以他的左手臂上有一根塑料管从静脉延伸到左手，根本就看不到。

“没什么时间了，”他开始了。他的声音微弱，身体语言也表明他已经完全精疲力竭。他特意把广播时间安排在他恢复正常以后，这样就不会由那个傲慢、刻薄的自己来宣布这条消息。“那么我就直奔主题了。哥白尼号纳米机器人研究小组的几位成员刚刚完成了一项数据分析，这些数据是通过把纳米机器人导入计算机模拟而产生的——这是为了愚弄它们从而暴露它们未来的计划。我不打算探讨技术细节。我只想说，结果足以证明是成功的。”

格里芬深吸了一口气。“我希望我有更好的消息，但是我没有。简言之，纳米机器人是被设置为不停地复制和传播直到地球上每一平方土地上都有一定的数量，达到饱和水平。我还要说的是，这些纳米机器人能够检测到几英里以外的铀和钚，并优先向这两种物质移动。”他稍作停顿，“等到了预定的时间点，它们就会触发相当于核武器威力的炸弹，足以结束地球上绝大多数人类的生命。”

格里芬停下来，想象着数以千计的观众发出的喘息和他们惊恐受挫的表情。他只给他们十到十五秒的时间来消化这个消息，然后继续说道，“我的组员们正在给船上的官员发送一份备份，是关于软件代码和把纳米机器人导入在虚拟模型的科学实验报告，有了这些我们才能得出刚才的结论。我要求全球的政府代表都聚集在此，把这个指令传送回国，让你们的人自行运行这些虚拟模型，这样对于我们研究结果的真实性就不会有疑问了。当然，你们都接触过纳米机器人。我们使用的是世界上最复杂的模型，但是即使你们使用的是最普通的模型，任何超级计算机都可以得出跟我们相同的结论。我同样也会要求可以得到免费铀或钚的政府来证实一下纳米机器人对这两种材料的偏爱。

“在时间起点，这些纳米机器人会相互交流，然后决定在数千种不同的可能组合中选择打击什么地方。它们的目标似乎是确保世界各地都被辐射覆盖和使用尽可能少的爆炸造成全球范围的核冬天来临。

“为那些不熟悉核冬天概念的人解释一下。基本上，核冬天是由于多个核弹爆炸，释放了大量的烟和粉尘到空气中，使太阳被长时间遮掩而导致的灾难性寒冷。”

格里芬知道，在这艘大型邮轮每一个角落里，那些受人尊敬的乘客们都被震惊了，他很高兴自己能够作出决定，独自一人来宣布这个消息，这样他不必停下来理会观众们的反应，而快速完成公布。“在引爆炸弹之后，”他继续说道，“那些没有直接在爆炸区域的纳米机器人生存下来会继续繁殖，直到达到再次饱和。届时它们就会联系它们的总部——不过，也不能算是真正的总部，我过一小会儿再来讲这个。我们还不知道它们想要发送什么信息，类似于‘任务完成’之类的消息，并不让人感到惊讶。

“自此这些纳米机器人开始进行分化，有一些被设计来清理辐射，为此它们会繁殖到一个令人惊讶的数字。另一些被设计来在大气中播种——改变大气构成，减少氮和氧的含量，同时增加氩气、氦气和一氧化二氮的比例，使大气变得有毒，不适于目前在地球上存在的所有动植物。”

格里芬停了下来，他知道这是又一个令人震惊的发现，到目前为止，情形已经糟糕到了极点。不管他说什么，那些观众可能已经被接二连三的信息炸弹轰炸变得麻木了。“纳米机器人还要对着宇宙发送两次广播，分别是爆炸后 21 年和 25 年。通过分析它们的几次广播得知，它们正在输送一个庞大的舰队，以接近光速的速度直奔地球而来，其方式跟它们的先头部队一样。由于舰队的速度被限制为光速，从广播的时间和地点我们可以判断出，广播本身的速度能够远超光速，很可能是因为它们在某种程度上利用了量子纠缠技术。从纳米机器人的表现来看，它们好像瞬间就接收到了消息，对此我毫不怀疑。”

格里芬顿了顿。“本质就是外星人会派它们的先头部队来占领我们的星球——要不就是相反，把地球环境改变成有益于它们的生态环境。既要把酒店打扫干净，还要确保枕头上有巧克力薄荷等着它们占领力量的到来。它们明明知道我们的大气组成和核武器的存在。它们显然希望事情按照以下情形发展：它们的先头部队抵达，释放纳米机器人；纳米机器人污染并引爆我们的核武器；纳米机器人清理辐射，并改变我们的大气来适应它们的需要。我们粗略计算，这一过程大约需要 25 年完成。再过大约 9 年——也就是距今 34 年后——外星舰队抵达这个已经殖民并得到净化的星球，把这个星球调理成它们的生态环境。”

马特·格里芬深吸了口气。“在运行了成千上万次模型之后，我们精确地找到了时间零点，”他严肃地说。他看了眼手表，艰难地咽下一口唾液，又回到镜头前。“纳米机器人将会在五个小时后引发世界末日到来。”

54

琪拉取消了所有的活动，伊卡洛斯实际上已经处于停滞状态，但是这没有关系。全世界在这个时刻都屏住呼吸，什么都不做，等着某个权威人士告诉他们发生了什么，有什么意义，还有这些外星机器人在这里做什么。

冷战使全世界人民都心理疲惫。由伊斯兰原教旨主义武装分子发动的针对现代文明的恐怖战争也使国际社会局面更加紧张。但是，没有什么能和眼下由外星纳米机器人造成的恐惧、偏执以及心理脆弱相提并论。

琪拉此前也经历了好几个月非常疯狂而又重要的日子，但是都无法和这个相比。就这件事而言，任何人都一样。

她以前也曾一个人待在总部。但是作为这个如此宽阔的建筑里的唯一居民，就更加放大了她的孤独感。可她要是待在她和德什的卧室里，她就感觉自己身处一个高端的公寓里，只是没有庭院或者屋顶，完全看不到那些会议室和实验室的存在。

戴维·德什和马特·格里芬的影像出现在她的脑海里。戴维外表粗犷却有见地，果断而有能力。马特可爱又无法预测。只要能想到高大的词汇，他就绝对不会使用普通词汇。此刻他们在做什么呢？她有将近二十四小时没有接到他们中任何一人的来电了。

她在想马特·格里芬对纳米机器人研究是否获得了进展，然后她把注意力又收回到了正在进行的工作上，希望这样可以让她把思绪从她无法控制的事情上移开。

55

在哥白尼号上的每个人都笼罩在一种无法描述的恐惧和忧虑当中。不仅是恐惧和担忧他们即将面临的死亡，这本身就足以令人心生畏惧了，还有就是广泛而大面积的对于物种灭绝前景的恐慌。随着时间流逝，他们不仅担心自己，还担心整个世界。

船上的乘客反应各不相同。有的变得麻木，心理也变得脆弱起来。有的在沉思，有的在哭泣，还有的在呕吐。一些人想尽快喝醉。但大部分人聚集了起来，试图从他人的存在中得到安慰。

距离世界末日来临还有几个小时，潜在的世界救世主马特·格里芬在自己的客舱里呼呼大睡，他仍然还在静脉输液，又一袋营养液和葡萄糖直接注入到他的血液里。

有三个人驻守在他的房间外，另外还有六个人把守着通向这个房间的所有要道和走廊。讽刺的是，当马特·格里芬最不需要警卫的时候，杰克加强了他身边的安全防卫。他是抵御世界末日的唯一希望。全世界的命运都压在了他山一般的肩膀上。不管是以什么方式打扰了他，更别提杀死他或者绑架他，对于那个罪犯来说都等同于自杀行为——对地球也是。

德什敲了敲一个特等客舱的房门，这个房间离格里芬的客舱有三个客舱距离。上校打开门示意他进来。客舱里另外还有一个人，是达顿。

“你想见我?”德什说，眼睛牢牢地盯着这个发号施令的平民。

“是的。”达顿回答道。“马特现在怎么样?”

“刚刚去查看了一下，他还睡得很香。”

达顿皱起眉头，“我知道他累坏了，但是他现在不应该在工作吗？他可是我们唯一的希望啊。”

“他不是，”德什更正道。“就算你给马特一百万年，他也找不出如何破坏纳米机器人的方法。睡觉是普通人马特能为这项任务作出的最大贡献。他改变后的自我才是我们的希望，但是他在几小时之内不能再次出现了。即使是这样，马特仍然要冒很大的风险。”

“你觉得他真的能做到吗?”达顿紧张地说。德什没法责备他。

知道几小时后就有一场核战争，而胜败都取决于一个正在酣睡的黑客的推测，这种感觉让人心灰意冷、胆战心惊。

德什耸耸肩。“我们听到的内容都是一样的，”他说。在马特向船上的所有人宣告这个死期的消息以后，他又尽力向听众们保证，告诉他们自己可以及时完善自毁代码以阻止这场威胁。“马特在睡觉前私下告诉我，他认为他改变后的自我需要大约十分钟就可以解决代码的最后一部分。”他顿了顿。“就我个人来看，我觉得我们的机会大于百分之五十。”

“很高兴知道这个,”杰克挖苦地说。“开头以为是世界末日，结果却并非如此。”

“所以你那边怎么样了?”德什问道。

“你能想象出，真是一堆破事儿。”杰克说。

“现在九成的国家都各自证实了马特的分析,”达顿说。“那些可以获得免费铀或钚的国家也已经证实，那些该死的虫子立刻就朝着那些物质的方向转移，跟马特预测一样。”

“所以现在各国政府都相信这场威胁是真实的了吗?”

达顿笑道。“是的。他们全都相信了，而且吓得快尿裤子了。为什么不呢，这里的每个人都是一样啊。”

“他们都同意对此保密吗?”

杰克点点头。“马特在他的讲话中说，他有信心再多给一两个小时就能解决这件事情，泄露了又有什么重要吗?即使是最开放的政府也不会那么做。如果世界毁灭了，泄不泄露也没有关系了。如果马特成功了，他们也只会让他们的百姓陷入巨大的恐慌当中。”

“没有足够的时间给人们解释现在的情形,”达顿补充道。“知道这事儿的人现在很可能正在家里与他们的妻子最后一次亲热呢。”

“你在说什么啊?”德什反对道。“难道他们现在不应该去确认核武器是否已经解除了吗?”

“太晚了,”杰克说。“如果能发现得早一些，核武器还能解除。现在这种情况，要么看马特，要么就是静候世界末日降临。”

“如果他真的完善了自毁程序呢?”德什问。“时间起点之前有一两个小时够吗?”

“应该足够了,”杰克回答。“马特说过他很确定，一旦他找到方法，应该是非常简单的结果，可以通过各种方式传播。所有的广播站、手机信号塔、Wi－Fi 接收器以及地球上的通讯卫星都可以征用来进行传播。”

德什摇摇头。“你最好确保每一艘潜艇每一个核发射井上都有人可以发送信号。必须亲自去看。”

杰克点点头。“每个政府，当然也包括，所有拥有核武器的恐怖组织，都接收到了这个消息。”

达顿走到一个微型冰箱前，拿出苏打饮料。“我们还有很多工作要做，所以来谈谈我叫你来这里的原因吧。”

德什抬了抬眉毛，“什么事？”

“一旦马特交出自毁程序代码，我们就要准备你和马特的撤离。”达顿深深皱起了眉毛，很明显他的脑袋里还有一句话，如果他能找到的话。

“再说一遍？”德什困惑地问道。

“一旦这场危机消除，马特立刻就会变成全球头号通缉犯。”

“你在说什么啊？”德什质疑道。“他应该是地球上最受人尊敬的英雄。”

“是的。那也是真的。被世界上所有人民崇拜，但却被所有人民的政府所忌惮。”

德什思考了一下。“他只是让人印象太深刻了，对吧？”

“你认为呢？”达顿转了转眼珠回答道。“如果我知道中国有一个类似格里芬的人，并且怀疑他为政府工作，我也会非常担心。我会以非官方的形式，以迅雷不及掩耳之势给予他致命打击。现在格里芬为美国服务，你认为其他那么多国家现在在想什么呢？”

德什厌恶地瞥了他一眼。“那么就是说，多谢你救了我们，但是因为你太天才，所以不能活命吗？”

“基本上是这样，”达顿回答道。“我想我们能保护他，尤其是在一个中立的，没有武器的邮轮上。但是为什么我们要冒险呢？”

“我才不相信，”德什说。“你没注意到吗？如果我们在几个小时后活了下来——有很大的可能——世界将不再跟以前一样了。我们要担心别的物种的存在。”

杰克点点头。“那也是我来这儿的原因。当世界的存亡受到威胁，没有人会危及这个人的生命，因为他是唯一能洞察外星技术和外星程序的人，不管他为哪个政府工作。”

德什思考了一会儿。马特·格里芬会成为世界的财富，或许可以为联合国工作？但是，这个念头刚一出现，他就知道这是不可能的。因为马特没办法长时间隐瞒他只在极少数情况下才智力超群这个事实。如果他公开地工作，他就有可能会暴露琪拉的胶囊和伊卡洛斯，这是绝对不可以的。马特可以继续研究外星科技，但是他只能从再次离开人们视线的那时开始，这更具挑战性。但是德什知道，这都是以后的问题了。如果还有以后的话。

“你们可能都是对的，是我错了。”达顿承认道。“我希望你们是对的。也许世界各国都同意你们准确而合理的观点。但旧习难改。为什么要冒险呢？在所有人意识到马特离开之前，我们就让马特下船。按照我们之前承诺的，我们让你们两人回到美国的土地上，放你们自由。以这样安全的方式有什么不好吗？”

“我同意，”德什深思了几秒后说道。“但是撤离时杰克要护送我们。这是交易条件。”

“为什么？”

“他是我们唯一相信的人。”

“真是感人啊，”达顿嗤笑道。“即使他杀了你们的一个人？而且还想杀你们所有人？”

这简直是在伤口上撒盐，但是德什努力不表现出来。“是的，”他平静地说道。

“随便你吧。”达顿说。

“还有件事，”德什说。“在我们离开之前，我们一定要确定马特的代码确实可以使纳米机器人失效。”

“没问题。”达顿轻蔑地说。

56

马特·格里芬瘫坐在一张轮椅上，手臂上还插着一个蠕动输液泵，将一个透明袋里的营养液输入到他的血管里。四名美国特遣队成员在前面为他开路，一人在推着他，还有包括戴维·德什在内的四个人围在轮椅周围跟随他一起移动，确保这个船上最容易辨认的一个人不被别人看出来。

十分钟后他们来到临时飞行甲板，刚好格里芬在路上吞下的胶囊开始生效。只见一架大型豪华的西科斯基直升机，跟一架黑鹰差不多大小，红白色相间，旁边的桌子上有一台超级电脑，格里芬说过这样一台超级电脑就可以满足他的需要了。那架直升机只是停在上层甲板的数百架直升机之一。这个上层甲板在被用作停机坪之前是两个沙滩排球场，一个全尺寸的篮球场和一个 18 洞迷你高尔夫球场。长达 520 码的飞机跑道建在了甲板另一侧。通常情况下，这里至少会有一些活动，但是现在这里已经完全废弃了。飞去别的地方还有什么意义呢？纳米机器人即将引发的毁灭，在这个地球上无处可躲，而哥白尼号是一个美丽的地方，在这里等待死亡并深思来生的本质，是最好的抉择。

达顿解散了所有人，只留下了德什、科尔克和杰克，船上只有他们三个知道有关胶囊的事。他们站在直升机旁，眼睛注视着外面，确保没人会打扰他们。

德什推着格里芬来到直升机旁边的桌子前，使他能够使用无线键盘和鼠标。这位黑客立即滚动着屏幕，满屏显示的都是令人费解的符号——肯定是他从纳米机器人那里获取的信息输入转化而来的代码——他的速度快得正常人根本跟不上，更别说阅读和理解了。但格里芬只是盯着显示屏眼睛一眨也不眨，就像用消防水带喝水，却一滴也不漏。几分钟后他的手指开始在键盘上飞舞，以极快的速度切换着屏幕。

德什检查杰克递给他的手表和衣服，都是上船之前他带来的，“97 分钟，开始计时。”他冷冷地对身边的上校说。

杰克面无表情地点点头，什么也没说。也没什么可说的。

6 分钟过去了。这是德什人生中最慢的 6 分钟。也是最快的 6 分钟。

“我搞定了!”格里芬胜利地喊着，吓了其余三个人一跳。“你们这些小杂种，”他恶狠狠地说道，“去你妈的!”

“什么?”达顿一脸疑惑地问道，格里芬说得太快，他们根本没听明白。

格里芬虽然已经非常疲惫，但他还是用超人的专注和不屑盯着达顿。“发送，”他直截了当地说，按下键盘上的一个按钮。

达顿满怀希望地睁大双眼。他可能没听清楚马特前面的话，但是“发送”这个词对他来说就像是美妙的铃声。“莉兹，”他对着电话说，“马特已经发送了自毁程序序列。你们立刻在自己的电脑上接收。”

对方短暂停顿之后。“收到，”这位美国分子生物学家在12层以下的自己的房间里说。“我现在就用无线信号把它从我的电脑发送出去。”

发送完成以后，她立刻通过一个昂贵的显微镜的目镜观察她事先置于玻片上的几十个纳米机器人。

她屏住了呼吸。

它们裂开了。

纳米机器人分裂成五块碎片，像在保持休眠一动不动。她继续观察着，这些虫子复杂的生物部分溶解了，就像糖遇到了水一样。

自毁程序起作用了。

尖叫、高喊和其他的庆祝声音穿透达顿的电话，大到旁边的人都听到了。格里芬还是保持着面无表情，但是德什闭上了眼睛，把头向后仰，长长地舒了一口气。自从格里芬发现纳米机器人的真正来意后，杰克和达顿僵硬的脸庞才第一次放松下来。疲倦的笑容同时出现在三人脸上。

分子生物学家终于停止了尖叫，向达顿描述了她通过显微镜所看到的景象。在她结束之前，她就已经将代码发送到了哥白尼号上的每一台计算机上。几分钟后就会被传送到各国政府，接着会上传到卫星、手机天线塔、电台和世界各地的核掩体。

杰克向马特·格里芬伸出手。“你这个伟大的混蛋，”他敬畏地说道。“你成功了！”

格里芬没有理睬他的手。“我当然做到了，”他傲慢地说，仿佛杰克的热情对他来说是一种侮辱，因为它暗示着他曾经有过怀疑。

达顿留在后面，其他四人登上了西科斯基号。西科斯基号的内饰是常被工业巨头们使用的模式，就跟豪华轿车一般的奢华。科尔克以前曾是一名经验丰富的飞行员，他启动了引擎，德什扶着格里芬坐在了一把船长椅上，帮他挂上了点滴泵。

“我要休息一下，”格里芬一坐下来就说，几秒钟之后他就睡熟了。

德什觉得很奇怪。格里芬还可以继续保持提升状态将近40分钟，他的超级大脑一定已经考虑过，虽然他无法使自己立刻恢复到正常状态，好让他负担过重的大脑放松一下，但至少他可以让大脑空闲下来。

德什再次查看了时间。如果一切顺利，十到二十分钟之后，他们应该就能避免此次危机了。最坏的情况，如果他们遗漏了几个核电站，至少毁灭和大规模死亡也都是局部的——世界还可以继续生存。而且，德什知道72分钟以后他会觉得好得多，72小时后会感觉更好。

直升机起飞并向东方倾侧时，杰克和德什分别戴上了耳机。德什最后看了一眼宏伟的哥白尼号，哥白尼号上灯火通明，就像无尽的黑暗中一个巨大的萤火虫，它是人类天才般创造性的一个证明。就像过去的一个月里发生的其他事情一样，现在的情形也是那么的不真实。如果有人在一个月以前告诉他，马特·格里芬将会拯救全世界免于外星纳米机器人的破坏——而且是在全球最大最豪华的邮轮上——并且没有被奉为救世主，而是像是逃离犯罪现场一样的溜走，德什一定会捧腹大笑。

西科斯基号继续沿着东南方向朝南非飞去，一路飞行非常平稳。机内舱里有漆木家具、镜子、镶嵌在墙内的电视屏幕，还有一个储备充足的酒吧。由于载客十人的容量，此刻机舱内显得比较空。

他们都默默望着窗外，时间一分一秒地走着，他们的思绪也同时间一起接近时间起点。格里芬还在打瞌睡，确定无疑在几分钟以前就已经恢复了正常。

距离时间起点还有5分钟。杰克从椅子里站起身走向酒吧，往两只精致的水晶高脚杯里倒入香槟。他转身回到座位，递给了德什一杯。

德什接过杯子，冲他点点头。他一时间觉得事情无法更离奇了。他正在一架直升机里飞越南大西洋，身旁是一个不共戴天的敌人和一位昏迷的朋友，几秒前世界末日擦肩而过，现在他们就像在庆祝新年前夕一样，手里拿着香槟。

德什把高脚杯放在身边的扶手上，看了一眼手表，又再次看向窗外。天空会突然变成深红色吗？人造的太阳火焰会使黑夜亮如白昼，使地球变成一个毫无生命存在的地狱吗？在核武器的冲击波震碎西科斯基前他们还有多少时间？会像浸泡在液氮中的玫瑰吗？

格里芬的代码应该起效了。但是应该与的确是完全不同的事。

“我们成功了！”身旁的杰克激动地宣布说。德什陷入沉思的时候已经过了时间起点。

德什点点头，不让自己过于激动。现在还不是时候。“我们等等再庆祝吧，”他说。“等你收到报告以后。”

他们又等了5分钟，然后报告直接打进杰克的手机里。他举起香槟的杯子，面向德什。“世界各地都没有爆炸的报道。看起来你朋友的代码就像魔法一样起效了。”

德什咧嘴笑起来，和上校碰了碰酒杯。格里芬做到了，德什喝下一口心里想着。如果不是琪拉，世界就完了。她那提高人类智商的疗法使人们避免了这场灾难。但是她会为此付出什么代价呢？

杰克听着耳机里的一个私人频道，然后切换到他和科尔克都能听到的一个频道，“据说不断有报道从世界各地涌来——几乎所有研究纳米机器人的人都发来了——说所有的纳米机器人都裂开了，”他带着胜利的表情说。“我们刚刚避免了世界末日的到来，以及我们如何避免的，这整个故事现在正在全球范围内流传，”他继续道。“同样，哥白尼号正在召开一场新闻发布会。他们正疯狂地寻找马特，所以达顿告诉他们马特已经不在船上了。”

“那个接收得怎么样了？”德什问道。

“不怎么样，”杰克回答。他的眉毛皱起来，看着格里芬说，“我希望他能赶快醒来，这样我们可以将他放在肩膀上举起来。”他做了个鬼脸。“当然只是打个比方。当他不是世界上最大的混蛋的时候，他是一个很可爱的家伙。”

德什大笑。他很想问，这是不是意味着杰克不再想杀他了，但他又不想破坏这节日般的气氛。

四十分钟后，他们降落在南非海岸附近另一个仓促修建的直升机场，最后还是不得不叫醒马特，他的营养液快输完了，他们拔掉了他身上的针头。大家向马特表示祝贺，但是他太累了，连一个微笑的力气都没有，只能勉强站起来，走出直升机。

这个中转区负责处理来往哥白尼号的所有直升机。一支联合国安全部队在临时机坪的边界巡逻，确保没有武器私自携带上船。

他们从西科斯基号上下来后，乘坐一辆悍马进入了美方特区。特区里有几个弹簧吊架，几个临时营房和一个匆忙建造的、已被指定为总部的办公楼。

当他们从车上下来，站在被指定为哥白尼号任务期间的美方领土上，已经超出了联合国的边界。四名士兵将他们包围，每人手里拿着一把半自动手枪瞄准了他们。

“你们被捕了!”其中一名士兵喊道，他是一名中尉。

“别紧张，中尉，”杰克说道，语气里透着难以抑制的愤怒。“这些人是我的客人。我已经明确下达命令准备好一架飞机，将我们都送回美国。”

然而那四个人依然纹丝不动。

“放下你们的武器!”杰克愤怒地喊道。“这是直接命令!”

中尉摇了摇头。“你已经不再指挥了，”说着，他转向约翰·科尔克。“您有什么命令吗？上校。”

“上校？”杰克难以置信地问道。

“没错，”科尔克确认道。“我得到了一次战场提升。”他的嘴唇不怀好意地卷曲起来。“你现在被捕了，以危害国家的罪名，你个狗娘养的。”

57

德什此时疲惫不堪，但是他的身体和精神立刻警觉起来，现在的情形对他没有什么好处。杰克是打算履行诺言的，琪拉早就知道他会这么做。但正如他们之前担心的一样，他周围的人却没这个打算，但还是觉得很惊讶他们有能力将杰克拉下了马。德什看了看他那个大胡子朋友，仍然像僵尸一样一动不动，他的身体依然处于低能量状态，并正在努力恢复平衡。

“什么罪名？”杰克问道，他的双眼像两束激光一样在燃烧。

“别担心，”科尔克加入到几名士兵那边，从其中一人手里接过另一支手枪，“我一会儿就会列出你的罪名，并向你展示证据。”

“你已经见过那些证据了？”杰克狐疑地问。

“没错，”科尔克说。他向包围他们的人做了个手势。“我们都见过，铁证如山。”

“这是陷害，你知道的！”杰克争辩道。

“没有这方面的证据，”科尔克坚持说道。“但是够了。法庭上你会有申辩机会的。”

在科尔克的命令下，三个犯人都被铐上了塑料手铐。科尔克指着德什和格里芬。“把他们带上C－20，让飞行员尽快起飞。至于上校，我要带他去总部大楼立刻接受审讯。”

“我们接到的命令是用单独的飞机送他回国，”中尉说。

“准备好，”科尔克说。“不会花太多时间。我需要立即从他那儿得到一些重要的东西。”

“你要几个人陪同，长官？”中尉问。

“一个也不用，中尉。”他举起枪，对准了杰克的胸膛。“我有枪。我需要单独相处。如果他什么也不说，事情可能会变得有点……棘手。”

德什和格里芬被送到了几英里外的机场，被押着来到等候在那儿的C－20飞机旁边，这是一架军用湾流公务机。他们一上飞机，就被加上了更多的手铐束缚，德什知道在飞行途中是没机会逃脱的——因为飞机上有几名精英士兵监视他们。德什只希望等他们着陆以后，不管他们将面对谁，那人可能会放松警卫，让他有足够的时间尝试逃跑。但是这样的可能性极小。

埃里克·弗雷说过，他安插了一个人在杰克的队伍里面，看起来这个人应该就是约翰·科尔克了——或者至少是与这位刚刚晋升的上校紧密合作的人，不管他是谁。

不管怎样，这里全是埃里克·弗雷的影子和味道。毫无疑问，最近消失的康登号的船长在他们着陆后很快就会来拜访他们。德什与他的上一次会面简直是场灾难。不过他确定，他们的下一场会面只会更糟糕。

58

约翰·科尔克跟在杰克身后进入了办公室，仍然用枪指着他，并且命令他坐下。他关上门，自己也在桌子后面坐了下来，面对着他的前任长官。

科尔克放下了枪。“对此我非常抱歉，上校，”他真诚地说。“但是我有个计划。”

杰克眯起眼睛。“这是不是意味着你还是我的人？”他惊讶地问道。

科尔克点点头。“达顿有无懈可击的证据指证你，叛国、贿赂，在开曼群岛的账户有数百万美元的资金等等。这是一场精心设计的陷害。”他露出了一个浅浅的微笑。“该死的，我都有点期待看到证据证明你应该为911负责。”

“如果证据那么充足，你为什么不相信呢？”杰克问道。

“我不在乎。即使上帝亲自下凡，告诉我你是个叛徒，我也不会相信。我跟你工作如此密切，不仅早就明白你是什么样的人，我还看到了这工作对你产生了的影响。我看着你作出艰难的选择，如同能力较弱的人作容易的决定。当你给别人带来不必要的痛苦时，我看到了你的痛苦。你是不会背叛国家的。”

“谢谢你，约翰。你对我的信任对我来说比你想象的还要重要。”

科尔克几乎察觉不到地向杰克点头表示接受他刚才的话，又继续道。“达顿说他早就开始怀疑你了。他向我和临时区域的人展示了他的证据，因此我们在你一离开哥白尼号就可以对你采取行动。”

“然后你决定跟他们一起演戏？”

“是的。我觉得这是唯一能帮上您的方法。如果他怀疑我不相信他提供的这些针对你的证据，他会把我也卷进来的。”

“我想你是对的。”

“那个混蛋真无情，一定要让这种事发生。他告诉我他可以在背后操纵让我升为上校——我想只是为了保证我的忠诚而已。但问题是，他安排了这一切后不久，纳米机器人就出现了。在马特完全弄清楚它们来做什么之前，真的，那个时候所有人都很确定我们的世界再糟糕不过了。您能想象吗？世界要毁灭了，而他所想的还是怎么把您拉下马。”

杰克想了几秒钟。“不，他并不是想拉我下马。我只不过挡了他的路。他想要的是伊卡洛斯。但是他知道我会遵守对马特和戴维的承诺，放他们走，而他并不打算这么做。”

“所以他情愿毁了您，”科尔克气愤地说，“还要违背对那个刚刚拯救了世界的人的承诺？”

“是的。还有，我根本没有在法庭上申辩的机会。相信我，他一定会悄悄地秘密处理掉一个像我这样的黑色行动特工。”他顿了顿，目不转睛地盯着科尔克说。“那么现在该怎么办？”

科尔克从口袋拿出一副塑料手铐。“我准备了这个。我已经把手铐的啮合部分给磨平了，这样看上去您是被铐着，但是您可以随时解开双手。你可以趁他们惊讶之时动手，我知道你的徒手搏击名声在外。所以我想，不管有多少武器，您有能力对付一个单独护送你的士兵吧？”

杰克点点头。“应该不成问题。”

“好的。您从我手里逃走会让达顿对我有些怀疑。所以我会让中尉进来带你去上飞机。如果你能趁他还没有意识到你已经解开手铐之前就将他制服，那就更好了。但不管你做什么，一定要把这条手铐带走。如果有人看到这条手铐，就会知道在你逃脱的背后是我的策划了。”

杰克冷冷地点点头。

“你一旦逃脱，我恐怕你要孤身一人在南非一段时间。但只需要等到我为你澄清罪名。我会假装对达顿忠诚，尽快把一切查得水落石出。”

他解开杰克的手铐替换成了他动过手脚的那一条，然后，他亲切地将手放在杰克的肩膀上说，“祝您好运，上校。我会帮您洗清罪名的。我保证。”

“你是个好人，约翰，”杰克发自内心地说。“我永远也不会忘记这一点。”

科尔克呼叫了中尉，杰克的大脑飞速运转起来。逃跑的计划是可行的，虽然在接下来五到十个小时不会很好过。但那又怎样呢？

这一切都意味着什么？

首先，他质疑了他以为自己所知道的一切有关琪拉·米勒的事。如果他都能被如此巧妙地陷害，那么也许她也是一样，而正如她一直申辩的那样。

德什已经警告过他，在他的队伍里有个内奸。有可能达顿只是太渴望权力了，又或者以为出卖德什和格里芬就是一个爱国。但是想到达顿没有一点迟疑地陷害杰克，说不定还想杀了他，很有可能达顿就是那个内奸，听从那个已经去世的美国陆军医学研究所的科学家埃里克·弗雷的命令。

或许琪拉的确如她自己声称的那样。

最后，如果他和伊卡洛斯的人站在了同一战线，又该怎么办呢？

59

灾难被阻止的故事在一小时内传遍了世界各地。首先，纳米机器人已经瓦解，现在有数百万人在用显微镜研究着它们。接着，完整的故事出来了。谣言和低声的怀疑就像开裂的混凝土大坝中的水一样一点一点地渗透，但是当大坝被冲垮的时候，它背后的力量就大得无法想象。

外星人设计的纳米机器人会由于对铀和钚的偏爱而移动。他们的目标是发动一场核战争，然后重塑地球的大气层以满足他们的需要。他们距离成功已经只有一步之遥。只因一个哥白尼号上的超级天才，简单地被称为马特的人，阻止了这一恐怖的计划。

这场攻击失败的消息遭遇了人们的极其震惊和恐惧，还有说着汉语、印地语、孟加拉语、西班牙语、旁遮普语、越南语和希伯来语，同时还有俄罗斯语、爪哇语、土耳其语、普什图语、德语、韩语和泰卢固语的人们都发出了各自的诅咒、祈祷和愤怒。十二个小时内，世界上说着几千种语言的八十亿人知道了地球已经受到攻击；人类是被消灭的目标；不是由于仇恨或恶意或误解，而是因为，由无数万亿英里外的智能生物所做的冰冷计算的一部分，这是事后的一个想法。

震惊、恐惧和轻松很快就被担忧所替代了。这些外星人的科技遥遥领先于人类技术。而且他们已经在路上了。地球并不是宇宙里的一个强大的行星——她只不过就是这样而已。

虽然恐惧依然控制着大多数人的情绪，但对许多别的人来说，恐惧已经迅速转变成了愤怒——并亟待解决。

这些外星人以为他们是谁？他们根本不知道我们。他们冷漠地派出他们的小虫子为自己的到来铺平道路。他们知道地球上有许多大众生命，因为他们完全知道有核弹头可供渗透利用。他们只是毫不在乎。

是的，地球在初始的袭击中能够幸存，这是运气，但现在是有人为的力量了。

人类可能会被打败，但是人类不会轻易被打败。地球上有如此多的资源被只关注自己利益的政府挥霍，各个国家就像棋盘上的棋子，通过战争和准备战争在世界舞台上争夺位置。

这一切必须停止。

人类就像在一艘船上，朝着千万个不同的方向划桨，暂停了好长时间，结果船身被射击好几个洞——尽管这样却仍然使船向前移动了不少距离。但现在情况不同了。三十四年后，当外星人抵达地球的时候，他们会发现，如果八十亿人齐心合力朝同一个方向划桨的话，他们能做出什么样的事情。还有当他们为了他们自己的生命而战斗的时候会发生什么事情，人类可能是软弱、顽固又野蛮的；是一个容易动怒的物种部落，常与邻国发生战争，也会屈从于暴力和自我毁灭行为。

但是，这是一个你不想放弃的种族。

三十四年并不足以用来准备，而且外星人还明显占了先机。但是三十四年里还是可以做很多事情。在世纪之交的前三十年，科技发展取得了令人咋舌的进步。从以前笨重的黑白电视到现在巨大、光滑的显示器，还有鲜亮艳丽的色彩，而且薄到可以像画一样挂在墙壁上。从过去使用杜威十进制卡片目录的图书馆到可以存储数十亿文本，音频和视频的网页记忆库，可以广泛地交叉引用，并即时就可以搜索到。从必须挂在墙上的原始电话到反射卫星信号，穿山过海，连接着相隔千里的通话者的手机；现在的手机比三十年前有整座建筑大小的计算机拥有更为强大的功能和处理能力。

没人知道在未来的三十年里，人类会推动自己发展到什么地步，但是如果所有人都通力协作，那取得的进步将会比过去三十年更让人难以想象。

人类可能懒惰、微不足道又目光短浅，如果没有共同的目标，人类就什么也不是。但是现在整个物种有了一个共同的目标和决心。

他们变得非常、非常的有积极性。

60

德什和格里芬乘坐的直升机在佛罗里达州的麦克迪尔空军基地降落了。格里芬几乎睡了一路，德什说服了看守他们的人，在格里芬短暂的清醒时间里不停地给昏迷不醒的他喂东西吃。由于格里芬刚刚拯救了世界，同路的精英士兵们很愿意以可能的任何方式帮助他——除了放了他。他们降落之后，一个雇佣兵按照达顿的命令，假扮成平民把他们押送到地点不详的一处安全屋里。

他们一走进安全屋，两人就被推到一个黑色真皮沙发上，双手铐在背后，仍然有四个雇佣兵密切监视着他们。

马特·格里芬继续熟睡几小时之后，埃里克·弗雷从门外走了进来，身旁还有安德鲁·达顿，刚刚从哥白尼号上回来。

弗雷示意了两个雇佣兵把德什从沙发里拉起来。这个矮胖的科学家弗雷戴着男士假发，但已经剃掉了胡子，现在他的样子看起来介于他自己和虚构的亚当·阿奇博尔德之间。他带着得意的微笑走向德什。“戴维·德什，”他说，“很高兴再次见到你。我不得不说，你从康登号那里逃走真的让我有点生气。”

德什面无表情，没作任何回应。

“你知道你废掉了我的一个身份，”他说着，毫无预兆地用尽全力狠狠地在德什之前受枪伤的位置打了一拳。德什的脸由于疼痛而扭曲起来，他能做的就是忍住不喊出来。“还有一艘那么好的游艇，”弗雷强压怒火，好像德什强暴了他的爱人一样。

“我不知道，”德什咬紧牙关说，“我觉得它有点太扎眼了。”

弗雷又在同样位置狠狠给了德什一拳，这回德什的眼泪都出来了。

“我听说你的枪伤恢复得不错，”弗雷说。“但我看，还是没痊愈。”

德什咬牙等待疼痛消退。这不是个好主意，他心想。没有理由地就在公牛面前挥舞红斗篷，简直太愚蠢了。如果他要冒着这样被报复的风险，至少也应该是有目的的——比如尝试着挑拨一下他们两个人的关系。他直起身子，轻蔑地看了一眼安德鲁·达顿。“所以，你觉得当这个又矮又胖的混蛋的走狗怎么样?”他说。“一定很丢脸吧。我猜，你一定也很恼火吧，是吗?”

德什支撑着身体准备再迎一拳，但是弗雷却只给了他一个温和但嘲笑的眼神。“这是没用的，德什，”他平静地说。“安德鲁知道自己的利益所在。我给他创造了身份，并安排他担任了现在的角色。他的头衔可比一个封面还要多。他拥有比华盛顿的任何一个公民都要多的军事和黑色行动部门的权力。而且我给他经济支持让他可以享受高于他工资水平的生活水准。他知道，如果他跟着我，他能得到比他曾经梦想还要多的权力。”他冰冷地笑道。“他还知道，我有一个保险。如果我发生了什么事儿，他也会受到打击，有相当大一笔资金在我死后可用于此目的。我从普特南和艾伦·米勒那里学到，如果和一个，嗯，有道德问题的人一起工作的时候，再小心也不为过。你必须得有点手段。”

“你有他的什么把柄吗？”

弗雷大笑。“我不想现在就告诉你。但是可以这样说，他跟我是同一种人。事实上，跟他相比，我看起来都像是个圣诞老人了。”

德什的上嘴唇憎恶地卷曲了起来。想到弗雷喜欢把孩子放到膝上，说他像圣诞老人的念头，真是令人格外恶心。

弗雷对着沙发上的马特·格里芬点点头。“趁你朋友现在还在睡觉——要我说，这很没礼貌——我要你现在给琪拉·米勒打电话。她接了以后，你告诉她你想跟她视频通话，让她用台式电脑接受视频邀请。”

“我们的手机里有一个安全版本的Skype。”德什说。

“首先，可能你忘了，你并没带手机登上哥白尼号，所以只能用我的。其次，我想用一个高清摄像头拍一张琪拉的稳定清晰的照片。她是个漂亮的女孩，我要清楚地看到她脸上的每一条纹路。”

德什的下巴紧了紧。“你为什么认为我会听你指手画脚？”

“你总是这么迂腐吗？”弗雷轻蔑地说。“真的吗？”他顿了顿。“好吧，我会陪你玩下去。我不会再浪费时间威胁你了。有句老话说，像你这样高尚的蠢蛋会为了大义而牺牲自己。还说你不会牺牲别人。你快打电话，不然我就把马特的膝盖骨踢飞。”弗雷瞥了一眼那个大个子黑客，耸了耸肩。“我不知道，或许只有这样才能把他弄醒吧。”

德什深深地盯着弗雷的眼睛，没有发现一丝同情心或一点虚张声势的痕迹。虽然非常不情愿，德什也只得点头同意了。

一个雇佣兵解开他的手铐，剩下三人站在后面，把自动武器瞄准了他的胸口。他的双手解放以后，弗雷扔给他一个手机，

“喏，别耍花招。如果你让她发现了你被人胁迫的话，马特就再也没法走路了。”为了强调他刚才的话，他掏出枪，上了膛，并把枪管举到离格里芬的左膝只有几英寸的位置。“演得逼真一些。”他警告道。

琪拉的手机没有识别来电，她不确定地接了电话，但当她听到德什的声音时，简直欣喜若狂。“戴维!”她惊喜地叫道。“谢天谢地。我听说了哥白尼号上的事——马特阻止了末日来临——但是你们怎么不打电话？我都担心死了。”

“一切都好，”德什安抚她说，让自己的声音不要暴露了他现在所承受的压力。“这次全世界真的是躲过了一劫。以后我再跟你详细讲，但是现在我想先让你看个东西。我想让你在大屏幕上去看。你离会议室的电脑有多远?”

“三四分钟吧。”

“很好。我等你到那儿以后跟我线上联系。”他说完挂了电话。

“做得不错，”弗雷说着，把枪放回了枪套，并拿回手机。“马特可以多保留一会儿他的膝盖了。”他从口袋里拿出一颗胶囊并把它吞下。“我想在和受人尊敬的琪拉·米勒谈话时保持最佳状态，”他向德什解释道。

弗雷让雇佣兵把德什重新铐上，这次把他带到一张沉重的桌子前，遣退了所有人只剩下达顿，达顿用枪指着德什，监视着他。

德什将电脑连接的IP地址给了弗雷，五分钟后，琪拉·米勒的脸出现在他们身后固定在墙上的高清屏幕里，高度跟人的头部差不多，屏幕里的琪拉跟真人一般大小。

当埃里克·弗雷出现在她的电脑屏幕上时，她立刻向后退缩了一下。

“你以为是某人吗?”弗雷假笑着说。他的眼睛闪着光芒，很明显他现在正在被提升中。

最初的惊讶过去后，琪拉的表情又恢复镇定和冷漠。“那么现在是那个更聪明的埃里克·弗雷。你抓了戴维，我猜应该还有马特吧。”

“有意思，”弗雷说，声音里显出几分真正的惊讶。“你才不关心呢。你还没搞清楚什么情况，是吗?”

“当然不是，”琪拉平静地说。“你在哥白尼号上有个内奸。你设法抓住了戴维和马特，无视你的傀儡——就是上校——之前做的承诺。现在你想用他们来交换我的长寿疗法。”

弗雷睁大眼睛。“我真该死，”他说。“你根本就不关心德什会怎样。你更愿意我不要在这里杀死马特，但这对你来说似乎一点都无所谓。你说不定比我还要冷血。真是一个光荣的婊子啊!”

德什屏住了呼吸，等着琪拉怒斥弗雷的指控。但是琪拉什么也没说。这意味着弗雷说的都是真的。由于处于提升状态，没什么能骗过他。即使她的人格已经分裂，她所说的也是那个人格知道的真话，要不然，弗雷立刻就可以看出来。

弗雷向德什投去一个灿烂但残忍的笑容，他知道德什现在在想什么，也知道这给他带来的痛苦比他刚才打的那两拳还要严重。

弗雷重新转向显示器，面对着琪拉·米勒。“你一直希望我能和你联系，”他继续说道，像读书一样说出她的心思，眼睛里依旧燃着火焰。“因为你想和我合伙。”他顿了顿。“你知道我能读懂你的身体语言，所以我问出一个问题，你就已经回答了。但是考虑到达顿先生和你那小甜心，”他又说道，给了德什一个自满的假笑，“你为什么不自己说出来呢?你情郎脸上那痛苦的、被背叛的表情真是太珍贵了。听到你亲自说出你的背叛就像用刀反复割他的喉咙。每次都要等伤口痊愈之后再割下一刀，这样才能有充分的效果。”

“想得不错，”琪拉干巴巴地说。“好吧，我就把你当成普通人，我自己来说。几个月以来，我努力与自己抗争，已经人格分裂了。我增强人格和正常人格进行了一场战斗，最后增强人格获胜，即使在没被提升的时候也掌握着控制权。所以现在我有一个完整人格——是她的人格特征。真他妈的感谢上帝。”她暴躁地说。“没有了同情心，被误导的利他的企图，再也不会顽固地无视自己的最大利益。正常的琪拉的个性足以让圣人作呕。上帝就应该有上帝的样子，而不要像老鼠一样。”

德什的胃部抽搐了一下。他最担心的事还是发生了，他完完全全被他爱着的女人背叛了。他已经看到了那些迹象，但他没法让自己相信。还不完全是这样。他心中仍有一部分还抱着希望她能够对于她的行为给出一个完美解释。不知怎么，他对琪拉的深爱已经破坏了他大脑的逻辑中心。但他不能再欺骗自己了。是的。屏幕上的这个女人已经不是琪拉·米勒了，但这个已经不重要。可他忍不住觉得是她背叛了他。如果她对他的爱是真实强烈的，她一定能找到方法来赢得她和自己的这场战斗。

“所以，就这么说定了，”琪拉继续道。“我们一起合作。世界对我们两个来说足够大了。你可以得到我的长寿疗法和我的组织。我招募的新成员也不会知道发生了变化。他们是你可以相信的智囊团。他们会不断获得突破的。”她脸上划过一丝笑容。“当然，是为了全世界的利益。你还能拥有我和我的智慧，几十年才会出现一个像我这样智慧的人。”

“你忘了说马特了，”弗雷带着喜悦的声音说。“我从你的脸上看出来了。他知道你要和我联手的计划，他也迫切地希望看到计划得以实现。事实上，你和他一起谋划让他上哥白尼号，因为你希望这样可以引我出来。你希望我抓住他和德什，给你打电话提出交易，这样你就可以提议联盟。其实马特在家里穿着睡衣就可以阻止世界末日的。”

德什已经麻木了。琪拉答应让格里芬去哥白尼号的时候他就觉得有点奇怪，但是现在一切都能说得通了。由于琪拉背叛的巨大打击，他的头感到一阵眩晕，但他坚持着一个想法让他能够保持情绪的洞察力，二十四小时以前，地球上所有的生命才险中求生。就算他看不到未来，还有八十亿人可以活到明天。他紧紧抓着这个想法，就像一个在暴风雨中漂泊在海中的人紧紧抓着浮木一样。

琪拉笑了。“结果马特的增强人格同样最终获胜摧毁了他自己，这是好事。你知道他们总说有罪的人更有乐趣。你上天堂是为了舒适，你下地狱是为了陪伴。”

达顿笑起来，弗雷仍面无表情。在琪拉说出来之前他就知道她会说什么了。“马特可以让这次的交易更愉快。那么德什呢?”

琪拉皱起眉头。

“我知道了，”弗雷立刻说。“他不是对反复提升智商带来的人格破坏免疫，而是他的增强人格还没强大到能完全接管他的大脑的程度。太糟糕了。”他顿了顿。“说回到谈判。作为你提出的交换条件，你想让我停止追捕。让你继续隐身。作为你的合作伙伴，利用我在政府和黑色行动部门的影响力在全球范围内帮助我们获得权力。”

“就是这样，”琪拉说。“但这只是在大的条款方面。我们可以日后再敲定如何一起合作——当然等你恢复正常以后。”

微笑慢慢地爬上了她的脸。“我对谈判懂得不多，但我敢肯定，和一个比你聪明一百倍的人谈判绝对是一个坏主意。”

“好吧，等我恢复正常了我们再说。”弗雷同意了。

“很好。何不显示一下你的诚意，把戴维和马特带到我的总部来呢？我给你地址。”

德什花了那么多精力来完成总部的建设工程，选择了多个位置又设置了陷阱，让他深受打击的是琪拉居然这么随意地就把地址给了弗雷。他不应该这么惊讶的。她现在是绝对信任弗雷的。他需要她来延长他的寿命，保证在永生的问题得以解决的时候他还在世。

这一切都太疯狂了，德什意识到。谁会在意？根本就不会有永生。外星人将在短短三十年后到达，他们会看到这个的。

弗雷一直从眼角的余光监视着德什，立刻就读懂了他的身体语言。“你亲爱的戴维正在担心外星人的威胁呢，”他对琪拉解释道。“他觉得我们大难临头却依然歌舞升平呢。”

“他一直都有些目光短浅，”琪拉说。“你愿意让我来跟他解释吗？”

“当然。”弗雷说。

“外星人的威胁正是我和埃里克合作的主要原因，亲爱的戴维。讽刺的是，虽然我们这样做完全是出于自私的考虑，但我们的联盟最终可能拯救整个物种。我想努力保持谦逊，我值得被人称赞因为第一次确实是我拯救了我们人类，是我让马特上了哥白尼号，他还用的是我的疗法。如果埃里克和我联手，几年之内我们就可以成为世界霸主或者其背后的力量。只有一些可怜的设备，并且由于缺乏一个有凝聚力和决定性的全球管理的权威，人类根本无法承受外星人的袭击。政治和无尽的愚蠢会搞垮我们。我们需要有能力的独裁者掌权。”她露出一个虚假的笑容。“比如我和埃里克。我们没有虚伪的感伤。我们愿意做所有该做的事情。作出艰难的抉择，用鞭子让整个物种实施我们的策略和发明。如果我们掌权的话，人类存活的概率将会大幅上升。”

德什被吓坏了，但是她说的一切似乎都是真的。她和弗雷是独裁者的话，有他们的胶囊作为保护，人类从外星人的威胁下生存的机会可能会大很多。

“最坏的情况，”琪拉继续道，“如果我们没能打败外星人，我们至少可以解决零点能量驱动的问题，然后逃跑，活着等到不朽的那一天。”

“说得好，”弗雷说。 “我认为这将是我们美好关系的开始。”

“只要我们合作，”琪拉继续道。“如果我们不为了蝇头小利在背后捅对方刀子，我们就是不可阻挡的。可能在几千年后的某一天，我们甚至能平分了整个宇宙。”她抬了抬眉毛。“如果我们做到了，我想拥有土星的那一半。我一直都喜欢有环的东西。”

“我期待着跟你更深入地讨论。”弗雷说。

琪拉将肯塔基州总部的地址告诉他。弗雷以超人般的速度操作着电脑，琪拉刚一说完，总部的俯视图就出现在显示器的一角。“你的总部不行，”弗雷说。“我们的第一次会面，我想在一个中立的位置。”

琪拉皱了皱眉。“为什么？我知道你是相信我的。”

“我是相信你。但是你的总部太大了，又太空旷了。如果我们要协商如何合作，那我们的第一次会面要在一个中立的地方。”

琪拉刚要张嘴说话，但她还没来得及说出一个字，弗雷就冷冰冰地说，“省点口水吧。我拒绝你的所有反驳意见。”

琪拉一脸受挫的表情。“那么在哪儿呢？”她问道。

弗雷在他的大脑的图片记忆里搜索着，“在你的总部的南面八十英里处有个安全屋。那是一个马场，联邦调查局曾用来隐藏关键证人。现在那地方已经废弃了。如果我不打电话回来，就说明那个地方是可以的，会面可以进行。”

“那个地方怎么中立了啊？”琪拉抱怨道。

“我也没去过那里，”弗雷说。“我现在在佛罗里达州的一个安全屋里。我不是叫你到这里来。我们都得跑一段路。”他告诉她会面的大致时间，然后说当他和达顿带上马特·格里芬到达那里，并确保安全之后，会立即给她打电话告诉她地址。

“把戴维也带上，”琪拉说。“他后来就开始怀疑我了。我想要问问他。我喜欢从失误中学习。”

“真令人敬佩。但是传言说你从不失误的。”

琪拉笑了。“我一直努力将失误率降到最低。”

“是个好方法。”弗雷说。他扬了扬眉毛。“如果德什想逞英雄，在我们到那儿之前制造麻烦怎么办呢？”他问。

“那就杀了他。”琪拉耸了耸肩回答说。

十分钟后弗雷眼里的光芒消失了，他开始快速地把食物胡乱塞到嘴里。他转向达顿说，“我们把雇佣兵队伍也带上，”他说着，不时有食物残渣从他嘴角喷出来。“而且我还想让你再招募一些人。”

“您在担心她可能会设陷阱吗？”

弗雷大笑道，“不是。你知道我在药物作用下，是不可能被骗的。你自己也试过。因此我才知道你对我的意图，嗯……我感到很荣幸。”他嘲讽地说。“琪拉·米勒跟我们同一战线。

这一点我敢保证。她什么都不会做的。”

“那为什么还要雇佣兵？”

弗雷的脸上浮现出一个不怀好意的笑容。“我可从来没有说过，我不会采取任何预防措施。”他回答说。

61

肯塔基州以丰富的洞穴系统、航道以及波本威士忌闻名于世，但它有一个绰号叫蓝草州，是因为在肯塔基州的肥沃的土地上，茂盛的青草茁壮成长，是最理想的养殖纯血马的地点。贵族马场同区域内数百个其他马场都差不多，除了规模小一些。这里与世隔绝，风景如画，有着闪闪发光的白色围栏，绵延起伏的山丘，和一个漂亮的尖顶农家小屋，在六个间隔均匀的天窗之间有穿过屋顶的尖顶。

这个贵族马场和其他同类型马场之间的唯一真正的区别是这里没有马匹，这使得它有些名不副实。这里是私产，又远离大路，因此没人能发现它的秘密。如果真的有人因迷路而恰巧驾车经过，他们会以为所有马匹都在马厩里而不是根本没有马来放牧。

琪拉独自一人前来，开着一辆宽敞的货车，几乎和他们之前在丹佛用过的一模一样。她把车停在这个令人惊讶的农舍前面，小心翼翼地朝门口走去，在她靠近时门打开了。埃里克·弗雷走了出来，热情地伸出了手。“欢迎，琪拉，”她握住了他的手。他示意她进去，“让我们来创造历史吧。”

琪拉一走进了屋子，两名突击队员就举起了他们的自动手枪对准了她的胸口。她转身想要抗议，弗雷轻轻推了她一下，关上了他们身后的门。

她发现这个农舍的客厅里，硬木地板上没什么家具，除了对面沙发旁边有个小咖啡桌，墙上挂着几个巨大的显示器。琪拉紧张地扫视着房间。戴维·德什和马特·格里芬背靠着墙坐着，手被绑在身后。安德鲁·达顿在另一边，还有六名突击队员均匀分散在整个房间。

“这是怎么回事？”琪拉质问道，她的声音有点紧张。

“你觉得呢？”弗雷答道。

琪拉摇摇头。“你知道你可以相信我，”她困惑地说。“我同意和你合作时你是在提升状态——我是诚心的。”她尖锐地补充道。

弗雷笑了。“是的。我知道我可以相信你。但你是否知道你可以相信我吗？”

琪拉恐惧地摇了摇头。“但是为什么呢？世界那么大，足以让我们两个共存了。”

“这样说吧，我不和别人一起合作，”他冷冷地回答说。“从来都不。”

弗雷给两个士兵发出指令，一个把琪拉的手背在身后，用塑料手铐把她的手绑得紧紧的。另一个粗鲁地搜她的身。达顿确保让她知道这里任何地方都找不到铁丝或者回形针，这样她就不会再重复从雅各布森上校那里逃跑的伎俩了。

“有个好消息给你，”弗雷笑着说，“就是我不会脱下你的裤子，我对成年女人没什么兴趣。还有，我已经设置了一个场，能够使你带来的电子设备失效。”

搜她身的那人拿走了她的手机和钥匙环，钥匙环里有她的备用胶囊以备不时之需，他把手机和钥匙环都递给弗雷，弗雷立刻把东西给达顿，放进了口袋里。那名佣兵接着又搜走了一把9毫米的西格绍尔手枪和一把军用麻醉枪。弗雷把手枪放入口袋，但把麻醉枪拿在自己面前，饶有兴趣地观察起来。“看得出来你为我们的谈判精心准备了一番，”他评论道。“对我来说，准备得有点太过仔细了。”

“去你妈的。”琪拉气愤地说道。

“我再说一遍，”弗雷自满地说。“我对成年女人没兴趣。多谢你的慷慨，”他沉思了一下，“我知道你是真诚地准备和我合作。那么为什么要带这些武器？”

琪拉什么也没说。

“我明白了，”弗雷沉思着，自言自语道。“有可能我会欺骗你，然后一切就都完了。谨慎和偏执都是值得的。我们都持有这一理念。这倒提醒我了……”说着，他迅速命令四个佣兵占领了屋外的各个位置。

“明白我的意思了吧，”四名佣兵出去后他又继续说道。“我知道这么多雇佣兵是不必要的，特别是当我确信你是诚心地将你自己献过来时。但是我宁愿偏执一点。就像你一样。另外，这些混蛋在国际先锋物理公司时没能抓住你，我想再给他们一个机会证明一下自己。我还想再介绍两个人给你，但是他们现在在大约一百码外的地方忙着别的事情，狙击手。只是以防万一有人跟踪你，当然是在你不知道的情况下。”

德什在琪拉的蓝眼睛里看到闪过的一道警惕，换了其他人，没有德什那么了解琪拉的话是发现不了的，但是很真实。

弗雷摆弄着麻醉枪的扳机。“我可以理解你带手枪过来是出于偏执的理由，但是这个呢？”他挠了挠头问道，“当然，如果被这该死的东西击中，你就不用担心要爱惜生命了。”他仔细地观察着她，但是她还是面无表情。最后，他耸了耸肩。“算了。没关系。我打算过一会儿再服用一颗胶囊，然后一切都会很清楚了。”

“这是个巨大的错误，”琪拉坚持说道。“我们联手对付外星人怎么样？你知道我不是在胡说。这个世界——也包括你，”她直截了当地道，“只有我们联手，才有最大的机会幸存下来。充分利用我聚集的那些天才们。你为什么要放弃呢？更别说还有永生的秘密了。这没理由啊。”

弗雷笑了。“我不会放弃这件事。我们仍然会合作。我们要确保我的延长生命不会被那些可恶的外星人中断，”他说。“我会充分利用你的那些愚蠢而又忠诚的天才们。但是一山不容二虎。你自己也说过，由一个独裁者掌控世界比将它留给一直争论不休的政府要有效得多。对于生意的经营者来说也是如此。你永远不要想力量均等的伙伴。要有一人掌权，一人服从。那么我现在就定个基调。你会是个有价值的下属，就像达顿一样。我来决定你是否需要提升和提升的时间，以及你们将如何来帮助我们。我会一直监视着你，确保我是游戏中唯一的掌控者。我喜欢对跟我一起工作的人能有所控制，这样可以让我晚上安然入睡。当我得到了这个优势，你就可以重获自主权。不过在那之前不行。”

“你这个混蛋！”琪拉咆哮道，她满脸愤怒。“我简直无法相信你居然这样对我！”

“拜托，琪拉。你和我都是一样。你自己也说过人们去天堂是为了享受。别假装自己不是因为无情和自己的利益而驱使的。”他顿了顿。“我突然想到了一个好主意，想听听吗？”

琪拉愤怒之极，但她没有上钩。

“还记得普特南跟你说，他在你的头骨上植入了一个威力极大的炸药，他可以随时引爆吗？虽然那时候这只是一个恶作剧，但是这的确是个不错的主意。”

“如果你认为通过你的高压威胁你可以得到长寿治疗的秘密，那你就错了。我只有在自由自愿的情况下才能告诉你的。

但如果你不改变现在的情形，我就算看着你在地狱里腐烂，也不会让你接近这个秘密的。”她顿了顿，鼓起勇气，决定从别的角度来说服他。“听着，你是一个聪明又理智的人，你看这个世界这么大，足够我们两人和平共处了。你怎么能看不出，只有我们联手才能给你带来最大利益呢?”她恳求道。

“有个古老故事，”马特·格里芬忽然插话道，仍然背靠墙坐着。“是关于一只蝎子和一只青蛙。”

弗雷转身，瞪眼看着这个大胡子黑客。“我让你加入我们的私人谈话了吗?”他愤怒地咆哮道。

“我刚刚才从核决战末日里拯救了你的屁股，”马特带着异样的热情说，好像某根神经出了问题。“所以我邀请自己加入。”他努力镇定下来，表情也变得放松下来。“继续说，”他又说道，好像不曾被人打断，“一只蝎子想让青蛙背它过河。青蛙拒绝了，说我让你到我背上，你立刻就会蜇我的。‘不，我不会的。’蝎子说。‘因为我如果蜇你的话，你会沉到水底，这样我也会死的。’青蛙思考了一下，觉得蝎子说得很有道理，于是同意了，让蝎子爬到了自己的背上。河过到一半儿，蝎子蜇了青蛙。毒性发作，青蛙含着最后一口气问，‘为什么?这样你也要死了。’蝎子悲伤地摇摇头，说，‘我知道，但是我没法控制。这是我的天性。’”

房间里陷入沉默，每个人都在品味格里芬的故事。“好吧，”弗雷说。“这是个好故事。但现在你说完了吧。”

“你应该好好想想这个故事的寓意，弗雷，”格里芬轻蔑地说。“你的天性就是自我毁灭。你为什么不反抗?你为什么不假装你参与这项计划是因为你的理性觉得对自身有益，而不是因为自己是个彻彻底底的混蛋呢?”

弗雷转向格里芬，什么话也没说，直接向他的肚子打了枪麻醉针。“没听到我说你应该闭嘴了吗?”弗雷说着，格里芬的眼睛已经闭上，他耷拉着，再次不省人事。

琪拉投给弗雷一个恶意的眼神。

“没有理由生气，”他无辜地说着，把麻醉枪递给了达顿。“我只是想帮忙而已。我猜他需要多一点休息才能复原。不用担心，琪拉，对于马特，我可有个大计划。”

德什考虑着逃跑，但是他的双手被塑料手铐紧紧地铐在身后，根本没有机会。但是他曾告诉过琪拉——他以为她还是那个琪拉的时候——小偷之间没有信誉可言。他打算保持警惕，找个机会制造弗雷和达顿之间的嫌隙。他第一次在佛罗里达州的尝试失败了，但一定有什么方法让他们遵从自己的本性，在背后戳对方刀子。他不能让达顿与弗雷反目，但他可以反其道而行之。虽然风险很大，但这是他能想到的唯一机会。在机会出现之前，他打算一直静静坐着不引人注意，一个被遗忘的存在。格里芬刚刚一出头却带来不好的后果。

“马特的故事，”弗雷若无其事地说，“很可爱，但是没有说到重点。你不是青蛙，琪拉·米勒。如果真的要打比方的话，你是一只比我更大的蝎子。我们是在同一条绳子上——至少现在是。如果我没占上风，最终你也会自己去占上风的。这是不可避免的。普特南想搞你哥哥，而我想搞他们两个人。一次又一次的轮回，最聪明和最无情的那一个最终占了上风。即使没有你的药丸，你现在也已经太他妈的聪明了。”

琪拉刚想说话，门外一片骚动。门被粗暴地打开，弗雷刚刚提到的那两个狙击手走进房间，他们还架着一个浑身瘫软的人。那人的头无生气地垂在胸前，血从肩膀上的洞里汩汩流出。他们一走进门，就立刻松开架着的人，那人随即就像一包水泥一样跌到地板上。

德什的嘴巴惊得大大的，但还没人发现他的反应之前就恢复了正常。他一眼就认出了这个新来的人。

是罗斯·梅茨格。

不用问发生了什么，埃里克·弗雷就已经知道这里没有他想象的那么安全。他从口袋拿出了一枚胶囊吞了下去。几分钟之后，不管将会发生什么，他都能够绝对地控制了。“报告!”他对着那两个狙击手吼道。

“这个混蛋杀了科特和他的整个队伍，”左边那个佣兵说。“毫无声息地，连一声枪响都没有，”他又说，“他们都死了。”他用长靴踢了踢罗斯·梅茨格的身体。“但是他也死了。”

“这家伙杀了四个训练有素、全副武装的人，只有他自己吗?”弗雷有点不信，这时候德什意识到，罗斯·梅茨格肯定是处于提升期状态。罗斯很棒，但他还没有那么棒。德什回忆起几年前，他和琪拉被抢做人质。面临着几乎确定的死亡，提升后罗斯·梅茨格赶来杀了艾伦·米勒，救了他们。现在情形似曾相识。只是这一次，罗斯不再是他的盟友。这次，他跟中毒的琪拉·米勒一起，为了他们自己不道德的目的而来。

狙击手点了点头。“我从望远镜看到他杀了德米特里。他的速度几乎是，呃，超人的。”他补充道，声音里带着害怕和畏惧。

弗雷倒吸了口气。他终于意识到这个神秘的攻击者是在被提升状态了。

这意味着他可以自己控制自己的生命特征。

弗雷举起胳膊，想要朝着梅茨格的脑袋开一枪，但是大概在梅茨格看来，他的动作都是慢动作。他的胳膊还没移动一英尺，地板上那个鲜血淋淋的躯体就已经来到了房间的另一头，扔出一把不锈钢战刀，直直地插入弗雷的两眼之间，弗雷立刻就毙命了。

两名狙击手还没意识到梅茨格朝着弗雷扔出了刀子，梅茨格就突然拽着他们的小腿将他们拖倒在地，然后抓住一人的脖子朝左边一偏就听到颈椎被撅断的断裂声。他正准备去扭断另外一名士兵的脖子时，安德鲁·达顿用弗雷之前递给他的麻醉枪漫无目的地朝着地上扫射，麻醉镖射中了梅茨格的腿。如果是子弹的话，这点伤根本没法阻止他，但是梅茨格超人般的速度突然被中断了，就像急速快进的录像突然被暂停一样——他再一次倒在了地上，鲜血仍然从肩膀不断溢出。

“起来！”达顿朝着躺在梅茨格身边的士兵喊道，达顿刚刚救了他的性命。达顿冲向琪拉·米勒，一把抓起她的头发，冲着她的脸质问道，“他是谁？”

“我不知道，”琪拉用低哑的声音说，她由于疼痛缩成一团。“他和我不是一起的。”

达顿把枪抵在了她头上，转了转枪膛。“他是谁，还有谁会来？你有三秒钟回答！”

“杀了我的话，你永远也看不到我的长寿疗法了！”她脱口而出。“我没打算骗你们。弗雷肯定知道的。你想想吧！我真的不知道他是谁。但是如果他有支援，我们在这儿就只能等死了。”她补充道。

达顿转向两名佣兵，他们自琪拉进来就一直在客厅待着。“你们两个跟我一起，”他命令道。“我们分头侦察一下这个地区，十五分钟后还在这个门口会合。眼睛放亮点儿！”他转向他刚刚救下的那名狙击手。“至于你，”他说，“待在这儿，看着他们。”

德什自梅茨格开始行动就一直保持着超高警惕，等着机会出现。在混乱之中，他成功地靠着墙站了起来而没有引起任何人的注意。德什能看出来，那个收到达顿命令看着他们二人的佣兵还在颤抖着，害怕梅茨格用比平常人大得多的力气将他的脖子扭断。德什的手还被绑在身后，但他已经准备行动了，他盯着那个人的眼睛。两名佣兵跟在达顿身后离开，然后关上了身后的门，那名佣兵视线跟随着他们的背影，胳膊也随之放下来，只是一瞬间。

这个注意力的转移瞬间正是德什需要的。他爆发般向前冲去，一下就跨过了他和守卫之间十英尺的距离。那守卫刚想抬起手臂朝德什开枪，德什一头撞上去，腿还不停地在翻动，就像一个试图阻截对方队员的橄榄球后卫一样在奔跑，他以能够震碎骨头的力气把守卫扑到了后面的墙上，把他手里的枪也撞飞了。守卫从最初的震惊中迅速回过神来，伸手去拔腰带上的另一把枪。但是琪拉从他身下给他来了一个扫地腿，把他绊倒在了地板上。德什用能够击碎混凝土的巨大的力量踢在他的脸上，将守卫的头打得向后仰，眼睛深深陷进了眼眶里。

格里芬和梅茨格还在麻醉剂的作用下昏迷不醒，弗雷和其他两个雇佣兵都死了。只有他和琪拉仍然还站着。

德什冲到弗雷尸体旁边，蹲下去用背找角度试图用被绑的双手触碰到梅茨格那把刀的刀柄。他使劲用力，把刀从弗雷的两眼之间拔出来，比他想象的还要费力。

“把刀给我，”琪拉说。“我来给你松绑。”

德什摇了摇头。即使她是盟友，由于塑料手铐太硬，他的手又被绑得太紧，即使她可以有比他更好的角度，可她的双手也被绑在身后，因此他很确定，琪拉没有足够的力气来割开这么硬的塑料。不过已经不重要了，他们已经不是盟友了。“是啊，我会给你把刀，让你在我的手腕附近使用，”他嘲讽地说道。她对自己的伤害已经够多了。

“那么你先给我松绑，我再来帮你解开。”琪拉焦急地说。

德什对她的荒谬要求报以大笑。“不可能。你会杀了我然后逃跑。杰克是对的，你是地球上最危险的精神病人。那是不会发生的。”

“戴维，”她平静地说，声音还是原来的琪拉的声音，他爱过的那个琪拉，但这让他更加憎恨现在的琪拉了。“我跟你是同一战线的。我一直都是……我们是一起的，”她更正道。“我知道最近我表现得很奇怪，我还骗了你，但是事情不是你想的那样。”

“你省省口水吧！”德什厌恶地说道。“你以为我会相信你在这个时候想出来的理由吗？你真是这样想的吗？”

“戴维，记得你发现是艾伦在幕后操纵一切的时候吗？他的具体计划？你还记得吗？你当时也对我隐瞒。因为你不能确定我会如何反应，但如果相信我的表演能力就要冒极大的风险。你还记得吗？”她急切重复道。“我当时以为我们要死了，我以为我们失去了一切。是你让我那么以为的——当然是有正当的理由。”她吸了口气又急切地说道。“现在是类似的情形。这是一个大胆的计划，必须要罗斯和马特加入，但是不能让你和吉姆知道。我不能承受任何风险告诉你。手机监听太普遍了。”琪拉的眼睛越张越大，她看起来那么痛苦，那么脆弱，他似乎从来没见过她这样。“但是我从未停止爱你，戴维。我全心全意地爱你。”她摇着头。“我永远也不会停止。”

天哪，她太有说服力了，德什心想。他在生死存亡之时隐瞒过她——是有理由的。但是现在是真的吗？她这样做是为了报复他吗？他身上的每个细胞都想相信她，但他的理智像棒球棒击打在头上一样，他咒骂自己，不让自己抱有这样的希望，哪怕只是一瞬间。

“你真的觉得我有这么蠢吗？”他痛苦地尖叫道。“你和弗雷谈话的时候我就在场，”他提醒她说。“那时他还在提升状态。我什么都听到了！你跟他讲如果他想，可以随时杀了我。你说你想和他联手。说你的增强人格已经掌控了你的身体。这些都是真的！每个字都是！要不然弗雷早就发现了。”

“在你去佛罗里达州的路途中时，杰克从南非给我打了电话，”琪拉快速地说。“达顿陷害了他，想让他出局。但是他逃走了。现在他相信我们也是被陷害的。所以他打电话警告我，达顿带着你和马特回到美国来了。”她顿了顿说。“我知道弗雷会把你们两个当做人质，所以我就等着他的电话，而且在这期间我想到了一个计划。我知道唯一让他全心全意相信我的办法，就是让他以为我跟他是一起的，并且是当他在提升状态而我却没有。”

她目不转睛地盯着德什，她的蓝色的大眼睛恳求他相信这一切，恳求他要信任她。“当一个陌生号码打来电话时，”她继续道，“我知道那就是弗雷打来，拿你和马特索要赎金来了。那时我已经准备好了。在接电话之前我就已经服用了一颗胶囊。刚开始是你在说话，但是等到我和弗雷说话的时候，我已经在提升状态了。”

德什向后踉跄几步。她的话听起来很合理。她现在不在提升状态。这么匆忙地想出一个这么复杂又能让人信服的故事超出了她现在的能力，是这样吗？

“这次没有只分出一部分能力来创造一个较慢的自己用于沟通和交流，我将百分之百的能力都用于创造出一个战胜了正常的我的琪拉化身。我确保我的眼睛不会放出超人智慧的光芒，还有我的身体语言，我的姿势，都要是正常的琪拉·米勒。我选择的用词也必须是她的说话方式。对付一个被提升的人的唯一办法，就是你自己也得到提升。要在细胞层面控制你的面部表情，这样才能让你的身体语言与你说的话保持一致。”

“所以这是个陷阱?”德什问，担心相信她之后，结果发现又再次被骗。

“是的!”琪拉强调着说。“我向弗雷提供了所有他想要的，这样他才能信任我。这样，等他和达顿来到我们的总部，我和罗斯能轻而易举制服他们，把你们救回来。最后——最后向你解释事情的真相。我没想到他会提出在这里碰面，更没想到，在我答应了他所有要求之后，他还跟我来这一手。即使是这样，我还有罗斯作为最后的王牌。”她摇了摇头。“我的计划应该还是有用的，只不过我们实在运气不好，他安排了隐藏的狙击手，他谨慎到这种地步，是我从来没想到的。”

这就可以解释她为什么会带了一把麻醉枪，也是弗雷不明白的地方，因为反社会分子并不完全专注于使用非致命武力。她想让弗雷和达顿活着，这样她才能得到尽可能多的内部信息，并且才能拆散他的组织。“你的计划都以弗雷给你打电话的时候是处于提升状态为前提，这样他会以为他能读懂你。但如果他没有呢?”

“我会坚持要求的，”她立刻就回答了，“从电话一开始。为了证明我的诚意。杰克之前给了我很多警告，我把每种可能性都考虑到了。”

德什在最后考虑她的话，琪拉的感情栅栏再次崩溃了，重又出现刚才的痛苦和脆弱的表情。这次，她的泪水奔流而下。“我爱你，戴维，”她轻声说道。“我知道自己对你的心灵有多大打击，我伤害你有多深。我不怪你现在不相信我。但是我向你发誓，我不是在弗雷面前假装的那个反社会分子。我还是你爱的那个女人。”

德什盯着她，头脑里一片麻木。她说的一切都是那么合理。但是他会不会再一次被耍了呢？

“达顿和他们的人随时都会回来，”她说。“你必须要决定是否相信我。”

德什看着她那双美丽的眼睛，仍然湿湿的但是不再流泪了。或许她的确那么好，或许即使是现在他的情感蒙蔽了他的判断。如果真是这样，那么她杀了他或许更好。死亡是个很好的解脱方式。

“好吧，”德什点点头说。“就这么做吧。”

他们迅速背靠背地坐好，德什开始用梅茨格的战刀割开她的手铐。不像他的，琪拉的手铐在她的双手之间还留有两英寸的空间。以这么尴尬的位置，又要向后割，需要他全神贯注使尽每一分力气。还好仅仅几分钟后，他就成功地解开了她的手铐。

德什的神经开始紧张起来。接下来会发生什么呢？

如她所说，琪拉立刻开始割德什的手铐。跟刚才德什不一样，她的手现在在她前面，用手的同时还可以用上手臂的力量。不到一分钟，这把锋利的战刀，刀把上还有干涸的血迹，切开了德什的手铐。

琪拉从弗雷的身上拿回自己的西格绍尔手枪，德什从散落地上的武器中选了一把自动手枪。他们一起把那名被德什用暴力杀死的雇佣兵拽到了一个门口看不到的地方，然后，他们在大约离门口两侧十二英尺距离的地方坐下。手里握着各自的武器，把手背在身后装作依旧被绑的样子，暗暗作着准备。

一分钟不到，达顿就推门走了进来。他看到了在他左前方的琪拉，“袭击者是单独行动的，”他告诉她。“但是我要接替弗雷，这意味着我将会需要你那些神奇的药丸。”他充满暗示地瞥了眼琪拉。“而且提醒你一句，我是喜欢成年女人的。”

他正要继续说什么，终于发现了有什么不对。他留下来看着他们二人的狙击手现在不见了。他旁边的两名佣兵也在前一秒发现了这个情况，但在他们三人反应过来之前，琪拉和德什就把他们彻底打败了。

琪拉知道他们不得不这样做，但还是一场血腥的屠杀，当做完这些以后，她跪倒在地，强忍着呕吐的感觉。

她明显摆脱了作为杀人者的恐惧和自己身体的虚弱，来到罗斯身边检查了他的伤口。“去找个急救箱，”她向德什命令道，德什惊异于她每次失败后都能迅速恢复的能力。她的确是个了不起的人。

他在安全屋里到处搜寻，几分钟后拿着一个军用急救箱回来了。琪拉清洗了梅茨格的伤口，然后给他进行包扎。他失血过多，但是就在他装死的那几分钟里，他提升后的大脑召集凝血因子和免疫因子到达伤口处，并指示这些生化军队启动了比自然状态下更加快速有效的愈合过程。琪拉确定他能够恢复。

她刚刚做完，马特·格里芬就睁开了眼睛。麻醉针的药量本来就不大，对于格里芬这种体重根本不足以让他昏迷太长时间。

他摇摇头，环顾四周，看到那些可怕的尸体和大规模的屠杀场景。他再次摇了摇头，似乎不敢相信眼前的这一切。只有两个人还在动：一个是琪拉，她正在照顾罗斯，还有戴维·德什，他正通过打开的门侦察着屋外。

格里芬如释重负地长叹一口气，琪拉听到声音，急忙转过头来。看到了他的眼睛才放松下来。

“琪拉，嗯……只是出于好奇，”他开玩笑地说道，用头示意屋内的情景和他身边的尸体，“在我睡着的时候，我是不是错过了什么好戏?”

62

他们为格里芬松了绑，他和琪拉热烈拥抱在一起，德什从达顿弹痕累累的尸体上取回琪拉的钥匙，他们一起小心翼翼地把罗斯·梅茨格放在了伊卡洛斯的货车的后座上。

“戴维知道一切进度了吗?”格里芬问道。

琪拉吐了口气，摇了摇头。

格里芬的眼睛在德什和琪拉之间来回转了几次，好像在试图猜出他们二人关系现在可能的状态。“那样的话，”他最后说道，“我来开车吧。”他朝德什伸出了手去拿钥匙。“你和琪拉可以坐在后排。你们两个需要一些独处的时间，”他扬了扬眉毛，说，“当然，如果不算上罗斯。”

德什再次看着琪拉的眼睛。真的有什么解释能为她开脱一切吗?看起来几乎不可能。他多么希望真的有啊，但他仍不排除她的解释不足以让他信服的可能。只有一种方法能够找到答案。“多谢了，马特，”他说着，把钥匙放在那个巨大的手掌里。“找到最近的树林，我们再决定需不需要更换交通工具。我想弗雷和达顿想让他们对琪拉的埋伏不留任何记录，因此应该没有人监视。但是还是警觉些，瞪大眼睛比较好。”他说。

“哇，”格里芬笑着说，“感觉我们又是一个欢乐的大家庭了。”

“这还有待观察。”德什阴沉地说。

德什和琪拉面对面坐在真皮指挥椅上，系上了安全带。马特开车，离开了这个停尸房一样的农舍。

“好了，琪拉。如果你真的可以解释我所了解到的一切以及你采取的所有行为，那你就是比我想象的还要伟大的魔术师了。”

琪拉叹了口气。“我刚刚服下了钥匙环里的那颗胶囊。在我开始之前，你也可以服用一颗，以确保我说的都是实话。”

德什想了想。此刻她提出这种建议还是很令人鼓舞的。“没关系。我们还是进行一场正常的谈话吧。一定是正常的。”

“如果你哪怕有一点点疑问，我还是坚持建议你服用一颗吧。”

德什点了点头。

“这一切开始于大约两年半前，”琪拉开始了。“在那之前的几个月我尝试了提升的第二阶段。那时的世界格局让我比以前更为紧张。”

“是啊，世界格局总是会让你紧张。”德什皱着眉说。

“你比任何人都清楚，我的分析表明延长生命会成为一场灾难。整个社会已经难以承受人口过多的负担和人类寿命延长的分量。当社会保障体系建立时，美国人均寿命是低于 65 周岁，这个年龄正是福利发放的年纪。现在人均寿命已经达到了 80 岁。随着医学科学的发展，人类寿命的平均寿命每年都在延长，我们给整个保障体系不断地增加越来越多的负担。在 1940 年，有六个人工作来养一个退休年龄的人，而现在只有三个人了。每过十年，退休后的寿命也越来越长。社会的背脊已经被压弯了，而我的治疗只会大大加快这一进程，无疑会导致战争和人类文明的终结。”

“我对这个分析很清楚，”德什有点不耐烦。他怎么会不清楚呢？伊卡洛斯的整个愿景就是进行有效的星际旅行，这样人类就可以离开自己的发源地，有足够的空间可以容纳延长寿命之后的存在。

“我知道。抱歉。但问题是，即使我们决定不公布我的长寿疗法，整个世界也变得越来越糟糕。欧洲经济开始衰退的速度比提升之后的我预测的还要快。世界上的其他经济体大部分也比预期更糟。恐怖主义国家还在企图获取或者制造核武器。伊斯兰原教旨主义正在世界各地兴起，看似民主的革命往往产生更加无可容忍的规则。在这种情况下，我比以前任何时候都要担心。我原以为我们有足够的时间来解决超光速旅行的问题，在这些火药桶爆发之前。但如果我错了呢?”

“我猜你在提升的时候想试着解决这些问题。”德什说。

琪拉点了点头。“是的，但是没能成功。对于把人类的平均寿命增加八十年这种足以震撼人类的变化的分析是相当明确的。但是这个，即使是对提升后的大脑来说也不简单。很明显，人类即将自我毁灭的可能性非常高。但是究竟有多高多快，我们仍然不清楚。不管怎样，假设这个毁灭已经很近了，我那超人的智慧也没能找到方法来进行阻止。”

德什边听边思考着，货车在马特·格里芬的驾驶下一直向前行驶。

“但随后核心委员会同意我在第二级提升中尝试五分钟。因此我研究了世界事务、地缘政治冲突、武器系统和武器战略、各种刺激对世界秩序的影响和可能引发战争的压力点等等，诸如此类。我想尽可能多地，为超级增强琪拉收集原始数据，以便需要时提取。”

德什对自己点点头，至少有一块拼图找到位置了。他之前在她的电脑里发现了这些研究的残余，当时自然得出错误的结论。琪拉·米勒是想为这无所不知的五分钟作充分准备。

“然后呢?”德什问。

“然后……在这个超级水平，我的大脑轻松地进行分析。结果比我想象的更令人警醒。基本上我们已经没有时间了。第三次世界大战或类似的战争已经不可避免，也不可逆转。在这个过程中，就算我们明天就找到方法进行超光速旅行，也已经太晚了。虽然如果我们真的做到，还是至少有部分人能逃脱，在别的地方繁衍我们的种族。但是那是基于如果我们能解决超光速旅行，而这件事情即使对于超凡的琪拉，也是个巨大的挑战。”

琪拉顿了顿，整理着自己的思绪。

“继续说啊，”德什催促道。他发现自己跟以前一样，同琪拉说话的时候，理想上会受到刺激，并被她讲的事情完全所吸引。

“超凡的琪拉意识到，要从自己手中拯救自己唯一可能的方法就是完成两件事。第一，缓解世界各国之间日益增长的紧张局势。第二，为了脆弱的地球放弃使用所有核武器。”

琪拉顿了顿，让德什意识到这两个目标的艰巨性。

“因此在她出现的那五分钟，”她继续说道，“超凡的琪拉酝酿了一个即使对她来说也有点疯狂野心的计划。她把正常的我和提升之后的我都分成了两种人格。一个知晓这个计划，可以执行计划和监督计划的进程，并在有必要时对其进行修正。而另一个则完全不知晓，随着事件的发展她可以表现正常的行为和反应。”

德什深深凝望着琪拉的眼睛，看到全是真诚。但她的叙述太离谱了，让人无法相信是真的。

“你并不是我唯一隐瞒的人，戴维。我对自己也同样地隐瞒了。知道的人越少，出错的可能性就越小。如果你不知道，你就不可能在审讯时吐露出来。泄露是要在知道的基础之上。如果我可以决定的话，我会在一开始就告诉你一切。”她转了转眼珠。“当然，我也会把一切告诉我自己。”

德什点了点头。知道了他不是唯一一个不被信任的人让他在现在的情况下感觉好多了，即使他知道他不应该这样。

“基本上，超凡的琪拉认识到阻止地球灾难的唯一办法就是出现一个外来的威胁。对整个星球的威胁。直接吓坏整个世界。让人类和政府受到惊吓让他们学会成为一个单一的种族，齐心协力共同合作。他们还是有各自的语言和文化，但是所有人朝着一个共同的目标努力，面对共同的敌人，而不是试图撕开对方的喉咙。”

德什眯起眼睛。她在暗示他想到的意思吗？他找不到别的可能。“所以你在说什么？”他问道，语气中满是怀疑。“你不是说……”他停了下来，摆了摆手，不知怎么他都不敢想下去，这太荒谬了。“所以……你在说什么？”他又问了一遍。

“我要说的是，”琪拉被他的挣扎逗笑了，“根本就没有外星生物。我说，超凡的琪拉找到了一个方法，编出了一个完整的故事。”琪拉停下来，顽皮地挑了挑眉毛。“我要说的是，戴维，整个外星人来访的事件是个骗局。”

63

德什惊呆了，沉默了将近30秒。琪拉·米勒真的制造了人类历史上最大的骗局吗？一个欺骗了全球八十亿人的骗局？这简直不可思议。太令人震惊了。不可能啊。

“只是有一点点野心，”琪拉微笑着说，“你说是吗？即使是对于一个有着上帝一样智慧的人。”

“你是怎么做到的？”德什直截了当地问。

“当然是在第二个水平的琪拉提出了整个计划，然后将其中关键部分植入我和超级琪拉的神经结构中，就像给电脑编程一样。”

“这是不可能的，”德什反驳道。“在提升期时植入思维的顿悟，在恢复常态后进行重放是不可能的啊。”

“是的，在提升的第一阶段的确是不可能的，”琪拉赞同道。“但是你知道，第二个阶段和第一阶段之间差距就像第一阶段提升和正常状态之间差距一样大。”

德什不好意思地一笑。他的确知道这个。他过去的确很蠢。他们使用超凡这个词不是没有原因的。“继续。”他说。

“我们一直认为罗斯提升效果比对我们所有人都要好，几乎没有消极人格的改变。超凡的琪拉确定他是我们可以绝对相信的人，即使是在提升状态。还有，如果他学习了足够的物理知识，他就可以制造许多奇迹……当然，在她的帮助下。由于他对社会没有威胁，也不需要别人照顾，所以我给了他够用一辈子的胶囊，大大加快了他的进展速度。”

德什点了点头。“所以当你从第二阶段提升状态的那五分钟恢复以后，你就和罗斯建立了国际先锋物理公司，但并不是解决冷核聚变问题。”

“是的。罗斯从一开始就知道所有事，甚至在我都不知道的时候他就知道了。我的隐藏的另一半人格告诉了他一切。他负责完成执行超凡琪拉植入在我脑袋里的三个突破。当然，零点能量是其中一个。罗斯需要假装在冷核聚变上取得了进展来证明他的物理工作。我们绝不会冒险让你或者吉姆——以及我，就那一时间点而言，知道罗斯当时正在努力实施超凡琪拉布置的零点能量的原理，否则当外星飞船被发现时，我们就有可能把事情联想起来。那段时间里，罗斯也成功召集了他自己的小组，推进计划向前进展。同时把我给他的胶囊分发给了他的组员。”

“我能说，他也为纳米机器人的研发负责吗？”

“是的。虽然在生物部分我也帮了一些忙，他的队员也在其他方面提供了帮助。”她顿了顿。“事实上，纳米机器人比你想象中简单多了。我们共同努力，使得在第一阶段的提升时候我们就创造出了这些纳米机器人，没有超凡琪拉的帮助。”

“然后弗雷发现了罗斯，并且袭击了我们。”德什说。

琪拉点点头。

德什抬了抬眉毛忽然想到什么。“弗雷发现了罗斯是因为在他电脑上发现了先进的科学理论。弗雷说那些理论太先进了，即使他在提升状态也完全看不懂。而弗雷是一个有着博士学位的科学家。”

“那是超级琪拉定下来的零点能量的原理。相信我，我们没有一个人能理解那些原理，即使在提升之后也不行。但是罗斯和他的小队坚持不懈地努力最终理解了那些原理，并且运用这些原理制造了一个驱动器。”

“所以当弗雷袭击的时候，罗斯决定将计就计，利用这个机会摆脱了监视伊卡洛斯的视线。”

“没错。他的确中了枪，他需要服用一颗胶囊来帮助他痊愈——他很幸运，那一枪没有杀死他。但是他一得到提升后，他就意识到那是个绝佳的机会。如果他切断和伊卡洛斯的联系，他可以完全独立行动，不再需要假装致力于另一件事情上。大多数时候我就跟你一样，对这些事一概不知，包括那天晚上。当他的脉搏停止跳动时，我跟你一样也以为他死了。”

德什回忆当时她对于梅茨格的假死的反应，他知道她说的是真话。她当时简直崩溃了。

“所以接着，他继续建立他的组织，”德什说。“定期和你保持联系。”

“没错。在那次以后，没过多久他就完善了纳米机器人。”

德什摸着下巴沉思了起来。“你需要这些纳米机器人来巩固由虚构的外星人带来的威胁，”他说。“创造了一个外星舰队已经在路上的假象，还设定了一个具体的日期，好让全人类能够齐心协力。”

“对的。如果这个威胁太远，根本就产生不了同样的影响，也没有相同的紧迫感。但是太快也不好。超凡琪拉把时间定在三十四年。”她顿了顿。“但是纳米机器人同样扮演了另一个角色。”

“嗯，明显地它们目的在于假装引爆地球上的所有核武器。进一步吓坏我们，让世界各国放弃使用他们的核武器。”

“不。我们仍然不能指望世界各国能够解除武装。即使是现在也不行。”她咧嘴大笑。“纳米机器人的另外一个目的就是为他们解除核武装。”

“什么?”

“我们创造的纳米机器人向着铀和钚优先移动。当然是为了让我们的骗局更加可信。但是它们真正的目的并不是渗透核武器并引爆它们，而是使它们丧失功能。”

德什的眼睛睁得大大的。

“设计纳米机器人来引爆核武器，收集铀物质达到临界点，比你想象中更具有挑战，”琪拉继续说道。“我在帮罗斯开发纳米机器人的时候，学到了很多关于核武器的知识。”

德什点点头。他也发现了这个。琪拉侵入过政府的机密电脑研究核武器。她之前也曾经以这种方式研究过生物知识。为什么必须这么做呢?“你还研究了生物武器，是吗?”德什问。

琪拉点点头。“不错的推理，”她钦佩地说道，她不知道这根本不是推理。“为什么要做无用功呢?我们需要加速纳米机器人的扩散传播。政府已经广泛地进行建模，并大量分析了病原体的传播，作为抗衡生物武器的一部分。”

德什忍不住傻笑起来。她做到了。她把无数的看似无关的拼图拼成了一个天衣无缝的整体。

“无论如何，”琪拉继续说，“就像我说的，设计能引爆核武器的纳米机器人是相当的有挑战性。而设计能清理辐射，还能转换大气结构的纳米机器人则更难。但事实证明，设计能使核武器无效的纳米机器人却相当容易。通过使用高科技和无尽的超高速离心器，核弹需要铀物质浓缩到一个难以达到的水平。所以，一旦哪怕是很小的杂质进入浓缩铀，核武器就会失效。”

德什知道这就是事情的全部真相了。“所以马特也是从一开始就知道整个计划吗？”他问道。

“是的。他也是个关键人物。或许利用纳米机器人来引爆核武器是很困难，但是要开发出外星纳米机器人，运行外星软件到任何地方去，根本是不可能的。但是我们要了个把戏。马特在哥白尼号上做了那么多不可能的事情，等到他结束表演的时候，即使是最迟钝的科学家们也会相信他做的所有事情都是可能的。马特并没有研究纳米机器人，试图把它们搞清楚。他从一开始就帮助设计了这些纳米机器人。他使用自己在提升之后设计的代码，看起来像是外星代码，而且正常人的大脑是无法理解的。所以他清楚地知道如何让纳米机器人结束虚假的世界末日景象，因为他早就植入了代码。他发现纳米机器人邪恶的目的和到达时间零点之间的时间都是经过精心策划的。如果时间过长，在纳米机器人被阻止之前，事情就有可能败露，这样的话简直就是一场灾难。”她悲伤地摇了摇头。“在这场惨败中，世界上已经有太多人死于惊慌和暴乱了。”

德什发现很难对琪拉所做的弥天大罪表现出欢迎。“那么我确认一下，”他说，“你是说现在地球上的所有的核武器都失效了吗？”

“所有的，”她骄傲地回答道。“最终，我希望的是世界各国能自愿解除武装，等我们整个物族重新恢复理智的时候。”她顿了顿。“同时，当然，这些政府还不知道他们的核武器已经被解除了。”

“为什么不知道呢？”

“如果一个心理变态的杀手有一把枪，哄骗他装上空包弹比偷走枪更好。如果你偷走了枪，他会找到另外一把。而如果他装上了空包弹，他会毫不知情，直到他准备在校园展开屠杀的时候才发现他的枪不能用了，而他的企图仍然会引起警察注意。”

“你是不是想到这个比喻好长时间了，是吧？”

“可能吧，”琪拉笑着说。“我们虚构了外星舰队会来到地球，让整个人类有一次机会，把所有自己人看做同一个种族，”她解释道。“为了共同的敌人而战斗。”

德什皱了皱眉。“但是你也让所有人类恐惧天空，恐惧世界末日的到来。”

琪拉脸上掠过一个愧疚的表情。“我知道。我想辩解的是，整个计划不是我设计的。超凡琪拉计算出的消极后果是无法避免的。如果这件事没有做，那就没有多少人会恐惧世界末日的来临——肯定在十年内我们自己也会造成世界末日。”

德什歪着头思考着，面包车轻松地加快速度。格里芬很可能拐上了通往高速公路的匝道，朝着最近的树林驶去。“你刚才说你在第二阶段提升的时候，你在你的正常大脑里植入了三项科学突破。一个和零点能量有关，一个和纳米机器人有关。我刚刚听漏了第三个吗？”

琪拉再次凝视着他，带着毫不掩饰的敬佩之情。“很高兴你能注意到这个，”她调皮地说。“第三个突破是引力波探测器背后的原理。罗斯的队伍里有位科学家，因为他的功劳才发现这个原理，从而彻底改变了宇宙学。他必须要在恰当的时机宣布这件事。如果在我们发射假的外星飞船时这项技术就公布了，可能就会有人在它离开地球的行程中检测到它，而这是我们无法承受的。所以他设置程序当飞船在星际间随意穿梭时，这项技术才被公布，这样在飞船返回地球的航行中就能被检测到了。让整个世界都知道外星飞船在路上了是非常关键的。这样一来，先进的外星人的存在就会像钉子一样被钉进了世界人民的意识当中。有了足够的提前预警，世界各国就会联合起来共同准备。哥白尼号就是完美的结果。”

德什欣赏地笑了。“你的提升人格把什么都想到了。”

“无所不知当然是有好处的，”琪拉嘲弄地笑笑说。“但是相信我，她还是没把一切都想到。”

“等一下，”德什忽然又想到一个新想法。“这是不是意味着，麦迪逊·拉索也是罗斯小队的一员？”

“不错的推理，但事实上不是。我们必须确保外星飞船能够被发现。我们为此目的的确挑选了罗斯小队里的某个人。”她摇了摇头。“但是麦迪逊·拉索比他快了五六个小时，让我们所有人都特别惊讶。如果要说的话，这算一个小挫折。”

“为什么？”

“我们知道，不管是谁发现了飞船，都将会成为国际社会努力研究它的一分子，我们希望在哥白尼号上能多有几个我们的人。”

“多几个？”

“我们另外还有三个人。哥白尼号上聚集的都是最优秀和最聪明的人。罗斯要的也是同样一群这样的人。”她摇了摇头。

“但是我们决定不用他们。这不是必需的，再一次，一切都有一个按需知密的基础。”她顿了顿。“我们只有一次机会完成这一切。”

“在我看来，这个计划有一个致命的缺陷。如果运气够好，一切可以按照计划进行。但如果你没能让马特成为纳米机器人研究小组的领队怎么办？如果杰克没给你打电话怎么办？或者，如果杰克不允许马特在哥白尼号上的工作怎么办？”德什陷入了沉思，脸上浮现出疑惑的表情。“等一下。这是否意味着从一开始杰克追捕我们你也为此负责吗？因为你知道他最后也会成为国际力量的一分子？”

她笑起来。“超凡琪拉也没那么优秀。一旦有了敌人就没什么计划可言了。这就是为什么她设置了一个隐藏的人格作为计划的监督者，因为知道她不得不面对她无法预见的失误。相信我，计划进展一点也不顺利。一大堆灾难都是超凡琪拉没有预测到的。范·赫顿的到来完全出乎意料，弗雷也是个意想不到的噩梦，杰克和他的组织。”她垂下了眼睛。“还有吉姆·康奈利的死也是。”她悲伤地说。

德什回想起在树林里的那一幕。康奈利为了救琪拉牺牲了自己，而且没有一点犹豫。他曾想过，自己朋友的死到底值不值得，现在他知道了。

“我隐藏的那部分人格意识到，杰克有可能被派去国际小组研究外星物体，”琪拉继续说道。“所以我才跟他说过，如果他有无法解决的大事时可以打电话给我。那个时候，我被压制着，不断抱怨，不明白为什么我会说那些话。”

回想起来，德什想着，杰克能成为哥白尼号中的一员其实也并非完全出人意料。他向达顿报告，而达顿是弗雷的傀儡。弗雷想确定有人代表他在这个豪华邮轮上。他没法了解外星秘密是怎么被发现的，所以他想让他的代理人能够身居高位。琪拉也不可能料到有这么复杂的关系。“但是最后还是偶然的运气，使得计划能够全部实施。”他指出。“你埋下伏笔是偶然的运气。那杰克加入了哥白尼号也是偶然运气吗?”

“不完全是。如果杰克不在哥白尼号上，我们就会让我们的人发起一场比赛来确定谁来当纳米机器人小组的领队。如果这也失败了，马特就只能在肯塔基州献力了。记住，任何人都可以研究纳米机器人。纳米机器人已经无处不在了。马特不用花太久就可以比世界上其他任何人取得更大的进展，并建立自己的威信。不管怎样，他最后都会登上哥白尼号的，只是可能会花费的时间长一点，但那没有关系。因为时间零点并不是真的存在。他编程将时间零点设置在他揭露纳米机器人的真正意图之后的五六个小时。在他成功树立自己的威信之前，他都不会这么做。”

德什回忆他的朋友在豪华邮轮上的行为，惊奇地摇摇头。“马特的表现毫无破绽，”他说。“真是个天才。这家伙应该得奥斯卡奖。”

“我毫不怀疑，”琪拉骄傲地说。“虽然你以为他被提升的时候，他确实是被提升了。这事儿是不能假装的。而且，他需要给每个人都留下足够深刻的印象，让他们相信他在执行超越他们的力量的命令。但是他还有一个最难的任务。你和我都不知道会发生什么事——嗯，有一半的我不知道。只有工作完成的消息才能让两个部分变成一个完整的整体。但是马特从一开始就知道真相。大部分时间他都在瞒着我们。只有很少的偶然情况，当另一半的我控制的时候，他才可以相信我。”

德什现在知道了所有的事实。也没什么好讨论的了，一切都完美地吻合。琪拉的计划就像一件艺术品——一只精密设计的手表一样的完美。

德什一边思考着整个骇人听闻的事件，一边解开安全带。他心中的那块大石头终于落下了，现在感到无比的轻松。他转向他深爱的那个女人——他现在仍然还爱着她——泪水不禁流下脸庞。像世人大众一样，由于完全相信世界末日来临所带来的情绪上的压力，加上以为被他用生命爱着的女人所背叛的痛苦，终于全部都结束了。

他感到一阵狂喜。

他身体前倾，紧紧抱着他的妻子好几分钟。泪水也不禁流下了她的脸庞。最后，他们结束拥抱，激烈地亲吻对方，拭去对方脸上流淌下来的眼泪。最后，可能是因为红绿灯，马特·格里芬猛地踩下刹车，打断了他们的拥抱。德什被抛到了右边，绊倒在仍然昏迷不醒的罗斯·梅茨格身上。

德什回到自己的位子上，又系好安全带。

在他扣上安全带的时候，琪拉发出了一声沉重的叹息。“我很抱歉让你经历这一切，戴维，”她说。“但是超凡琪拉做了这个决定之后，我什么也做不了。她让那个一无所知的我也同样经历了这一切混乱。”

两个人都停止了哭泣，两人现在都有一些晕眩。德什一边的嘴角上翘，给了她一个笑容。“所以当你知道马特成功的时候，你自己就明白这一切了吗?”

“是的。我可以告诉你，那是相当的震惊。曾经被封闭的记忆，我采取的行动但我自己却不知道的记忆，那些事就像决堤的大坝一样全部涌上脑海。一开始我是震惊，然后我非常生气我自己居然对自己保密。最后，我欣喜若狂。这个计划成功了。核武器全部失效了，全球的紧张局势也得到缓解。希望这一切都永远成为过去。”她再次含情脉脉地凝视着德什，笑着说道。“但是最让我高兴的是，我终于可以作为一个完整的自己，告诉你整个计划了。趁那个计划还没使我们之间的关系紧张之前。”她的下巴收紧了。“但是，早在所有事情一清二楚之前，我从没怀疑过，达顿会厚颜无耻地将你和马特从哥白尼号上带走。”

德什点了点头。他不得不承认，达顿为了让马特立刻离开哥白尼号，他做了很好的解释工作。

“杰克打电话的时候我有点发狂，”琪拉继续说道。“那个时候本可以为最终胜利而庆祝，而不是要再次为我们的生命而战斗。”

“所以，你想出了一个超级棒的策略可以让我们回来。”

“而且不容许再出什么错了。”琪拉说。

“你犯了一个错误，以为埃里克·弗雷是理智的。马特的那个蝎子和青蛙的故事正中要害。但是你的计划仍然很棒。就像你说的，尽管弗雷设下埋伏，如果他没在灌木丛中埋伏狙击手的话，计划还是会奏效的。有点偏执，又有些荒谬。”

“嗯，虽然上个月发生了所有事情几乎让我们要爆发，不管是从比喻还是字面理解，但是乌云之后总会有阳光。杰克现在是我们的人。等我们回到总部，马特再调理一段时间，他就能恢复杰克的名誉，撤销达顿对他污蔑的证据，再替换成指证达顿的证据。”

“你说杰克是我们的人，是什么意思？他会停止追捕我们还是会积极帮助我们？”德什希望，最低限度赛斯·罗森布拉特一家同六人组的其他成员，都可以恢复到原来的生活。

“是积极地帮助。实际上他很喜欢你和马特。我不知道在哥白尼号上都发生了什么，但是他对你们俩赞不绝口。我觉得他从以前想杀了你们，转变到现在他愿意为你们俩挨子弹了。”

德什稍作停顿消化了下这句话。“你会告诉杰克关于外星人的事吗?”

“不，不会再有别人知道了，只有罗斯、马特、你和我，至少在接下来的三十到四十年里是这样。希望有一天世界变得更加开明，我们可以考虑把这件事当做骗局来公布。”

德什想到当初琪拉被范·赫顿绑架的遭遇。“安东绑架你是因为外星飞船正在飞来。这对他来说是决定性的因素。当他用紧身衣捆绑你的时候，你没想过告诉他真相吗?”

琪拉摇摇头，“那时候我自己也不知道。我的隐藏人格一直监视着情势发展，认为没有必要让我知道。这个计划是如此重要，如果泄露给了任何无关人员都有可能会有危害，包括我自己。即使当时我的生命受到威胁。”

德什思考着这一严峻的想法。“如果你被杀了怎么办呢?”

“真是那样的话，计划还是会成功。马特和罗斯会完成任务的。”

德什想了想，琪拉是对的。那时候她确实属于可有可无。谢天谢地没有让这样的事情发生。“杰克是真的愿意帮助我们吗?”

“全心全意的。他已经完全了解了提升智力的威力，头一次把我们当做好人。更不用说，在三十四年后，我们还有可能第二次阻止世界末日大战。”

“他愿意加入我们的组织吗?”

“不，我们最好让他留在原来的位置。他和他的黑色行动队可以作为我们的秘密安全助手。他可以保证我们得到政府最高级别的支持。他会告诉政府，伟大而全能的马特，在他们心中是神一样的人物，只是我们中普通的一员。他们会明白我们将是即将来临的外星大战的最佳希望。”

“对，”德什笑得很灿烂，“还有即将来临的外星大战啊。”

“与其偷偷摸摸掩饰自己所做的事情最后还是送命，倒不如光明正大一点。我们也不用为此太过抓狂，但至少也不用太强调。”

“但之前我们也讨论过是否要政府参与进来，”德什提醒道，“我们不是一直认为这不是一个好主意吗？”

“但是现在情况不一样了，”琪拉解释道，“我会让杰克相信这个长寿疗法根本不存在，不会有人在意这个了。加上外星人的威胁迫在眉睫，政府也没空管我们了。我们可以编一个故事，就说我们是为了这个疗法的遗传兼容性需要筛选可能的新成员。所有在提升之后不兼容的人就会死亡。如果有当权者想在这点上逼迫我们的话，我们打这张牌好了。”

德什赞许地看着琪拉，看来她确实为此考虑了很多。

“我们现在有了杰克的全力支持，”琪拉说。“我们会被最高政府认为是曾经拯救了地球的人，并且致力于再次拯救地球。”

“好的，我懂你的意思了。这对我们确实有很大帮助。不过让我再回头想想整个事情。我赞同那个超凡琪拉的计划，可以让我们联合起来对抗一个共同的威胁，全球的紧张局势也会得到显著缓解。我知道了我们再没有活跃的核武器了。可是，你有没有想过全世界联合起来制造更强大的武器？强大到可以阻止那些虚构的外星人呢？”

“超凡琪拉非常仔细地考虑了这一点，”琪拉说。“是的，新的武器将会制造出来，但人类却是在同一条战线上。军事战略家很快会意识到武器和防卫并不能解决问题。只有速度和机动性才可以。地球是最终被打击的对象，尤其是当你想要努力保护它，不受以光速运行且不知从何方而来的飞船的袭击。真正的解决办法就是达到超光速行驶。我们需要令这些外星人的威胁尽可能地远离地球。”她笑了笑。“当然，如果这些外星人真的存在的话。我们要在他们靠近我们之前，在星际空间里就解决掉他们。军事战略家会发现只有超光速的飞船——由人工智能操控，以敢死队的风格去抗击他们，才能真正地打败这群……虚构的敌人。”

德什吹了个口哨。“哇，还好那些外星人并不真正存在，不然我想你肯定会把他们打得落花流水。”他笑着又说，“这也刚好和我们的目标完美契合。昨天，超光速旅行只是我们伊卡洛斯的首要任务，而今天它变成全人类的首要任务了。”

“这不是刚好锦上添花了吗?”琪拉说。“别忘了，我们已经有了零点能量驱动了。我们要等到我们认为世界可以操作它的时候，再给罗斯差不多十年时间去真正理解它，然后我们再向全世界公布。这样一来，我们还能培养几个探险家去征服其他行星，保证到时候不管地球上发生什么，我们都能幸存下来。”

“但是这些星际旅行不是得花上几千年才能完成吗?”德什问道。

“在我们地球上看来是这样，”琪拉回答，“不过由于相对论，对乘客来说要短得多。无论如何，我们还是需要超光速行驶来达到我们的终极目标。但是我们现在有了军队的帮助而不是受到他们的阻碍，而且可以毫无顾虑地招募新成员，我相信我们一定能做到的。”

德什再次凑上去和他的妻子拥吻在一起，他们是如此的热烈，仿佛以前从未接吻过。由此看来，一场贪婪而疯狂的性爱会是他们到达目的地后，第一件要做的事情。当然，跟随他们一起到达的还有罗斯。

终于，他们分开彼此。戴维·德什满含着爱意地看着眼前他心爱的女人那双闪亮的蓝眼睛。他现在也相信，他们一定能完成他们的目标。只要有这个了不起的女人在，一切皆有可能。

琪拉找到了一种方法，能够利用人类的激情去做有建设性的而不是毁灭性的事情。她解除了地球上的核武装，改变了一个好战的种族。把他们从成千上万的自私的小部落，凝结成一个有八十亿人口的强大军队。这个过程中，她挽救了人类，把他们从毁灭的深渊边缘拉了回来。

德什开心地笑起来，现在想不乐观也不容易了。琪拉·米勒控制住了人类那份自我毁灭的巨大能力。

与这个伟大的功绩相比，超光速行驶看起来简直就像孩子们的游戏。

本书中涉及英制单位换算公式如下：

1英里＝1.609千米	1磅＝0.454千克
1英尺＝0.305米	1码＝0.914米
1英寸＝2.54厘米	